W0371071

FRANCKE

Linda Chaikin

Silk –
Plantage der Hoffnung

FRANCKE
Verlag der Francke-Buchhandlung GmbH

Die Deutsche Bibliothek – CIP-Einheitsaufnahme

Chaikin, Linda:
Indien Saga / Linda Chaikin. – Marburg an der Lahn : Francke
Bd. 1. Silk – Plantage der Hoffnung / [dt. von Silvia Lutz]. – 1993
(Edition C : E, Die goldene Reihe ; Nr. 35)
ISBN 3-86122-096-2
NE: Edition C / E

Originaltitel: Silk

Deutsch von Silvia Lutz
Umschlaggestaltung: Reproservice Jung, Wetzlar
Umschlagillustration: Joe Nordstrom
Satz: Druckerei Schröder, 35083 Wetter/Hessen
Druck: St.-Johannis-Druckerei, 77922 Lahr 28078

Edition C, Nr. E 35

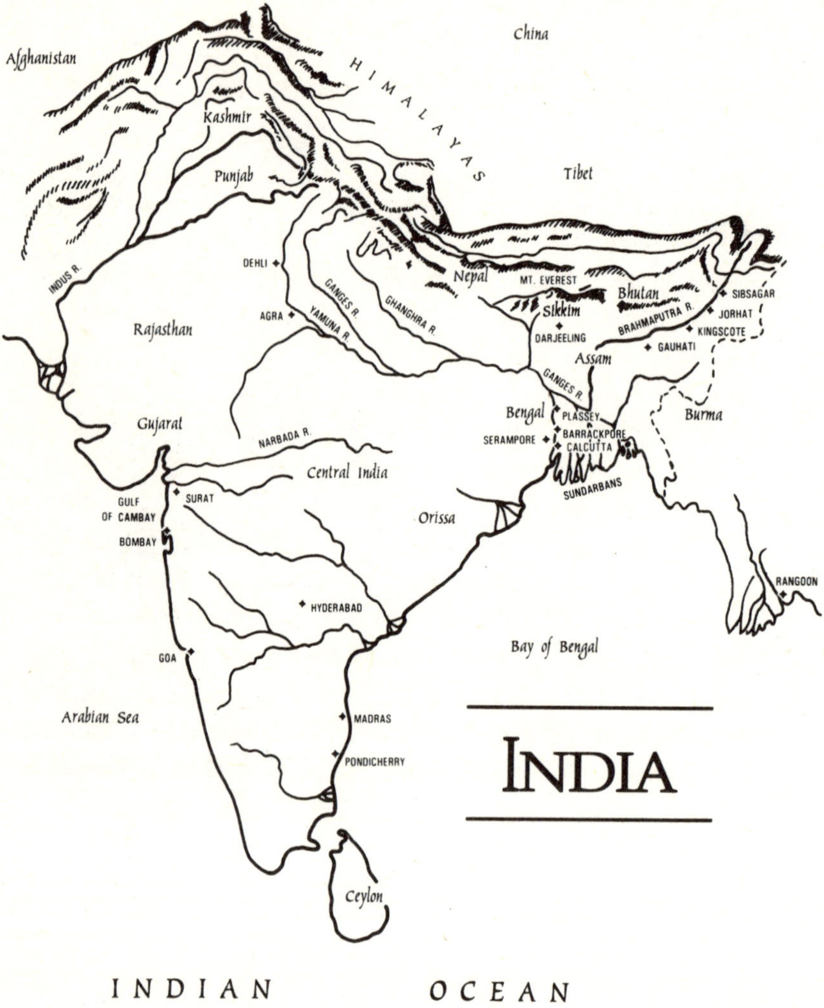
INDIA
China
Afghanistan
HIMALAYAS
Kashmir
Tibet
Punjab
INDUS R.
DEHLI
Nepal
MT. EVEREST
Bhutan
SIBSAGAR
Sikkim
JORHAT
GANGES R.
GHANGHRA R.
BRAHMAPUTRA R.
KINGSCOTE
AGRA
YAMUNA R.
DARJEELING
GAUHATI
Rajasthan
Assam
GANGES R.
Bengal
PLASSEY
Burma
Gujarat
BARRACKPORE
NARBADA R.
SERAMPORE
CALCUTTA
Central India
SUNDARBANS
GULF OF CAMBAY
SURAT
Orissa
BOMBAY
RANGOON
HYDERABAD
Bay of Bengal
GOA
Arabian Sea
MADRAS
PONDICHERRY
Ceylon
INDIAN OCEAN

Prolog

Kingscote-Seidenplantage, Nordindien
Juni 1793

Die goldene Standuhr in der großen Galerie des Herrenhauses der Kendalls schlug zehn Uhr. Durch die offene Verandatür drangen die vertrauten Dschungelgeräusche von der Kingscoteplantage und die feuchte Luft in Corals Zimmer. Das Kreischen eines Nachtvogels, gefolgt von einem unheimlichen Gackern, war in der Dunkelheit zu hören. Blätter und Zweige raschelten, und wenn sie ihrer Phantasie freien Lauf ließ, konnte sie auch das tiefe Knurren eines bengalischen Tigers hören.

In ihrem leichten weißen Nachthemd huschte Coral, die erst vor kurzem sechzehn geworden war, aus ihrem Schlafzimmer und eilte den breiten Korridor entlang. Ihre tiefgrünen Augen leuchteten im Kerzenlicht vor Aufregung, und ihr goldschimmerndes Haar fiel ihr über die Schultern, als sie die geschwungene Mahagonitreppe hinuntereilen wollte, um mit ihrer Mutter über das große Ereignis am folgenden Morgen zu sprechen.

Beim Klang leiser, ängstlicher Stimmen unter sich in der Galerie blieb Coral im Schatten stehen und horchte.

Zitternd umklammerte sie ihre Kerze und lugte vorsichtig über das Geländer in die große Halle hinab. Dort erblickte sie die kräftige Gestalt ihres Vaters, Sir Hampton Kendall, der in einem stiefellangen Reitanzug an der Tür stand. Ihre Mutter nahm seinen dreieckigen Hut vom Tisch, während er sich seinen Degen umschnallte.

Was veranlaßte ihren Vater, zu dieser späten Stunde noch auszureiten?

Seine tiefe Stimme drang zu ihr hinauf. „Major Jace Buckley sollte am besten schleunigst einige seiner Sepoys ausschicken, um diesen Tiger zur Strecke zu bringen. Sonst werde ich mich bei seinem Vorgesetzten beschweren. Ein halbes Dutzend Tote allein am Fluß! Dieses Biest ist der schlimmste Menschenfresser, den ich seit Jahren erlebt habe."

„Mußt du denn ausgerechnet heute nacht zum Vorposten hinausreiten?" fragte Corals Mutter. „Die Feier morgen bedeutet unserer Coral so viel. Sie wird zum ersten Mal seit Monaten ihr Krankenbett verlassen."

„Wie sollte ich das vergessen, Lisa?"

„Sie rechnet damit, daß du hier bist. Sie ist schon enttäuscht, weil ihre Schwestern immer noch in Kalkutta sind."

Die Stimme ihres Vaters wurde leiser, und Coral strengte ihre Ohren an, um seine Worte zu verstehen. „... ist das weise? Dieses Ritual könnte die Ghasis aufstacheln ..."

„Auf Kingscote?"

„Hier ist zwar nicht der Palast des Radscha in Sigsagar, aber trotzdem ..."

„Wir haben doch immer ihren Glauben respektiert, und sie unseren."

„Geschichten von Entführungen und Drogen, die auf Dauer das Gehirn schädigen, sind keine übertriebenen Erfindungen. Die ersten aus ihrem Volk, die sich zum christlichen Glauben bekehren, werden oft von den Ghasis ermordet. Das ist ihre Methode, mit der sie andere davon abschrecken wollen, aus dem Kastensystem auszubrechen."

„Du hältst es doch nicht für möglich, daß so etwas bei uns hier geschehen könnte?"

„Wenn der Maharadscha schon die Ostindienkompanie um militärische Hilfe gegen Burma bittet, halte ich alles für möglich. Major Buckley ist vor einigen Wochen angekommen, und von der Garnison in Kalkutta sind noch mehr Sepoys unterwegs. Die Abneigung gegen die Kompanie wächst."

„Aber es war doch der Maharadscha, der Abgesandte nach Kalkutta schickte und um Hilfe bat."

„Ja, aber nicht alle in der Königsfamilie sind darüber glücklich."

„Sie fürchten eine weitere Annexion durch England?"

„Dieses Mal geht es um die Provinz Assam. Argwohn über die Motive der Kompanie, aus denen sie Truppen schickt, kann für Kingscote nichts Gutes bedeuten. Und wenn sich hier eine Hinduistin christlich taufen läßt, wächst die Spannung unter den Arbeitern noch mehr."

Die Stimme ihrer Mutter war fast ein Flüstern: „Du hast recht. Die Spannungen wachsen zusehends. Sogar Radschiv überlegt, ob es richtig war, Dschemani die Taufe zu erlauben. Wenn wir es nicht versprochen hätten ..."

„Hast du mit ihm gesprochen?"

„Er kam heute nachmittag ins Haus und wollte dich sprechen. Er erzählte mir, daß du ihm deine Unterstützung zugesagt hast. Deine Anwesenheit als *Burra-Sahib* von Kingscote gibt ihm vor den anderen Arbeitern einen besseren Stand."

Er seufzte. „Ach, Lisa, ich habe es ihm versprochen ... unsere kleine Coral hat mich dazu überredet. Aber das war, bevor die Kriegstrommeln so laut geschlagen wurden."

Elisabeth Kendall lächelte liebevoll und legte ihre Stirn auf seinen starken Arm. „Und du sagst, daß ich zu nachgiebig mit ihr sei."

„Wir verwöhnen sie beide, nicht wahr? Aber dieser lange Kampf mit ihrer Krankheit ..." Ihr Vater seufzte. „Ich kann mein Versprechen nicht halten. Wir müssen des Tigers so bald wie möglich habhaft werden. Dieses Biest überfällt uns noch Kingscote, wenn wir ihn nicht rechtzeitig zur Strecke bringen! Bald kommen zwanzig neue Kinder, um in der Seidenzucht zu arbeiten. Der Tiger muß vorher unschädlich gemacht werden."

Er legte seine starken Hände auf ihre Schultern und küßte ihre Stirn. „Erkläre Coral die ganze Sache."

„Ja, aber was ist mit Radschiv?"

Er überlegte. „Ich reite an ihrer Hütte vorbei, bevor ich aufbreche. Er muß noch einmal gewarnt werden. Falls irgendetwas passieren sollte, will ich nicht, daß ihr Blut an meinen Händen klebt."

„Hampton! Sag so etwas nicht. Gott schenke uns Frieden."

„Ja, und du und Coral fangt am besten gleich zu beten an."

„Wirst du ihn ermutigen?" fragte sie, als er sie umarmte.

„Ja", sagte er grimmig. „Ich habe versprochen, daß ich zu ihm stehen werde. Aber – mir ist nicht wohl bei dem Gedanken. Ich war von Anfang an, als Coral mit der Idee von Dschemanis Taufe kam, gegen dieses christliche Ritual."

„Ich weiß, Schatz. Aber wir lassen es ja nicht laut vor uns her posaunen. Am Fluß werden nur wir vier sein."

Er seufzte.

„Liebling, wir haben es versprochen", beharrte sie. „Coral war so krank ... und das ist seit langem der hellste Lichtblick für sie. Sie hat Dschemani bestimmt nicht gedrängt, sich taufen zu lassen."

„Das weiß ich, Lisa, das weiß ich ja. Aber die Worte dieser Bücher haben sich Coral in die Seele gebrannt. Ich wage zu sagen, daß sie Gedanken entfacht haben, in denen eine Explosionsgefahr steckt."

Sie zögerte. „Ja, die Bücher ... ich habe sie aus dem Geschäft in London kommen lassen ... Männer wie Brainerd und Wesley sind wert, genau gelesen zu werden. Und sie findet ein so großes Interesse daran."

„Alles gute Leute. Aber im letzten Jahr, in dem Coral nichts anderes zu tun hatte, als diese Bücher zu lesen und zu studieren, hat sich das Mädchen, das wir groß gezogen haben, stark verändert."

„Sie ist jetzt ein fröhlicher Mensch, während sie früher immer melancholisch war."

„Sie ist noch so jung und hat dieses indische Mädchen zum Glauben an Jesus geführt. Sie macht mir ein bißchen Sorgen." Er runzelte die Stirn. „Wird sie sich je mit Heiraten und Kinderkriegen befassen?"

„Natürlich wird sie das. Laß ihr Zeit, Schatz."

„Verbringt sie nicht zu viel Zeit mit den Arbeitern? Wenn sie hier keine Freundschaften schließen kann, ist es vielleicht an der Zeit, daß wir sie nach London zur Schule schicken."

„Du sprichst ja wie ein Europäer!" neckte ihn Elisabeth. „Du hast doch über meine kolonialistische Einstellung gelacht, als ich so naiv als deine Braut hier ankam und von Indien nicht die geringste Ahnung hatte. Aber Coral ist hier geboren! Sie kennt solche Gefühle nicht. Ist es denn ein Wunder, daß sie sich mit dem Land und seinen Menschen so verbunden fühlt?"

„Du hast schon recht, und ich bin auch stolz auf sie. Sie ist anders als ihre Schwestern. Aber wird es nicht allmählich Zeit, daß sie die Lords und Ladies im Roxburyhaus in London kennenlernt? Ihre Schwester Kathleen bereitet uns schon genug Schwierigkeiten ... so wie sie sich dreht und windet, um nur nicht ihren ehrenwerten schottischen Vetter heiraten zu müssen! Coral sollte bald heiraten –"

„Oh, Hampton, sie ist doch viel zu schmächtig! Bitte, du hast mir versprochen, daß wir warten!"

Er umarmte sie liebevoll und strich ihr mit seiner starken Hand zärtlich über die wallenden dunklen Haare. „Schon gut, schon gut, mein Liebling, du brauchst dich nicht zu ereifern ... wir warten ..."

Es herrschte einen Augenblick Stille, dann war Elisabeths Stimme wieder zu hören: „Hampton? Wegen Dschemani ... du mußt doch zugeben, daß sie Corals Freundschaft würdig ist. Sie ist eine ausgezeichnete Lehrerin in der Hindi-Sprache. Und nachdem Coral sie zum christlichen Glauben geführt hat, ist es kein Wunder, daß zwischen den beiden ein enges Band der Freundschaft entstanden ist."

„Und was ist an ihren zwei leiblichen Schwestern so falsch?"

„Du weißt sehr wohl, daß Kathleen und Marianna immer noch in Kalkutta sind. Außerdem teilen sie nicht Corals Interessen."

„In dieser Hinsicht ist sie wie du", sagte er sanft. „Ich will ihr nicht den Glauben ausreden, der dich so stark macht."

Sie hielten einander fest, bis Elisabeth wieder das Wort ergriff. „Aber ich bin manchmal über Dschemani im unklaren."

„Warum, Lisa?"

„Sie ist so würdevoll, so intelligent. Das paßt nicht zu einer Unberührbaren." Elisabeth flüsterte wieder. „Neulich las sie Coral indische Gedichte vor."

„Ist das etwas so Ungewöhnliches?"

Elisabeths Stimme blieb ruhig: „Das Gedicht war in Sanskrit geschrieben."

„Sanskrit! Wo sollte sie die Sprache der höchsten Kaste, der Brahmanen, gelernt haben?"

„Das weiß ich nicht, Hampton, ich habe mich schon oft gefragt ... Hat dir Radschiv jemals etwas über ihren Familienhintergrund erzählt?"

„Nein. Sie waren ausgehungert und erschöpft, als ich sie am Fluß fand. Dschemani war krank und schwanger. Radschiv erwähnte Radschastan. Sie sind zu Fuß hierher gewandert, um hier Arbeit zu suchen, sagte er. Ich sah keinen Grund, tiefer in ihn zu dringen. Willst du, daß ich das tue?"

„Nein, nein, nicht jetzt. Ich will nicht, daß du sie durch deine Fragen mißtrauisch machst. Sie riskieren ohnehin schon genug."

„Was Radschastan auch in ihrer Vergangenheit für sie bedeutet haben mag, es hat nichts mit Kingscote zu tun. Wenn wir mit Schwierigkeiten rechnen müssen, dann durch das Einmischen der Ostindienkompanie in Assam! Ich schiebe die Schuld dafür auf unseren Schwager, Sir Hugo. Er ist zur Zeit in Jorhat. Und ich zweifle nicht daran, daß er dem Maharadscha Schutz vor Burma verspricht."

„Laß uns jetzt nicht über Hugo sprechen ... Ich würde die Taufe gern bis zu deiner Rückkehr verschieben, Schatz, aber in Dschemanis Zustand halte ich es für das Beste, wenn wir nicht solange warten. Das Baby soll in acht Wochen auf die Welt kommen."

Er seufzte. „Tue, was du für richtig hältst, Lisa. Ich bin zurück, sobald ich mit Major Buckley die Sache mit dem Tiger geklärt habe."

„Ist er nicht Oberst Warbecks Sohn?"

„Ja, und ein guter Freund von unserem Sohn. Buckley ist ein gutaussehender Kerl, ein Spitzbube und ein Gentleman in einem. Kommt aus einem guten Haus und hat einen klugen Kopf. Ich könnte mir vorstellen, daß er mir einige starke Enkelsöhne bringen könnte –"

„Hampton!"

Coral hatte sich aus dem Schatten auf der Treppe nicht fortbewegt, sie blieb auch jetzt stehen. Ihre Beine waren schwach, denn sie war viele Monate lang mit Tropenfieber erkrankt ans Bett gefesselt gewesen. Mit einer Hand am Geländer und der anderen fest um den Kerzenhalter sah sie, wie ihr Vater sich vorbeugte und ihre Mutter zum Abschied küßte. Dann trat er durch die schwere Holztür hinaus in die dunkle Nacht. Corals Aufregung erstarb wie eine erlöschende Flamme. *Ghasis* ...

Ihre Mutter brauchte nicht zu erfahren, daß sie ihr Gespräch belauscht hatte, deshalb richtete sie sich auf und wollte wieder leise in ihr Schlafzimmer gehen. Eine Bewegung unter ihr im Schatten der offenen Bibliothekstür erregte ihre Aufmerksamkeit. Geräuschlos schloß sich die Tür. Das Gespräch ihrer Eltern hatte noch jemand anders mitangehört. *Jemand von den Hausdienern?*

Sie wartete, bis ihre Mutter in die Küche gegangen war, um dem *Kansamah* Anweisungen für die Nacht zu geben. Dann nahm Coral ihren ganzen Mut zusammen und schlich leise die Treppe hinab in die große Halle und über den Marmorboden zur Bibliothekstür. Sie ergriff den Türknauf und öffnete sie weit.

Die Bibliothek lag im Halbdunkel. Sie stand im Türrahmen. Das Licht aus der Halle fiel hinter ihr in den Raum. Sie hielt immer noch den Kerzenhalter eng umklammert. Bücher reihten sich an den Wänden vom Boden bis zur Decke, und der markante Geruch von Leder stieg ihr in die Nase. In diesem Jahr ihrer Krankheit waren diese kostbaren Bücher ihre einzigen Freunde gewesen.

„Wer ist da?"

Schweigen kam ihr entgegen sowie der Geruch der heißen, feuchten Abendluft, die durch die angelehnten Fensterläden hereinzog. Coral blieb noch einen Augenblick stehen und trat ans Fenster, um es zu schließen. Sie spähte in den Garten hinaus, konnte aber niemanden sehen. Hatte sie sich nur eingebildet, daß die Tür vorsichtig zugezogen wurde? Spielte das anhaltende Fieber ihrem Verstand wieder einen Streich? Sie zog das Fenster zu und verriegelte es.

Danach trat sie wieder aus der Bibliothek und ging langsam die Treppe hinauf. Bei jedem Absatz blieb sie stehen und warf einen Blick hinter sich.

Als sie endlich wieder in ihrem Zimmer war, blieb Coral im Schatten stehen. Ihr Blick war auf die kleine flackernde Flamme ihrer Kerze geheftet. Sie versuchte, das Unbehagen von sich abzuschütteln, aber die Worte ihres Vaters brannten in ihrem Kopf: *„Die ersten aus ihrem Volk, die sich zum christlichen Glauben bekehren, werden oft von den Ghasis ermordet."*

Hatte ihre Mutter nicht gesagt, daß es auf Kingscote keine Fanatiker gebe?

Coral wußte, daß das hinduistische Kastensystem streng eingehalten wurde, und es hatte manchmal auch Probleme im Dorf gegeben. Aber die Hindus, die zu Corals Welt gehörten – Männer und Frauen wie Natine, Mera, Rosa und eine ganze Reihe anderer – waren alle Menschen, die sie als Teil ihres Lebens auf Kingscote kennengelernt hatte und mit denen sie aufgewachsen war. Sie waren immer freundlich zu ihr, und sie empfand zu ihnen allen eine tiefe Zuneigung. Aber es stimmte, daß Corals Glaube und der Glaube der Hindus bislang noch nie aufeinandergeprallt waren. Würde Dschemanis Taufe das alles ändern?

Zu ihren frühesten Erinnerungen an ihre Kindheit gehörte ihre grauhaarige *Ayah*, Mera, die sie in einem Bambusrohrstuhl im Kinderzimmer in den Schlaf wiegte und ihr ein altes indisches Lied vorsang, während Corals ältere Schwester, Kathleen, mit Holzklötzchen auf einem indischen Teppich spielte. Mera war ihre Ayah gewesen, bis Marianna geboren wurde und die jüngere Burmesin Dschan-Li kam. Corals Kindheitserinnerungen waren durchweg angenehm, wie beispielsweise die Erinnerungen an die vielen Male, die sie und ihre Schwestern in die Küche geschlichen waren und von Rosa *Barfis* – Milchkekse, die mit Kokosnuß gebacken werden – erbettelten. Rosa zog zwar die Augenbrauen hoch, aber ihre dunklen Augen strahlten immer Freundlichkeit aus.

Nein . . . diese lieben Menschen waren nicht die indischen Fanatiker, die als Ghasis bekannt waren. Sie würde nie glauben, daß sie zu Gewalttätigkeiten fähig waren. Doch was wußte sie wirklich über ihre jahrtausendealte Religion? Außer den Festen der Hindus, bei denen der Jagannath – eine riesige, reich verzierte Tempelstatue des hinduistischen Gottes Krischna – durch die Straßen gezogen wird, kannte sie wenig.

Trotz Corals Bemühungen, das Unbehagen von sich abzuschütteln, jagten ihr die Worte ihres Vaters eine Gänsehaut über den Körper. Von Radschiv die Erlaubnis für Dschemanis Taufe zu bekommen, war wirklich fast unmöglich gewesen.

Coral lächelte vor sich hin, als sie sich daran erinnerte, wie Dschemani ihre Freude unterdrückte, als sie letzte Woche zu ihrem täglichen Sprachunterricht gekommen war. Kaum waren sie allein gewesen, lief sie auf Coral zu und verkündete ihr freudestrahlend die Neuigkeit, daß ihr Mann Radschiv seine Meinung geändert habe. Nachdem er es drei Monate lang strikt abgelehnt hatte, stimmte Radschiv schließlich zu und erlaubte, daß seine Frau im heiligen Fluß getauft würde, bevor das Baby zur Welt käme. Sie hatten beide die Arme ausgestreckt und gelacht, als Dschemanis dicker Bauch einer Umarmung im Wege stand.

„Du hattest recht! Unser Gott hat mein Gebet erhört!“ Dschemani senkte ihre Stimme zu einem Flüstern. „Verrate es bitte niemandem, aber Radschiv zeigt inzwischen auch Interesse am christlichen Glauben. Als wir gestern nacht im Bett lagen, stellte er mir einige wichtige Fragen über den Christus in deinem Buch.“

Als Coral an diesen Augenblick geistlicher Freude zurückdachte, festigte sich in ihr eine neue Entschlossenheit. Nein, es war nicht falsch gewesen, Dschemani das Geschenk zu zeigen, das ihr Großmutter Victora Roxbury 1791 zu Weihnachten geschickt hatte. Die Bibel war in Leder gebunden, und die Seiten hatten einen Goldschnitt. Corals Name war zusammen mit dem Wappenzeichen der Roxburys auf das Deckblatt eingeprägt.

Was danach in Dschemanis Herzen geschah, war mehr ein Handeln Gottes als ein von Coral ausgearbeiteter Plan. Sie hatte Dschemani gebeten, einige Verse aus dem Johannesevangelium auf Hindi zu übersetzen. Innerhalb von fünf Monaten, nach vielen heimlichen Gesprächen zwischen den beiden Frauen, hatte Dschemani erklärt, daß sie Christin werden wolle.

Coral lag hellwach im Dunkel ihres Zimmers. Der Schlaf wollte sich einfach nicht einstellen. Sie redete sich selbst ein, daß der Grund dafür der Ritt ihres Vaters zum militärischen Vorposten in Jorhat sei, während ein menschenfressender Tiger durch den Dschungel streifte. Coral sah zu, wie sich ihr Moskitonetz, das ihr Bett umgab, in einem leichten Luftzug bewegte, und schlief bald wieder ein.

Am Morgen hatten sich die Gespenster der Nacht in der sengenden indischen Hitze aufgelöst. An den stehenden Gewässern des glitzernden Brahmaputra-Flusses steckte Coral der hübschen jungen Inderin das knöchellange Hemdkleid über den Kopf.

Dschemani lächelte. Dabei glänzten ihre warmen braunen Augen und ein leichter rötlicher Anflug war unter ihrer kupferfarbenen Haut zu sehen.

„Radschiv kommt mit der Memsahib“, erklärte sie Coral und meinte damit Elisabeth Kendall. Dschemani spähte durch die Mangobäume in Richtung der staubigen Straße, und ihr Blick schweifte in die Ferne. „Mein Radschiv ist ein Prinz. Es gibt keinen besseren Mann. Er wird ein guter Vater sein."

Coral strengte ihre Ohren an, um die *Ghari* die enge Straße herabpoltern zu hören. Stattdessen vernahm sie nur das bekannte Gackern des Hirtenstars in den Zweigen. Um die aufkommende Spannung abzubauen, versuchte sie, Dschemani ein Lächeln zu entlocken. „Du hast recht, daß du nicht länger warten willst. Wenn du die Taufe noch länger hinauszögern würdest, brauchtest du statt eines übergroßen Hemdes ein *Schamianah*", lachte sie und meinte damit ein großes indisches Zelt.

Dschemani stieß ein nervöses Kichern aus, dann schluchzte sie und fuhr mit den Handflächen über ihren weit hervortretenden Bauch. „Mein Kind und ich werden gemeinsam getauft. Radschiv wußte, daß ich mir das gewünscht habe."

Coral hob die Röcke des einfachen Musselinkleides, das sie für diese nasse und schlammige Gelegenheit angezogen hatte, und eilte zum Ufer, wo sie das trockene Elefantengras an ihren Pantalons fühlte. Sie bückte sich und ließ das warme Wasser durch ihre Finger gleiten. Ihr Blick wanderte über den Fluß. Es waren keine Krokodile zu sehen und auch kein Anzeichen für das einhörnige schwarze Nashorn. Einige uninteressierte Affen schwangen sich durch die grünen Zweige am Ufer entlang, und Flughunde genossen appetitlich die Mangos.

„Die Temperatur ist gut", rief Coral über ihre Schulter zurück. „Mutter sagte, das Wasser wird dir in deinem Zustand nicht schaden."

„Die Memsahib ist eine weise Frau. Ich habe keine Angst, seit ich weiß, daß ich einen Sohn gebären werde."

„Sohn?" hänselte Coral. „Du bist dir aber sehr sicher. Ich würde mich über ein Mädchen genauso freuen."

Sie erwartete, ein weiteres Lachen zu hören. Aber als alles ruhig blieb, drehte Coral den Kopf, um den Grund dafür zu sehen. Dschemani war auf sie zugetreten, und ihre dunklen Augen blickten forschend in Corals Gesicht.

„Wenn mein Baby ein Mädchen ist, werden Radschiv und ich sie Coral nennen. Aber ob ein Sohn oder eine Tochter, du wirst mein Kind beschützen, Coral, nicht wahr?"

Coral blickte lange zu ihr hinauf. Der Gedanke, daß irgendein Kind auf der Seidenplantage der Kendalls Schutz brauchen könnte, machte ihr Angst. Sie begriff, daß sie für Dschemanis öffentliches Bekenntnis zum christlichen Glauben verantwortlich war. Diese Einsicht verstärkte Corals Entschluß, ihre Freundin zu beschützen.

„Sag, daß du das tun wirst, Coral." Dschemani bückte sich neben sie und blickte ihr ängstlich in die Augen.

Coral legte ihr eine Hand auf die Schulter. „Die Kendallfamilie produziert nun schon seit beinahe hundert Jahren Seide auf diesem Land. Unsere Männer haben gegen Soldaten aus Rangun und Krieger aus Sikkim gekämpft. Weder mein Vater noch meine Brüder werden vor Gefahren davonlaufen, Dschemani. Und ich auch nicht."

„Dein Vater ist ein Ehrenmann und sehr tapfer."

Coral fühlte einen Anflug von Stolz in sich aufsteigen. „Ja, das ist er. Und er wird keine Feindseligkeiten gegen dich und Radschiv zulassen, solange ihr auf Kingscote wohnt. Euer Baby wird hier sicher leben."

Dschemani ergriff Corals Hand und legte sie auf das Baby in ihrem Bauch: Sie flüsterte eindringlich: „Du und die Memsahib, ihr seid meine einzigen Freunde. Jetzt hat mich der wahre heilige Mann – Jesus – rein gewaschen. Er hat das getan, was der heilige Ganges nicht kann. Heute kann mein Herz lachen und singen. Zum ersten Mal habe ich keine Angst vor dem Tod, denn auf mich warten keine tausend

Wiedergeburten, sondern das ewige Leben. Aber es gibt Dinge, die du nicht weißt, Coral. Dinge, die ich dir nicht sagen kann – nicht sagen darf."

Coral wurde es unbehaglich. *Welche Dinge?* wollte sie fragen, aber Dschemani fuhr fort: „Ist die Memsahib nicht Patin deiner Kusine in Kalkutta?"

Coral dachte an ihre verwöhnte Kusine Belinda Roxbury. Ihre zwei Schwestern waren zur Zeit bei ihr zu Besuch.

„Ja, und meine Tante und mein Onkel sind meine Paten. Warum fragst du?"

Dschemanis Gesichtsausdruck war ernst. „Und das versprecht ihr in der Kirche?"

„Ja, ich glaube, so kann man das sagen."

Dschemani atmete tief ein. „Ich weiß, daß wir sehr verschieden sind. Du kommst aus England und ich –"

„Ich bin auch in Indien geboren", unterbrach Coral sie.

„Ja, das stimmt. Dann bitte ich dich, dir zu überlegen, ob du die Patin meines Kindes werden willst."

Coral blickte sie an und war nicht sicher, ob sie richtig gehört hatte.

„Radschiv hat mir aufgetragen, dich noch vor der Taufe zu fragen."

Coral war der Hals wie zugeschnürt. Noch nie zuvor hatte sie Dschemani so ernst gesehen. Ein solches Versprechen konnte Coral ohne die Erlaubnis ihrer Eltern nicht ablegen, und doch ... fühlte sie einen sanften Drang in ihrem Inneren, der sie nötigte, auch selbst etwas zu riskieren. Immerhin riskierte Dschemani so viel.

Coral blickte in die vertrauensvollen Augen ihrer Freundin und stellte fest, daß Dschemanis Bitte in ihrer Seele bereits Wurzeln geschlagen hatte und ihre Gefühle sich keineswegs dagegen sträubten. Während des Jahres ihrer Krankheit war sie in ihrem Bett gelegen und hatte zugehört, wie ihre Mutter ihr aus der Autobiographie des großen Indianermissionars, David Brainerd, vorgelesen hatte. Seine Hingabe an Jesus und seine Liebe zu den Menschen, denen er diente, hatten ihr oft Tränen in die Augen getrieben. Es war leicht, im Bett zu liegen und sich vorzustellen, in seine Fußtapfen zu treten.

Ihre Schwester Kathleen behauptete immer, Coral sei zu gefühlsbetont und reagiere zu impulsiv, aber Coral konnte nicht anders. In ihr stiegen immer intensive Gefühle hoch. Und jetzt entfachte die dringliche Bitte der ersten Frau, die sich mit ihrer Hilfe bekehrt hatte, ein kleines Feuer in ihrem Herzen. Als sie in Dschemanis dunkle Augen blickte, fühlte sie den Herzschlag des Kindes unter ihrer Handfläche.

„Ja, Dschemani."

Dschemanis Augen glänzten. „Du bist mehr als eine Freundin. Du stehst mir so nahe wie früher meine Schwester."

„Früher?"

„Sie ist tot."

Coral blickte sie fragend an, aber beim Knarren der Ghari-Räder und dem Klappern der Pferdehufe auf der Straße ließ Dschemani Corals Hand los, stand auf und zog Coral mit sich nach oben.

Coral legte die Hand über die Augen, um besser sehen zu können. „Es ist meine Mutter. Dein Mann ist bei ihr."

Mit einem freudigen Aufschrei eilte Dschemani ihnen entgegen.

Coral sah zu, wie der dunkle, gut aussehende Radschiv aus der Ghari stieg und ihrer Mutter auf die Erde half.

Elisabeth Kendall, die ihre Bibel in der Hand trug, begrüßte Dschemani mit einer kurzen Berührung ihrer Wange, dann trat sie auf Coral zu. „Ich bin stolz auf dich, mein Schatz."

Coral legte den Arm um die schlanke Taille ihrer Mutter.

Einige Minuten später stand Coral am Ufer und hielt die Decke und ein Tuch zum Abtrocknen in der Hand. Das Herz schlug ihr bis zum Hals, als sie zusah, wie ihre Mutter Dschemani am Arm in den Fluß führte. Ein schneller Blick auf Radschiv verriet nichts. Sein Gesicht war unbeweglich. Was in seinem Kopf vorging, konnte Coral nur raten. Sie wandte sich wieder Dschemani zu, die vor ihrer Mutter fast bis zur Hüfte im Wasser stand. Coral unterdrückte ihre Tränen.

Danke, Gott, daß ich das erleben darf. Ich dachte schon, ich muß mein ganzes Leben sinnlos im Krankenbett verbringen. Doch aus meiner Schwäche hast du ewiges Leben entstehen lassen.

Sie hörte ihre Mutter sprechen, und die Worte waren für Coral mit einer neuen Bedeutung erfüllt.

„Dschemani, du hast Jesus, den Sohn Gottes, als deinen Herrn und Heiland angenommen. Weil du deinen neuen Glauben bezeugt hast, taufe ich dich jetzt im Namen des Vaters, des Sohnes und des Heiligen Geistes. Amen."

Ein leises Rauschen erfüllte den heißen Morgen. Das Wasser plätscherte, und Dschemani tauchte tropfnaß wieder auf. Ihr tiefschwarzes Haar klebte ihr an der Stirn und im Gesicht. Elisabeth breitete die Arme aus, und Dschemani umarmte sie.

Sie blieben eng umarmt stehen. Diese Umarmung überschritt alle Schranken der Sprache und Nationalität.

Ja, Dschemani hatte recht gehabt. Sie waren wirklich Schwestern.

Radschiv unterbrach die gefühlsgeladene Atmosphäre. Er trat in den Fluß, reichte ihnen die Hände und half den zwei Frauen wieder hinaus aufs trockene Land, dann hielt er seine Frau fest und murmelte etwas auf Hindi. Sie lächelte zu ihm auf. Er strich ihr mit den Fingern über die Wangen und wischte ihre Tränen fort. Dann küßte er seine Finger und berührte damit Dschemanis Lippen. Coral wandte sich von dieser intimen Szene ab.

Da hörte Coral hinter sich aus dem Dschungeldickicht ein Geräusch. Ein durchforschender Blick am Waldrand entlang verriet nichts. *War das nur der Wind?* fragte sie sich. *Vielleicht ein Vogel oder ein Affe.*

Sie drehte sich wieder zum Fluß zurück, als ein nicht zu übersehender weißer *Puggari* in dem dichten Grün untertauchte. Jemand hatte hinter den Büschen gelegen. Er hatte alles mit angesehen. Jemand, der nicht gesehen werden wollte. Zweifellos war er nur neugierig und hatte gleichzeitig Angst, erwischt zu werden. Wahrscheinlich wollte er nicht mit diesem verurteilungswürdigen Handeln in Verbindung gebracht werden.

Genau in diesem Augenblick fielen mehrere überreife Feigen von dem Ast über Corals Kopf zu Boden. Ihr Kopf schoß in die Höhe, und sie hielt die Hand über die Augen, um in dem knorrigen Baum etwas erkennen zu können. Die achtjährige Janna hing an einem Ast, und ihre großen Zöpfe baumelten in der Luft. Das Mädchen schwang sich nach unten und landete anmutig auf ihren Sandalen.

Coral stieß einen nervösen Seufzer aus. „Janna, warst du die ganze Zeit da oben?"

Janna lief in ihrem verstaubten weißen Kleid auf sie zu. Sie murmelte auf Hindi: „Burra-Sahib hat mich gewarnt, ich soll nicht kommen. Aber Dschemani ist meine Freundin."

Mit dem Titel Burra-Sahib – der „große Mann" – wurde auf Kingscote Sir Hampton Kendall angesprochen. Aber ihr Vater war zum militärischen Vorposten in Jorhat unterwegs. Hatte er vor seinem Aufbruch letzte Nacht mit Janna gesprochen, oder sprach Janna von jemand anderem?

Die Stimme ihrer Mutter unterbrach ihre Gedanken.

„Coral, komm schon, Schatz. Wir müssen zurück."
„Ja, Mutter, ich komme schon."
„Du auch, Janna", rief Elisabeth. „Du kannst neben Radschiv auf dem Fahrersitz Platz nehmen."

1

Denn ich weiß wohl, was ich für Gedanken über euch habe, spricht der Herr ...

Jeremia 29,11a

Coral blickte ängstlich von der Veranda vor ihrem Zimmer auf den Dschungel, der die Seidenplantage der Kendalls umringte. Über der roten Abenddämmerung lag eine tiefe Stille. Kein Elefantenfuß wirbelte auf der Straße den Staub auf, wo sie normalerweise riesige Bündel Rohseide zum Fluß schleppten. In der Hauptsaison brachen die flachen Holzbarken zum Ganges auf und landeten schließlich im Hafen von Kalkutta, wo Schiffe der Ostindienkompanie die Seide in die seidenhungrigen Häfen im Westen brachten: nach Venedig, Cadiz, Lyon und London.

Corals Augen waren auf die Straße geheftet, wo durch die Zweige der eng zusammenstehenden Bäume das Zwielicht drang. Von den indischen Arbeitern in den Hütten war kein Ton zu hören, ebensowenig von den neu angekommenen Kindern, die lernen würden, die Seidenraupen in den Zuchtkästen mit zerkleinerten Maulbeerblättern zu füttern.

Corals Körper spannte sich. Der Gedanke an die Kinder lenkte ihre Sorge wieder auf Dschemani und das Problem, vor dem sie stand. Radschiv wurde vermißt! Dschemani erschrak bei dieser Nachricht so sehr, daß sie vorzeitige

Wehen bekam. Wenn sie jetzt entbinden würde, käme das Baby sechs Wochen zu früh zur Welt.

Ihre Hände klammerten sich um das schmiedeeiserne Geländer. Vielleicht würde sich die Nachricht, daß Dschemanis Mann verschwunden war, als harmlos herausstellen und er käme unbeschadet zurück. Aber selbst dann änderte sich nichts an der schwierigen Situation, vor der Coral stand.

Ohne von Radschivs Verschwinden und Dschemanis vorzeitige Wehen zu wissen, war Corals Mutter noch vor Tagesanbruch in das nächste Dorf aufgebrochen, um Medikamente hinzubringen. Da die Angst vor dem Tiger Kingscote immer noch in Atem hielt, hatte ihr Vater sie begleitet, um mehrere bewaffnete Arbeiter mitzubringen. Sogar ihre zwei Schwestern waren fort; nicht daß sie eine große Hilfe gewesen wären, dachte sie verdrießlich. Kathleen würde vor dem Gedanken, bei der Geburt eines Babys zu helfen, zurückschrecken, und Marianna würde in Ohnmacht fallen!

Wenn ihre Mutter nicht bald zurück käme, müßte Coral das Baby allein zur Welt bringen. Corals Herz pochte nervös ... Angenommen, sie würde etwas Wichtiges vergessen? Angenommen, sie könnte keinen klaren Kopf behalten, wenn sie Dschemanis Wehen mit ansehen und ihre Schmerzensschreie mit anhören müßte?

Nein, sie mußte stark sein. Sie hatte Dschemani versprochen, sie nicht im Stich zu lassen. Coral holte tief Luft und versuchte, sich zu entspannen, aber sie konnte die Spannung nicht von sich abschütteln. Ihr Herz pochte. Sie hatte schon früher ihre Mutter begleitet und ihr bei der Geburt von anderen Arbeiterinnen auf Kingscote assistiert, aber sie hatte noch nie allein ein Baby auf die Welt gebracht. Sie schloß die Augen und versuchte, sich an alles zu erinnern, was ihre Mutter getan hatte, aber die Angst beeinträchtigte ihr Erinnerungsvermögen.

Wenn ich nur nicht schon so lange mit meinem Tropenfieber kämpfen würde, dann stände ich jetzt nicht vor diesem Dilemma, dachte sie. Wie einfach wäre das Leben, wenn sie jetzt bei ihren Schwestern in Kalkutta wäre und ihre Tante und Kusine besuchen würde. Sie hätte nichts Wichtigeres zu tun, als in der Begleitung von jungen britischen Offizieren elegante Bälle und Picknicks zu besuchen.

Natürlich! dachte sie. Sie könnte Dschan-Li um Hilfe bitten! Die Burmesin, die ihre geliebte Ayah gewesen war, könnte das Kind zur Welt bringen. Sie wirbelte herum und wollte die Veranda verlassen, aber mitten in ihrem Schritt blieb sie stehen. Ihre feinen Augenbrauen zogen sich zusammen. Nein, Dschan-Li konnte ihr nicht helfen! Sie war nicht in der Verfassung, ihr als Hebamme zu assistieren, da sie selbst erst vor wenigen Tagen ein Kind geboren hatte.

Angsterfüllt ließ Coral ihren Blick über den abfallenden Rasen streifen, der zu den flachen Ufern des Brahmaputra führte. Am westlichen Horizont verfärbte sich die Sonne in ein tiefes Orange und warf immer längere Schatten über den Fluß. Kraniche mit ihren langen, dürren Beinen versammelten sich, tranken aus dem Fluß und hoben die Augen zu den Wolken in der Ferne.

Wenn nur ihre Mutter endlich mit dem Boot zurückkäme! Kein Windhauch bewegte ihre flachsfarbenen Locken, die zu dicken Zöpfen geflochten und an ihrem Hals zu einem Knoten gedreht waren. Sie war gekleidet, wie man es auf einer Plantage, die eine der feinsten Seidensorten im ganzen Orient herstellte, erwartete – mit einem kühlenden und lokker sitzenden Seidenhemdkleid – ein praktisches Kleid, das wenig Ähnlichkeit mit den meterlangen Röcken, Schärpen und Schleifen hatte, die sie im Roxburyhaus tragen müßte, wenn sie ihre Großmutter in London besuchen würde.

Die Blätter auf den Bäumen waren mit Staub überzogen,

und der Blumengarten ihrer Mutter mit purpurfarbenen Bougainvillea lag welk und verstaubt in der Hitze. Coral hatte schon viele Dürrezeiten erlebt, in denen alles Leben voll Erwartung steckte und nach dem ersten Donnerrollen, den ersten dicken Regentropfen auf den staubigen Boden lechzte. Der unstillbare Durst des riesigen Landes erfuhr eine kurze Befriedigung in den Regengüssen, die alles sauber wuschen und die Flüsse wieder auffüllten. In diesem Augenblick brach Corals Gebet wie ein indischer Regenguß aus ihrer Seele heraus:

Herr, bitte hilf, daß Mutter rechtzeitig zurück kommt!

Die Nachmittagsstille wurde von aufgeregten Stimmen durchbrochen, die aus der Richtung des Flusses etwas riefen. Den Stimmen folgte das Trompeten eines Elefanten.

Coral hielt die Hand über die Augen und hoffte, daß ihr Gebet, das sie erst vor einigen Augenblicken gesprochen hatte, schon erhört würde.

Coral spähte zur *Ghat*, wo Steinstufen zu den kleinen Booten hinabführten. Zwei weißgekleidete Bootsarbeiter, die *Mandschis* genannt wurden, liefen auf das Haus zu. Ein dritter ritt auf dem Rücken eines grauen Elefanten, dessen Ohren wie Zelte im Wind flatterten.

Natine, der *Kotwal* ihres Vaters über die anderen Diener auf Kingscote, trat von der Veranda des Hauses auf den Rasen den Männern entgegen. Er stand würdevoll mit einer weißen Puggari und einem langen blauen Hemd über seinen weiten, weißen Hosen vor ihnen. Die Mandschis sprachen Hindi und sehr schnell, so daß Coral nicht verstehen konnte, was sie sagten. Sie wirkten zu aufgeregt, als daß nur ihre Mutter zurückgekehrt sein konnte. *Etwas stimmt nicht.*

Natine eilte über den Rasen zurück zum Haus. Coral umklammerte das Geländer und beugte sich vornüber.

„Natine! Was ist passiert? Gibt es etwas Neues von meiner Mutter und meinem Vater?“

Der Kopf mit dem Turban drehte sich in ihre Richtung nach oben. Sein walnußfarbiges Gesicht war unbeweglich. „Nein, Miss-Sahiba. Sie sind immer noch im Dorf.“

„Was haben die Mandschis gesagt? Geht es um den Tiger?“

Ihr Vater war vor einer Woche von dem britischen Vorposten in der Nähe von Jorhat zurückgekehrt. Erst gestern hatte er sie gewarnt, daß es ein bengalischer Königstiger sei – drei Meter lang, männlich, angriffslustig und mit einem weißen Streifen um den Hals. Selbstverständlich waren Tiger in der Umgebung von Kingscote nichts Ungewöhnliches, und Coral hatte schon viele gesehen. Aber dieser war ein Menschenfresser. Seit ihr Vater zum Vorposten geritten war, hatte der Tiger zwei Fischer angefallen, einen hatte er zerstümmelt, den anderen gefressen. Der Tiger erwies sich als schlau. Er ging in keine der ausgestellten Fallen, terrorisierte das Dorf und hielt jetzt Kingscote in Atem.

„Wo ist Michael?“ fragte sie nach ihrem älteren Bruder.

„Sahib reitet mit den Soldaten aus Jorhat. Major Buckley hat eine Botschaft geschickt: Der Tiger ist auf Kingscote. Er sagt, die Arbeiter müssen auf der Hut sein. Die Frauen und Kinder dürfen die Häuser nicht verlassen.“

Ihr Vater hatte ihr bereits gesagt, daß eine Patrouille, die zur 21. Leichten Kavallerie gehörte, der die indischen *Sowars* unterstanden, seit Tagen Ausschau hielt.

Ihr Magen krampfte sich zusammen. Sie hatte keine andere Wahl, als den Anordnungen des Majors zuwider zu handeln. Wußte Natine, daß Dschemani bald entbinden würde? Sie vermutete es, aber sein Gesichtsausdruck blieb unverändert.

Aus der Küche unten hörte sie das fröhliche Klappern der Schüsseln, während das Abendessen vorbereitet wurde.

Meras Stimme drang zu ihr nach oben. Sie schimpfte mit zwei indischen Kindern, die etwas falsch gemacht hatten. Die treue, freundliche Mera ... aber es hatte keinen Sinn, ihr zu befehlen, bei der Entbindung zu helfen; die oberste weibliche Dienerin des Hauses würde lieber sterben, als durch eine Unberührbare die Kastenregeln zu brechen.

„Irgendetwas Neues von Radschiv?" rief sie nach unten.

Natine zögerte. „Noch nicht. Bei der Warnung vor dem Tiger mußte ich die Suche abbrechen lassen."

Er wandte sich ab und begann, den zwei Arbeitern Befehle zuzurufen. Coral fühlte sich unbehaglich. *Wo ist Dschemanis Mann?*

Sie blieb am Geländer stehen und blickte nach unten. Die Arbeiter gehorchten Natine, als wäre er der Burra-Sahib. Erst kürzlich war ihr aufgefallen, wie alle *Nauker-logs* seinen Befehlen gehorchten. Natine wurde gleichzeitig geachtet und gefürchtet. Sie hatte einmal ihren Vater nach Natines Herkunft gefragt und dabei herausgefunden, daß er zu den *Radschputs* aus dem Gebiet der Mogulen in Radschastan in Zentralindien kam. Die Radschputs waren angeblich in der Kriegerkaste im Hindusystem geboren, die nur eine Stufe unter der Priesterkaste, den *Brahmanen*, stand. Eines stand fest: Natine sorgte dafür, daß die Nauker-logs das im Gedächtnis behielten.

In der Ferne hallte ein gefährlich klingendes Rollen wider. Sie erstarrte. Der Tiger? Nein – sie blinzelte, als ein greller, trockener Blitz über den grau verhangenen Himmel zuckte – ein Vorbote des nahenden Monsuns. Das dumpfe Donnern wiederholte seine Warnung, als eine Bewegung ihre Augen in die Richtung der Arbeiterhütten lenkte. Janna raste über das staubige Feld auf das Haus zu. Ihre gertenschlanke Figur verlor sich in dem flatternden weißen Sari. Corals Herz begann, noch lauter zu klopfen. Nein ...

Sie hatte Janna früh am Morgen nach der Nachricht von Radschivs Verschwinden zu Dschemani geschickt und ihr gesagt, sie solle bei ihr bleiben. Coral wußte, daß das Kind ihr die Worte brachte, die sie nicht hören wollte.

Janna stand barfüßig im Staub. „Missy Coral! Missy Coral! Sie müssen die Memsahib holen und schnell kommen!"

Corals Hände wurden feucht. Ihre eigene ruhige Stimme überraschte sie. Sie beugte sich über das Geländer. „Warte auf mich, Janna. Ich bin in einer Minute unten!"

Das Mädchen nickte, preßte ihre kleine Hand auf den Mund, und ihre runden Augen waren angsterfüllt.

Natine stand immer noch unten im gepflasterten Hof, der an den Rasen angrenzte. Sie sah die steif aufgerichteten Schultern, die mehr als alle Worte laut verkündeten, wie sehr er ihre Einmischung ablehnte. Abgesehen von seiner einfachen Kleidung hätte er für irgendeinen Mogulenkönig aus Indiens ruhmreicher Vergangenheit gehalten werden können, der den englischen Einfluß in seinem Land verabscheute. Ohne auf seine ablehnende Haltung zu achten, rief sie laut: „Natine! Ich werde Meras Hilfe brauchen. Holen Sie sie bitte sofort."

Einen Augenblick rührte er sich keinen Millimeter und blickte wie ein Taubstummer zu ihr hinauf. Schließlich führte er seine Finger an seiner Stirn in *Namaste* zusammen. Er ging die Verandastufen hinauf ins Haus und steuerte auf die Rückseite des Herrenhauses zu.

Coral wirbelte herum, lief von der Veranda ihres Zimmers und griff nach der Medizintasche ihrer Mutter, die neben der Tür wartete. Sie hob ihr Kleid hoch und eilte schnell die Stufen hinab, ohne auf die Schwäche in ihren Knien zu achten. Ob ihre Knie aus Angst oder wegen ihrer Krankheit so wakkelig waren, konnte sie nicht mit Bestimmtheit sagen. Sie blieb unten stehen und holte mit laut klopfendem Herzen tief Luft. Mit einer Würde, die ihre sechzehn Jahre weit überstieg, ging sie an schweigenden Dienern vorbei, die so taten, als wüßten sie überhaupt nichts von dem Notfall. In der Halle blieb sie stehen und blickte ins Hintere des Hauses. „Natine? Mera!"

Im Haus war alles totenstill. Von draußen konnte sie in der Ferne die Rufe von *Mahuts* hören, die auf ihren Elefanten davonritten, um die Seidenarbeiter vor dem Tiger zu warnen.

Hatte Natine ihre Botschaft ausgerichtet? „Mera!" Sie stellte die Tasche ab und lief nach hinten in die Küche. Nur der Kansamah hielt sich in der Küche auf. Seine braunen Hände waren von Mehl ganz weiß. Er blickte auf, sein übliches freundliches Gesicht war unbeeindruckt.

„Harisch! Wo ist Mera?"

„Das weiß ich nicht, Miss Coral."

„Wo ist Natine?"

„Er ging, die Arbeiter vor dem Tiger zu warnen."

So. Natine hatte ihre Anweisungen also ignoriert. Nun gut, daran konnte sie momentan nichts ändern. Sie wirbelte herum und eilte hinaus.

Auf den Verandastufen blieb sie kurz stehen und blickte noch einmal über den großen Rasen zum Fluß hinunter, immer noch in der Hoffnung, das Boot zu sehen, das ihre Mutter zurückbrächte.

Die weißbekleideten Mandschis ließen ihre Arbeit auf den Kendallbooten liegen und liefen am Ufer entlang, um andere Fischer zu warnen, sich in Sicherheit zu bringen.

„Tiger! Tiger!"

„Kahbahdar! Tiger! Kahbahdar! Tiger!"

Coral wagte nicht, an den drei Meter langen bengalischen Tiger zu denken. Sie eilte hinter Janna her, die über das Feld in die Richtung zur Straße lief und unter ihren Fußsohlen den Staub aufwirbelte. Immer wieder blieb Janna stehen und warf einen ängstlichen Blick über ihre Schulter zurück, um sich zu vergewissern, daß Coral ihr auch wirklich folgte.

Was soll ich tun, wenn ich dort bin? überlegte Coral und fühlte, wie ihr der Schweiß über die Rippen lief. Mit der Tasche ihrer Mutter in der Hand eilte sie weiter. „Herr, bitte steh mir bei ...“

Wieder versuchte sie, sich alles in Erinnerung zu rufen, was ihr ihre Mutter über eine Geburt erklärt hatte. Aufgrund ihrer monatelangen Krankheit keuchte sie nach Luft, als sie hinter Janna herlief. In ihren Sandalen knirschte der Straßenstaub. Die Erschöpfung wollte sich ihrer bemächtigen. Ihr wurde schwindelig.

Janna wartete an der Straße. Hier würden sie unter den schattigen Maulbeerbäumen den Weg zu den weißgewaschenen Hütten abkürzen.

„Warte“, rief Coral völlig außer Atem. Sie mußte unter einem Baum stehen bleiben. Sie lehnte am Baumstamm und rang nach Luft. Kein Lüftchen regte sich, Insekten surrten, der Dschungel roch heiß und trocken, und die Geräusche aus den Tropen wurden in der Ruhe vor dem Sturm nur noch verstärkt: „Monsun, Monsun“, meinte man sie murmeln zu hören.

Janna stand neben ihr und beobachtete Coral gespannt mit ihren großen dunklen Augen. Ungeduldig schlug sie die Mücken von ihrer Wange.

Bei Geräuschen weiter unten an der Straße richtete sich Coral auf. Sie blickte durch die Baumallee hinab. Pferdehufe wirbelten in der Ferne Staub auf, gefolgt von einem schwachen Metallklirren.

„Soldaten, Missy.“ Janna lief zurück und stand schüchtern hinter Corals Rock.

Erleichtert trat Coral auf die Straße. Michael wäre bei ihnen.

Eine kleine Patrouille, die zum Regiment der 21. Bengalischen Leichten Kavallerie gehörte, ritt um die Kurve. Als sie sich Coral näherten, zügelten sie ihre Pferde. Sie erhaschte einen Blick auf die staubigen, schwarzsilbernen Uniformen von sechs britischen Soldaten und zwei Offizieren. Hinter ihnen ritten ein Dutzend indische Sowars, die auf schweißtriefenden Pferden hinter ihnen stehen blieben und warteten.

Corals Augen glitten über die Gesichter der britischen Soldaten, in der Hoffnung, unter ihnen Michael zu entdecken, aber er war nicht dabei. Unvorbereitet begegnete sie dem forschenden Blick des befehlshabenden Offiziers. Sein gutes Aussehen war unbestreitbar. Er sah kräftig aus, und seine Uniform paßte ihm sehr gut. Seine Haare waren sehr dunkel, seine Augen zeigten ein durchdringendes Blauschwarz unter dunklen Wimpern. Seine markanten Gesichtszüge, die von Staub und Schweiß verschmiert waren, verrieten, daß er einen längeren, anstrengenden Ritt hinter sich hatte.

Ohne zu lächeln, musterte er Coral mit einem Blick, der nicht preisgab, was er dachte. Seine Hände, die in Handschuhen steckten, lagen auf dem Sattel vor ihm.

„Miss, ich habe Befehl geben lassen, daß sich keine Frauen oder Kinder im Freien aufhalten sollen."

Sein Ton klang offiziell. Sie nahm sofort eine Verteidigungshaltung an. Coral preßte die Lippen zusammen und sprach kein Wort.

„Ich nehme an, Sie sind eine der Kendalltöchter?" Sein Ton ließ vermuten, daß er bereits wußte, wer sie war, und mit einer Auseinandersetzung mit dieser verwöhnten Seidenerbin rechnete, die ihm nach einem anstrengenden, erfolglosen Tag auf Tigerjagd gerade noch fehlte.

Coral fand nicht, daß sie irgendwie verwöhnt sei, und sagte zu reserviert: „Ich bin Miss Coral Kendall, wenn das Ihre Frage ist, Herr Hauptmann."

„Major", korrigierte er sie mit einem schwachen Lächeln. „Major Jace Buckley."

Corals Gefühle zogen sich hinter einem würdevollen Schild zurück. Sie traute Männern nicht, die zu gut aussahen, obwohl sie den Grund für ihre abweisende Haltung nicht erklären konnte. Vielleicht weil er so viel Selbstvertrauen ausstrahlte.

Sie fühlte sich ungewöhnlich steif, wandte ihren Blick von ihm ab und fuhr mit der Hand an ihre dicken Zöpfe. Jetzt erblickte sie einen älteren Mann mit einem rötlich grauen Bart und buschigen Augenbrauen und fühlte sich wieder wohler. An ihm war irgendetwas Vertrautes. Sie hatte ihn schon früher gesehen, aber wo? „Also Mädchen, schön, daß wir jetzt wissen, wer Sie sind", sagte er mit einem breiten, schottischen Dialekt. „Haben Sie die Warnung nicht erhalten? Der Tiger ist hier in der Nähe gesehen worden. Sie sollten lieber nicht hier draußen herumlaufen."

Sie hob den Arm und deutete in die Richtung der Seidenraupenzucht in der Mitte des großen Maulbeerbaumgartens. „Ich habe nicht mehr weit. Ich muß mich um eine dringende Sache kümmern." Sie machte eine Pause, um ihren Worten eine stärkere Betonung zu verleihen. „Meinem Vater *gehört* Kingscote."

Der uniformierte Hauptmann lächelte freundlich. „Ja, Mädchen. Ich kenne Sir Hampton Kendall gut. Ich werde nämlich bald für ihn arbeiten. Ich heiße Seward."

Seward ... Der Name klang gut in ihren Ohren. Sie kramte in ihrem Gedächtnis. Vor der Heirat ihres Vaters mit ihrer Mutter, Lady Elisabeth Roxbury aus London, war er nach China gesegelt und hatte mit Tee, Jade, Seide und Porzellan gehandelt. Über diesen Teil seines abenteuerlichen Lebens sprach er nicht mehr, denn ihre Mutter unterbrach ihn jedes Mal sanft und wechselte das Thema, aber Coral erinnerte sich daran, daß der Name Seward ein Teil dieser Geschichten war. Die Nachricht, daß er bald für ihren Vater arbeiten würde, entlockte ihr ein freundliches Lächeln.

„Ich glaube, mein Vater hat schon von Ihnen gesprochen."

Seward grinste. „Ja, das glaube ich gern, Mädchen. Und Sie sind das hübscheste Kendall-Mädchen, das man sich nur vorstellen kann!"

Coral fürchtete, sie könnte erröten, und blickte zurück zu dem Major, der ungeduldig mit dem Zügel gegen seine Handfläche klopfte.

„Ich bezweifle, daß Sir Hampton will, daß Sie ohne Begleitung hier herumlaufen, Miss Kendall", unterbrach er das Gespräch. „Ist Ihr Vater zu Hause? Ich habe mit ihm zu sprechen."

„Er ist mit meiner Mutter ins Dorf gefahren. Mein Bruder sollte doch mit Ihnen reiten, Herr Major. Wissen Sie, wo Michael Kendall ist?"

Er antwortete nicht. Hauptmann Seward drehte sich in seinem Sattel um und blickte ihn an. „Nun, Herr Major?"

Coral bemerkte die Spannung in dem Blick, den die beiden Männer miteinander austauschten, wartete aber schweigend auf eine Antwort.

Der Major hob als Antwort seine Hand, und obwohl seine Stimme höflich war, vermittelte er den Eindruck, Seward solle schweigen. Seine Augen richteten sich auf das Kind Janna, dann blickten sie wieder Coral an.

„Miss Kendall, es tut mir leid, aber ich muß einen Todesfall auf Kingscote melden. Ich glaube, er ist einer der Arbeiter ihres Vaters. Michael kümmert sich momentan um die Sache."

Die Worte des Majors trafen Coral wie ein Schlag. Instinktiv wußte sie, daß es Radschiv war. In einer schützenden Geste zog sie Janna an sich heran.

„Der Tiger?“ fragte sie, aber noch während sie sprach, las sie in seinen Augen etwas Unangenehmes.

„Es ist noch nicht ganz klar.“ Er hatte anscheinend bemerkt, daß sie das Kind eng an sich herangezogen hatte, und blickte ihr forschend in die Augen. „Wie Seward bereits sagte: Der Tiger ist hier in der Nähe gesehen worden. Einer meiner Männer wird Sie und das Kind zurück ins Haus begleiten. Es tut mir leid, aber dies ist ein Befehl.“

Corals Enttäuschung wuchs. Sie schüttelte den Kopf. „Sie verstehen nicht.“ Sie hob die Medizintasche ihrer Mutter hoch und sagte zögernd: „Ahh ... eine Freundin von mir wird jeden Augenblick ... entbinden.“ Sie wollte hinzufügen: *Wahrscheinlich die Frau des Mannes, den Sie gefunden habe,* aber da sie bemerkte, daß sich Janna an sie klammerte, unterließ sie es. Bevor diese lange Nacht vorüber wäre, müßte sie Dschemani sagen, daß Radschiv tot war.

War sein Tod ein Unfall gewesen? Ein beklemmendes Gefühl schnürte ihr die Kehle zu. Mehr als je zuvor fühlte sie sich für Dschemani verantwortlich. Hatte Radschivs Tod irgendetwas mit ihrer Taufe zu tun?

Major Buckley wirkte nicht im mindesten irritiert, obwohl die Situation einen Funken Irritation zu erzeugen schien.

„Sie bekommt ein Kind?“

Coral blickte durch die Bäume und wischte sich eine Haarsträhne vom Hals. „Ja, bitte entschuldigen Sie. Ich muß mich beeilen.“

„Dann brauchen Sie eine Begleitung, Miss Kendall. Wo ist Ihre Freundin?“

„Nicht weit von hier.“ Sie deutete mit der Hand. „In einer der Hütten.“

Er warf ihr einen überraschten Blick zu. „Das sind die Hütten der Seidenarbeiter.“

Glaubte er, daß sie, nur weil sie die Tochter von Sir Hampton Kendall war, keine Freundinnen unter den Indern hatte?

Sie wollte gerade antworten, als hinter ihr aus der Richtung des Herrenhauses das Klappern von Pferdehufen sie unterbrach. Coral wirbelte erwartungsvoll herum und erblickte mit riesiger Erleichterung ihre Mutter in der Ponykutsche. Ihre dunklen Haare waren zu sauberen Zöpfen zurückgekämmt und im Nacken zusammengesteckt. Sie trug ein einfaches Musselinkleid, das jetzt ganz feucht und durchgeschwitzt war. Trotzdem strahlte ihre Mutter eine Eleganz aus, die nicht zu übersehen war. Coral wußte, daß neben ihren Füßen versteckt das Gewehr lag, ohne das ihre Mutter nie ausritt.

Coral hob ihren Rock und lief ihrer Mutter entgegen. „Mutter!"

Elisabeth hielt den Wagen an und streckte beide Arme aus, um ihre Tochter zu umarmen.

„Ich hatte schon Angst, du kommst nicht mehr rechtzeitig", keuchte Coral und beruhigte sich bei dem wohl vertrauten Duft vom Parfum ihrer Mutter. Die ruhigen braunen Augen und die sanfte Berührung ihrer Wange sagte Coral, daß jetzt alles wieder in Ordnung sei.

„Das ist tapfer von dir, daß du allein gekommen bist, Coral. Aber du hättest im Bett bleiben müssen."

Coral freute sich über das Kompliment ihrer Mutter. „Ich mußte doch. Es ist Dschemani! Sie hat Wehen bekommen!"

Elisabeth runzelte die Stirn. „Ja, Mera hat es mir erzählt. Ist sie gestürzt?"

„Nein, ach Mutter!" Sie sprach leiser weiter. „Es ist Radschiv! Er wurde letzte Nacht als vermißt gemeldet, und jetzt –"

„Was! Gestern nacht? Aber das hat mir niemand gesagt, als ich heute morgen mit deinem Vater fortfuhr."

„Natine hat es erst beim Frühstück erwähnt. Zu der Zeit warst du und Papa bereits fort! Dschemani hat Wehen bekommen, und jetzt glauben die Soldaten anscheinend, daß –"

„Oh nein! Weiß Dschemani, daß er vermißt wird?"

„Ja, aber es ist noch schlimmer. Der Major hat die Leiche eines Arbeiters gefunden. Michael kümmert sich gerade um die Sache. Mutter … wenn …?"

Aus Elisabeths Gesicht war jede Farbe gewichen, und Coral fühlte, wie sich die Finger ihrer Mutter um ihren Arm verkrampften.

Major Buckley hatte sein Pferd neben den Wagen gelenkt, und jetzt bemerkte Coral, daß er der perfekte Gentleman war.

„Gnädige Frau, ich bedauere, Ihnen den Tod eines Mannes melden zu müssen. Ich glaube, Ihr Sohn weiß, wer es ist."

Elisabeths fragende Augen begegneten seinem Blick. „Oh … nicht …?" Sie warf einen vorsichtigen Blick in Jannas Richtung.

„Ihre Befürchtungen sind gerechtfertigt. Ihr Sohn kümmert sich momentan um die Angelegenheit. Hauptmann Seward wird Sir Hampton den Fall melden."

Ihre Mutter saß einen Augenblick wie erstarrt. Corals Gedanken eilten zu Dschemani. Sie hatte keinen Mann mehr, der ihr helfen würde, ihr Kind aufzuziehen.

„Ich habe gehört, daß eine Frau in den Wehen liegt. Ich lasse Sie von einigen Sowars begleiten."

„Ja, ja, danke, Major Buckley. Sie sind sehr umsichtig."

„Soll ich Ihre Tochter ins Haus zurück begleiten?"

Coral wurde langsam wütend. Warum wollte er unbedingt, daß sie ins Haus zurückging?

Elisabeth sah besorgt und nachdenklich aus. „Ja. Das ist vielleicht das Beste." Sie wandte sich an Coral. „Schatz, vielleicht solltest du mit dem Major zurückgehen."

Coral ergriff ihre Mutter am Arm. „Aber ich habe es Dschemani versprochen. Nach allem, was geschehen ist, kann ich nicht einfach in mein Zimmer zurückgehen und warten. Mutter, du mußt mich dir helfen lassen. Bitte!"

Elisabeth blickte besorgt und prüfend in das Gesicht ihrer Tochter. „Fühlst du dich stark genug? Du siehst ein wenig blaß aus, Coral ..." Schnell fühlte sie ihre Stirn, ob ein neuer Fieberanfall ausbrechen würde. Ihre dunklen Brauen zogen sich zusammen. „Du weißt, daß du im Bett liegen solltest. Es ist viel zu früh."

„Ich kann Dschemani in einem solchen Augenblick nicht im Stich lassen. Ich war es, die sie auf die Idee brachte, sich taufen zu lassen, und jetzt ist Radschiv –"

Coral sprach nicht weiter. Ihre Augen fuhren zu Major Buckley hinüber. Er saß ruhig auf seinem Pferd und hörte zu, offenbar ohne die geringsten Skrupel dabei zu haben.

Coral gelang es, eine Würde zu behalten, die der Haltung ihrer Mutter gleichkam. „Mutter, ich fühle mich gut genug. Dschemani erwartet, daß ich bei ihr bin. Ich würde mir nie vergeben, wenn ich jetzt nicht zu ihr ginge."

„Dann leg dir wenigstens meine *Tschunni* über den Kopf. Die Sonne brennt immer noch heiß." Elisabeth half Coral auf den Wagen und wandte sich an Janna, die bereits hinten im Wagen saß. „Janna, Liebes, gib Missy Coral meine Tschunni. Sie ist hinten im Korb ... Übrigens, Herr Major, würden Sie meinem Mann bitte sagen, daß er uns am Morgen holen soll? Und bleiben Sie bitte über Nacht. Mein Mann wird dafür sorgen, daß Ihnen an nichts fehlt."

Major Buckley zog seinen Hut und lenkte sein Pferd wieder zurück auf die Straße. „Ihre Gastfreundschaft nehme ich dankbar an."

Coral fühlte seinen Blick, sah aber gerade vor sich hin und richtete ihren Rücken steif auf.

Der Wagen polterte vorwärts, und Coral hielt sich mit beiden Händen am Sitz fest, als sie von einer Seite auf die andere geschaukelt wurde.

„Der Major ist der Sohn von Oberst Warbeck in Kalkutta?“

„Wie bitte, Schatz? Ach ... ja, Jace Buckley ist sein Adoptivsohn.“

Oberst Warbeck war Coral nicht bekannt, obwohl sie einige Offiziere der Ostindienkompanie kannte. Ihr Onkel – Sir Hugo Roxbury, der mit der jüngeren Schwester ihrer Mutter, Lady Margaret, verheiratet war – war ein hoher Zivilbeamter im Dienst des Generalgouverneurs in Kalkutta.

„Du kennst Oberst Warbeck nicht, aber deine Tante Margaret kannte ihn, als sie ein junges Mädchen in London war ... Der Oberst ist ein strenger Mann, ganz Soldat, habe ich gehört. Sein Sohn dagegen ist ein bißchen ein Abenteurer.“

„Der Major ist sein Adoptivsohn? Was ist mit seinen Eltern geschehen?“

„Ich bin nicht sicher, ob das überhaupt jemand weiß. Ich habe die unterschiedlichsten Gerüchte gehört. Die einen sagen, daß sein Vater Pirat gewesen sei, die anderen, daß seine Mutter eine adelige Lady in London war. Man darf nie auf Klatsch hören. Offenbar war er bereits Waise, als der Oberst ihn fand. Irgendwo in der Nähe von Darjeeling, glaube ich. Er lebte im Haus eines Gurus.“

Eines Gurus! Dann war er als Hindu erzogen worden? Coral blickte über ihre Schulter zurück an den zwei Sowars vorbei, die in einem diskreten Abstand hinter ihnen herritten, um sie zu beschützen. Der Major sprach mit Seward. Major Buckleys Art verriet ihn als Mann, der mit beiden Beinen im Leben stand, und widersprach jeder Vorstellung von Mystik. Als Seward sein Pferd umwandte und losritt, blickte der Major in ihre Richtung. Schnell warf Coral den Kopf wieder herum.

Wenn er von einem Guru aufgezogen worden war, dann besaß er sicher einen guten Einblick in den Hinduismus. War ihm diese östliche Religion wichtig?

Elisabeth berührte das Pony leicht mit ihrer Peitsche, und Coral hielt sich gut fest, als der Wagen über das trockene Feld weiterholperte. In der Ferne standen die weißgewaschenen Hütten vor dem immer dunkler werdenden Hintergrund des dichten Dschungels. Quietschende Affen und kreischende Vögel sprangen über ihren Köpfen durch die Bäume.

„Radschivs Tod macht alles komplizierter", murmelte ihre Mutter.

„Sag nichts zu Dschemani, bis das Kind geboren ist."

Coral nickte. „Glaubst du, daß es etwas mit der Taufe zu tun hatte?"

„Der Major und dein Vater werden herausfinden, was geschehen ist." Sie streckte den Arm aus und drückte Corals Arm. „Du brauchst dir kein schlechtes Gewissen zu machen. Du hast recht daran getan, Dschemani in der Heiligen Schrift zu unterweisen."

Coral fühlte alles andere als Triumph. *Was war mit Radschiv?* Diese hoffnungslose Frage kreiste ständig in ihrem Kopf. Gestern ging er noch mit seiner Frau und der Vorfreude auf ihr erstes Kind über die Erde, ein Mann voll Hoffnungen, der vielleicht Gott kennenlernen würde. Jetzt war er tot. Es war vorbei. Wie ein winziger Blitz, der über den indischen Himmel zuckte. Fort. *Dschemani! Wie soll ich dir das beibringen?*

2

Man hört Klagegeschrei und bittres Weinen …
Rahel weint über ihre Kinder …

Jeremia 31,15

Die Nacht war über sie hereingebrochen. Ein Donnerrollen erschütterte die Hütte. Die kleine irdene Tonlampe warf ihre Schatten auf die Wände des niedrigen, quadratischen Raumes, dessen Boden aus festgestampftem Lehm und Kuhdung bestand. Dschemani krallte krampfhaft ihre Finger in das Tuch und biß hinein, während Elisabeth Kendall ihr mutmachende Worte zumurmelte.

Corals Handgelenke schmerzten, so oft hatte sie schon Baumwolltücher ausgewrungen, mit denen sie Dschemani am ganzen Körper den Schweiß abgewischt hatte. „Hol frisches Wasser“, sagte sie zu Janna.

Das Kind kämpfte sich mit dem irdenen Krug zur Tür, blieb dann stehen und blickte zurück. Ihre runden Augen waren weit aufgerissen, als der Donner rollte.

„Beeil dich, Janna, sei ein tapferes Mädchen.“

Coral kniete neben Dschemani und wusch ihr sanft den Schweiß vom Gesicht und vom Hals. Ihre Haut war schon ganz verschwollen, und unter ihren Augen hatten sich dunkle Ringe gebildet, als ihre Wehen bis in die Nacht hinein anhielten. Coral zeigte nicht, wie sehr ihre Gefühle beim

Anblick einer Entbindung in Aufruhr gerieten, aber innerlich erschauderte sie. Sie war schon früher Zeuge dieser Wehen und Todesangst gewesen, aber Dschemani so leiden zu sehen, machte die Sache noch viel wirklicher.

Wie oft hatte ihre Mutter diese Schmerzen durchgestanden? Fünfmal – nein! Wie konnte sie auch nur für einen Augenblick den Tod ihres kleinen Bruders Ranek vergessen, der nach nur achtundvierzig Stunden gestorben war? Das lag erst ein halbes Jahr zurück ... Ein besorgter Blick auf ihre Mutter verriet, daß immer noch Anzeichen von Gebrechlichkeit aufgrund dieser schwierigen Geburt zu erkennen waren.

Der Raum war leer bis auf den Gebärstuhl, auf dem Dschemani lag. Ihre Mutter hatte ihn vor einer Woche zur Hütte bringen lassen. Er hatte Armlehnen, eine schräge Rückenlehne und einen Sitz mit einem ausgeschnittenen Loch. Elisabeth saß auf einem niedrigen Stuhl, und Coral saß an Dschemanis linker Seite. Trotz der erstickenden Hitze flackerte ein Feuer im offenen Herd, wo Janna dafür sorgte, daß immer kochendes Wasser zur Verfügung stand.

Coral war völlig erschöpft, und ihre Kleider klebten ihr auf der Haut. Weitaus schlimmer war die nicht enden wollende Aufgabe, die Fliegen von Dschemani fern zu halten. Wenn Janna nicht gerade das Feuer nachschürte oder Wasser holen ging, hieß Coral sie hinter Dschemani stehen und die zwei großen Fächer bewegen, die wie Elefantenohren geformt waren. Hin und wieder berührte auch Coral ein kurzer, erfrischender Windhauch.

Neben ihrer Mutter stand ein niedriger Rattantisch, auf dem stapelweise weiße Wäsche lag. Zum ersten Mal erhaschte Coral einen Blick auf die Babywäsche, die Dschemanis neugeborenes Kind tragen würde. Mit einem einzigen Blick erkannte sie, daß sie vorher Ranek Kendall gehört hatte. Er hatte sie während seiner kurzen Stunden auf Erden getragen. Ihre Augen huschten zum Gesicht ihrer Mutter, das vor Hitze und Ermüdung ganz schmal aussah. Die Großzügigkeit ihrer Mutter überraschte Coral nicht mehr. Nicht einmal, daß sie bereit war, die teure bestickte Decke und Babykleidung, die sie von Großmutter Victoria aus London geschickt bekommen hatte, zu benutzen. Das farbige Familienwappen der Roxburys stach in der bescheidenen Hütte, deren Wände vom Holzrauch geschwärzt waren, heraus.

Ein erstickter Schrei lenkte Corals Aufmerksamkeit wieder auf Dschemani. Sie kühlte ihr mit dem Tuch das Gesicht und lächelte ihr Mut zu. Coral erspähte den Kopf des Kindes. In ihr stiegen gleichzeitig Aufregung und Angst hoch. „Jetzt ist es gleich so weit, Dschemani, los, schrei. So laut, wie du willst!"

Schweiß vermischte sich mit Dschemanis Tränen, und Sorgenfurchen zeigten sich auf ihrer jungen Stirn. „Coral ..." Dschemanis gebrochenes Flüstern war zu hören. „Nicht gut ... ich ..."

„Bald, Dschemani, bald." Coral blickte zu ihrer Mutter. Etwas Neues und Beunruhigendes im Gesicht ihrer Mutter erschreckte sie. Sie fragte sich, ob sie das Recht hatte, Dschemani zu sagen, daß alles in Ordnung sei. Am liebsten hätte sie laut geschrien: *Was ist los? Was stimmt nicht, Mutter?*

„Das Baby lebt", hörte sie Elisabeths schnelle Stimme. „Es ist ein Junge, Dschemani! Er sieht gesund aus!"

Coral sah zu, wie ihre Mutter jetzt schnell mit einer braunen Schnur, einem abgekochten Messer und einer großen Mischung aus Salben, Fläschchen, Dosen und Tüchern hantierte.

Dschemani weinte leise, und Coral ließ auf ihre aufgesprungenen und blutenden Lippen Wasser tropfen und lächelte sie tapfer an, obwohl sie vermutete, daß ihre Freundin sie nicht sehen konnte. „Hast du gehört, Dschemani? Ein starker, gesunder Junge! Wie soll er heißen?"

„Coral ..." Dschemanis Flüstern war so schwach, daß Coral ihr Ohr nahe an ihre Lippen heranführte, die sich kaum bewegten. „Mein Baby – weint nicht ... er muß weinen ..."

Ja, warum weint er nicht? fragte sich Coral mit wachsender Sorge. Ihre Mutter hatte gesagt, das Baby lebe. Sie sah, wie ihre Mutter das winzige rosa Baby in einer Waschschüssel mit Wein wusch.

Wieder versuchte Coral zu lächeln und wischte Dschemani über das Gesicht, obwohl ihr eigenes Gesicht vor Schweiß ganz naß war. „Er wird schon schreien."

Dschemanis Stimme war kaum lauter als ein Flüstern – „Mein Radschiv ... etwas Neues?"

Coral blickte ängstlich ihre Mutter an, aber Elisabeth schüttelte den Kopf.

Plötzlich hörte Coral, wie das Baby tief Luft holte, nieste und dann aus voller Brust losschrie! Coral lachte und lehnte sich an Dschemani. „Hast du das gehört? Ganz Indien ist aufgewacht. Du wirst mit ihm alle Hände voll zu tun haben."

Aber bei einem näheren Blick auf Dschemanis Gesicht erstarb Corals Lächeln. Sie wurde kreidebleich und bekam blaue Flecken unter den Augen. Das Geschrei des Neugeborenen erfüllte die Hütte und vermischte sich mit dem Donner. Dschemanis Lippen formten Worte, aber ihre Stimme war zu schwach, als daß Coral sie hätte verstehen können. Corals angsterfüllte Augen schossen zu ihrer Mutter hinüber. Elisabeths Worte durchschnitten die Stille: „Schnell, nimm das Baby, Coral."

Coral nahm das Bündel und legte es neben Dschemani. Als

sie wieder ihre Mutter anblickte, lief es ihr bei ihrem Gesichtsausdruck eiskalt über den Rücken. Angst griff wie mit eisernen Fingern nach ihrem Inneren. Nein ... nicht Dschemani. Sie durfte nicht sterben! Bitte, Gott! Ihre Augen fielen auf die Decke unter Dschemani und wurden größer. Sie wollte schreien, unterdrückte den Schrei aber, ihr Hals war wie zugeschnürt. Sie war wie erstarrt und blickte auf die immer größer werdende Lache aus hellrotem Blut. Langsam wurde die Lache größer, obwohl ihre Mutter unermüdlich versuchte, sie aufzuhalten. Ihre Mutter massierte weiter und knetete Dschemanis Unterleib, ihr eigenes Gesicht war vor Schweiß schon ganz naß, ihre Lippen bewegten sich in einem stillen Gebet.

Coral war wie erstarrt. Janna stieß ein gequältes Schluchzen aus.

„Geh hinaus, Janna!“ stöhnte Elisabeth, aber das Kind blieb stehen, die zwei kleinen Hände auf den Mund gepreßt, und unterdrückte ihr Schluchzen.

„Coral! Bring sie hinaus!“

Corals Beine bewegten sich so schwer, als wären sie aus Blei. Sie erhob sich, ergriff Janna und führte sie zur Tür.

Sie trat hinaus in die pechschwarze Nacht. Ein Windstoß wehte ihnen entgegen und raubte ihr den Atem. Die Zöpfe in ihrem Nacken lösten sich auf, und ihr Kleid peitschte um ihre Beine. Ein Blitz erhellte den Himmel. Janna klammerte sich an sie wie eine ängstliche Katze. *Gott! Was soll ich tun!*

Unerwartet trat plötzlich ein Mann aus der Nacht, aber sie konnte sein Gesicht nicht sehen.

„Ja?“ Die Ruhe in Major Buckleys Stimme brachte sie mit einem Schreck wieder in die Wirklichkeit zurück. Sie schob ihm das Kind in die Arme, und ihre Stimme wurde vom Wind erstickt.

„Nehmen Sie sie mit! Bitte! Ich muß wieder hinein!“

Aus der Angst in ihrer Stimme muß er herausgehört haben, was vor sich ging, denn er redete tröstend auf Janna ein, die sich furchtlos an seinen Hals klammerte und schluchzte.

Coral eilte wieder zurück und warf die Tür gegen die Wucht des Windes zu. Ein einziger Blick in das Gesicht ihrer Mutter sagte ihr alles. Hilflos sah Coral zu, wie ihre Mutter versuchte, die Blutung einzudämmen. Blutgetränkte Tücher wurden eines nach dem anderen beiseite geworfen, während sie nach dem nächsten griff.

Corals Augen füllten sich mit Tränen. Ihr Hals war wie zugeschnürt. Sie sank zurück, lehnte an der Tür und fühlte, wie der Wind dagegen peitschte. *Nicht auch noch Dschemani, Herr! Laß sie nicht sterben, bitte ... laß sie leben. Das Baby braucht sie doch. Jetzt, da Radschiv schon gestorben ist.*

Aber sie wußte, daß Dschemani im Sterben lag und ihre Mutter nur wenig tun konnte, um sie zu retten.

„Coral, schnell! Sie fragt nach dir."

Coral eilte an ihre Seite und kniete nieder. Ihre eigenen Ängste schüttelte sie von sich ab. „Hier bin ich, Dschemani", sagte sie und wunderte sich, daß ihre Stimme so ruhig und stark klingen konnte. Sie durfte sie nicht wissen lassen, wie sehr sie sich fürchtete. Sie mußte ihr Vertrauen auf den Herrn vermitteln. „Dschemani?" Sie nahm ihre Hand. Wie kalt und klamm sie sich anfühlte! Sie hielt Dschemanis Hand in der ihren, als könnte sie ihre Freundin am Leben erhalten, wenn sie sie nur fest genug hielt.

„Vergiß nicht ... du ... versprochen ... wirst ... dein Wort halten ... vergißt nicht ..."

„Ich habe es nicht vergessen. Ich werde ... mein Wort halten."

„... so schwach ... kann nicht ... mich verlassen ... geh nicht ... Angst."

Coral schluckte schwer und räusperte sich. „Unser Herr ist bei dir. Er hat versprochen: ‚Ich werde dich nie verlassen und nicht im Stich lassen.'" Heiße Tränen verschleierten ihr den Blick. „Erinnerst du dich an die Worte, die wir auf Hindi gelesen haben? Sag sie mit mir auf, soweit du dich noch an sie erinnerst."

Coral kämpfte um jedes Wort, als sie laut Psalm 23 aufsagte. Langsam wurde der kleine Raum von einem tiefen Frieden erfüllt. Elisabeth Kendalls Stimme fiel mit ein, als sie sich neben Dschemani kniete und ihre Hand auf das feuchte Haar der jungen Frau legte.

„Wenn ich auch wanderte im finsteren Tal, so fürchte ich kein Unglück, denn du bist bei mir ..."

„... bei mir ..." kam Dschemanis Murmeln. „Bei –"

Ihr Gesicht war jetzt nicht mehr angsterfüllt und verwirrt. Dschemani wurde ruhig. Die Verheißungen aus der Heiligen Schrift kamen wie auf Flügeln und brachten Frieden. Sie waren so klar wie das Sonnenlicht auf kristallklarem Wasser.

„Jesus", flüsterte Dschemani. Sie klang so froh, daß Coral den Atem anhielt. Sie sah zu, wie Dschemanis Lippen sich zu einem schwachen Seufzen formten. „Jesus ..."

Vor ihrem geistigen Auge sah Coral einen weißgekleideten Hirten, der immer näher kam, und das Lamm, das er suchte, war auch makellos weiß, denn hinter dem Hirten sah sie ein Kreuz, ein offenes Grab und die Arme des Auferstandenen, die er Dschemani entgegenstreckte.

Coral fühlte Dschemanis Finger, hörte sie flüstern: „Nimm ... meinen Sohn. Seine Patin – du hast es versprochen – kein ... Unberührbarer ..."

Coral blickte verzweifelt in das Gesicht ihrer Mutter und suchte nach ihrer Erlaubnis. Elisabeths Gesicht war feucht; sie zögerte und schloß die Augen. Sie schüttelte hilflos den

Kopf und rang um eine Entscheidung. „Guter Gott im Himmel! Was soll ich tun?“

„Mutter“, stammelte Coral bettelnd. „Mutter, *bitte!*“ Corals Herz wollte zerspringen, als sie herausplatzte: „Das ist zum Teil mein Fehler – ich – ich bin verantwortlich für das, was passiert ist! Die Taufe, Radschiv –“

Sie konnte nicht weitersprechen und legte ihr nasses Gesicht auf Dschemanis Brust. Sie fühlte, wie Dschemanis Finger schwach ihr Haar berührten.

„Coral –“

„Du darfst es versprechen“, hörte sie Elisabeths Flüstern.

Coral hob das Gesicht. „Ja, Dschemani, ja! Ich verspreche es.“

Die junge Mutter stieß einen leichten Seufzer aus. Der Raum hüllte sich in Schweigen.

Coral schloß die Augen. Eine Hand hielt Dschemanis Hand und die andere lag auf dem Baby neben ihr. Sie streichelte über die Decke und fühlte das weiche teure Seidenemblem des Londoner Roxburyhauses und das gleichmäßige Atmen des Babys unter ihrer Hand.

Die Kraft in Dschemanis Fingern wurde immer schwächer, bis Coral schließlich überhaupt keinen Druck mehr fühlte. Sie blickte auf Dschemanis regungsloses Gesicht herab. Mit einer neuen Entschlossenheit flüsterte sie noch einmal: „Ich verspreche es.“

3

Und als sie es auftat, sah sie das Kind,
und siehe, das Knäblein weinte. Da jammerte es sie …

2. Mose 2,6a

Die rote Glut im Herd war ausgegangen. Am östlichen Horizont schickte die Morgendämmerung ihre ersten grauen Streifen über den Himmel. Vor der Hütte fielen die ersten großen Regentropfen auf den trockenen Staub.

Die Tür stand einen Spalt weit offen und ließ den dampfenden Geruch der Erde und Bäume in die Hütte eindringen. Der Monsun raste wie ein wild gewordenes Tier über die Plantage. Zuckende Blitze tanzten am Himmel, und der Regen prasselte hernieder und verwandelte den Staub innerhalb weniger Minuten in Schlamm und Morast. Kingscote atmete auf, und der Dschungel erwachte zu neuem Leben. Coral saß regungslos da. Ihre Gefühle waren wie abgestorben. Sie sah zu, wie ihre Mutter das neugeborene Baby sorgfältig in die Decke wickelte, damit ihm während der Fahrt ins Herrenhaus der Regen nichts anhaben könnte.

Ihre Mutter trat mit dem Kind in den Armen auf Coral zu. Ihre Augen trafen sich in wortlosem Einvernehmen. *Sie will dieses Kind auch,* dachte Coral. *Wird es bei ihr die Lücke füllen, die Ranek hinterlassen hat?*

Coral lächelte schwach, als ihre Mutter ihr mit den Fingern

über das zerzauste blonde Haar strich. Einen Augenblick sprach keine von ihnen ein Wort. Coral lehnte den Kopf an die Brust ihrer Mutter.

„Ich fühle mich so alt."

Elisabeth streichelte weiter in stillem Verstehen das Haar ihrer Tochter. „Du brauchst mir nichts zu erklären."

Coral hob den Kopf und forschte in dem erschöpften Gesicht ihrer Mutter nach einer Antwort. Die Wirklichkeit überrollte sie wie eine Flutwelle.

„Aber was wird Vater dazu sagen?"

Elisabeth blickte zur offenen Tür hin, als ob sie erwarte, dort die markige Gestalt von Sir Hampton stehen zu sehen. Der Regen hämmerte so laut auf das kleine Dach, daß sich Coral am liebsten die Ohren zugehalten hätte.

Elisabeth schwieg. Sie hob die Hand, um sich eine dunkelbraune Strähne aus der Stirn zu wischen. „Ich weiß es nicht."

Coral kannte ihren Vater als rauhen, aber auch als feinfühligen Menschen. Für sie gab es nicht den geringsten Zweifel, daß er nach zwanzig Jahren Ehe ihre Mutter immer noch von ganzem Herzen liebte. Sie hatte seinen Blick gesehen, den er ihr nach einem langen, kräfteraubenden Tag zuwarf, und die tiefe Zuneigung in seinen graugrünen Augen war offensichtlich.

Elisabeth schob die Decke beiseite, um einen Blick auf das Baby zu werfen. Das Schweigen dauerte an. Als sie sprach, war ihre Stimme nur ein Flüstern. „Er wird sagen ... es war recht und gut, Lisa, aber eine unweise Entscheidung im Hinblick auf Kingscote. Besonders nach Radschivs Tod."

Coral erschauderte, obwohl der Monsun die Luft kein bißchen abkühlte. Das vorher heiße, trockene, staubige Wetter war jetzt heiß, feucht und drückend schwül geworden. Sie murmelte hoffnungsvoll: „Vielleicht war sein Tod ein Unfall.

Vielleicht hatte er überhaupt nichts mit Dschemanis Taufe zu tun."

Aber ein einziger Blick in das Gesicht ihrer Mutter erstickte jede Hoffnung im Keim.

„Dein Vater wird heute mehr wissen", erwiderte Elisabeth nur.

Coral nahm Dschemanis Sohn in die Arme und fragte sich, was die Zukunft wohl bringen würde. „Und was wird Vater *dann* sagen?"

Elisabeth brachte ein Lächeln zustande. „Dann wird er sagen: ‚Welchen Namen hast du ihm gegeben?'"

Coral fiel ein riesiger Stein vom Herzen, aber sie war so erschöpft, daß sie gleichzeitig lachte und weinte.

„Gem", sagte Coral nach kurzem Überlegen. „So soll er heißen. Wie ein Juwel ist er der einzige helle Schimmer und Lichtblick bei all dem, was passiert ist. Er ist in der Monsunnacht geboren, in der die Erde neues Leben bekommt und wieder aufatmet."

„Ja, wir werden ihn Gem nennen. Und wir werden ihn so erziehen, daß er den Herrn des Monsuns lieben und dienen lernt, damit er seinem Volk neues Leben bringen kann."

Coral richtete den Blick auf die offene Tür, von der sie Stiefelschritte vernahm. Major Jace Buckley stand im Türrahmen. Den Hut hatte er tief ins Gesicht gezogen, um sich vor dem Regen zu schützen. Sein forschender Blick erfaßte sofort, was geschehen war, dann blieb er an dem Säugling in Corals Armen hängen. Seine Miene verriet nicht, was er dachte, und seine wohlklingende Stimme richtete sich an Elisabeth.

„Sie brauchen sich keine Sorgen mehr wegen des Tigers zu machen, Mrs Kendall."

Elisabeth stieß einen tiefen Seufzer der Erleichterung aus. „Sie haben das Tier gefangen?"

„Ich mußte ihn erschießen", erklärte er.

„Ja ... natürlich. Gott sei Dank, daß er jetzt niemandem mehr Schaden zufügen kann."

Coral beschäftigte sich mit dem Baby. Sie wollte nichts sagen und wich dem durchdringenden Blick des Offiziers aus.

„Janna ist zurück im Haus", meldete er Coral.

Jetzt war sie gezwungen, zu ihm aufzublicken. „Danke."

„Ich habe sie in die Küche gebracht."

„Ja ..."

„Wir sind Ihnen sehr zu Dank verpflichtet, Herr Major", sagte Elisabeth. Sie ging auf ihn zu. „Ich fürchte, ich brauche Ihre Hilfe für die Beerdigung. Unsere Sowars werden sich wahrscheinlich weigern, diese Arbeit auszuführen."

Er zeigte sich nicht erstaunt, woraus Coral schloß, daß er das indische Denken sehr gut kannte. „Seward und ich nehmen die Sache in die Hand", erwiderte er.

„Ich danke Ihnen."

„Vor der Tür wartet eine Ghari, die Sie zurück ins Haus bringt. Sie fahren am besten gleich, bevor der Weg sich noch ganz in ein Flußbett verwandelt."

„Sie sind mir eine große Hilfe", antwortete sie müde. „Doch ich bleibe bis nach der Beerdigung. Ist der Leichnam des Arbeiters schon identifiziert worden?"

„Es ist Radschiv."

Coral drückte das Baby fester an sich. „Wie ist er gestorben, Herr Major?"

Sie fing ein hartes Funkeln in seinen Augen auf. „Durch einen Dolch, der ihm durch das Herz gestoßen wurde."

Ein Dolch! Corals Knie wurden weich. Dann war sein Tod kein Unfall gewesen, wie sie gehofft hatte! Aber wer würde Radschiv so etwas Grausames antun? Ghasis? Nein, bestimmt nicht! Nicht auf Kingscote. Jemand aus dem

Dorf, überlegte sie ... ja, das war es. *So muß es gewesen sein.*

Aus dem Gesicht ihrer Mutter war jede Farbe gewichen. Sie wandte sich an Coral und war sehr besorgt darum, daß sie unbeschadet ins Haus zurückkäme. „Major Buckley bringt dich zur Ghari, Coral. Das Baby braucht bald etwas zu essen. Bring den Jungen zu Dschan-Li."

„Ja, Mutter." Coral zog die Decke schützend über Gem und schritt an Major Buckley vorbei in den strömenden Regen hinaus. Der Regen fiel ihr warm ins Gesicht und fühlte sich herrlich erfrischend an.

Die Seidenarbeiter standen im Freien. Sie lachten und feierten das heißersehnte Naß. Einige Frauen warfen flüchtige Blicke in Corals Richtung. Sie fühlte ihre Augen auf dem Bündel in ihren Armen ruhen. Coral hielt das Baby eng an sich gedrückt und blickte sie geradewegs, fast herausfordernd, an, als wollte sie damit sagen, es solle bloß niemand wagen, auch nur ein Wort einzuwenden. Kinder spielten im Schlamm und kreischten vor Vergnügen. Aus dem Dschungel hörte man in der Ferne einen Elefanten trompeten.

Major Buckleys Stimme unterbrach die stimmungsgeladene Atmosphäre. „Ein Junge oder ein Mädchen?"

„Ein Junge."

„Welchen Namen haben Sie ihm gegeben?"

Sie blickte ihm in die Augen, und einen Moment lang sah sie harte schwarze Pupillen, die von einem tiefen Blau umgeben waren.

„Gem." Und ohne ihre Gefühle und ihren Entschluß genau zu verstehen oder erklären zu können, was sie dazu veranlaßte, fügte sie hinzu: „Gem Ranek – nach meinem kleinen Bruder, der vor einigen Monaten gestorben ist."

Er antwortete zuerst nicht. „Ein würdiger und wertvoller Name", sagte er dann sanft.

„Das dachte ich auch, Herr Major."

Die Ghari wartete mit geöffneter Tür.

„Ihr Bruder hat gesagt, daß Sie an Fieber erkrankt sind. Steigen Sie am besten schnell ein. Sie sind schon tropfnaß."

Sie wischte sich das nasse Haar beiseite, das an ihrem Hals klebte, und ließ sich von ihm über den glitschigen Morast helfen. Er half ihr in die Ghari. Coral legte ihr nasses Kleid zurecht und hielt dabei Gem fest im Arm.

Bevor der Major die Tür schloß, hielt er noch kurz inne. „Ich bewundere Ihren Mut."

Ihre Augen begegneten widerwillig seinem festen Blick, als sie erwiderte: „Ich habe mich nie für besonders tapfer gehalten."

„Solange wir noch allein sind, würde ich Ihnen gern etwas sagen."

Sie warf ihm einen mißtrauischen Blick zu. „Ja?"

„Sie verwundern mich."

„Wirklich? Ich wüßte nicht warum."

„Eine Plantagenerbin ... eine weiße Engländerin, die das Baby einer Dienerin aufnimmt ... ein indisches Baby ... ich frage mich, ob Sie wirklich wissen, was Sie tun."

Coral richtete sich steif auf, antwortete aber nicht.

Sie betrachtete den Mann, der vor ihr stand, anscheinend den Regen vergaß und recht arrogant wirkte. Sie hatte es hier mit einem jungen Mann zu tun, der eine klare Meinung vertrat und sich nicht scheute, diese auch auszusprechen.

„Es tut mir leid, wenn ich sie verwundere", sagte sie leichthin.

Seine dunklen Augenbrauen schossen in die Höhe. „Darf ich fragen, warum Dschemanis und Radschivs Baby Ihnen soviel bedeutet? Es muß doch auf Kingscote mindestens hundert andere Babies geben."

Sie zupfte an Gems Decke herum. „Nicht hundert, Herr Major. Vielleicht zehn oder zwanzig."

Er lächelte leicht. „Meinetwegen. Zehn bis zwanzig ... aber warum ausgerechnet *dieses* Baby?"

„Aus vielen wichtigen Gründen. Für mich war Dschemani keine Dienerin. Wir waren Freundinnen. In den Monaten, in denen ich krank war, war ich an mein Bett gefesselt – ich zweifle, ob ein Mann mit ihrem Hintergrund verstehen kann, wie einsam und langweilig eine längere Krankheit werden kann."

Er betrachtete sie nachdenklich.

„Dschemani brachte mir Hindi bei, und ich machte sie mit den Lehren der christlichen Kirche vertraut. Jetzt ist sie tot ... und Radschiv lebt auch nicht mehr. Und ihr Kind hat unter den Indern auf Kingscote keine Freunde. Ich habe ihr versprochen, daß ich mich ihres Babys annehmen werde ... als Patin, wenn Sie so wollen."

Er schwieg. Coral spürte, wie ihre Wangen zu glühen begannen. Man hörte nichts als das Klatschen des Regens, der auf das Gharidach prasselte.

„Sie werden bestimmt eine indische Familie finden, die ihn aufnimmt", sagte er dann.

Warum interessiert er sich so sehr dafür? fragte sie sich. „Nein. Ich habe vor, ihn zu behalten."

„Ich habe befürchtet, daß Sie das sagen." Sein Blick war ehrlich. „Sie machen einen Fehler."

Sie öffnete schon den Mund bei dieser Kühnheit, aber er ließ sie nicht zu Wort kommen. „Ich glaube, wenn Sie diese Idee nicht aufgeben, laden Sie sich viele Schwierigkeiten auf. Mehr, als Sie ahnen."

Sie war beunruhigt. „Warum sagen Sie so etwas? Was meinen Sie damit? Und was geht Sie das alles an?"

„Ganz einfach. Ich kannte Radschiv gut."

„Oh?“ Sie war sprachlos. „Sie kannten ihn? Wann? Bestimmt nicht, seit er hier auf Kingscote war?“

„Nein, aber ich wußte, daß er hier für Ihren Vater arbeitete. Ich kannte Radschiv schon früher.“

Sein Ton war ausweichend. Versuchte er, seine eigene Vergangenheit nicht preiszugeben?

„Ich weiß, wer seine Familie ist. Seine Verwandten werden nicht wollen, daß dieses Kind zu einem Christen erzogen wird.“

Corals Muskeln spannten sich, und als ob sie befürchtete, daß er ihr Gem aus den Armen reißen würde, lehnte sie sich ein bißchen zurück und hielt das Baby eng an ihre Schulter gedrückt. „Sie irren sich, Major Buckley. Radschiv hatte keine Familie. Und Dschemani auch nicht. Sie kamen vor mehreren Monaten zu Fuß hier an und waren gerade einer Hungersnot in Radschastan entkommen. Radschiv arbeitete mit den Elefanten – er war sehr gut – “

„Ja, das war er“, kam die ruhige Antwort. „Radschiv war ein Kämpfer. Er führte sie in den Kampf. Wir haben einmal Seite an Seite gekämpft.“

„Wirklich? Sie scheinen selbst auch eine ziemlich bewegte Vergangenheit zu haben, Herr Major.“

„Die aber nichts zur Sache tut.“

Sie fuhr eilig fort – „Und Dschemani kam in das Haus als meine persönliche Lehrerin in Hindi. Erst vor wenigen Wochen hat meine Mutter sie getauft.“

„Diese Taufe ist sicher mit ein Grund für Radschivs Tod.“

Coral zuckte zurück. „Das wissen Sie nicht. Sie haben selbst gesagt, daß Sie keine Ahnung haben, wer ihn getötet hat!“

„Nein.“ Er sah grimmig drein. „Sonst würde ich etwas unternehmen. Aber ich habe einen starken Verdacht. Wer auch immer ihm diesen Dolch ins Herz gejagt hat, wußte genau, was er tat. Es war ein ritueller Mord.“

Coral drehte sich der Magen um.

Seine Stimme wurde sanfter. „Nehmen Sie es mir bitte nicht übel, wenn ich kein Blatt vor den Mund nehme, aber Sie müssen wissen, worauf Sie sich hier einlassen. Ich glaube, daß jemand Radschiv hinauslockte. Jemand, dem er vertraute. Sein Vertrauen wurde bitter enttäuscht."

Sie erinnerte sich daran, was ihre Mutter darüber sagte, daß Major Jace Buckley von einem Guru aufgezogen worden sei. Ihr Vater hatte einmal bemerkt, daß er zugleich ein Spitzbube und Gentleman sei. Konnte sie ihm vertrauen? Vertrat er seine Meinung so unnachgiebig, weil es ihm widerstrebte, Hindus zu einer *europäischen* Religion zu bekehren, wie die Inder es nannten?

„Radschivs Onkel ist ein Radscha."

Coral wurde still.

„Verstehen Sie, was das bedeutet?"

Coral war von seinen Worten wie niedergeschmettert. „Ja." Ihre Stimme war leise und klanglos. *Aber das kann doch nicht wahr sein*, dachte sie.

„Radschiv soll mit einem Fürst verwandt gewesen sein?" sagte sie laut. „Das glaube ich nicht."

„Ich habe gehört, daß der Radscha seinen Neffen enteignete, weil er eine Unberührbare heiratete. Für einen echten Hindu ist es schlimmer als der Tod, die Kastenregeln zu brechen. Dafür wurden vor ihm schon andere getötet."

Sie flüsterte: „Sie glauben, er wurde getötet, weil er Dschemani heiratete?"

„Ich habe keine Beweise dafür, daß der Maharadscha die Hände im Spiel hatte. Es kann auch ein anderes Mitglied der Königsfamilie gewesen sein. Aber diese rituellen Morde habe ich schon öfter erlebt. Der Radscha hat zwar seinen Neffen verstoßen, aber wenn ihm zu Ohren kommt, daß Radschiv einen Sohn hat und daß dieser Sohn jetzt in der Obhut einer englischen Familie ist, die beabsichtigt, ihn zu einem Christen zu erziehen – nun ja, Miss Kendall, vielleicht verstehen Sie meine Bedenken."

Coral erschauderte bei dem Gedanken, Gem rachsüchtigen Verwandten zu überlassen. Womöglich würden sie ihn den Krokodilen als Opfer vorwerfen.

„Dschemani hat *mir* ihren Sohn anvertraut. Das war ihr letzter Wunsch, bevor sie starb. Wenn sie gewollt hätte, daß Gem Radschivs Familie übergeben würde, hätte sie mir das gesagt."

Seine Miene wurde jetzt ausdruckslos. „Vielleicht hat sie etwas vor Ihnen geheim gehalten. Etwas, das sie Ihnen nie offenbart hat, obwohl Sie, wie Sie sagen, Freundinnen waren."

Widerwillig erinnerte sie sich an Dschemanis Worte am Fluß. *Es gibt Dinge, die du nicht weißt ... Dinge, die ich dir nicht sagen kann – nicht sagen darf.*

Aber darüber wollte Coral nicht mit dem Major sprechen. Stattdessen sagte sie bestimmt: „Das glaube ich nicht. Was sollte sie zu verbergen haben? Wenn Radschiv lang genug gelebt hätte, hätte er mir wahrscheinlich auch Gem anvertraut. Sie würden beide wollen, daß er als Christ erzogen wird. Und ich beabsichtige, dafür zu sorgen, daß dies geschieht. Er ist jetzt mein Kind", stellte sie abschließend fest. „Und ich gebe ihn nicht so leicht auf."

Sogar in dieser ernsten, nüchternen und zur Vorsicht mahnenden Situation konnte der Major unerwartete Heiterkeit zeigen. Ihre Entschlossenheit schien seine Neugier zu wekken. Er lächelte. „Ihre feste Entschlossenheit überrascht mich. Wie alt sind Sie?"

Sie errötete. Er konnte einfach zu unverfroren sein. Sie war versucht, das Alter ihrer Schwester Kathleen zu nennen, sprach dann aber doch die Wahrheit.

„Sechzehn."

Ihm verschlug es den Atem. „Sechzehn! Sie sind ja selbst noch fast ein Kind!"

Kind!

„Herr Major! Sie vergessen sich. Ich bin kein Kind."

„Vielleicht. Meiner Meinung nach – "

„Sie verkünden Ihre Meinung etwas zu aufdringlich, Herr Major."

„Meiner Meinung nach, Miss Kendall, sind Sie zu jung, um solche Schwierigkeiten auf sich zu nehmen. Deshalb ist es meine Pflicht, Ihren Vater über den Radscha in Kenntnis zu setzen."

Sie atmete stockend ein. Einen Augenblick lang sah sie alle ihre Pläne zunichte werden.

„Sir, Sie können mir keine Angst einjagen", flüsterte sie.

„Ich versuche nicht, Ihnen Angst einzujagen. Ich will Sie nur warnen."

„Gem gehört *mir*!"

Er zog eine Augenbraue hoch und blickte sie von Kopf bis Fuß an. „Ich bin sicher, daß eine Plantagenerbin alles haben kann, was sie will – "

Coral fühlte, wie ihre Wangen glühten. Dieser Mann war hochnäsig!

„Aber ein indisches Baby, das der Großneffe eines Maharadschas ist? Das kann sich als kostspielig für Sie herausstellen ... *und* für die Seidenplantage Ihres Vaters."

Seine Andeutung beunruhigte sie mehr, als sie zugeben wollte. „Ich weiß genau, was ich tue."

„Wirklich?"

„Ja." Ihr Blick blieb eisern.

Er kniff die Augen ein bißchen zusammen. Der Regen lief ihm über den Hutrand. Nach einem kurzen Augenblick nickte er leicht mit dem Kopf.

„Wie Sie wollen. Aber sagen Sie nicht, ich hätte Sie nicht gewarnt."

Coral zitterte. Sie wußte nicht, ob das Zittern von ihren nassen Kleidern kam oder von der Warnung in seiner Stimme. Er wollte sich abwenden. Sie streckte flehend eine Hand aus. „Warten Sie bitte – "

Plötzlich fühlte sie sich völlig ausgelaugt, ihre Gefühle und Nerven waren zum äußersten angespannt. Das mußte er bemerkt haben. *Ihm entging anscheinend überhaupt nichts*, dachte sie verwirrt.

„Es tut mir leid, wenn ich grob geklungen habe", sagte er. „Aber mir gefällt der Gedanke nicht, daß ein junges Mädchen an einem gebrochenen Herzen zugrunde geht."

Coral blickte auf das Baby herab. Wie könnte dieses Baby, das sich in ihrer Umarmung so wohl fühlte, ihr je das Herz brechen?

„Bitte ... sagen Sie nichts zu meinem Vater. Ich – ich bin nicht die einzige, die das Baby will." Ohne ein Blatt vor den Mund zu nehmen, erklärte sie ihm ruhig. „Mein kleiner Bruder starb vor einem halben Jahr ... er war erst zwei Tage alt. Meine Mutter ..." Sie sprach nicht weiter, denn sie fühlte sich schuldig, die innersten Gefühle ihrer Mutter preiszugeben.

Sein Gesichtsausdruck verriet nicht, was in ihm vorging, und sie konnte nicht sagen, ob er seine Meinung in dieser Angelegenheit geändert hatte oder nicht. Bevor sie noch mehr sagen konnte, kam ihre Mutter mit einem Sari über dem Kopf aus der Hütte.

„Fahre ohne mich, Coral", rief sie. „Major Buckley ist so nett und sorgt dafür, daß Dschemani eine christliche Beerdigung bekommt. Sag deinem Vater, daß ich bald zu Hause bin. Dann sprechen wir über alles."

„Ja, Mutter."

Corals Augen suchten noch einmal Major Buckleys. Seine dunklen Wimpern zogen sich ein wenig zusammen. „Ich erwarte nicht, daß Sie Ihre Meinung ändern. Ich nehme an, Sie werden ihr alles sagen, um ihr Angst einzujagen."

Er verschränkte die Arme vor der Brust. „Sie sehen beide nicht so aus, als ließen Sie sich so leicht einschüchtern", erwiderte er knapp.

„Sie wird Ihnen auch nicht mehr glauben als ich."

Coral wandte den Kopf ab, als sich ein Sowar näherte und den Major grüßte. Es folgte ein schnelles Gespräch in Hindi. Der Major beherrschte diese Sprache fließend, wahrscheinlich ein Ergebnis seiner Jugend bei dem indischen Guru, vermutete Coral. Sie verstand so viel von dem Gespräch, daß Hauptmann Seward sich sofort bei ihm melden sollte. Der Sowar grüßte und stieg auf die Ghari.

Ohne daß ein weiteres Wort zwischen ihr und dem Major fiel, schloß er die Tür. Einen Augenblick später war das Gefährt mit quietschenden Rädern auf dem rotbraunen Morast unterwegs zum Kendallhaus.

Coral wandte sich auf ihrem Sitz um und blickte aus dem Fenster hinaus auf den strömenden Regen. Ihre Mutter saß neben dem Sowar. Neben seinem kräftigen Körperbau wirkte sie schmal und zerbrechlich. In den Händen hielt sie ein kleines schwarzes Buch. Coral blickte dann über den Sitz hinweg den Sowar an. Sein tiefbraunes Gesicht war unbeweglich, seine Augen geradeaus gerichtet. Sie fragte sich, was er wohl über Dschemanis christliche Beerdigung dachte und über das Baby in ihren Armen, das sie in das Kendallhaus und in das englische Kinderzimmer bringen würde.

4

Da sprach die Tochter des Pharao zu ihr:
Nimm das Kindlein mit und stille es mir …

2. Mose 2,9a

Coral fuhr aus einem leichten Schlaf hoch. Radschiv und Dschemani waren tot … und sie hatte die Verantwortung für Gem übernommen.

Weder ihr Vater noch ihr Bruder Michael war an diesem Abend zum Essen gekommen. Zusammen mit dem Major versuchten sie immer noch, die Umstände von Radschivs Tod zu klären. Die Arbeiter wurden befragt, was sie gesehen oder gehört hatten. Ihr Vater hatte in der Bibliothek mit Natine unter vier Augen gesprochen. Offenbar wußte niemand etwas. Radschivs Tod blieb ungeklärt. Welche Auswirkungen das auf die Beziehung der Kendalls zu den indischen Arbeitern haben könnte, war unklar. In der Vergangenheit war diese Beziehung immer sehr gut gewesen; die Männer und Frauen, die für ihren Vater arbeiteten, waren treue Bedienstete. Aber Radschivs häßlicher Tod warf einen drohenden Schatten auf Kingscote … und jetzt schlief sein Sohn im Kinderzimmer der Kendalls.

Coral setzte sich auf, als sie ihren Vater und ihre Mutter in der Halle sprechen hörte. Die flehende Stimme ihrer Mutter erweckte ihre Neugier. Coral schlüpfte aus dem Bett und trat an die Tür.

Hatte Major Buckley ihrem Vater von dem Maharadscha erzählt? Würde er ihr die Erlaubnis verweigern, sich um Gem zu kümmern? Was würde dann aus dem winzigen, hilflosen Baby werden? Sie wußte sicher, daß sich auf Kingscote niemand seiner annehmen würde. Und wenn er zu dieser Fürstenfamilie, deren Namen sie nicht kannte, geschickt würde, bestand die Gefahr, daß Gem ermordet werden könnte. Coral hatte keine andere Waffe und kein anderes Mittel als das Gebet.

Sie schämte sich, weil sie das Gespräch ihrer Eltern in der Halle belauschte, aber als sie den Namen des Babys hörte, konnte sie nicht widerstehen. Mit pochendem Herzen stand sie an der Tür und horchte. Die Stimme ihres Vaters war deutlich zu vernehmen:

„Die Roxburys werden die Sache nicht so leicht hinnehmen. Ich fürchte, Sir Hugo hat recht. Meuterei schwebt ständig wie eine bedrohliche Gewitterwolke über Kingscote."

„Aber du hast doch immer gesagt, das sei ein Teil des Risikos, als *Feringhi* in Indien zu leben. Das Kind wird nie die Stelle deiner Enkelkinder, in denen dein Blut fließt, einnehmen. Wenn er größer ist, können wir ihn in London zur Schule schicken. Was sollen die Hindus von unserem Glauben denken, wenn wir zögern, zu unseren Freunden zu stehen?"

„Lisa, ich habe nicht vor, den Jungen im Stich zu lassen. Aber ich gestehe, daß mir Coral Sorgen bereitet. Du weißt doch selbst am besten, daß sie nicht gesund ist. Sie ist erst sechzehn! Bald wird sie nach London gehen. Wie kann sie da ein Kind großziehen?"

„Coral ist reifer, als du ihr zutraust. Sie ist lernbegieriger als ihre Schwestern. Und ... sie will lieber auf Kingscote bleiben, als in London die Schule besuchen."

„Wie bitte? Sie will nicht nach London zu ihren Schwestern?"

„Ja, Hampton! Zuerst sagte ich nein, daß du es nicht erlauben würdest, aber Schatz, vielleicht ist es gar keine so dumme Idee. Sie ist noch nicht kräftig genug für eine fünf Monate lange Schiffsreise. Laß sie mit Gem zu Hause bleiben, bis er drei Jahre ist", bat sie. „Danach kann sie ins Roxburyhaus ziehen. Gem ist dann alt genug, um sie zu begleiten, und wir können ihn in einer guten Schule unterbringen."

„Was? Noch drei Jahre? Und wie steht es mit Heiraten?"

„Hampton ... sie ist so hübsch. Sie wird keine Probleme haben, einen Mann zu finden ... außerdem solltest du dein Versprechen nicht vergessen. Drei Jahre werden ihr genug Zeit lassen, wieder zu Kräften zu kommen. Und – nun ja, Coral hat angedeutet, daß sie nicht so bald heiraten will, und – "

„Ach ja, hat sie das?"

„Dafür bleibt noch viel Zeit. Die Mädchen heiraten heutzutage nicht mehr so früh wie wir zu unserer Zeit. Belinda ist auch schon siebzehn, und Margaret und Hugo zeigen noch keinerlei Ungeduld."

Er stöhnte. „Aber ich muß doch an Kingscote denken! Ich brauche starke Erben, und ich hoffe, daß ich viele bekomme. Alex interessiert sich nur für seine Musik, und Michael hält es an keinem Ort lange aus, er ist ständig auf Reisen. Was wird aus Kingscote, wenn meine beiden Söhne der Seidenproduktion den Rücken kehren?"

„Sie werden dich nicht enttäuschen. Und überhaupt: Willst du unsere Söhne und Töchter gegen gutes Blut einhandeln?"

„Das Blut bereitet mir kein Kopfzerbrechen, aber Enkel hätte ich gern. Coral muß nach London, um einen Mann zu finden. Dieser junge Neffe von Sir Hugo ... wie heißt er doch gleich? Hugo prahlt mächtig mit ihm! Der Kerl liegt mir schon seit zwei Jahren damit in den Ohren!“

„Ethan“, erklärte sie. „Doctor Ethan Boswell. Ich könnte mir vorstellen, daß er der Richtige ist, wenn die Zeit reif ist. Margaret hat auch schon von Ethan geschrieben. Er ist jung und begabt. In seinem Interesse für Tropenkrankheiten unermüdlich. Und was noch wichtiger ist: er ist Christ. Ich bin sicher, daß er bereit ist, noch einige Jahre zu warten, denn er weiß, daß Coral krank ist.“

„Ein Arzt gibt sicher keinen schlechten Ehemann ab.“ Er lachte. „Ich wage sogar zu behaupten, daß sie einen ganz in ihrer Nähe braucht. Vielleicht sollten wir alles für ihre Verlobung vorbereiten.“

„Oh, Hampton! Sei doch ernst! Laß den beiden Zeit, sich kennenzulernen und Freunde zu werden. In der Zwischenzeit kann sie ihre Studien hier fortsetzen. Ihr Interesse an Sprachen ist ungebrochen, und ich kann sie sehr viel lehren. Obwohl ich glaube, wir sollten wenigstens auf ein Jahr von Lady Annes Höherer Mädchenschule mit ihren Schwestern bestehen“, fügte sie nachdenklich hinzu. „Hampton – wegen des Kindes. Dschemani starb in dem Glauben, daß wir uns ihres Kindes annehmen und dafür sorgen, daß es im christlichen Glauben aufwächst. Ich würde mir nie vergeben, wenn ich diesen Eid nicht einhielte. Und Coral empfindet ebenso.“

„Aber Coral ist so jung. Ist das nicht zuviel für sie?“

„Du vergißt anscheinend mich? Ich werde alles in meiner Macht Stehende tun, um ihr bei dem Kind zu helfen. Das Baby ist so schön.“

Seine Stimme wurde von einer plötzlichen Gefühlswallung ganz heiser. „So bist es vielleicht du, meine Liebe, und nicht unsere kleine Coral, die fest entschlossen ist, das Kind zu behalten? Warum hast du das nicht gleich gesagt?"

Elisabeth fuhr aufgeregt fort. „Ich habe schon mit Dschan-Li gesprochen. Sie hat sich einverstanden erklärt, ihn zusammen mit ihrem Baby, Emerald, zu stillen und zu versorgen."

„Oh Lisa, Lisa, meine Liebe, du weißt ganz genau, daß ich dir jeden Wunsch erfülle. Als wir heirateten, wäre ich sogar bereit gewesen, Kingscote an Hugo abzutreten und mit dir nach London zurückzukehren und dort das vornehme Leben eines Lords zu führen. So weit kam es aber, Gott sei Dank, nicht! Du wolltest hier bleiben und hast Kingscote genauso ins Herz geschlossen wie ich. Ja, wenn du dieses indische Baby behalten willst, dann kannst du es haben. Und wenn er alt genug ist, komme ich für seine Ausbildung in London auf. Aber bist du dir sicher, daß es dir nicht nur um unseren eigenen Sohn geht und daß dieses indische Baby dich nicht nur an ihn erinnert?"

Elisabeth versagte die Stimme – „Gott hat mir Ranek nur so kurze Zeit gegeben ... und wir werden nie mehr ein Kind bekommen können."

In ihrem Zimmer schloß Coral die Augen und lehnte sich an die Tür. Ihr war die Kehle wie zugeschnürt. Sie wußte, wie sehr ihre Mutter unter Einsamkeit litt. Wann werden sich leere Arme je daran gewöhnen, ein Kind zu verlieren?

„Lisa ..." Hamptons Stimme war nur als leises Flüstern zu hören.

Schweigen.

„Lisa, wir behalten das Kind ... und wenn wir diese Entscheidung eines Tages bereuen, dann sei es so. Der gute Hirte, der Kingscote versorgt, wird auch uns auf unseren Wegen sicher führen."

Coral meinte, ihr Herz müsse zerspringen. Sie konnte sich nicht zügeln, riß ihre Zimmertür weit auf und fiel ihrem Vater um seinen starken Hals. Ihre Wangen waren ganz naß. „Oh Papa, Papa, danke. Ich werde dafür sorgen, daß du auf ihn stolz sein kannst, das verspreche ich dir."

Hamptons graugrüne Augen funkelten. „Was ist denn das?" Er gab vor, streng zu sein. „Du lauschst an der Tür? Von Kathleen würde ich so etwas erwarten, aber von dir?"

Sie lachte zu ihm hinauf. „Lieber Papa, ich liebe dich."

Elisabeth lächelte ihren Gemahl an, und ihre Augen leuchteten vor Stolz. Sie legte ihre Wange auf seinen Arm.

„Ihr müßt aber beide zu mir stehen, wenn der unausweichliche entsetzte Aufschrei von den Roxburys kommt. Sir Hugo wird das überhaupt nicht gern sehen."

„Wir halten zu dir, egal was der Rest der Familie sagt", verkündete Coral feierlich.

„Mit Großmutter Victoria kann man vernünftig sprechen", sagte Elisabeth über ihre Mutter. „Ich schreibe ihr auf der Stelle. So wie ich Mutter kenne, wird sie fast in Ohnmacht fallen, wenn sie hört, daß sie ein indisches Kind in der Familie hat, aber sie wird sich bald wieder erholen und beruhigen."

„Klingt nach stürmischen Zeiten", sagte ihr Mann augenzwinkernd. „Meinetwegen. Stehen die Gerechtigkeit und Mitmenschlichkeit nicht auf unserer Seite? Kingscote hat hundert Jahre überlebt, und mit Gottes Gnade wird es auch weiterhin bestehen bleiben."

„Aber Papa, du klingst ja wie ein Pfarrer", lachte Coral.

Er räusperte sich. „Seward würde dir widersprechen, denn er kennt meine verruchte Vergangenheit." Sein Gesicht strahlte. „Habe ich euch das eigentlich schon erzählt? Er wird bald aus dem Militärdienst ausscheiden. Dann kommt er und arbeitet für mich hier auf Kingscote. Ich kann mir keinen Mann vorstellen, dem ich mehr vertrauen könnte als Seward!"

Unerwartet rief er nach seinem indischen Diener, aber seine Stimme war gutgelaunt. „Natine! Warum stehst du dort im Schatten hinter der Treppe? Suche Seward und Major Buckley! Wir wollen feiern und auf die Zukunft anstoßen!"

Natine trat vor, seine dunklen Augen blickten in die Ferne. Er grüßte. „Feiern, Burra-Sahib?"

„Heute wurde Gem geboren und in das Kendallhaus aufgenommen. Schau doch nicht wie eine quakende Kröte drein, mein alter Freund. Wir wollen von dir keine schlechten Orakel hören." Er wandte sich wieder an Elisabeth. „Wer weiß? Vielleicht bekomme ich doch noch meinen Erben." Er lachte. „Ein indisches Pflegekind, das der Seidenzucht genauso verschrieben ist wie ich."

Natines Miene war im Schatten nicht zu erkennen. Er wandte sich mit hoch erhobenem Turban um und schritt die Treppe hinab.

Aus dem Zimmer, das an ihr eigenes Schlafzimmer angrenzte, hörte Coral das Baby weinen. Sie eilte hinüber und traf Dschan-Li an, die Gem gerade aus der Wiege hochhob. Sie hielt ihr eigenes Kind in dem einen Arm und Gem im anderen. Mit beiden Babys setzte sie sich in den Rattanschaukelstuhl. Coral trat näher und kniete sich neben sie.

„Eines Tages sorge ich dafür, daß Sie für Ihre große Freundlichkeit belohnt werden, Dschan-Li."

Das Gesicht der burmesischen Frau war undurchdringbar, und ihre dunklen Augen blickten ernst und feierlich. Gegen die Fenster hämmerte der Regen.

„Dschemani ist tot . . . ihr Mann auch. Es ist sehr traurig. Ich tue mein Möglichstes, Miss Coral."

Coral legte ihrer Ayah eine Hand auf die Schulter. „Das ist

nicht das Ende für Radschiv und Dschemani. Es ist der Anfang. Und der Anfang für Gem. Den Lebenden gelten die Verheißungen dieses Lebens. Ich will dafür sorgen, daß Gem Gelegenheit bekommt, groß und stark zu werden und in London eine gute Schule zu besuchen, damit ihm alle Türen offenstehen. Es liegt in meiner Macht, in der Macht der Kendallfamilie, dafür zu sorgen, und wir werden diese Macht nutzen."

„Sie haben ein großes Herz, mein Kind. Aber nicht alle verstehen diese Freundlichkeit richtig. Einige werden sie mißverstehen. So, wie wenn Sie absichtlich in ein indisches Blumenbeet treten und alles umknicken. Um Ihretwillen, Miss Coral, geben Sie auf Ihre Schritte acht."

„Ich will es versuchen, Dschan-Li."

Sie lauschten auf den wütenden Monsun und die beiden Kinder, die zufrieden vor sich hin schmatzten. Das eine war die Tochter von Dschan-Li, einer asiatischen Dienerin; das andere sollte Corals Pflegekind werden, vielleicht sogar eines der vielen künftigen Erben der wohlhabenden und mächtigen Seidendynastie, die von Indien bis nach London reichte.

5

Gott hat mir ein Lachen zugerichtet; denn wer es hören wird, der wird über mich lachen.

1. Mose 21,6

Coral erinnerte sich an Major Buckleys Bemerkung, daß sie noch nicht viel älter als ein Kind sei und wählte deshalb ein blaues Seidenkleid, das ihren Jahren etwas mehr Reife verlieh. Sie bürstete ihr Haar so lange, bis es wie frisch gegossenes Gold glänzte, und steckte es zu einem Nackenknoten zurück.

Auf dem achteckigen Treppenabsatz blieb sie stehen und blickte nach unten. Goldenes Lampenlicht bestrahlte die rechteckige Eingangshalle und spiegelte sich auf den polierten roten Fliesen. Unten an der Treppe zu ihrer Linken war der Ballsaal mit seinen zweiarmigen Kristalleuchtern, die ihre Mutter aus Wien hatte kommen lassen, und den schweren Holzmöbeln mit den Samtkissen mit Rosenmuster. Heute abend würde nicht getanzt werden. Deshalb hatte Natine den Dienern angeordnet, daß sie die elfenbeinfarbigen, afghanischen Teppiche auf dem polierten Marmorboden liegen lassen sollten. Elisabeths wertvolle Gemälde aus der Londoner Roxburysammlung schmückten die hellen Wände. Darunter war auch ein erst kürzlich entstandenes Bild, das Coral mit ihrem Lieblingselefanten, *Rani,* zeigte.

Daneben hing ein Gemälde ihrer älteren Schwester, Kathleen, in einem weißen, französischen Ballkleid und eines ihrer jüngeren Schwester, Marianna, die ihre rötlichen Haare immer noch wie ein Kind in Zöpfen trug, in einem Garten mit gelben Schlüsselblumen.

Als Mozartklänge das Haus erfüllten, kam Coral schnell die Treppe herab. Sie trat in den Torbogen, der in den Ballsaal führte, und sah Alex vor dem Klavier sitzen. Seine Finger tanzten gekonnt über die Tasten, während jede Faser seines schlanken Körpers die Aussagekraft seiner Musik aufsaugte. Sein dunkles, gutes Aussehen verriet eine dichterische Schwermut, während seine Augen einen inneren Sturm widerspiegelten. Seine bekannte dunkle Haarlocke fiel ihm über die Stirn, und ebenso wie sein Charakter hielt sie hartnäckig jedem Zähmungsversuch stand.

Die Gäste im Ballsaal lauschten aufmerksam, während sein lebendiger Musikstil mit der Gewalt von Donner und Blitz zuschlug, einige Augenblicke auf einem emotionalen Höhepunkt blieb und dann wie ein Seufzer in Meereswellen, die im Sand spielen, abebbte.

Coral ließ ihren Blick durch den Raum schweifen, bis sie Major Jace Buckley sah. Im Gegensatz zu den anderen Gästen war sein Blick nicht interessiert auf Alex gerichtet, sondern auf sie. Obwohl sie neugierig gewesen war, ob er heute abend auch hier wäre, wandte sie den Kopf ab.

Die Musik war zu Ende. Der Saal war still. Dann brachen die Zuhörer in einen überschwenglichen Applaus aus.

Alex erhob sich, lächelte fast schüchtern und gesellte sich dann zu Michael und Major Buckley.

Eine Minute später, als die Gespräche wieder in Gang gekommen waren, hörte sie die kräftige Stimme ihres Vaters aus der Menge heraus. Sie bemerkte die Blicke, mit denen ihre Mutter die silbernen Tabletts mit den Erfrischungen beobachtete, während Natine würdevoll den anderen Dienern zuschaute, ob sie ihre Arbeit richtig versahen. Ein winziger Fehler, ein Ausrutscher, eine kleine Mißachtung der Etikette in ihren gut eingeübten Bewegungen bedeutete ihre Versetzung zu weniger wichtigen Aufgaben in der Küche.

Bei Major Buckley standen mehrere andere junge Männer in Uniform, Hauptmann Seward war in eine Unterredung mit ihrem Vater verwickelt. Michael unterhielt sich mit dem Major, während Alex, der erst vor kurzem von seinem Musikstudium in Österreich zurückgekehrt war, nur zuhörte und aussah, als sei er in Gedanken immer noch bei seiner Musik.

Coral fiel auf, daß sich der Major in einer eleganten Umgebung anscheinend wohl fühlte. Er war jetzt nicht mehr staubig und schweißverschmiert und trug einen sauberen Reitanzug. Er begutachtete das Gemälde an der Wand, auf dem Coral mit ihrem Elefanten abgebildet war. Rani kniete in einem Zirkusstand, den Coral ihr beigebracht hatte.

„Coral, komm hier herüber, ich möchte dir Jace vorstellen.“

Michaels Stimme riß sie aus ihren Gedanken, als ihr älterer Bruder grinsend und mit ausgestrecktem Arm auf sie zuging.

Michael und er duzten sich also. Hatte Major Buckley ihm erzählt, daß er glaubte, Gem sei mit einem Maharadscha verwandt?

Ihr Bruder zeigte sich jedoch ganz und gar nicht besorgt, als er ihren Arm nahm und sie in Richtung des Majors führte.

Michael war, genauso wie alle anderen Kendallkinder mit einem guten körperlichen Aussehen beschenkt. Seine Haare waren nicht so dunkel wie Alex' und hatten den typischen rötlichen Roxburystich, wenn das Licht darauf fiel, und er war genauso stark gebaut wie sein Vater. Im Gegensatz zu Alex, der die Sonne haßte, war Michael schon immer im Freien herumgelaufen und war ständig auf der Suche nach neuen Abenteuern – eine Eigenschaft, die sein Vater ganz und gar nicht schätzte. Vielleicht würde er über Michaels Risikofreude und Abenteuerlust nicht so die Stirn runzeln, wenn sich diese Ambitionen auf Kingscote konzentrierten.

„Das ist meine Schwester Coral", stellte er sie Major Buckley vor und legte seinen Arm brüderlich auf ihre Schultern.

„Wir kennen uns schon. Guten Abend, Miss Kendall."

Sie konnte kaum glauben, daß der charmante Tonfall und das entwaffnende Lächeln demselben arroganten Mann gehörten, der sie noch vor kurzem wegen Gem zur Rede gestellt hatte.

„Guten Abend, Herr Major", sagte sie betont.

Michael lachte. „Nenn ihn Jace. Er ist nicht der strenge Offizier, nach dem er aussieht. Ihm stehen eigentlich ein indisches Hemd, Lederhosen und eine Seemannsmütze besser."

Aus einem unbestimmten Grund wurde ihr bei dem Gedanken, ihn Jace zu nennen, unbehaglich. Sie war erleichtert, als der Major mit seinem Glas auf das Gemälde deutete und das Thema wechselte.

„Ihr Elefant?"

„Ja. Sie heißt Rani, eine echte Königin. Sie war noch ein Baby, als ich sie bekam."

Er murmelte leicht dahin: „Die Mutter wurde getötet, und Sie haben sie adoptiert?"

„Ja, sie – " Coral zögerte. Ihre Augen blickten ihn an und begegneten seinem Blick. Ihre Wangen begannen zu glühen. Der Anflug eines Lächelns lag auf seinen Lippen. Er wandte sich absichtlich – so fand sie – wieder dem Gemälde zu und betrachtete es wesentlich interessierter, als normal war.

„Ich sammle verwaiste Tiere“, sagte sie herausfordernd.

„Ich bewundere Sie. Nicht jede Frau findet Gefallen an wilden und gefährlichen Tieren. Ich habe selbst auch einige.“

„Wirklich?“ Sie nippte an ihrer Erfrischung. Sie konnte nicht widerstehen: „Eine Kobra?“

Sie bemerkte, daß sich Michael und Alex, überrascht von ihrem Ton, umdrehten und sie ansahen, aber sie achtete nicht darauf.

Major Buckley war anscheinend nicht im geringsten beleidigt und sah sie mit einem entwaffnenden Lächeln an.

„Nein, einen Gepard ... Ich habe ihn immer noch. Wenn ich eines Tages aufgefressen werden sollte, bin ich selbst schuld.“

Coral blickte wieder auf das Gemälde an der Wand und wedelte mit ihrem Pfauenfedernfächer. „Einen Gepard, sagten Sie? Wie interessant, Herr Major. Ich sammle Geparde.“

Er zog seine dunkle Augenbraue hoch.

„Als Figuren“, fügte sie hinzu. „Zur Zeit suche ich nach einem, der aus Ebenholzstein geschnitzt ist. Ich habe gehört, daß sie selten und schwer zu bekommen sind.“

„Das stimmt. Aber am richtigen Ort sind sie zu finden. Man muß nur wissen, wo man suchen muß. Ich werde mir Ihr Interesse merken, wenn ich wieder auf Reisen gehe.“

Welche Art von Reisen plante er? Abgesehen von der vagen Beschreibung, die sie von ihrer Mutter und ihrem Vater über ihn bekommen hatte, wußte sie nichts über Jace Buckley. Wie hatte Michael ihn kennengelernt?

„Sie sammeln seltene Kunstgegenstände?“ fragte sie.

„Nur, um sie wieder zu verkaufen. Ich kenne einen Mann in London, der sie sammelt. Ich würde gern einmal Ihre Sammlung sehen.“

„Sie reisen viel an exotische Orte, Herr Major?“

„In letzter Zeit hat mich diese Uniform ziemlich eng an der Leine gehalten. Aber das wird sich bald ändern."

Coral bemerkte einen ziemlich neugierigen Blick im Gesicht ihrer beiden Brüder. Vor allem Michael beobachtete Major Buckley sehr interessiert.

„Ich vermute, daß Rani Ihnen aus der Hand frißt", wechselte Major Buckley das Thema.

„Sie ist ausgesprochen verwöhnt", gab ihm Coral recht. „Sie hätte sich nicht mit mir als Modell hingestellt, wenn ich sie nicht mit mehr Zeit im Fluß bestochen hätte ...." Sie faßte sich mit der Hand an die Haare. „Aber eigentlich ist es mir lieber, wenn alles frei und wild ist."

„Kein typischer Kendall, wie du siehst", warf Michael lächelnd ein. „Coral wäre die einzige in der Familie, die unsere Wanderungen in den Himalaya gutheißen würde."

„Kennt ihr beide euch schon lange?" fragte sie.

„Seit mehreren Jahren. Michael und ich haben uns in Darjeeling kennengelernt. Ihr Bruder hat mir in einer Lawine das Leben gerettet."

„Wenn ich mich recht erinnere, alter Freund, war es genau umgekehrt", entgegnete Michael. „Sei nicht so großzügig, Jace." Sein Lächeln verschwand. „Feigheit paßt nicht zu dir."

„Eine Lawine!" wiederholte Coral. „Michael, das hast du nie erwähnt."

Michael blickte kurz zu seinem Vater, der in sein Gespräch mit Seward vertieft war, und sagte leise: „Du behältst das lieber für dich. Du kennst Vater. Ein Wort von einem fast tödlichen Unfall, und er wäre noch mehr gegen meine Expeditionen."

„Eine großartige Idee", bemerkte Alex trocken und nippte an seinem eisgekühlten Ananassaft. „Was du an Eis, Wind und zerklüfteten Gipfeln findest, werde ich nie begreifen."

Er verzog träumerisch das Gesicht. „Da lobe ich mir die bezaubernden Sommertage an Wiens Donauufer."

„Ja, das kann ich nachempfinden. Dem Tod so nah entronnen zu sein, genügt mir vorerst. Jace und ich werden bald seßhaft." Sein Gesichtsausdruck wurde so vielsagend, wie ihn Coral selten an Michael gesehen hatte. „Wir gehen eine Geschäftspartnerschaft ein und beginnen gemeinsam eine Teeplantage in Sikkim – vielleicht in den Darjeelingbergen."

Coral bemühte sich, nicht überrascht nach Luft zu schnappen. *Michael und Jace – Partner?*

„Eine Teeplantage", sinnierte Alex. „Vater wird enttäuscht sein."

Michael seufzte. „Ich hoffe, daß ich ein bißchen Begeisterung in seinem Blut schüren kann. Jace und ich haben feste Pläne. Aber ich brauche Vaters Segen."

Alex lächelte Major Buckley an. „Mit anderen Worten: Michael braucht ein Darlehen, um das Land von dem Radscha von Sikkim kaufen zu können." Er wandte sich lächelnd an Michael. „Ich wünsche dir viel Glück dabei, lieber Bruder. Du wirst es brauchen."

Michael tat so, als wolle er Alex wie einen Sandsack boxen. „Das, und deine brüderliche moralische Unterstützung, die mir hilft, ihn zu überzeugen. Du und deine Musik haben eine stärkere Überzeugungskraft auf Vater als alle meine Bemühungen."

Alex' Lächeln verschwand. „Meine Aktien steigen, wenn du Vaters Mißfallen wieder erregst. Es wird ihm nicht gefallen, wenn du nächstes Jahr mit dem Major in See stichst." Mit reumütigem Ton fügte er hinzu – „Da ich der jüngere Sohn des berühmten Sir Hampton Kendall bin, könnte ich vielleicht damit durchkommen, daß ich in Wien Musik studieren darf. Aber du weißt nur allzu gut, daß er es sich in den

Kopf gesetzt hat, daß du eines Tages die Seidenproduktion übernehmen sollst."

„Vielleicht können wir die zwei Plantagen zu einem großen Unternehmen vereinigen", sagte Michael leichthin. „Seide und Darjeelingtee! Was wollen die Engländer mehr?"

„England freut sich vielleicht, aber du vergißt Jace", wandte Alex ein. „Die halbe Teeplantage wird ihm gehören. Er wird ein Wörtchen mitreden wollen, was die Verschmelzung mit den Kendalls betrifft."

„Ja, wir wollen auf den berühmten Namen Buckley anstoßen! Die gute alte Königin Elisabeth hätte sich bestimmt gefreut, wenn sie einen solchen Seelöwen in ihren Diensten gehabt hätte", meinte Michael und wandte sich an Jace. „Auf unseren Erfolg, mein abenteuerlustiger Freund! Trinken wir auf den schnellsten Klipper, der je die Meere unsicher gemacht hat!"

Eine Teeplantage in Darjeeling, dachte Coral fasziniert, aber sie war sich noch nicht sicher, ob ihr der Gedanke, daß ihr Bruder der Partner von Jace Buckley werden sollte, behagte oder nicht. Sie wartete auf eine Gelegenheit, ihr Wissen über Darjeeling an den Mann bringen zu können. Sie konnte es einfach nicht vergessen, daß er sie ein Kind genannt hatte.

„Warum gerade Darjeeling, Herr Major?" fragte sie beiläufig. „Wenn ich mich richtig erinnere, sagte mein Vater, daß in Sikkim gekämpft wird." Und um zu zeigen, wie erwachsen und über militärische Angelegenheiten sie informiert war, fügte sie noch hinzu: „Gurkhas aus Nepal, nicht wahr?"

Major Buckleys Miene verriet sowohl Überraschung als auch Bewunderung. „Ja, sie haben Gebiete gewonnen, aber zum Glück konnte der Radscha von Sikkim sie mit der Hilfe Bhutans und Chinas zurückdrängen. Die Kämpfe gehen weiter, aber das Gebiet, an dem wir interessiert sind, ist ziemlich ruhig."

„Aber wer hat je davon gehört, daß in Darjeeling Tee angebaut wird? Ich dachte immer, er käme aus China."

„So ist es auch. Aber ein indischer Freund von mir ist felsenfest überzeugt, daß er in Darjeeling wild wächst. Ich glaube, er hat recht. Wir haben nur noch keinen gefunden. Wir planen in nächster Zukunft eine weitere Expedition."

„Hast du *wilder* Tee gesagt?" warf Alex ungläubig ein.

„Ein wilder Teestrauch deutet mit großer Wahrscheinlichkeit darauf hin, daß er ursprünglich aus China ins Land geschmuggelt wurde", erwiderte Major Buckley. Er lächelte leicht. „Vielleicht hat dann unser erster ‚indischer' Tee eine gemeinsame Geschichte mit den ersten Seidenkokons, die nach Assam gebracht wurden."

„Ich muß schon bitten", rief Alex im Spaß und warf seine schlanke Hand hoch. „Sag das nicht vor unserem Vater. Er vertritt leidenschaftlich die Meinung, daß die Seidenraupen schon immer in Assam zu Hause sind."

„Damit kann er ja auch recht haben", sagte Michael. „Aber vergiß nicht, daß unser illustrer, aber auch berüchtigter Urgroßvater James Kendall sich hier niederließ, nachdem er aus Burma und China kam."

„Was?" scherzte Alex gut gelaunt. „Du unterstützt den Verdacht, daß er Seidenraupen bei sich gehabt haben könnte? Dann trinken wir jetzt auf das große Vermächtnis von Prinzessin Mei Lin Chang!"

Coral war mit ihren Gedanken nicht bei Seide, sondern bei Alex' Bemerkung, daß Michael bald mit Major Buckley in See stechen würde. Ihr Vater wäre davon bestimmt nicht begeistert. Es war kein Geheimnis, daß zwischen Sir Hampton und seinen zwei Söhnen Uneinigkeit über die Zukunft des großen Kingscote-Unternehmens herrschte. Alex erhielt erst die Erlaubnis, in Österreich Musik zu studieren, als er in schwere Depressionen geriet, nachdem sein Vater ihm dies anfangs verboten hatte. Mutter und Großmutter Victoria Roxbury in London hatten ihren Vater überredet, Alex seiner Leidenschaft nachgehen zu lassen. Aber bei Michael als dem Erstgeborenen stand die Sache anders.

Sie hoffte, ihre Stimme klang nicht zu vorsichtig: „Dann hast du Vater noch nicht von deinem Interesse an einer Teeplantage erzählt?"

Michael wich aus. „Nachdem ich gerade zwei Tage lang einen Tiger verfolgt habe, steht mir momentan nicht der Sinn danach, es mit einem verwundeten Bären aufzunehmen. Aber ich muß sagen, Vater scheint heute bester Laune zu sein." Sein Blick schweifte durch den Raum hinüber zu Sir Hampton. Trotz aller Meinungsverschiedenheiten zeigten seine dunklen Augen eine starke Zuneigung zu seinem Vater. „Es sieht so aus, als sei der Gedanke an ein neues Baby im Haus allseits gut aufgenommen worden. Mutter strahlt auch. Vielleicht erweist sich Gem als der nötige Balsam, der ihr über den Verlust von Ranek hinweghilft."

„Und über seine Enttäuschung von seinen zwei eigenen Söhnen", fügte Alex hinzu.

Michael beugte sich vor und verpaßte Coral einen Kuß auf die Wange. „Gratuliere zu Gem. Radschiv und Dschemani würden sich freuen, wenn sie es wüßten."

Als Michaels Lippen über ihre Wange streiften, wanderten Corals Augen zu Major Buckley hinüber und suchten nach seiner Reaktion auf die Bemerkungen über Gem. Sie sah, daß er anscheinend überhaupt nicht zugehört hatte, sondern mit anderen Gedanken beschäftigt war und durch den Raum blickte. Sie drehte den Kopf um und sah Natine unauffällig in der Nähe eines Fensters stehen. Er war beinahe ein so unbewegliches Inventar des Ballsaales wie eines der Gemälde.

Corals Gedanken wanderten wieder zu Michael zurück. Er hatte Jace Buckley nie zuvor erwähnt, und abgesehen von dem Vorfall im Himalaya-Gebirge hätte sie gern gewußt, wie sie sich kennengelernt hatten. Offenbar waren sie enge Freunde, die einander vertrauten, denn immerhin waren beide Männer bereit, das Risiko einer Partnerschaft einzugehen. Daß Michael Jace Buckley nicht erwähnt hatte, war andererseits keine Überraschung. Michael hatte viele Freunde, die als Abenteurer eingestuft wurden und zu einem anderen Teil seines Lebens gehörten; eines Lebens, das er nicht nach Kingscote mitbrachte.

Major Buckley kostete an einem Dessert aus frischer Mango und Kokosnuß, das mit Zucker bestreut war. Sie hätte gern gewußt, was es hieß, daß Michael mit ihm in See stechen wollte, zögerte aber zu fragen, da sie nicht zu neugierig an seinen Unternehmungen wirken wollte. Irgendwie hatte sie den Verdacht, daß der Major zu viele davon hatte.

Sie hob ein kleines Glas, dessen geschliffenes Kristall funkelte, mit Ananassaft hoch.

„Dann haben Sie also nicht im Sinn, Ihre Laufbahn in der Armee weiter zu verfolgen, Major Buckley?"

Er stellte seinen Teller ab, und seine Augen folgten einem Inder, der jetzt heißen Tee und arabischen Kaffee servierte. Coral winkte den Jungen herbei.

„Ja, in ein paar Monaten hänge ich meine Uniform an den Nagel", erklärte er.

„Sie klingen zufrieden."

Er lächelte. „Überaus entzückt."

Der Major nahm eine Tasse Kaffee von dem dargebotenen Silbertablett und ließ den Jungen wieder gehen.

Zweifellos hatte das Militär seine Freiheit stark beschnitten. Sie dachte an das, was sie von ihrer Mutter über seine Jugend erfahren hatte.

„Oberst Warbeck muß sehr enttäuscht sein. Normalerweise wünschen Väter doch, daß ihre Söhne die Familieninteressen fortsetzen."

„Ja, die meisten Väter", warf Michael ein und sah wieder zu Sir Hampton hinüber. „Entschuldigt mich bitte einen Augenblick."

Er verließ sie und steuerte auf Sir Hampton und Hauptmann Seward zu.

„Wann wollen Sie mit der Teeplantage beginnen?" fragte sie.

„Michael wird ohne mich anfangen. Ich werde einige Zeit von Indien fort sein. Ich muß mich noch um die Kleinigkeit kümmern, das nötige Geld aufzutreiben, bevor ich sie kaufen kann. Ich werde mit meinem Klipper in See stechen. Wenn es Michael nicht gelingt, Ihren Vater zu überreden, wird er mich begleiten. Wir beabsichtigen, nach Makao zu segeln und Tee und Jade zu laden."

Alex kicherte. „Michael wird übel, wenn er nur auf einem Elefanten reitet. Er wird sich an Bord deines Klippers als keine große Hilfe erweisen."

Coral nippte an ihrer kühlen Erfrischung. „Sie besitzen ein Schiff?"

„Ich kaufe die *Madras* von der Ostindienkompanie. Sie liegt momentan auf einem Liegeplatz in Kalkutta vor Anker und wartet sehnsüchtig darauf, daß ich meine Uniform an den Nagel hänge."

„Wohin wollen Sie von China aus weitersegeln?" fragte Coral.

„Ach, nach Cadiz, Portugal und noch an andere Orte, dann nach London."

Als er von seinen Plänen sprach, in China Ladung an Bord zu nehmen, wurde seine Ruhelosigkeit unübersehbar. Unter seiner momentanen disziplinierten Fassade sah Coral einen jungen Mann ohne Fesseln und Schranken. Sie konnte fast fühlen, wie er sich innerlich gegen seine Bande aufbäumte.

Seeleute waren manchmal zwei Jahre oder länger auf See. Sie vermutete, daß er seine Unabhängigkeit und Erfolg anstrebte und dabei gleichzeitig die Freiheit seines eigenen Schiffes genießen wollte. Ein abenteuerlustiger Schiffskapitän war ein Mann, von dem man sich fernhalten mußte, beschloß sie, ob er nun ein Freund von Michael war oder nicht.

Natine erschien mit einem Brief in der Hand hinter ihnen. „Eine Nachricht für Sie, Major-Sahib."

Aus dem Gesichtsausdruck des Majors konnte Coral keine Rückschlüsse über die Art der Nachricht ziehen, aber er wirkte besorgt. Einen Augenblick später faltete er das Papier zusammen und steckte es in seine Jacke. „Ich muß heute abend noch aufbrechen."

„Schwierigkeiten?" fragte Alex.

„Ein neuer Zusammenstoß mit Burma in der Nähe von Manipur. Euer Vater hatte auch erst kürzlich Probleme, wenn ich richtig verstanden habe."

Alex seufzte. „Kingscote hat mit Burma Schwierigkeiten, solange wir zurückdenken können. Wir heuern Söldner an, die an unserer Seite kämpfen. Gott sei Dank, beruhigt sich die Lage meistens nach einem oder zwei Gefechten wieder."

„Ich werde im Vorposten zurückerwartet."

Er wandte sich an Coral. „Wenn Sie mich bitte entschuldigen, Miss Kendall, Alex."

Sie beobachtete, wie er sich höflich von ihren Eltern verabschiedete und ihnen die Umstände seines sofortigen Aufbruchs erklärte. Er sagte etwas zu Michael, der lauthals lachte und dann in ihre Richtung blickte. Verärgert wedelte sie mit ihrem Fächer, um sich das Gesicht zu kühlen. In der Begleitung von Seward und mehreren anderen Soldaten nahm Major Buckley seinen Hut und seine Handschuhe von Natine entgegen und folgte ihm aus dem Ballsaal in die Halle.

Coral wartete einen diskreten Augenblick und huschte dann unbemerkt hinaus.

Sie traf Major Buckley an der Eingangstür an. Er war allein mit Natine. Aus Natines Miene schloß sie, daß er sich in der Gegenwart des Majors nicht wohl fühlte. Als er Coral kommen sah, grüßte er und schritt davon.

Major Buckley drehte sich zu ihr um, und einen Augenblick sprach keiner von ihnen ein Wort. Der strömende Regen peitschte gegen das Fenster und verstärkte ihr Schweigen.

„Sie haben zu meinem Vater nichts wegen Gem gesagt."

Er gab ihr keine direkte Antwort und zog seine Handschuhe an.

„Warum haben Sie geschwiegen?" fragte sie.

„Bedenken Sie, was ich Ihnen schon früher gesagt habe."

„Das tue ich. Ich bleibe bei meiner Entscheidung."

„Das dachte ich mir. Dann stehe ich Ihnen nicht im Weg und überlasse Sie Ihrem Schicksal."

Ihre Stimme war sanft und hoffnungsvoll: „Dann ... werden Sie Ihre Vermutungen nicht aussprechen?"

„Fragen Sie mich nicht, warum ich mich entschlossen habe, nichts zu sagen. Ich habe nicht die geringste Ahnung, was manchmal in mich fährt." Er blickte zu ihr nieder. „Vielleicht ist es der Glanz in Ihren Augen. Vielleicht das Lachen Ihrer Mutter heute abend ... vielleicht die Hoffnung, die ich für den Jungen habe. Radschiv war ein Freund. Sein Sohn ist ein Waisenkind. Vielleicht bin ich sentimental. Das ist immer ein Fehler. Aber bei der Aussicht, im Haus der Kendalls als Patenkind von Miss Coral Kendall aufzuwachsen – ich hoffe nur, daß es für Gem gut ausgeht, und für Sie. Vielleicht habe ich mich entschlossen, an das Lachen, das ich heute abend gehört habe, zu glauben.“ Seine Lippen verzogen sich zu einem schwachen Lächeln. „Sie glauben natürlich an unmögliche Träume?“

Unmögliche Träume ... war es das, was die Zukunft für Gem bereit hielt?

Sie war von seiner unerwarteten Wärme berührt. „Ja ... und ich danke Ihnen.“

„Danken Sie mir nicht. Ich habe das dumpfe Gefühl, daß ich Ihnen ganz und gar keinen Gefallen damit tue.“

„Oh doch.“

„Das bezweifle ich. Denn wenn ich auch nur einen Funken gesunden Menschenverstand hätte, würde ich auf der Stelle mit Ihrem Vater sprechen.“

„Aber das tun Sie nicht.“

Er blickte sie nachdenklich an und griff schließlich nach dem Türgriff. „Nein. Aber mein Schweigen macht mich mitverantwortlich für das, was geschieht – und auch das ist ein Fehler.“ Sein Blick schweifte in die Ferne. „Leben Sie wohl.“

Er öffnete die Tür und trat in den strömenden Regen hinaus.

Einige Minuten später, als der Klang der Pferdehufe erstorben war, hob Coral ihre Röcke und eilte die Treppe hinauf.

Gem wartete auf sie.

6

Errette, die man zum Tode schleppt, und entzieh dich nicht denen, die zur Schlachtbank wanken.

Sprüche 24,11

Die Madras, Diamond Point Hafen, Kalkutta
Dezember 1793

Jace Buckley pfiff vergnügt vor sich hin, während er seine schwarzsilberne Jacke, seinen Tschako und seinen militärischen Säbel in die Ecke warf. Er schlüpfte in die abgetragenen Lederhosen und rieb sich über sein glatt rasiertes Kinn; innerhalb kurzer Zeit würde er einen Bart haben. Er malte sich aus, wie die blauen Augen des Oberst sich in Eis verwandelten, wenn er ihn so sähe – nicht als seinen disziplinierten, wohlerzogenen Sohn, sondern den unehelichen Nachkommen des berüchtigten Kapitäns Jarred Buckley.

In der Kapitänskajüte an Bord des Klippers *Madras* war er nicht länger Major der 21. Leichten Kavallerie, sondern ein unabhängiger Kapitän auf dem Weg, sich ein eigenes Schiff zu kaufen. Ein Eindringling, wie die Kompanie solche Männer nannte.

Jace kniff die Lippen zusammen, bis nur noch eine dünne Linie sichtbar war. Sie waren besser bekannt als Chinahändler. Sie hatten seinen Vater betrogen und ihn am Strand von

Whampoa in einem Sturm zurückgelassen, wo er wütenden Kriegsherren gegenüberstand, während sie auf ihren Dschunken flohen.

Jace starrte in die Kaffeetasse in seiner Hand. Sie hatte seinem Vater gehört ...

Auch heute noch stand ihm jede Sekunde dieser Szene auf dem Strand so deutlich vor Augen, als sei es erst gestern geschehen. Die Wellen schlugen um ihn herum zusammen, das kalte schwarze Wasser schmeckte nach Salz und in seiner Phantasie nach Blut.

Als elfjähriger Junge hatte er sich an die scharfen Felsen geklammert, wo er sich versteckte. Von dort aus konnte er seinen Vater sehen, der mit Händen und Füßen gefesselt auf dem Strand lag, während die Wellen gegen das Ufer donnerten.

Jace erinnerte sich so lebhaft, daß sich ihm der Magen umdrehen wollte. Er konnte den schwarzgekleideten chinesischen Kriegshäuptling sehen, die wütenden Worte hören, die er auf Chinesisch rief, den gebogenen Säbel sehen, mit dem er gegen seinen Vater ausholte und ihn enthauptete. Als er sah, wie die Wellen den Kopf hin und her trieben, wandte er sich um und mußte sich übergeben. Damit verriet er sich.

Jace Buckleys Jahre als Kindersklave der Opiumhändler nahmen an jenem Tag ihren Anfang. Erst im Alter von vierzehn Jahren gelang es ihm, Whampoa zu entfliehen.

Jace hatte aufgrund seines starken Willens überlebt – auch wenn Seward hartnäckig behauptete, daß er sein Leben Gottes Fürsorge und Liebe verdankte. Seward vertrat außerdem die Ansicht, daß der Schmerz über die Vergangenheit Jace daran hinderte, zu anderen eine emotionale Bindung einzugehen.

Er war auf der Karawanenroute über die alte Seidenstraße

durch den Himalaya aus China entkommen. In Indien schloß er Freundschaft mit einem Guru namens Gokul. Als die britische Armee eine Patrouille nach Zentralindien entsandte, um eine Auseinandersetzung zwischen herrschenden Marathiparteien niederzuschlagen, war Jace vom damaligen Hauptmann John Sebastian Warbeck entdeckt worden.

Warbeck, der nie geheiratet hatte (Jace kannte den Grund: Lady Margaret Roxbury mußte im Interesse der Familie ihren Vetter Hugo heiraten), hatte ihn zurück in das Hauptquartier der Kompanie in Kalkutta gebracht und ihn im Laufe der Zeit „zivilisiert", wie der Oberst es auszudrücken pflegte.

Jace wurde auf die angesehene Militärakademie in London geschickt und war nach seiner Graduierung als der kühle und disziplinierte junge Sohn des Oberst zurückgekehrt. Aus Respekt für das, was der Oberst für ihn getan hatte, kehrte Jace in das militärische Leben in Kalkutta zurück und nahm, wie erwartet, seinen Platz in der Ostindienkompanie ein.

Während der ersten Jahre diente Jace zur Freude des Oberst der Kompanie erfolgreich in Indien – er wurde sogar für seine Tapferkeit ausgezeichnet und schließlich in den Rang eines Majors befördert. Aber Jace sehnte sich nach Freiheit und stand oft mit den Interessen, die er vertreten sollte, auf Kriegsfuß.

Die Ostindienkompanie und das Militär arbeiteten eng zusammen, denn die Kompanie war mehr als nur eine Handelsgesellschaft – sie war zum Teil der britischen Regierung geworden. Das Militär hatte die Aufgabe, Großbritanniens Interessen in Indien zu unterstützen, Interessen, die Jace oft nicht für richtig hielt.

Jetzt hatte Jace seine Freiheit wieder ... aber die Auseinandersetzung mit dem Oberst war so schlimm verlaufen, daß der Oberst seine bekannte Selbstbeherrschung verlor und Jace des Hauses verwies.

Jaces wohl geformte Züge erröteten bei der Erinnerung an diese Szene. In einer Geste unbewußten Aufbegehrens gürtete er die Scheide um, in der das Schwert steckte, das seinem Vater, dem Freibeuter, gehört hatte. Dann hob er die Kanne und roch an dem Gebräu ... wenn sein Kansamah den arabischen Kaffee wieder zu dünn aufgebrüht hatte, würde er ihn in den Hafen werfen. Er hatte ihn schon zweimal gewarnt. Ein guter, kräftiger Schluck würde ihm gut tun. Er goß sich die Tasse voll und probierte. Ah, genau so, wie er ihn mochte: stark und siedend heiß. Jace wandte sich zu dem kleinen goldenen Affen. „Was sagst du, Goldfisch? Bist du bereit, dich an ein Leben auf See zu gewöhnen?"

Der Affe klatschte die Handflächen zusammen und mampfte dann zufrieden auf Kokosnußstücken herum. Jace hatte dem Affen absichtlich einen Namen gegeben, der zu seinem neuen Leben an Bord eines Schiffes paßte.

Jace blickte zu Gokul hinüber. Der alte indische Händler, den er als Jugendlicher kennengelernt hatte, faltete jedes Teil seiner Uniform genauso sorgfältig zusammen, wie er seine Rupien am Ende eines Diebestages auf dem Basar zählte. Er bürstete ein Staubkörnchen weg. „Ach, Sahib, sie hat auch schon bessere Tage erlebt." Er hauchte die Messingknöpfe an und rieb sie dann gegen seinen Ärmel, bis sie glänzten.

Jace zog eine Augenbraue in die Höhe. „Tut mir leid, alter Freund. Aber ich teile mit keiner Faser meines Herzens deine Sentimentalität." Dann stieß er einen leisen Freudenschrei aus, als er in sein Lederwams und seine wadenhohen Stiefel schlüpfte. Er streckte sich und spannte seine Muskeln.

Gokul kicherte. „Aha, der Gepard ist wieder frei!"

Offenbar von der Aufregung der bevorstehenden Seereise

angesteckt, rollte Gokul seine dunklen Augen zur Kajütendecke und hielt ihm den Säbel auf den Bauch. „Das Meer! Der Wind!“

„Ja, den stellen wir ab“, ertönte Sewards brummige Stimme, als er sich bückte, um sich am Rahmen der Kajütentür nicht den Kopf anzuschlagen. Michael Kendall folgte ihm mit seinen Taschen in den Händen.

Michael ließ sie fallen, stellte sich breitbeinig und mit den Händen in die Hüften gestützt hin und sah sich interessiert in der Kajüte um.

„Meine erste Seereise nach China“, sagte Michael. „Du wirst mich noch zu einem Seelöwen machen, Jace.“

Jace warf ihm und Seward Blechtassen hin, und Gokul schenkte ihnen ein.

„Auf die Freiheit“, sagte er lächelnd.

Michael lachte. „Und auf die *Madras*!“

„Wir sollten am besten auch nicht den Kapitän des guten Klippers vergessen“, fügte Seward grinsend hinzu. Er trat auf ihn zu und legte Jace seine kräftige Hand herzlich auf die Schulter. „Es gibt keinen besseren als Jarred Buckley selbst –“ und er fügte ruhig hinzu: „Gott gebe seiner Seele Frieden! Möge die erste Schiffsladung Tee und Porzellan dich einen Schritt näher bringen, sie abzubezahlen.“

„Vergessen Sie nicht unser Darjeelingprojekt, Sahibs“, drängte Gokul.

Eine Bananenschale flog gegen Gokuls Bauch und landete vor seinen Sandalen. Die anderen lachten, als der Affe aus der Kajüte flüchtete und Gokul entrüstet hinter ihm her wetterte.

* * *

Die *Madras* setzte Segel von der Bucht von Bengalen zu den holländischen ostindischen Inseln, um auf Sumatra, Java und Bali Gewürze zu laden. Abgesehen von einigen kleineren Meinungsverschiedenheiten mit den Holländern setzten sie ihre Reise unbeirrt nach Singapur fort, wo sie zwei Wochen vor Anker lagen und dann zwei Monate nach ihrer Abfahrt aus Kalkutta die Gewässer des Südchinesischen Meeres ansteuerten.

Als sie sich im Februar der chinesischen Küste näherten, machten sie ihre erste Bekanntschaft mit schlechtem Wetter, als ein Taifun losbrach. Jace steuerte das Schiff in Makao sicher in den Hafen, und zwei Wochen später erreichten sie Kanton.

Auf den Werften tummelten sich die verschiedensten Sprachen und Dialekte, gemischt mit dem durchdringenden Schweißgeruch von schwitzenden Körpern, alten Fischen und gerupften Enten – mit Kopf und Füßen – , die zum Trocknen aufgehängt waren.

Seward bestand darauf, in den Himmlischen Jadegarten zu gehen, einem Basar unter freiem Himmel, in dem sich in der Abendkühle Bauern scharenweise versammelten, um einzukaufen, zu essen, sich zu unterhalten und den wandernden Zauberern zuzusehen.

Wie immer tummelten sich in dem Garten wahre Menschenmassen. Winzige Geschäfte wetteiferten auf dem überfüllten Basar um Platz und Kunden; ihre bunten Papierlaternen schimmerten in der Dunkelheit. Verzierte Torbögen und schwebende Papierdrachen aus Rot und Gelb bildeten einen farbenfrohen Himmel.

Im Himmlischen Jadegarten gab es viele Kuliküchen, die alle ihren durchdringenden Geruch chinesischer Kochkunst aussandten. Erinnerungen aus seiner Kindheit wurden in ihm wach. Jace fühlte sowohl Wut als auch Schmerz. Er hatte gedacht, er könne mit dem Anblick und den Geräuschen der einzigen Seite Chinas, die er kennengelernt hatte, richtig umgehen, aber als alles wieder auf ihn einströmte, fühlte er sich gefangen.

Jace fand sich in einer drängelnden und dichten Menschenmenge wieder: Akrobaten, Zauberer, Sänger mit Blumentrommeln und Wahrsager. Männer saßen herum und pafften an ihren Wasserpfeifen und tranken Tee; wieder andere knackten Wassermelonensamen zwischen den Zähnen. Ladenbesitzer, die versuchten, Kunden einzuwiegeln, eilten geschäftig mit Scheitelkäppchen über den alten Boulevard, einige hatten einen Zopf, andere hatten ihren Kopf zum Teil kahlgeschoren; ihre Seidenkleidung war oft ziemlich abgetragen. Jace erkannte die farbenfroh gekleideten Minderheitenrassen aus den nordwestlichen Provinzen Chinas und der Mongolei an ihren bestickten roten und blauen Jacken.

Er sah, wie Seward, unbeeindruckt von der fremden Kultur, voranschritt und mit seinem scharfen Kennerblick die verschiedenen Kuliküchen für ihr Abendessen abschätzte. Jace erinnerte sich an Michael und sah zurück. Er war stehengeblieben, um einer Akrobatenfamilie mit einem schwarzweißen Pandabären auf einem Seil zuzusehen.

Jace wartete mit den Händen in die Hüften gestützt auf ihn. Aus Michaels leerem Gesichtsausdruck schloß Jace, daß er aufgehört hatte, die Anblicke, Gerüche und den hohen Ton der chinesischen Sprache in sich aufzunehmen. Er wollte zurückgehen und ihn am Arm weiterziehen, als Michael plötzlich ganz erstaunt aussah.

Was ist jetzt schon wieder? dachte Jace müde und zog seinen Hut tiefer in die Stirn. Michael warf den Kopf zu ihm herum und deutete quer über den Garten. Da Jace sich auf nichts einlassen wollte, winkte er ab und bedeutete Michael, ihm zu folgen, aber dieser riß beide Hände hoch und winkte ihm noch einmal, zu ihm zu kommen. Jace seufzte und blickte vor sich, um zu sehen, wo Seward war. Seine hoch aufgerichtete Gestalt, die sich gerade in eine Kuliküche begab, war unter den Bauern leicht auszumachen.

Jace machte sich allmählich auf den Rückzug durch die Menge zu Michael. Es dauerte eine Minute, bis er bei ihm ankam, da jemand Feuerwerkskörper abschoß. Die Funken und Rauchfahnen hatten einen Menschenauflauf zusammengerufen. Als Jace näher kam, ergriff ihn Michael an der Schulter.

„Schau mal! Dort drüben – der Mann in Schwarz will einem alten Mann den Kopf abschlagen!"

Jace fühlte sich an die Vergangenheit erinnert und ihm wurde übel. Michaels Worte überraschten ihn nicht. Grausamkeit gegenüber Sklaven und die Gleichgültigkeit der herrschenden Klasse kannte er aus seiner eigenen Erfahrung nur zu gut. Das letzte, was er wollte, war in die Richtung zu sehen, in die Michael deutete. Aber Michael ließ nicht lokker. „Ist das echt? Vielleicht nur ein Zirkus?"

Widerwillig wandte sich Jace in die Richtung, wo mehrere schummerige Laternen über einem Torbogen aus Steinblökken aufgehängt waren, der für diese spezielle Gelegenheit völlig unpassend als das ‚Pflaumenblütentor des Glücks' bezeichnet wurde.

Er unterdrückte seine tiefe Abneigung und zeigte nicht, wie abgestoßen er innerlich war, und betrachtete den Mann, den er aus seiner Erfahrung als chinesischen Händler mit einer gewissen Autorität einstufte, denn er trug eine schwarze Satinjacke, die ihm bis zu den Knien reichte. In der Hand trug er ein langes Schwert, das genauso unbarmherzig blitzte wie seine schwarzen Augen. Er funkelte auf einen verschrumpelten alten Chinesen mit silbernen Zöpfen herab.

„Die Mandschus sind eine Minderheit aus dem Nordosten Chinas“, erklärte Jace. „Sie haben die Hans über zweihundert Jahre lang erobert und beherrscht. Der Alte muß ein Han sein, und sein Meister ein Mandschu. Offenbar ist er Sklave und hat seinen Unmut erregt.“ Seine Stimme verriet keines der aufgestauten Gefühle, die in seinem Inneren loderten.

Michael warf den Kopf herum und starrte Jace an. „Seinen Unmut erregt? Darf er ihm einfach den Kopf abschlagen, nur weil er *verärgert* ist?“

Jace hatte Michael nie erzählt, daß sein Vater auf dem Strand von Whampoa enthauptet worden war. Er konnte ihm nicht erklären, wie er sich jetzt fühlte, als er sah, wie diese Grausamkeit wiederholt wurde. Übelkeit stieg in ihm hoch. Er mußte fortkommen, so schnell wie möglich. Jace verbarg seine Gefühle und begegnete Michaels Blick.

„Der Alte ist wahrscheinlich nur einer von tausend in China, die heute sterben, weil sie irgendeinen kaiserlichen Magistrat oder auch nur einen Händler mit Bauernblut verärgert haben. Diejenigen, die sterben, sind die niedrigsten Sklaven. Und wer sie besitzt, kann mit ihnen verfahren, wie er will, auch wenn er ihnen den Kopf abschlagen will.“

Michael starrte wie gebannt auf die sich vor ihm abspielende Szene. Jace betrachtete den alten Mann, der mit dem Gesicht auf dem Boden lag und bettelte. Jace versetzte Michael einen Schubs in die andere Richtung. Seward wartete in der Kuliküche und fragte sich vielleicht schon, ob ihnen etwas zugestoßen sei. Außerdem konnte er es nicht ertragen mitanzusehen, wie der alte Mann geköpft wurde –

„Scha!“ rief der Sklavenhalter.

Jace zögerte, denn er kannte die Sprache gut genug, um die Todesdrohung zu verstehen.

Tot! „Nichtsnutzigster Hund! Stinkendes Fleisch! Wo ist

der Stein? Such ihn im Staub! Krieche und krabble und wühle mit den Fingern, bis du ihn wieder findest, oder ich hacke dich in hundert Stücke für den Hexenkessel! Das Auge – wo ist das Auge?“

„Scha!“ Der Mandschu schwang sein Schwert und ließ es über den alten Mann pfeifen, um ihn zu quälen und ihm Angst einzujagen, und schlitzte sein abgetragenes Gewand auf. Mit einem lauten Schrei packte er den Zopf, als wolle er ihn abschneiden, schlug aber stattdessen mit dem Schwert auf die Erde. Er sprang von seiner Stufe, wieder laut brüllend, und landete sicher auf seinen zwei muskulösen Beinen. „Der Stein! Such ihn!“

Der Alte krabbelte mit panischer Angst umher und durchwühlte mit seinen dünnen, zitternden Fingern die Erde.

Die Szene fand kaum Beachtung unter den meisten Passanten, die mit passiven Gesichtern ihren Geschäften nachgingen und selbst zu viel Angst hatten, um etwas zu sehen. Die fliegenden Händler boten weiter mit hoher Stimme ihre Waren an – vielleicht etwas lauter – Eselskarren stapften etwas schneller vorbei, und die Bettler humpelten davon.

Ohne es selbst zu wollen, bahnte sich Jace einen Weg durch die Menge, bis er direkt vor dem reichen Ladenbesitzer stand. Der Händler hielt eine schwarze Gepardfigur in der Hand, von dessen Smaragdaugen eines fehlte. Jace war überrascht, als er seine eigene Stimme so ruhig und beinahe uninteressiert hörte, als ob es ihn nicht im geringsten berührte, was hier vor sich ging.

„Der Gepard mit dem einen Auge ... wieviel?“

Der wütende Mann drehte sich zu ihm um. „Er war sehr viel wert, bis dieser elende Hund ihn fallen ließ! Der Smaragd ist verloren gegangen!“ Plötzlich beruhigte er sich und verbeugte sich. „Aber ich kann Ihnen andere zeigen. Bitte! Treten Sie ein in meinen geringen und elendigen Laden!“

Jace verbeugte sich auch und sagte tonlos: „Ich suche einen Gepard mit einem einzigen Auge, hochehrwürdiger Sir."

„Ein Auge?"

„Ein Auge. Zwei Augen kann ich nicht gebrauchen. Ich kaufe diese Figur, oder ich wandere weiter durch den Himmlischen Jadegarten als ein enttäuschtes Häufchen Elend."

Die Haltung des Händlers änderte sich auf der Stelle. Er verbeugte sich noch einmal und murmelte: „Treten Sie ein in meinen nichtswürdigen Laden. Der Gepard mit einem Auge gehört Ihnen."

„Ich bezahle einen anständigen Preis, aber nur, wenn dieser nichtswürdige, elende Hund auch mein Eigentum wird."

Jace zog eine kleine Lederbörse aus dem Inneren seines Hemdes und schüttete dem Händler einige Goldmünzen auf die Handfläche. Sie glitzerten im Laternenlicht, und der Händler bekam große Augen. Sogar der Bauernsklave drehte seinen weißen Kopf um und starrte das tanzende Glitzern an.

Ich muß ein sentimentaler Narr sein, dachte Jace und kniff die Lippen zusammen, als der Händler sein Schwert beiseite legte, um die Münzen zu zählen.

„Der einäugige Gepard und der alte Hund gehören mir", sagte Jace.

Der Händler verbeugte sich tief. „Der Gepard und der alte Hund gehören Ihnen, hochehrwürdiger Sir."

Michael traute seinen Augen nicht. Jace nahm den Gepard aus Ebenholz und deutete ihm dann, er solle den alten Mann mitbringen. Jace schritt davon. Michael und der alte Sklave folgten.

Sie waren noch nicht weit gekommen, als der Alte an Jace vorbeieilte, ein kurzes Stück vor ihm stehenblieb und zu Boden fiel.

„Ehrwürdiger Meister! Ich bin Je Dschin-Su, ihr elender, erbärmlicher Hund."

Jace sagte ruhig: „Stehen Sie auf, Freund Dschin-Su, Sie sind jetzt in Sicherheit. Sie werden mich Kapitän nennen. Ich hoffe, Sie werden nicht seekrank. Wir sind auf dem Weg nach London."

Der Alte war sprachlos. Er starrte ihn an. Dann stellte er sich mit seinem dünnen, schwarzen Kimono, der jetzt völlig verstaubt war, auf die Füße. Er wischte ihn mit Würde aus, verbeugte sich und trat dann hinter ihn, um ihm zu folgen.

Jace warf einen abschätzigen Blick auf den einäugigen Gepard und steckte ihn dann in sein Hemd. Michael brach in ein Gelächter aus, legte ihm stürmisch einen Arm um die Schulter, und sie gingen weiter.

Sie fanden Seward in einer Kuliküche sitzen. Jace setzte sich zu ihm, und obwohl er keine Ahnung hatte, was er aß, prahlte Seward zufrieden: „Es kocht schon einen oder zwei Tage in einem Kessel. Das gibt die richtige Würze und macht es zart."

Jace war jetzt gut gelaunt und hatte Hunger. Er aß, während Seward Michael belehrte, wie er unter den Bauern richtig essen mußte. „Wenn du zeigen willst, daß es dir schmeckt, dann mußt du laut schlürfen, mit den Lippen schmatzen und deine Stäbchen so gegeneinander schlagen."

* * *

In den folgenden Tagen wurde die *Madras* mit Tee und kostbarem chinesischen Porzellan beladen. Kurze Zeit später setzte die Mannschaft Segel mit Ziel Kanton, das sie als den nächsten Meilenstein auf dem Weg nach London ansahen.

Nach einem Jahr erfolgreicher und abenteuerlicher Expeditionen kehrten sie noch einmal in die indischen Gewässer der Bucht von Bengalen zurück.

Kalkutta war noch genauso, wie Jace es verlassen hatte, nur vielleicht noch etwas belebter, und die Ostindienkompanie wuchs und florierte. Englische Familien waren angekommen, um bei ihren Männern zu bleiben, die in der Kompanie dienten. Sie bezogen Wohnung in Fort William.

Inzwischen war Februar 1795, und Jace hatte Michael mehrere Wochen lang nicht gesehen. Sir Hampton Kendall war von Kingscote gekommen, um sich wegen Familienangelegenheiten mit Roxbury zu treffen. Michael wohnte jetzt im Haus seines Onkels in der Nähe des Regierungshauses.

Er konnte es nicht erwarten, wieder in See zu stechen, um ihrer Teeplantage näherzukommen, und hatte deshalb den Bungalow, den er gemeinsam mit Seward im berüchtigten Chowringhee-Bezirk von Kalkutta bewohnte, verlassen und war zur Ostindienkompanie gegangen, um sich zu erkundigen, welche Gelegenheiten sich momentan für Schiffe ergaben. Er fand nichts, das ihn interessiert hätte. Er hatte es als unabhängiger Schiffskapitän besser. Als er das Büro verließ und über die Werft spazierte, hörte er einen lauten Ruf von einer bekannten Stimme.

„Buckley! Warte auf mich! Ich habe ausgezeichnete Neuigkeiten!“

Es war Michael, der mit Sir Hugo Roxburys Tochter, Belinda, in einer Kutsche auf ihn zufuhr. Als der Fahrer die Pferde zum Stehen brachte, sprang Michael herab und kam auf Jace zugelaufen. Er war makellos gekleidet, und sein Aussehen hatte nicht mehr die geringste Ähnlichkeit mit dem Abenteurer während des Jahres auf der *Madras.* Er war wieder ein Kendall, ein Erbe einer Seidendynastie. Jace blickte Belinda Roxbury an. Sie schaute ihn an, lächelte leicht und senkte den Blick.

„Der Segen des Himmels liegt über uns!“ rief Michael.

Jace war skeptisch und warf ihm einen kritischen Blick unter seinem Hut hervor zu.

Michael sagte siegessicher: „Du wirst schon sehen, daß ich recht habe. Mein Vater will eine Ladung Seide nach Cadiz verschiffen. Er will dich heute nachmittag auf dem Schiff treffen.“

Eine Fahrt nach Spanien weckte Jaces Interesse, denn er hatte auch einen Freund in Cadiz, den er gern einmal wiedersehen wollte, einen arabischen Händler, der mit teuren maurischen Erbstücken handelte. Jace hatte Hakeem schon früher kostbare Stücke mitgebracht, und er war jetzt auf der Suche nach einem Elefantenpaar aus Elfenbein, das der Direktor der Kompanie in London wünschte.

Er holte Papier und Bleistift aus seinem Hemd, um den Gewinn zu errechnen, den sie höchstwahrscheinlich bei dieser Fahrt verdienen könnten. Es stellte sich als beinahe doppelt so hoch heraus, wie ihn die Kompanie gerade für eine Fahrt zu den Gewürzinseln geboten hatte.

„Ist dein Vater bereit, sich mit Freibeutern einzulassen?“

„Jetzt schon.“ Michael zog Jace weiter, bis sie außer Hörweite seiner Kusine waren. „Gestern abend haben er und Roxbury wegen der Kompanie gestritten. Mein Onkel drängt ihn ständig, einen Vertrag mit der Ostindienkompanie abzuschließen, um Kingscote vor Burma zu schützen, aber mein Vater will davon nichts wissen. Er macht lieber alles nach seinem eigenen Gutdünken. Unabhängigkeit steckt ihm im Blut. Heute morgen sagte er mir gleich als erstes, daß er beschlossen habe, einen unabhängigen Kapitän anzuheuern.“

Jace respektierte Kendall dafür, daß er gegenüber Roxbury

seinen Standpunkt vertrat. Zum Teil auch deshalb, weil er der Kompanie vorwarf, die Schiffahrt zu ihrem Monopol zu machen. Diese neuen Informationen regten seine Neugier über die Beziehung zwischen den Kendalls und Sir Hugo Roxbury weiter an.

„Dein Vater hat immer Söldner angeheuert, um Kingscote zu verteidigen. Warum drängt ihn Roxbury, einen Vertrag mit der Kompanie abzuschließen?“

Michael runzelte die Stirn. „Diese Meinungsverschiedenheiten zwischen den beiden sind nicht neu. Schon als Junge kann ich mich erinnern, daß sich mein Vater über Hugos Manipulationen beklagte. Die Roxburys in London besitzen einen Anteil an Kingscote, genauso wie die Kendalls einen Teil des Seidenhauses in London besitzen. Aber Hugos Anteil an unserer Plantage verdoppelte sich, als er die Schwester meiner Mutter heiratete und auch noch ihren Anteil übernahm.“

Kein Wunder, daß Roxbury Kingscote unter der Oberhoheit der Ostindienkompanie haben wollte. Als hoher Beamter in der Kompanie würde er Nutzen aus den getroffenen Entscheidungen ziehen, genauso wie er von einer Ehe zwischen seiner Tochter Belinda und Michael profitieren würde. Sir Hampton hatte in seinem Schwager, Sir Hugo, einen starken Anwärter auf das Seidenunternehmen. Jace wußte, daß Michael Interesse an seiner Kusine Belinda hatte.

„Das ist unsere Gelegenheit, Jace. Mein Vater hat gut von dir gesprochen.“

* * *

Noch am selben Nachmittag kam Sir Hampton mit Michael an Bord der *Madras.* Jace freute sich, als er sah, daß die Unstimmigkeiten zwischen ihm und seinem Sohn wegen dessen Fahrt nach China nun behoben waren. Kendall legte seinen kräftigen Arm um Michaels Schultern.

„Ich gebe zu, daß ich mit Ihnen etwas mehr im Sinn habe, Buckley, als nur die Absicht, daß die *Madras* Kingscote-Seide transportiert."

Jace war sofort auf der Hut. Er war sich nicht sicher, ob ihm der Klang in Kendalls Stimme gefiel. „So? Und was könnte das sein?" Aber Sir Hampton hatte es anscheinend nicht eilig, ihm eine Erklärung zu geben. Er schlenderte durch die Kapitänskajüte und blieb hier und da stehen, als wären in ihm angenehme Erinnerungen an ein Schiff geweckt. Kendall nahm den Gepard mit dem einen Smaragdauge in die Hand.

„Roxbury kehrt mit mir nach Kingscote zurück, und Michael auch", erklärte er. „Bei uns findet ein wichtiges Familienereignis statt. Es geht um meine mittlere Tochter Coral. Ich glaube, Sie haben sie kennengelernt, als Sie Major in der Armee waren."

Jace sagte nichts. Er beobachtete, wie Sir Hampton den Gepard untersuchte.

„Was verlangen Sie dafür?"

Jace dachte an Dschin-Su. „Er ist unverkäuflich."

„Schade. Meine Tochter sammelt Figuren von wilden Tieren."

„Ja. Das hat sie mir erzählt."

„Dieser Gepard würde ihr gefallen."

„Ihm fehlt ein Auge. Aber trotzdem habe ich einen exorbitanten Preis dafür bezahlt!"

Michael lächelte und sagte zu seinem Vater: „Mit diesem Gepard hat es eine interessante Geschichte auf sich;

ich erzähle sie dir später. Er ist unser Maskottchen geworden."

„Mister Kendall, ein Gepard für Ihre Tochter hat Sie aber bestimmt nicht auf mein Schiff geführt."

Sir Hampton lächelte. „Nein. Aber trotzdem eine gute Arbeit", bemerkte er. „Wenn Sie es sich anders überlegen sollten, würde ich ihn gern kaufen." Er stellte ihn wieder auf den Tisch und drehte sich um. Mit voller Aufmerksamkeit blickte er Jace geradewegs an.

Jace lehnte sich an seinen Schreibtisch zurück. Sein Gesichtsausdruck verriet nichts. Er war entschlossen, Kendall seine Gedanken und Gefühle nicht lesen zu lassen.

„Ich will Sie und Ihr Schiff anheuern, meine Seide nach Spanien zu bringen. Hat Ihnen Michael das erklärt?"

„Hat er. Und ich habe Interesse."

„Gut. Wie ich schon sagte, ist da noch etwas, Buckley. Auf Kingscote findet demnächst eine offizielle Kirchenfeier statt. Ich bin nicht nur aus geschäftlichen Gründen in Kalkutta, sondern auch, um den anglikanischen Pfarrer von St. John's abzuholen. Meine Tochter adoptiert Gem als ihren Sohn. Hat Ihnen Michael das gesagt? Er wird neues Mitglied in der Kendall-Familie. Da Coral nicht gesund genug ist, die beschwerliche Reise nach Kalkutta auf sich zu nehmen, hat sich der Bischof freundlicherweise bereit erklärt, nach Kingscote zu kommen."

Jace traute seinen Ohren nicht. Die Kendalltochter wollte Gem *adoptieren*? Und Sir Hampton sah so aus, als sei er durchaus bereit, ihr das zu erlauben. Hatte er vergessen, was mit Radschiv passiert war? Aber wie konnte Jace Kendall einen Vorwurf machen, wenn weder er noch der Rest seiner Familie Gems familiären Hintergrund kannte? Schuld daran war nicht nur Corals Schweigen, sondern auch sein eigenes. Jace konnte Sir Hampton kaum des Leichtsinns bezichtigen, weil er Coral erlaubte, das Kind zu ihrem Sohn zu machen – und zu seinem Erben. Ein Blick auf Michael verriet auch keinerlei Besorgnis. Beide hatten keine Ahnung von dem Risiko, das sie eingingen.

„Wenn Sie die *Madras* für die Fahrt nach Cadiz anheuern wollen, einverstanden. Aber ich sehe nicht, wie ich Ihnen sonst eine Hilfe sein könnte."

Sir Hamptons scharfer Blick wich nicht von Jace. „Michael und auch Seward haben mir erzählt, daß Sie in Ihrer Zeit in China viel Erfahrung mit Seide gesammelt haben."

Jace hatte Michael nicht erzählt, daß er seine Erfahrungen mit Seide aus seiner Zeit als Kindersklave für den Kaiser gesammelt hatte, und fragte sich, welches großartige Bild Michael wohl über seine Jahre in China Sir Hampton gegenüber gemalt hatte.

„Ich möchte Sie bitten, mit mir nach Kingscote zurückzukehren", sagte Hampton. Jaces Überraschung blieb ihm anscheinend nicht verborgen, denn er fügte mit einem leichten Lachen hinzu: „Nur für einen kurzen Aufenthalt, Buckley. Ich brauche einen erfahrenen Mann, der das Aufladen auf der Plantage überwacht. Normalerweise übernehme ich diese Aufgabe selbst, aber ich werde bei den Familienvorbereitungen rund um Gems Adoption gebraucht. Ich habe mit Seward gesprochen, und er hat mir eindringlich versichert, daß Sie mit der Arbeit auf einer Seidenplantage bestens vertraut sind."

Kendall zog eine Fünfhundert-Pfund-Note aus seiner Jacke und legte sie auf den zerkratzten Schreibtisch. Jace war sich Michaels Blick bewußt, der ihn mit seinen Augen drängte, das Angebot anzunehmen.

„Eine weitere Note folgt, wenn die Seide sicher in Cadiz angekommen ist", erklärte Sir Hampton. „Was sagen Sie dazu, Kapitän Buckley, kommen wir ins Geschäft?"

Michael hustete. Jace blickte ihn an. Das Wort *Darjeeling* stand Michael ins Gesicht geschrieben.

„Ihrem Angebot kann ich schwer widerstehen, Sir Hampton“, sagte Jace.

Sir Hampton legte ihm seine schwere Hand auf die Schulter. „Ich erkenne einen starken Kapitän, wenn ich ihn sehe. Michael hat volles Vertrauen zu Ihnen, und ich auch. Ich habe Ihre Hilfe auf Kingscote nicht vergessen. Sie gehören zu den Männern, denen ich vertrauen kann.“ Er streckte ihm die Hand entgegen. „Dann sind wir im Geschäft, Buckley. Wir brechen am Sonntag nach dem Gottesdienst in St. John's auf, einverstanden?“

Jace schlug in die dargebotene Hand ein. „Das Geschäft gilt, Sir Hampton.“

„Gut. Michael wird Sie über alle nötigen Einzelheiten aufklären. Unsere Fahrt wird langsamer vor sich gehen wegen der Frauen. Lady Margaret und ihre Tochter Belinda werden uns begleiten.“

Jace blickte Sir Hampton und Michael nach, als sie zur Kajütentür gingen, aber ihm lag noch etwas auf dem Herzen.

„Die Adoption des Kindes“, begann Jace und versuchte, beiläufig zu klingen. „Sie muß auch für die Seite der Roxburys in Ihrer Familie eine ziemlich wichtige Feier sein.“

Das sagte Jace, da er hoffte, etwas darüber zu erfahren, wie Roxbury über die Angelegenheit dachte.

Ärger huschte über Sir Hamptons braungebranntes Gesicht. Er schluckte ihn schnell wieder hinunter und lächelte. „Roxbury hat dagegen gewettert, wie wir erwartet hatten. Aber sein und Lady Margarets Entschluß, nach Kingscote zu kommen, um an der Familienfeier teilzunehmen, ist ein gesundes Zeichen dafür, daß er bald wieder umgänglicher gestimmt sein dürfte.“

Jace schätzte Sir Hugo Roxbury nicht als einen Mann ein,

der umgänglich ist. Aber ohne seine Gedanken zu verraten, fuhr Jace beiläufig fort: „Ihre Tochter ist sicher höchst erfreut."

„Ja, allerdings." Sein markiges Gesicht nahm weiche Züge an. „Meiner Tochter bedeutet Gem sehr viel, ebenso meiner Frau. Und ich wäre nicht ehrlich, wenn ich verschwiege, daß es mir genauso geht." Er lachte kurz und rückte seinen Hut gerade. „Der kleine Kerl hat mich im Handumdrehen für sich gewonnen."

Jace sagte bedeutungsvoll: „Ich hoffe, sein Charme nimmt auch Sir Hugo für sich ein."

Wenn Kendall diese Anspielung verstand, entschloß er sich jedenfalls, dies nicht zu zeigen. Er wandte sich zum Gehen. „Gem wird ein großartiger Kendallenkel. Ein kräftiger Erbe." Er schlug Michael auf die Schulter und tat so, als sei er verärgert. „Wenn du genauso lange brauchst, um zu heiraten, wie deine Schwestern, danke ich am besten dem guten Gott im Himmel für einen Enkel."

Michael erwiderte lachend. „Ich verspreche, daß ich dich nicht enttäuschen werde. Sobald Jace und ich unsere Teeplantage gekauft haben, bitte ich Kusine Belinda um ihre Hand."

„Tee!" kam die leicht spöttische Stimme. Er wandte sich mit hilfloser Miene an Jace. „Was ist an Seide so schlecht, würde ich gern wissen. Tee, pah! Es ist schon Strafe genug, das Zeug schlucken zu müssen!"

„Darin stimmt Jace dir sicher zu."

„Was deine Kusine Belinda betrifft: Sie hat ein Auge auf deinen Bruder Alex geworfen."

„Alex! Was findet sie denn an *ihm*?" fragte er aufgebracht.

„Nun, nun, hör auf mit deiner Eifersucht. Komm jetzt, Hugo wartet in der Residenz auf uns und läuft sicher schon wütend auf und ab. Ein abscheulicher Kerl – aber verrate deiner Mutter nicht, daß ich so etwas gesagt habe."

Nachdem ihre Schritte nicht mehr zu hören waren, murmelte Jace leise vor sich hin: „Adoption!"

Geistesabwesend nahm er den Gepard in die Hand und fuhr mit dem Daumen über die glatte Schnitzerei. Von Roxbury wußte er, daß er rücksichtslos um Macht in der Indienpolitik kämpfte. Was würde passieren, wenn er herumschnüffelte und Fragen über die Eltern des Kindes stellte? Wenn er entdeckte, daß das Kind der Großneffe eines Maharadschas war, gäbe es schwere politische Konsequenzen für Kingscote.

Ich hätte in der Monsunnacht mit Kendall sprechen sollen, dachte er und merkte, wie eine Verwirrung in ihm hochstieg. Warum ließ er zu, daß ein schönes, junges Gesicht mit bettelnden Augen sich zwischen ihn und die Vernunft stellte?

7

Ich will das mein Volk nennen, das nicht mein Volk war,
und meine Geliebte, die nicht meine Geliebte war.

Römer 9,25

Sie fuhren mit einer Dak-Ghari über das Land und dann mit einem Schiff flußaufwärts, bis sie in Guwahati, dem Tor zur nordöstlichen Grenze, ankamen.

Die Ankunft der Gruppe in Kingscote wurde nicht eigens gefeiert, da Coral, Elisabeth Kendall und Margaret Roxbury alle Hände voll mit den Plänen für die Adoptionsfeierlichkeiten zu tun hatten. Es sollte Musik gespielt werden, zahlreiche religiöse Rituale sollten durchgeführt werden, ein Galapicknick auf dem Rasen vor dem Haus mit vielfältigsten Essensangeboten und einer britischen Militärkapelle aus Jorhat waren geplant.

* * *

Obwohl seit seiner Ankunft schon eine ganze Woche vergangen war, hatte Jace Coral noch nicht zu Gesicht bekommen. Die Nachrichten über die umfangreichen Vorbereitungen störten ihn, und er beschloß, daß er ohne weitere Verzögerung mit Coral sprechen müsse.

Als er sich beiläufig bei Michael nach ihrem Befinden erkundigte, erfuhr Jace, daß Coral das Bett hütete und sich gerade von einem erneuten Fieberanfall erholte.

„Onkel Hugo will, daß sie nach London geht, um bei Ethan ärztliche Hilfe zu erfahren", fügte Michael hinzu.

„Ein Arzt?"

„Ja, und ein Vetter. Man sagt, er habe sich auf Tropenkrankheiten spezialisiert."

„Zweifellos ein Roxbury."

„Ja, Hugos Neffe."

Jace vermutete, daß Michael Coral gegenüber erwähnt hatte, daß er sich auf Kingscote aufhielt, und daß Coral sich über diese Nachricht wohl wenig freute. Immerhin war er derjenige, der ihr dunkles Geheimnis teilte.

Als ein weiterer Tag verging, ohne daß sich ihre Wege kreuzten, beschloß er, das Risiko einzugehen und ihr über das Kind namens Janna eine Nachricht zukommen zu lassen. Er bat Janna, Coral die Nachricht allein zu übergeben. Wenn sie stark genug war, an den Feierlichkeiten teilzunehmen, konnte sie auch eine Ghari nehmen und ihn in der Seidenzucht aufsuchen, wo er arbeitete.

Jace schrieb:

Muß Sie allein sehen wegen Gem.

Kapitän J. Buckley

Er hoffte, sie mit diesen Worten dazu bewegen zu können, sich mit ihm zu treffen. Corals Antwort kam postwendend. Janna kicherte, als sie ihm die Nachricht brachte, drehte sich dann um und lief davon zu einer Gruppe anderer kichernder Mädchen.

Ich komme an dem Morgen, an dem die Elefanten die Seide auf die Barken laden, zum Fluß hinab.

Miss C. Kendall

Zufrieden ging Jace wieder zum Fluß hinunter und überwachte die indischen Arbeiter, die die flachen Barken für die Fahrt flußabwärts nach Guwahati vorbereiteten.

* * *

Es war der Morgen, den die Kinder, die in der Seidenzucht arbeiteten, immer am sehnlichsten erwarteten. Mindestens zwanzig Elefanten würden mit Bündeln von Seidenkokons beladen und den zirkusähnlichen Zug hinab zum Flußufer antreten. Die Mandschis würden die Bündel auf die Barken für die Fahrt nach Guwahati laden. Nachdem die Elefanten ihrer Last wieder entledigt wären, würden sie als Belohnung von Kindern mit Bürsten aus Schweineborsten gewaschen. Auf Kingscote wußte niemand genau, wem dieses Ritual mehr Spaß bereitete: den Elefanten oder den vielen Waisenkindern.

Die großen, grauen Dickhäuter kamen jetzt aus der Richtung der Seidenzucht im Maulbeergarten näher. Der erste Elefant in der langen Reihe kam um die Ecke der staubigen Straße, gefolgt von vielen anderen, die trompeteten und mit den Ohren wedelten. Die rufenden Kinder, die ihre Bürsten und Lappen in der Hand trugen, liefen an der Seite so nah wie möglich an den dicken Bäumen entlang, aber in sicherer Entfernung zu den schweren baumstammdicken Elefantenfüßen. Die erfahrenen Mahuts saßen tief auf dem Hals der

Elefanten und lenkten sie. Hinter ihnen lagen die Bündel mit den Seidenkokons, die die *Madras* nach Spanien bringen sollte.

Jace stand in der Nähe des breiten, grauen Wassers des Brahmaputra, aber seine Aufmerksamkeit galt nicht der Karawane, sondern dem Kendallhaus. Auf der Auffahrt bahnte sich eine Ghari ihren Weg zum Fluß hinab. Als sie in der Nähe der Straße ankam, blieb der Ghari-wallah stehen, sprang vom Sitz, trat um den Wagen und öffnete die Tür.

Jace sah Coral allein mit einem kleinen Jungen, der vielleicht eineinhalb Jahre alt war, in der Kutsche sitzen. Der Junge quietschte vor Aufregung und fuchtelte mit den Armen, während sie eine feste Hand um seinen Bauch legte, damit er nicht von ihrem Schoß hüpfen konnte. Das Kind war ein schöner Anblick, offenbar mit Corals Zuneigung überschüttet. Gem war ein auffälliges Kind, seine schönen Gesichtszüge und braunen Augen waren voll Unschuld und Freude.

Diese Szene verstärkte Jaces Dilemma. Er sah zu, wie das Kind bei jedem Elefanten, der an der Straße stand, vor Freude krähte. Gem warf ihr die Arme um den Hals, und Coral deutete in die Richtung, wo die Elefanten langsam mit den Knien zuerst in das seichte Wasser am Ufer einsanken, um sich waschen zu lassen. Ihr Rüssel saugte dankbar das Wasser auf und spritzte es über ihren Rücken, dabei sprühten sie manchmal auch die Jungen und Mädchen naß, die sie wuschen. Gems Lachen vermischte sich mit dem Gelächter der anderen Kinder.

Coral lachte auch, und der musikalische Klang ihrer Stimme drang hinüber, wo Jace stand. Er kniff die Augen zusammen. Auch sie war ein schöner Anblick. Aber er redete sich ein, daß ihm nicht auffalle, wie das letzte Jahr ihr attraktives Aussehen noch verstärkt hatte. Sie trug ein Kleid aus blauer Seide. Ein Strohhut, der mit einem weißen Band geschmückt war, bedeckte ihre blonden Locken.

Jace zog seinen Hut tiefer in die Stirn und schritt über die Straße auf die Ghari zu. Er blieb im Staub stehen, fühlte die Hitze, und seine Augen blickten in die Frische ihrer von der Sonne leicht gebräunten Schönheit. Daß Coral die Mauer, die er um seine Gefühle errichtet hatte, erschüttern konnte, irritierte ihn.

Einen Augenblick schien sie so mit Gem beschäftigt zu sein, daß er glaubte, sie nähme seine Anwesenheit überhaupt nicht wahr. Er stützte die Hände in die Hüften und blickte sie unter seinem Hut hervor an. Würde sie ihn ohne seine Uniform überhaupt erkennen? Wenigstens hatte er sich vor seiner Ankunft auf Kingscote den Bart abrasiert.

„Miss Kendall“, sagte Jace mit einer Stimme, die viel zu formell klang.

Ihre grünen Augen, die von dichten Wimpern umgeben waren, blickten ihn an. Die Farbe in ihren Wangen verriet ihm, daß ihr seine Anwesenheit nicht so gleichgültig war, wie sie vorgab.

„Welch eine angenehme Überraschung, Sie wiederzusehen, Herr Kapitän. Michael hat mir gesagt, daß Sie bald nach Spanien in See stechen.“ Sie sprach eilig weiter, fast ohne dazwischen Luft zu holen: „Entschuldigen Sie bitte, daß wir uns erst heute sprechen können.“ Sie blickte von ihm weg zum Fluß hinunter. „Ich wollte warten, bis heute die Elefanten kommen. Das gab mir einen Grund, aus dem Haus zu kommen und mit Gem allein zu sein. Ich – ich dachte, wir könnten auf der Fahrt zur Seidenzucht miteinander sprechen. Ich habe einen Grund, dorthin zu fahren. Ich suche Janna.“

„Brauchen Sie immer einen Grund und eine Ausrede, um das Haus zu verlassen?“ erwiderte Jace unumwunden. „Oder nur einen, um mit mir gesehen zu werden?“

Sie antwortete nicht. Er bemerkte die dunklen Ringe um ihre Augen und dachte an ihren ständigen Kampf mit dem Fieber. Er fühlte sich unbehaglich. *Wie krank ist sie wirklich?* Er wußte von Menschen, die an den Folgen des Tropenfiebers schon gestorben waren.

„Es tut mir leid, daß ich Ihnen Unannehmlichkeiten bereite, Miss Kendall."

Ihre Blicke trafen sich. Die Entschlossenheit, an die er sich von früher erinnerte, war auch jetzt nicht zu übersehen. Trotz ihrer schwachen Gesundheit hatte sie eine Willensstärke, die vielen fehlte. Diese Gesinnung bewunderte Jace, auch wenn sie Coral in Schwierigkeiten brachte.

„Nehmen Sie an den Feierlichkeiten teil?" fragte sie außer Atem.

Offenbar störte sie seine Anwesenheit auf Kingscote ausgerechnet zu diesem Zeitpunkt, obwohl sie versuchte, so zu tun, als wäre dem nicht so, als wäre das Geheimnis über Gem, das sie miteinander teilten, von keinerlei Konsequenz.

Seine Augen funkelten amüsiert. „Ist das eine Einladung?"

„Aber natürlich", erwiderte sie schnell. Sie beschäftigte sich mit Gem.

„Dann werde ich natürlich gern kommen, Miss Kendall. Bestimmt würde der Maharadscha auch kommen – wenn er es wüßte."

Sie riß die Augen weit auf. „Bitte! Sprechen Sie nicht davon."

Er sah, wie sie sich vorsichtig umblickte, um sicherzugehen, daß niemand sonst in Hörweite war.

„Es tut mir leid, aber wir müssen darüber sprechen", sagte er ruhig. „Als wir uns das letzte Mal trafen, beabsichtigten Sie nur, sich um das Kind zu kümmern. Als Patin, war es nicht so? Sie sagten, Sie würden ihn auf eine Schule schicken. Ich war damit einverstanden, da es mir sicher genug erschien. Aber jetzt machen Sie ihn zu einem Kendall."

Coral strich Gem seine dunklen Locken aus der Stirn. „Die Dinge haben sich geändert." Ihre Stimme verriet allmählich ihre Verwirrung darüber, daß er ausgerechnet jetzt auftauchte, um einen Schatten auf ihre Pläne zu werfen. „Ich habe den Segen meiner Familie zu dieser Adoption. Und wie ich Ihnen schon einmal gesagt habe, Sir, bin ich nicht die einzige, die ihn gern behalten möchte. Meine Mutter hängt sehr an Gem. Er hat in vielerlei Hinsicht den Platz des Kindes eingenommen, das sie verloren hat."

„Ja. Das haben Sie mir schon gesagt ... Sie haben auch mein volles Mitgefühl. Ich bin auch ein Freund von Gefühlen, Miss Kendall, aber ich achte auch Ihren Vater. Und ich finde, er muß wissen –"

Sie unterbrach ihn. „Mein Vater ist auch ganz stolz auf Gem. Wir wollen ihn, Herr Kapitän", sagte sie bestimmt. „Wir wollen ihn alle."

„Nicht *alle*, Miss Kendall."

Jace sprach von Sir Hugo Roxbury. Offenbar verstand sie seine Andeutung, denn ihre Miene zeigte nur noch mehr Entschlossenheit.

Aha, dachte er. *Sie argwöhnt schon, daß Roxbury eines Tages der Dorn in ihrem Rosengarten sein könnte.*

„Ein bemerkenswerter Typ, dieser Roxbury", wagte sich Jace einen Schritt weiter.

„Ja, aber er ist ein guter Mensch, wenn er auch ziemlich rechthaberisch ist", beharrte sie.

Er stieß ein kurzes Lachen aus. „Sir Hugo? Vergeben Sie mir, wenn mein Lachen grob klingt, aber Sie erlauben, daß ich Ihre Meinung nicht teile. Oberst Warbeck ist mit Sir Hugo gut bekannt. Und ich auch, wenn ich so sagen darf."

Sie blickte ihn nachdenklich an. „Sie?“

Jace sagte beiläufig: „Als Offizier in Kalkutta verbrachte ich viele Abende in der Residenz der Roxburys, genauso wie viele andere.“

Coral war jetzt auf der Hut und ließ ihn nicht aus den Augen, sagte aber nichts.

„So sehr wir auch die Wahrheit um der Höflichkeit willen verdrehen wollen, kann doch niemand von uns so weit gehen zu sagen, Sir Hugo Roxbury wäre ein ‚guter‘ Mensch. Klug, ja. Vielleicht auch rücksichtslos. Sein Ehrgeiz treibt ihn an. Es liegt in seiner Natur, daß er es mißbilligen muß, wenn ein indisches Kind zu einem Seidenerben gemacht werden soll, vor allem, wenn diese Stellung seine eigene gefährden könnte.“

Jace sah, daß seine Worte sie beunruhigten.

Sie rückte ihren Hut zurecht. „Es stimmt, daß mein Onkel versucht hat, meinen Vater dazu zu überreden, seine Meinung zu ändern. Auch bei mir hat er es versucht. Er hat seinen Standpunkt recht eindringlich vertreten.“

Jace lachte. „Das kann ich mir vorstellen.“

„Aber mein Leben steht nicht unter der Herrschaft meines Onkels, Herr Kapitän.“ Sie hob das Kinn. „Und auch nicht unter der irgendeines anderen Menschen.“

„Eine höfliche Ohrfeige. Akzeptiert. Glauben Sie, mir macht das Spaß?“

Ihr Gesicht wurde sanfter. „Ich schätze Ihre Sorge . . . aber mein Entschluß steht fest.“

„Genauso wie Ihr Herz. Sie haben sich seit jener Monsunnacht nicht verändert.“

Sie hob die Augen und blickte ihn fragend an. Jace sah, wie ihre Wimpern sich an den Spitzen nach oben bogen und auf ihre gebräunte, elfenbeinfarbige Haut einen reizenden Schatten warfen.

„Ja, mein Herz steht auch fest. Ich könnte ihn nicht für ganz Indien hergeben!"

Das Schweigen wurde ungemütlich. Gem blickte mit strahlenden braunen Augen zu ihm auf, und unerwartet griffen seine unbeholfenen Finger nach dem Band, mit dem sein Hemd vorne zusammengebunden war. Jace versuchte, seine Finger von sich zu lösen, ohne grob zu werden, aber Gem war entschlossen, nicht locker zu lassen.

Coral griff eilig ein. Sie wirkte verlegen. „Gem, laß das Hemd des Kapitäns los."

Der Junge krähte nur und zog weiter an den Fäden.

Jace lächelte. „Ich habe den Verdacht, du gehorchst Miss Coral überhaupt nicht", sagte er zu Gem.

„Mama, Mama."

Jace erkannte seinen Fehler. Sie war für Gem nicht ‚Miss Coral'.

Jace befreite sich von dem Jungen.

„Ich kann nicht glauben, daß Sie so schrecklich sind, den ganzen Weg nach Kingscote zu kommen, um unser kleines Geheimnis preiszugeben", flüsterte Coral.

„Ich glaube, Sie kennen mich besser", erwiderte er. „Wie Sie sehen, lade ich Kendall-Seide auf."

Jace schwang sich in die Ghari, setzte sich ihr gegenüber und rief zum Fahrer hinauf: „Zur Seidenzucht!" Er schloß die Tür, und das Gefährt rollte davon.

Eine angespannte Stille verging, bevor Jace wieder das Wort ergriff. „Er ist ein schönes Kind. Er hat viel Ähnlichkeit mit seinem Vater", fügte er hinzu. „Er wird einmal gut aussehen."

„Ja", sagte Coral stolz, froh darüber, das Thema ihres Gespräches zu wechseln. „Er wird sehr gut aussehen. Und er wird durch ganz Europa reisen und die beste Ausbildung bekommen."

Jace sah vor seinem geistigen Auge seinen Freund mit einem Dolch durch das Herz und krampfte innerlich zusammen. Als er den Jungen anblickte, lächelte Gem und vergrub, plötzlich schüchtern geworden, sein Gesicht in den Falten ihres Seidenrockes.

„Ich kann verstehen, daß er das Herz Ihres Vaters erobert hat."

„Herr Kapitän", sagte sie angespannt. „Sie werden Ihr Versprechen, das Sie mir gegeben haben, nicht brechen? In jener Monsunnacht ... als Sie aufbrachen ... sagten Sie, Sie würden nichts verraten ... daß Sie mich meinen Weg allein gehen ließen."

„Genau das haben Sie getan. Nur noch ein Wort: Nehmen Sie sich vor Hugo Roxbury in acht. Er ist klug genug, Fragen zu stellen, die lieber in der Vergangenheit begraben bleiben sollten."

Sie legte ihre Röcke zurecht und fragte mit einem unguten Gefühl: „Welche Gründe sollte er haben, Fragen zu stellen?"

„Nennen Sie es einfach meinen Instinkt, wenn Sie wollen. Aber daß er jetzt hierher gekommen ist, hat tiefere Gründe als nur den Wunsch, an einer Familienfeier teilzunehmen. Ich hatte einen ganzen Monat Zeit, ihn zu beobachten, seit wir in Kalkutta aufgebrochen sind. In seinem ganzen Leib ist keine einzige sentimentale Faser."

Sein Ton wurde sanfter. „Seien Sie vorsichtig. Einverstanden?"

„Ja, natürlich, Kapitän Buckley."

„Wenn Sie zurückdenken ... haben Sie irgendeine Ahnung, wer Radschiv damals jene Nachricht geschickt haben könnte? Vielleicht jemand aus dem Herrenhaus?"

Sie schüttelte den Kopf und schloß die Augen, als versuche sie gleichzeitig, sich zu erinnern und alles zu vergessen.

„Nein, niemand. Seit jenem schrecklichen Ereignis gab es

keine Schwierigkeiten mehr. Radschiv und Dschemani sind fast völlig vergessen, außer von mir."

„Jemand anders hat sie auch noch nicht vergessen. Dieser jemand bohrte einen Dolch in Radschivs Brust. Zwei oder drei Jahre bedeuten nichts."

Ihre Hand zog Gem näher zu sich. „Was wollen Sie unternehmen?"

Coral und Gem sahen ihn beide an. Das Kind war so herrlich unschuldig und hatte keine Ahnung von der prekären Situation. Die Kendalltochter war sich der Probleme nur zu genau bewußt, aber sie wollte nicht nachgeben.

„Ich sage Ihnen, was ich beabsichtigte, als ich hierher kam. Ich sagte mir, daß ich zuerst mit Ihnen sprechen würde. Daß ich Ihnen klar machen würde, daß ich es meiner Ehre schuldig sei, mit Sir Hampton zu sprechen." Jace warf einen Blick auf Gem. „Aber es ist nicht zu übersehen, Miss Kendall, daß ich zwei Jahre zu spät komme. Was ich auch tue, es wird Ihnen weh tun, nicht nur Ihnen allein, sondern Ihrer ganzen Familie. Aber die Frage bleibt, wessen Herz bringe ich durch mein Schweigen in Gefahr?"

Sie sagte sanft: „Ich werde immer in Ihrer Schuld stehen."

Er blickte ihr in die Augen. „Bestechung, Miss Kendall?"

Sie errötete. „Ich meinte nur –"

„Ich weiß, was Sie meinten. Aber ich bin nicht hierher gekommen, um Pluspunkte in irgend jemandes Gunst zu sammeln. Genauso wenig will ich, daß Sie sich mir ewig verpflichtet fühlen. Ich achte die Freiheit viel zu sehr, als daß ich Sie mir verpflichten wollte."

„Sie achten auch meinen Vater, und das schätze ich, wirklich. Es hilft Ihnen vielleicht zu wissen, daß ich nicht mehr lange auf Kingscote bleibe. Ich fahre ins Roxburyhaus nach London und werde dort eine Schule besuchen. Ich kehre mit meinem Onkel und meiner Tante nach Kalkutta zurück, wenn sie hier aufbrechen. Belinda und ich werden uns zu meinen Schwestern gesellen, die sich bereits in London aufhalten. Und Gem kommt mit mir. In England wird er in Sicherheit sein. Ich werde ihn dort in eine gute Schule schicken."

„Eine weise Entscheidung. Fahren Sie so bald wie möglich."

Die Ghari blieb bei der Seidenzucht stehen. Jace öffnete die Tür und wollte ohne jede weitere Diskussion aussteigen.

Ihre Stimme hielt ihn auf. „Darf ich Ihnen etwas über die Seidenherstellung erzählen, Kapitän Buckley."

Sein erstaunter und fragender Blick begegnete ihren Augen. Er hatte gedacht, sie könne es nicht erwarten, von ihm weg zu kommen. Er wußte bereits alles über Seidenproduktion ... aber er verstand auch eine Einladung, selbst wenn sie mit dem Deckmantel einer Nachhilfestunde in Seidenzucht getarnt war. Er war sicher, daß sie nur hoffte, ihn zum Schweigen über Gems Familienhintergrund überreden zu können. Jace fand ihr Motiv amüsant.

„Wie Sie wünschen. Sie haben meine ungeteilte Aufmerksamkeit. Ich nehme an, Sie erklären mir etwas über den Seidenwurm."

„Die Seidenraupe."

Er lächelte. „Wie interessant."

Der Maulbeergarten stand vor dem Hintergrund des Dschungels. Normalerweise waren die ausschlagenden Zweige dick und die Blätter dunkelgrün, aber sie wurden von den Kindern leergepflückt und dann von den jungen Männern als Vorbereitung für die nächste Ernte geschnitten.

Die Arbeitersiedlung sah aus wie ein sich selbst tragendes Dorf mit einigen Geschäften und Hunderten kleiner Hütten. Einige bestanden aus geflochtenem Gras; andere waren quadratische, niedrige Räume, die mit Lehm festgekleistert waren und deren Boden aus getrocknetem Kuhdung bestand. Alte Männer, die der schweren Arbeit nicht mehr nachgehen konnten, warteten, bis sie Tabletts mit getrockneten Kokons forttragen konnten. Jetzt hockten sie im Schatten und pafften reihum an einer Huka.

Die Ankunft ihrer Ghari war bemerkt worden, aber die Erwachsenen gingen weiter ihrer Arbeit nach. Die Kinder jedoch schauten sich ständig über die Schulter und kicherten untereinander. Sie kletterten die Maulbeerbäume hinauf und hinunter und pflückten Blätter. Viele von ihnen sahen neugierig zu und lächelten, als Jace mit Coral und Gem in die Richtung der hölzernen Zuchtstätten ging.

„Also. Was sehen wir zuerst?" fragte er unschuldig.

„Was wollen Sie wissen? Ich bin ein Fachmann, wissen Sie."

„Ich muß Ihnen etwas gestehen. Ehrlich gesagt, weiß ich selbst alles über Raupen."

„Sie?" Coral blickte ihn überrascht an. „Woher? Ich dachte, Sie sind von Tee begeistert ... wildem Tee nicht wahr? Irgendwo in Darjeeling?"

Er hob Gem auf die Schultern, der bettelte, so auf seinem Rücken reiten zu dürfen, wie er es bei Onkel Michael immer durfte.

„Ich bin ehrlich gesagt auch nicht von Tee begeistert. Aber er wird ein lohnender Markt werden, wenn die Ostindienkompanie den Transport aus China verbietet."

„Woher wissen Sie das? Das über die Kompanie, meine ich."

Er verriet ihr nicht, woher er sein Wissen hatte. „Was die Seidenraupen betrifft ... ich habe vier Jahre in China damit verbracht, diese erbärmlichen Dinger von Hand zu füttern, als Sie noch auf Ihrem Kinderzimmerteppich herumkrabbelten."

„Wie alt und weise Sie klingen, Herr Kapitän. Lassen Sie mich raten ... Sie müssen ungefähr so alt sein wie Michael."

Er antwortete nicht. Er war ein Jahr jünger.

Gem war überglücklich, daß er auf seinen Schultern reiten durfte.

„Diese chinesischen Seidenraupen", wollte sie wissen, als sie langsam auf die Gebäude zugingen. „Sie gehörten zweifellos Ihrem Vater?"

„Nein. Dem Kaiser." Er blickte zu ihr herab und sah, wie sie ein Lächeln unterdrückte. Sie glaubte ihm nicht.

„Sie waren ein Freund des Kaisers?" fragte sie.

Er wollte schon sagen, *‚Nein, sein Sklave. Einer von tausend, bis ich durch meine Schlauheit und mit Glück entkam. Sind Sie nicht stolz auf mich, Coral? Die anderen Kinder sind entweder schon gestorben oder sie füttern als erwachsene Männer immer noch Kokons, aber ich bin entkommen.'*

Aber er beherrschte sich. Seine Vergangenheit bedeutete ihr wenig. Und er wollte nicht darüber sprechen.

„Nein, nicht gerade sein Freund", erwiderte er.

Sie blieben stehen und sahen zu, wie eine Gruppe kleiner Jungen die Bäume hinaufkletterten und die Maulbeerblätter pflückten.

„Sie wissen also alles über Seidenzucht, nicht wahr?" erklang ihre herausfordernde Stimme.

„Prüfen Sie mich."

„Sehr gut", kam die leichte, musikalische Stimme. Coral blickte mit amüsierten Augen und einem strahlenden Lächeln zu Jace auf. „Ich überspringe die ganzen üblichen Informationen wie das Sammeln von vielen Tonnen Maulbeerblättern – fast dreihundertfünfzig Pfund für achttausend Raupen."

„Sind Sie sicher, daß es acht sind und nicht neun?"

„Mein Vater hat uns über diesen Punkt immer wieder Vorträge gehalten, seit ich fünf Jahre alt war."

Sie schritt weiter. Er folgte ihr. Gem bestand darauf, Jaces Hut abzunehmen und ihn ihm alle zehn Sekunden wieder aufzusetzen.

„Ich will Sie auch nicht mit dem Zerkleinern, Füttern der jungen Larven mit dem Löffel und der Aufzucht in ihren Zuchtstätten, die als ‚Kinderstube' bezeichnet werden, langweilen – da Sie das alles schon wissen."

Jetzt machte sie eine Pause und blickte befriedigt zu ihm auf.

„Stattdessen, Kapitän Buckley, stelle ich Ihnen eine wichtige Frage. Eine, die Ihnen der Kaiser von China erklärt haben *muß*."

Sie glaubte ihm also nicht und wollte ihn testen. Jace lächelte amüsiert. „Ich bin ganz Ohr, Miss Kendall."

„Wie verfährt man mit einer neu geschlüpften Raupe, die nicht aufwachen und essen will?"

Seine Lippen lächelten. „Natürlich wollen Sie eine genaue Antwort."

„Natürlich."

„Lassen Sie mich überlegen ... ach ja! Ich bekam eine Hühnerfeder und den strengen Befehl, sie wach zu kitzeln", kam seine ernste Antwort.

Coral lachte überrascht. „Das stimmt! Dann hatten Sie in China wirklich mit Seidenzucht zu tun?"

„Wo sonst? Und keine bellenden Hunde, krähenden Hähne oder Knoblauch. Das verwirrt die frisch geschlüpften Raupen, oder nennen wir sie lieber ‚Babies'? Und man muß darauf achten, daß Sie regelmäßig essen, ihre Mahlzeiten verdauen und ein Nickerchen machen."

Coral lachte. „Ich bin entsetzt, Herr Kapitän. Sie sind genauso langweilig wie mein Vater. Er hat Hunderte von

Regeln aus China und hält sich streng daran. Ich hätte nie gedacht, daß Sie so viel über Seide wissen. Haben Sie wirklich dem Kaiser gedient?"

„Ja. Aber ich versichere Ihnen, er war ganz und gar nicht dankbar. Ein ziemlich verdrießlicher Mensch. Er ist nie auch nur einen Schritt gegangen. Ich habe mich immer gefragt, ob er eigentlich Füße hat wie der armselige Rest der Menschheit. Er wurde überallhin getragen, und er hatte immer eine scharfe Klinge in seinem Schoß und konnte es kaum erwarten, irgend jemandes Kopf abzusäbeln."

Sie spazierten an der Gruppe älterer Kinder und Frauen vorbei, die damit beschäftigt waren, die Blätter kleinzuhakken. Die kleineren Kinder trugen die Tabletts in die Zuchtstätten, wo die jungen Frauen die Würmer fütterten.

„Wollen Sie die ‚Kinderstube' besichtigen?" fragte sie lächelnd. „Papa hat mehr ‚Babies', als er gebrauchen kann. Das ist nur der Westflügel der ‚Kinderstube'. Sie ist noch einige Hektar größer. Aber bitte sprechen Sie kein Wort. Das macht sie nervös. Hast du gehört, Gem?"

Im Inneren der Raupenzucht war es totenstill. Nur Jace glaubte, das Schmatzen der Seidenraupen zu hören. Man hatte ihm immer wieder gesagt, daß das nur seine Phantasie sei, aber er war überzeugt, daß er ein Schmatzen hörte. Sie waren Gierschlunde.

Etwa hundert junge Frauen, die „Raupenmütter", fütterten die Larven löffelweise mit den kleingehackten Maulbeerblättern. Jace blickte die pastellfarbenen Seidenraupenkokons an, die winzige trockene Kabinen in Holzrahmen füllten.

„Die meisten Kokons dürfen nie ausschlüpfen", erklärte sie. „Obwohl einige zur Eierproduktion behalten werden. Wenn der Falter ausschlüpft, wird der Kokon beschädigt, und bei der Seidenproduktion will man ununterbrochene Fäden haben. Aber zweifellos wissen Sie das alles schon."

Jace folgte ihr hinaus über den Hof in eines der äußeren Gebäude, wo die Kinder eifrig arbeiteten.

Junge Mädchen saßen auf dem Lehmboden und sponnen auf traditionelle Weise Seide. Die Mädchen blickten auf, als sie eintraten und fingen an zu kichern, als sie Jace ansahen.

Jace bückte sich neben einem Mädchen, um ihr zuzuschauen. Aber vor Verlegenheit konnte sie nicht mehr richtig spinnen.

„Aha, ich sehe, wie du das machst", sagte Jace und gab vor, sehr interessiert zu sein. „Du durchbohrst den Kokon an einem Ende und ziehst dann den Faden über dein Bein."

Als er das Wort „Bein" sagte, kicherten sie noch lauter. Das Mädchen errötete, ließ den Kokon fallen, vergrub ihr Gesicht in beiden Händen und lachte.

„Glaubst du, ich könnte das auch?" neckte er sie.

Ein mutiges, zehnjähriges Mädchen sagte nüchtern: „Bein zu groß. Zu viele Haare, die Seide bleibt hängen."

In der Hütte erklang lautes Kichern. Jace sah nicht mehr die Mädchen, sondern sich selbst in ihrem Alter – verloren, ein Waisenkind und bald auf einem schlimmen, sündigen Weg.

„Janna? Du kommst mit mir zurück ins Haus", sagte Coral zu einem der kichernden Mädchen.

Gem war entschlossen, mit den Kokons zu spielen. Deshalb hob ihn Jace auf seine Schultern und ging hinaus.

Plötzlich wollte Jace so schnell wie möglich von Kingscote fortkommen, sobald die Barken beladen wären. Auf der Rückfahrt zum Fluß war er sehr schweigsam. Wenn ihr auffiel, daß er plötzlich in sich gekehrt war, ließ sie es sich nicht anmerken, und als er sich höflich verabschiedete, reichte sie ihm ihre Hand, die in einem Handschuh steckte. Ihre Augen sprachen das aus, was sie vor Janna nicht sagen konnte.

Er würde kein Wort sagen, um die Adoption zu verhindern.

8

So bist du nun nicht mehr Knecht, sondern Kind ... auch Erbe.

Galater 4,7

Die kirchliche Feier verlief ohne Zwischenfall. Der Tag war warm und der Himmel klar, als die Familie sich auf dem Rasen unter einer blau eingesäumten Markise versammelte.

Jace stand abseits von den anderen, während der anglikanische Bischof die kirchliche Liturgie verlas und dann aus der Bibel vorlas. Eindrucksvolle Dokumente lagen auf einem langen Tisch ausgebreitet. Coral, Sir Hampton und Elisabeth Kendall tauchten die goldene Feder in die Tinte und setzten ihre Unterschrift darauf. Nach ihnen unterschrieb auch der Bischof.

Jace war gefesselt von der Freude auf Corals Gesicht am Ende der Feier, als sie Gem an der Hand nahm und sie zusammen vor den Bischof traten und vor ihm stehen blieben. Sie sprachen leise miteinander; dann nahm der Bischof Gem in die Arme und stimmte ein langes Gebet an. Anschließend hängte Coral dem Kind ein kleines Goldkreuz um den Hals.

Ein Exemplar der unterzeichneten Papiere wurde Sir Hampton überreicht, das zweite ging an den Bischof. „Ich vertraue Ihnen Gem Ranek Kendall an“, verkündete er mit feierlicher Stimme. Coral wandte sich mit Gem der Familie zu und lächelte. Jace ging davon.

Die Feierlichkeiten erstreckten sich bis in den Nachmittag hinein. Vorzügliche Speisen wurden serviert, und es wurde viel gesprochen und gelacht. Jace vermied es tunlichst, Coral zu begegnen, die auf dem weiten, grünen Rasen saß und ihre seidenen Röcke um sich herum ausgebreitet hatte. Ein junges indisches Mädchen schützte sie mit einem weißen Spitzenschirm vor der Sonne. Corals Bibel lag neben ihr.

Trotz ihrer Aufregung wegen der Adoptionsfeier fiel ihm auf, daß sie nicht gut aussah. Neben Coral saßen auf gepolsterten Stühlen Elisabeth Kendall und Margaret Roxbury und unterhielten sich wie zwei Schwestern, die sich ein ganzes Jahr lang nicht gesehen haben, und balancierten ihre Imbißteller vor sich auf dem Schoß.

Einige Meter von ihnen entfernt tobte unter dem wachsamen Auge einer burmesischen Ayah Gem Ranek Kendall, der immer noch in schwarzem Samt und weißer Spitze bekleidet war, mit Hasen, Pfauen und anderen Tieren herum. Ein kleines burmesisches Mädchen, das ungefähr genau so alt war wie Gem, spielte mit ihm. „Nein Emerald", sagte er immer wieder, als das Mädchen die Aufmerksamkeit des Pfaus auf sich lenkte. „Ich bin dran. Ich bin dran. Gehorche Gem."

Jace lächelte in sich hinein. Der Junge wußte bereits, daß man einem Kendall gehorchen mußte.

Jace stand der Sinn nicht nach Gesellschaft, obwohl Michael und Alex bei ihm waren und aus hohen Bleikristallgläsern tranken und über die bevorstehende Überfahrt nach Spanien sprachen. Kusine Belinda Roxbury flirtete unübersehbar mit ihrem Vetter Alex, der amüsiert wirkte. Michael schaute nicht glücklich aus.

Als Jace seine Augen von Coral abwandte, bemerkte er

den finsteren Blick, der auf ihn gerichtet war. Sir Hugo Roxbury befürwortete es anscheinend nicht, daß er seine Nichte betrachtete. Dieser Blick erinnerte Jace wieder daran, daß Corals Onkel mit den Ereignissen dieses Tages nicht einverstanden war. Zweifellos mißbilligte er auch, daß Michael mit ihm nach Spanien fuhr, und ihre Pläne, eine Geschäftspartnerschaft in Darjeeling einzugehen, fanden sicher auch nicht seine Zustimmung.

Jace hatte nicht die Absicht, Sir Hugo zu beschwichtigen, denn er mochte den Mann nicht. Doch er wünschte auch keine Unannehmlichkeiten und wollte sich zum Gehen wenden, um ihre Fahrt nach Guwahati früh am nächsten Morgen vorzubereiten, als eine freundliche Stimme ihn rief –

„Kapitän Buckley? Leisten Sie uns Gesellschaft! Sie müssen doch etwas essen." Mrs Elisabeth Kendall saß im Schatten eines Schirmes, den ein Kind hielt. Sie lächelte und winkte ihn an ihren niedrigen Tisch.

Mrs Kendall war eine großartige Frau. Jace wollte nicht unhöflich und grob erscheinen und ging deshalb zu ihr hinüber. Die Seide rauschte, als die Damen ihre Röcke zurückzogen, um ihm auf dem Rasen Platz zu machen. Mrs Kendall füllte ihm einen Teller randvoll mit einer reichen Auswahl an englischen Gerichten.

„Wenn Sie auch nur ein bißchen Ähnlichkeit mit meinen zwei Söhnen haben, dann verfügen Sie über einen gesunden Appetit", sagte sie.

Jace nahm den Teller entgegen, obwohl er keinen Hunger verspürte, und beantwortete unzählige höfliche Fragen von Elisabeth und Margaret über seine bevorstehende Fahrt nach Spanien. Coral schwieg. Als schließlich die Desserts auf Tablettwagen aufgetragen wurden, verstummten die Fragen, und die Damen unterhielten sich wieder miteinander.

Coral beugte sich zu ihm und sagte ruhig: „Sie brechen morgen früh auf, Herr Kapitän?"

„Ja, sind Sie nicht froh und erleichtert?" lächelte Jace. „Ich verschwinde wieder im indischen Sonnenuntergang." Er stellte den leeren Teller ab und erhob sich. „Sie entschuldigen mich. Ich muß noch einiges vorbereiten, bevor ich morgen nach Guwahati aufbreche. Danke für den Imbiß." Er blickte zu Gem hinüber, der immer noch mit dem burmesischen Kind im Gras spielte. „Und möge der Glanz immer in Ihren Augen bleiben."

Jace bedankte sich bei Mrs Kendall, schüttelte Sir Hampton die Hand und wechselte noch ein Wort mit Michael über Guwahati. Dann verließ er die Feier, ohne noch einmal zurückzublicken.

* * *

Coral blickte Jace nach. Ihre Gefühle waren von Widersprüchen hin- und hergerissen. Sie redete sich ein, sie sei froh, daß er nun fort sei. Ein falsches Wort über Gem, und sie wäre zum ersten Mal in ihrem Leben in Ohnmacht gefallen! Sie hatte gespürt, daß er sich unwohl fühlte, genauso wie er auch ihr Unbehagen gemerkt haben mußte. Sie hatten sich kein einziges Mal angeblickt, obwohl sich jeder der Anwesenheit des anderen genau bewußt war. Sie hatte gesehen, daß er sich zwang, höflich zu essen, still zu sitzen, vollkommener Gentleman zu sein, während er die ganze Zeit am liebsten überhaupt nicht hier gewesen wäre. Zu ihren Füßen zu sitzen, wie es von einem aufmerksamen Verehrer erwartet wurde, muß ihm besonders lästig erschienen sein, dachte sie. Und ganz plötzlich hätte Coral am liebsten lauthals gelacht. Sie beherrschte sich, da sie wußte, daß es wahrscheinlich nur als hysterisches Kichern verstanden und ihre Mutter und Tante nur überzeugen würde, daß der Tag zu anstrengend für sie gewesen sei. Sie schloß die Augen und versuchte, ihre Gefühle abzukühlen.

Jetzt war er fort. Vor ihm stand eine lange, lange Seereise nach Spanien und vielleicht noch in andere ferne Häfen. Möglicherweise würde sie ihm nie wieder begegnen. Gut. Dann brauchte sie sich keine Sorgen machen, daß er ihrer Familie gegenüber irgendetwas über Gem sagen könnte. Aber andererseits hatte sie die ganze Zeit geahnt, daß er das sowieso nicht tun würde. Vielleicht war der Kapitän nicht so dickköpfig und arrogant, wie er sich nach außen hin gab.

Die Aufregung des Morgens verebbte langsam. Coral merkte, wie müde sie war, und die Hitze kostete sie ziemlich viel Energie. Coral entschuldigte sich bei ihrer Mutter und Tante und gab ihnen den üblichen Kuß auf die Wange. Dann rief sie Dschan-Li, Gem und Emerald zu bringen.

Heute ist Gem wirklich mein Sohn. Ein Lächeln huschte Coral über das Gesicht, als sie zum Haus zurückging. Bald wären sie beide auf dem Weg nach London zu Großmutter Victoria Roxbury ... und Vetter Ethan Boswell.

9

Nähme ich Flügel der Morgenröte und bliebe am äußersten Meer . . .

Psalm 139,9

Es war August 1795 und das Jahr war bereits weit fortgeschritten, als die *Madras* vom Diamond Point Hafen mit der Kingscote-Seide aufbrach. Sie segelten an der bengalischen Küste entlang und durch die Meerenge zwischen Ceylon und der indischen Küste. Dann ging es über den Indischen Ozean. Sie kamen zur Insel Sansibar – die Insel der Gewürze, des wilden Kaffees und der Wälder von Kokospalmen. Hier nahmen sie, wie geplant, Gewürze an Bord.

„Das war der Heimathafen deines Vaters", erzählte Seward Jace.

Jace erinnerte sich gut an den heißen, weißen Sand und das smaragdgrüne Wasser von Sansibar, wo sein Vater ein kleines Sommerhaus am Strand besessen hatte.

Die *Madras* lichtete wieder den Anker und umrundete das Kap der Guten Hoffnung, wo sie ebenfalls anlegten. Von dort ging es weiter an der Goldküste Afrikas entlang – hier wimmelte es von gefährlichen Sklavenhändlern –, bis sie schließlich nach Tanger kamen. Hier blieben sie eine kurze Zeit, segelten dann weiter nach Spanien und kamen Ende Dezember 1796 in Cadiz an.

Die Stadt Cadiz, die auf die Zeit der alten Phönizier zurückgeht, war auf einem Felsen gebaut, der das Meer überragte. Die Seide wurde im Hafen entladen, der Preis war gut, und den Gewinn teilten sie zu dritt ehrlich auf. Mit dem Geld wollten sie Erbstücke aus der Maurenzeit in Spanien erwerben und sie dann zu wohlhabenden Sammlern nach London bringen. Jace rechnete damit, bis zum Oktober nächsten Jahres nach Kalkutta zurückzukehren, denn er wollte die Monsunwinde im August und September vermeiden. Alles schien gut zu laufen. Er fing schon fast an, Michaels Beteuerung zu glauben, daß der Segen des Himmels über ihnen lag.

Da das Wetter für eine Fahrt auf dem Atlantik schon recht kritisch war, war Jace darauf bedacht, innerhalb der nächsten drei Tage Cadiz wieder den Rücken zu kehren. Die Stadt war eine aufblühende Hafenstadt, in deren Basaren sich Händler, Soldaten, Matrosen, Sklaventreiber, einige Piraten und viele Gelehrte tummelten. Obwohl er Freunde in der ehrwürdigen Stadt hatte, zog Jace es vor, allein über die beleuchtete Arkade zu schlendern. Den Morgen verbrachte er in der berühmten Passage der Buchhändler, wo er mehrere Exemplare alter Schriften fand und sie in seine Sammlung aufnahm. Er besaß nicht nur eine Ausgabe der hinduistischen heiligen Schriften, der Vedas, sondern hatte sich auch einen moslemischen Koran und eine Bibel zugelegt – aber nicht einmal Seward wußte, daß er einen Vergleich zwischen den drei großen Weltreligionen anstellte.

Des vielen Blätterns durch alte Handschriften müde, verließ Jace die Buchhändler und stand mit seinen neuen Errungenschaften an der Ecke der Arkade. Lärm, Musik und viele durcheinander sprechende Stimmen erfüllten die Luft. Er spazierte zu einem Gasthaus auf dem Felsen über dem Meer und wartete auf Seward und Michael. Sie wollten Hakeem, den arabischen Händler, der sich auf wertvolle Antiquitäten spezialisierte, mitbringen.

In dem Gasthaus mit den niedrigen Decken drängten sich schon viele Seeleute, als Jace ankam. Draußen war es feucht und kalt, und in dem großen Ofen, der fast eine ganze Wand einnahm, brannte ein warmes Feuer. Er fand einen leeren Platz, von dem aus man das Meer im Westen überblicken konnte, das jetzt von dem aufziehenden Nebel eingehüllt war, und bestellte sich gebratenes Lammfleisch.

Michael kam aufgeregt und angespannt und setzte sich Jace gegenüber. Er beugte sich über den Tisch und sagte leise: „Von London aus können wir nach Indien zurückkehren und mit unserer Plantage beginnen!"

Jace warf ihm ein bissiges Lächeln zu. „Was hast du getan? Einen Tempel ausgeraubt? Es dauert noch gut drei Jahre – wenn alles gut geht."

Michael grinste unbeeindruckt. „Seward hat deinen Freund, den Händler, gefunden. Warte nur, bis du den Araber hörst."

Sie drehten sich beide zur Tür um. Seward schritt in das Gastzimmer. Jace erkannte den wohlhabenden Araber an seiner Seite, der in einem fließenden Gewand bekleidet war und einen rauchblauen Seidenturban auf dem Kopf trug. Sein kurzer Moslembart war gut gepflegt, seine schwarzen Falkenaugen blitzten vor Vergnügen, als sie an Jace hängenblieben.

„Sei gegrüßt, Sohn des großen Kapitän Buckley! Ich sehe, du bist wieder zurück auf dem Weg des Meeres und frei von der Uniform der Ungläubigen." Seine schlauen, alten Augen funkelten. „Steht es nicht in deinen Sternen, daß du ein vielversprechender Forscher wirst wie dein Vater?"

Jace erhob sich und begrüßte den Araber mit einem Lächeln. „Hakeem! Du alter Märchenerzähler! Schön, dich wiederzusehen! Mein Vater war also Forscher, sagst du?" lachte Jace. „Pirat wolltest du wohl sagen? Lies lieber noch einmal genauer in deinen Sternen nach, du Vater der Scheinheiligen! Was hast du dieses Mal für die gierigen Londoner Märkte?"

„Ah!" Hakeem wickelte aus einem Tuch einen geschnitzten Elfenbeinelefanten, dessen smaragdgrüne Augen wie grünes Feuer funkelten. Er stellte ihn vor Jace auf den Tisch.

„Der Direktor der Ostindienkompanie hätte wahrscheinlich lieber den zweiten zu dem Elefanten, den du ihm das letzte Mal verkauft hast. Er hat schon danach gefragt."

Rawlings, der Direktor der Kompanie in London, hatte eine unwiderstehliche Leidenschaft, Antiquitäten aus dem Osten zu sammeln sowie ein heimliches Netz von Informanten, die vor keiner Intrige zurückschreckten.

„Der Elefant ist das kleinste, was er zu bieten hat", unterbrach Michael. „Erzählen Sie ihm von dem Erbstück, Hakeem."

„Ah ja, die Schmuckschatulle aus Alabaster."

Michael wandte sich an Jace. „Sie stammt aus dem zwölften Jahrhundert aus der Zeit der Mauren in Spanien und geht bis auf den Großgrafen Roger I. zurück."

Jace zog skeptisch eine Augenbraue in die Höhe und blickte Hakeem an. „Der erste Kreuzzug?"

„So ist es, mein Freund. Er gehörte der Familie des normannischen Grafen. Er ist auf dem Markt viel wert."

„Rawlings wird beeindruckt sein", sagte Jace und fügte dann absichtlich hinzu: „Aber unsere Finanzen sind begrenzt."

Michael beugte sich zu ihm vor und flüsterte: „Wenn wir alles zusammenkratzen, können wir es kaufen."

Das wußte Jace wohl, aber er hatte auch Erfahrung, wie man mit Hakeem feilschen mußte. In einem hatte Michael recht. Ein Erbstück, das dem normannischen Grafen gehört hatte, würde genug Geld einbringen, mit dem sie nach Indien zurückkehren und das Land in Darjeeling kaufen könnten.

Michaels dunkle Augen glänzten vor Aufregung. „Gokul sagt, er kann Teearbeiter aus Nepal anheuern. Stell dir das vor, Jace! Du und ich – Besitzer eines Teeunternehmens. In einigen Jahren können wir so erfolgreich werden wie Kingscote."

Jace wußte, was ihm finanzieller Erfolg bringen könnte – die vollkommene Freiheit vom Oberst.

„Ich kann Belinda heiraten", fuhr Michael fort.

Jace stieß ein ironisches Lachen aus. „Du sprichst, wie wenn du ein dahergelaufener Landstreicher wärst. Bist du nicht Erbe eines Seidenunternehmens? Du kannst Roxburys Tochter haben, sobald du um ihre Hand anhältst. Aber vergiß nicht – selbst wenn wir das Land gekauft haben, dauert es mehrere Jahre, den Tee anzubauen, zu ernten und zu verkaufen."

Jace wandte sich wieder Haakem zu. „Wo ist das Erbstück? Hast du es hier?"

Haakem breitete seine Handflächen aus. „Es wartet in Cordoba."

Seward knurrte. „Und warum haben Sie es nicht mitgebracht, frage ich? Nach Cordoba fährt man mehrere Tage lang."

„Ich kann es Ihnen innerhalb von zwei Wochen herbeischaffen."

„Zwei Wochen? Hat dir der Wein den Verstand geraubt? Das Wetter hält nicht so lange."

Haakem blickte stirnrunzelnd aus dem Fenster. „Ja, aber an einen Schatz aus der ehrwürdigen Vergangenheit kommt man nicht so leicht heran. Trotz des Risikos lohnt es sich zu warten."

„Laß es warten, Schlaumeier, bis wir nächstes Jahr wieder hier vorbeikommen", erwiderte Jace, schob seinen Stuhl zurück und stand auf.

„Aber eure Seekiste wird bei der reichen Ausbeute aus dem maurischen Spanien aus allen Nähten platzen. Die Schmuckschatulle aus Alabaster ist eine so reiche Beute wie ein schönes Fräulein. Wenn Ihr sie nicht in die Arme nehmt, läuft sie weiter und umarmt den nächsten."

„Darin steckt etwas Wahres", sagte Michael zu Jace.

Jace sagte kein Wort. Er biß in den zarten Lammbraten und bemerkte, daß Seward ihm mit knurrendem Magen zusah. Er schob ihm den Teller hin.

„Wir können nicht warten", sagte Jace.

„Ich kann es aber nicht aufheben, bis Ihr aus London zurückkommt." Die schwarzen Augen des Arabers funkelten. Er flüsterte: „Bei allen großen Propheten, das Erbstück wird euch mindestens eine Schatztruhe voll englischer Pfund bescheren."

„Wir warten die zwei Wochen", mischte sich Michael ein.

Jace rechnete schweigend und mit einem Auge auf das Meer.

„Ich mache folgendes. Ich schicke noch heute abend eine Nachricht nach Cordoba", sagte Hakeem. „Der Besitzer wird seine Reise beschleunigen. Sagen wir, fünf bis sieben Tage?"

Jace war schon früher in die große Stadt gefahren und wußte, daß dies möglich war. „Am besten fahren wir selbst nach Cordoba."

„Wir können noch heute abend aufbrechen", drängte Michael.

Jace blickte Seward an, der sich das bärtige Kinn rieb.

„Ich weiß es nicht, Junge. Du weißt, daß mir Darjeeling genauso wichtig ist wie dir und Michael. Aber du hast recht mit dem Wetter. Doch ich gebe zu, daß ein paar tausend Pfund eine Verzögerung wert sind. Ich bin dabei. Vielleicht sollten wir abstimmen."

„Das ist es, Seward. Wir stimmen ab", drängte Michael. „Was sagst du dazu, Jace?"

Jace zögerte. Immerhin war er der Kapitän, und er wußte am besten, wann er mit seinem Schiff in See stechen mußte.

„Zum Kuckuck! Manchmal muß man ein Risiko eingehen, wenn man gewinnen will", nötigte ihn Michael.

„Dann stimmen wir ab. Du zuerst."

„Ich bin für Cordoba", sagte Michael und lächelte ihn an.

Seward blickte stirnrunzelnd in die Richtung zum Hafen und warf dann einen entschuldigenden Blick auf Jace. „Ich bin versucht, dasselbe zu tun."

„Also, ja oder nein?"

Er zog die Augenbrauen zusammen. „Ja."

Michael lachte und sprang auf die Füße. Er klopfte Jace auf die Schulter. „Schau nicht so verdrießlich. Bist du nicht ein fähiger Seelöwe? Es steckt dir im Blut wie deinem Vater vor dir. Seward wird mir darin zustimmen. Nicht wahr, Seward? Schau, Jace, wenn wir das Südchinesische Meer heil überstanden haben, kannst du die *Madras* auch sicher nach London segeln und dann nach Indien zurück. Setz dich, alter Junge, und trink einen arabischen Kaffee!"

* * *

Vertrauen ... hatte Jace normalerweise mehr als genug. Als aber nach ihrem Aufbruch in Cadiz an ihrem fünften Morgen auf offener See die Dämmerung anbrach, griff eine Unsicherheit nach seinem Herzen, genauso wie der feuchte Wind an seiner Lederhose zerrte. Er stand auf dem Achterdeck und ließ seinen Blick über die eiserne, graue Weite des Atlantiks schweifen, dabei zogen sich seine Augen immer mehr zusammen. Das Erbstück aus dem zwölften Jahrhundert war zusammen mit dem Elfenbeinelefanten in seiner Seemannskiste in der Kapitänskajüte eingeschlossen und wartete auf die Begegnung mit Rawlings in London. Der Preis, den sie dem arabischen Händler bezahlt hatten, hatte ihre Mittel überstiegen, aber der Londoner Markt würde sie dafür reichlich entlohnen.

Seward kam zu ihm nach oben. Seinem breiten Gesicht fehlte die sonst übliche gute Laune. Er lehnte sich an die Reling. Der Wind spielte mit einer Locke seines kastanienfarbenen Haares, das er im Nacken zusammengebunden hatte. Einen Augenblick sprach er kein Wort und beobachtete neben Jace, wie der Unheil verheißende Sonnenaufgang den ganzen Horizont mit seinem bernsteinfarbenen Dunst erfüllte. Das Schiff knarrte und ächzte.

„Das gefällt mir nicht", murmelte Jace.

„Ja ... ich erinnere mich, es ist lange her ... ich war selbst erst ein junger Bursche. Ein einfacher Schiffsjunge war ich, auf einem der gemeinsten Sklavenschiffe, die je über die Meere gesegelt sind. Wir steuerten geradewegs in einen Sturm, der sich genauso ankündigte."

Jace blickte nach vorn. „Ich gebe zu, daß mein Vater ein Spitzbube war, aber er hat nicht mit Sklaven gehandelt. Daran würde ich mich erinnern."

„Kein Grund, dich aufzuregen, Junge. Ich kannte Buckley besser als du. Ich sprach nicht von deinem Vater, sondern von einem anderen Kapitän, einem auf dem sicheren Weg zur Hölle. Ein heruntergekommener Kerl war das, er hieß Newton. Habe in letzter Zeit oft an ihn denken müssen."

„Ich habe nie etwas von Newton gehört."

„Glaube ich gern. War vor deiner Zeit. Wir näherten uns London ... genauso wie jetzt. Ahnungslos waren wir, und bevor wir dort ankamen, liefen wir durch einen starken Wind und tosenden Wellen ins offene Messer. Habe so einen Sturm seitdem nicht mehr erlebt. Das Schiff war kurz davor, zu Kleinholz zerschlagen zu werden ... die Wellen stiegen mindestens fünfzehn Meter hoch. Vielleicht auch höher. Es genügte, um einen Sünder zu einer schnellen Buße zu bringen. Das Schlimmste, was ich je durchgemacht habe. Nun ja, es war jedenfalls genug, um den jungen Kapitän vor dem Allmächtigen auf die Knie zu bringen."

Jace war trübsinnig gestimmt. „Willst du damit andeuten, daß ich mich nicht um den Allmächtigen kümmere?"

„Glaube nicht, daß ich das andeuten muß. Ich schließe mich selbst auch mit ein."

„Lassen wir das. Wo ist Michael?"

„Höchstwahrscheinlich in seiner Kajüte. Er ist ziemlich seekrank. Kein guter Seemann. Ich glaube, wir lassen ihn in Indien, wenn wir eines Tages so weit sind, daß wir unseren Tee verschiffen können."

Jace ließ Seward allein und ging in Michaels kleine Kajüte. In Gedanken beschäftigte er sich immer noch mit Sewards Andeutung, daß er nicht gottesfürchtig genug sei. Daß Seward sich als Anglikaner betrachtete, war kein Geheimnis, aber Jace hatte nie gesehen, daß er seinen Glauben praktizierte. Er klopfte an die Tür. Als keine Antwort kam, öffnete er. Michael lag gekrümmt auf seiner Pritsche. Er war blaß, und ihm war übel.

„Ach, armer Junge", neckte ihn Jace. „Und kein Mädchen, das dir die Hand halten könnte."

Michael drehte langsam seinen Kopf zur Tür, öffnete ein Auge und knurrte: „Hinaus mit dir."

„So sprichst du mit deinem Kapitän. Ich sollte dich den

Kansamah beim Fische ausnehmen helfen lassen. Er bereitet einen köstlichen Eintopf vor.“

Michael brummte wieder und drehte sich dann mit dem Kopf zur Wand. Das Schiff hob und senkte sich. „Wie – lange – noch?“ flüsterte er.

Jace verschränkte die Arme und lächelte. „Oh, noch zehn Tage. Vielleicht auch länger.“

„Zehn Tage! Meine Innereien sind bis dahin alle über Bord gegangen!“

„Na, na, alter Junge, alles was dir fehlt, ist ein bißchen Flüssigkeit. Ich rieche schon die Suppe. Ein paar Fischköpfe werden den Geschmack verbessern.“

Michael stöhnte und versuchte, sich aufzurichten, als wolle er ihn schlagen. Jace grinste und ließ sich gemütlich auf dem Stuhl nieder, wo er die Beine mit den Seemannsstiefeln ausstreckte und die Hände hinter dem Kopf verschränkte.

„Kopf hoch. Der schlimmste Sturm deines Lebens kommt auf uns zu. Ich dachte, ich sollte dich warnen.“

Michael fiel auf das Kissen zurück. „Das sagst du mir jetzt. Wir hätten in Cadiz bleiben sollen.“

„Du meinst“, sagte Jace mit Betonung. „Wir hätten vor drei Wochen auslaufen sollen. Ich glaube, das habe ich bereits erwähnt, wurde aber überstimmt. Das nächste Mal werde ich meine Teepartner reden lassen und mein Recht als Kapitän auf meinem eigenen Schiff ausüben!“

„Ja, ja ... das hast du uns jetzt schon ein Dutzend Mal vorgejammert ... sei doch nicht so beleidigt. Wenigstens haben wir das maurische Erbstück. Ah, Darjeeling! Ich fühle schon den festen Boden unter meinen Füßen! Ich rieche die frischen Teeblätter, die sich sanft im leichten Wind bewegen, sehe die weißen Gipfel des Himalaya –“

Genau in diesem Augenblick ging ein Ruck durch das Schiff, Michael stöhnte, und eine Bibel und ein Stoß Bücher rutschten vom Tisch auf den Boden und auf Jaces Stiefel zu. Als das Schiff sich wieder beruhigt hatte, hob Jace sie auf. Es war eine Autobiographie des Indianermissionars David Brainerd.

„Brainerd?"

„Coral hat mir das Buch gegeben, bevor ich zu Hause aufbrach."

Daneben lag auch ein Buch von Whitfield und ein anderes von John Wesley. Jace hatte in seiner Zeit in London von diesen beiden Reformatoren gehört. Er blätterte darin und hielt inne, als er Corals gestochene Handschrift sah. Zweifellos hatte sie bei ihren vielen Fieberanfällen viel Zeit zu lesen. Er vermutete, daß sie einen fundierten Vortrag über die Reformatoren halten könnte. Jace merkte, daß er praktisch überhaupt nichts über sie wußte. Er hielt die Bibel in der Hand und versuchte, Michaels Gedanken von seiner Übelkeit abzulenken.

„Wenn wir das Erbstück verkauft haben, können wir uns über den Stil unserer Residenz Gedanken machen. Ich finde, wir sollten uns ein weißes Herrenhaus im georgianischen Stil bauen."

Michael warf ihm einen Blick zu. „Du hast doch einmal gesagt, daß du Herrenhäuser verabscheust."

„Ich habe es mir anders überlegt. Ich will, daß es genauso schön wird wie Kingscote. Ehrlich gesagt – will ich eine Konkurrenz zu allem aufstellen, was Ihr Kendalls habt."

Michael öffnete ein Auge. „Warum?"

Jace machte es sich noch bequemer. „Ich habe nie in einem strahlend weißen Herrenhaus mit einem blauen Dach gewohnt. Ich habe eben beschlossen, daß ich auch eines will. Mit Möbeln aus Frankreich."

Michael fuhr sich mit einer Hand über das Gesicht. „Daraus mache ich mir überhaupt nichts, lieber Freund ... ich habe genug von Herrenhäusern und französischen Möbeln. Alles, was ich will, ist eine Koje, die nicht auf und niederwackelt wie ein widerspenstiger Bock."

Jace lehnte den Kopf zurück gegen den Stuhl und blickte zur Decke hinauf, dabei fuhr er gedankenabwesend mit dem Daumen über den Ledereinband der Bibel. „Vielleicht lasse ich persische Seidendecken für mein Bett kommen."

Michael stöhnte.

„Ich kaufe mir eine von diesen Matratzen, die mit Gänsefedern ausgestopft sind, und beschäftige hundert Leute, die mich bedienen." Seine Augen funkelten vor Belustigung, als er Michael ansah. „Was meinst du?"

„Ich meine, du klingst wie Salomo", kam seine trockene Antwort.

„Ich habe nicht gesagt Dienerinnen", korrigierte ihn Jace. „Salomo – der weiseste Mann auf der ganzen Welt, und trotzdem nahm er sich tausend Frauen." Er lachte leicht.

Michael hob den Kopf und blickte ihn an. „Du weißt von seinen Frauen und Nebenfrauen?"

„Hältst du mich für völlig ungebildet?"

Michael winkte mit der Hand ab. „Ich wollte Sie nicht beleidigen, Herr Kapitän. Ich wußte nur nicht, daß du die Bibel gelesen hast."

„Eine sehr interessante Geschichte, wie ich zu dieser bestimmten Bibel kam."

„Ich dachte immer, du glaubst an Jesus Christus."

Jace sah ihn forschend an. Er konnte Michaels Miene nicht sehen, da er einen Arm über dem Gesicht hatte und den anderen auf seinem Magen.

Tatsächlich hatte Jace die ganze Bibel durchgelesen, um sie mit den Vedas und dem Koran zu vergleichen. Er sah die Person Jesus als fehlerlos an – er war mehr als nur ein Mensch. Ein echter Meister, aber einer, der alles verlangte.

Jace war nicht bereit, irgend jemandem alles unterzuordnen.

„Zu Darjeeling“, sagte er, um das Thema zu wechseln. „Wenn wir in Kalkutta sind, starten wir eine Expedition zum Radscha von Sikkim. Er wird entzückt sein, wenn er unser Gold sieht. Bis wir zurück sind, werden Seward und Gokul ein Dach über unserem Kopf haben, damit wir vor dem Monsun geschützt sind.“ Er lächelte: „Unser georgianisches Herrenhaus kann noch ein paar Jahre warten.“

„Herrlicher Gedanke ... Land. Ich kann nicht behaupten, daß ich so etwas noch einmal durchmachen will.“

„Der Sturm, der da draußen aufzieht, ist tückisch. Bleib hier unten. Binde dich an deine Pritsche fest.“

Michael lachte kurz. „Keine Sorge, Käpt'n. Das einzige, was mich von meiner Pritsche vertreiben könnte, wäre ein sinkendes Schiff. Gott bewahre.“

„Ein sehr vernünftiger Gedanke. Wo willst du denn die Bücher haben?“ Jace hielt immer noch die Bücher in der Hand.

„In der Schublade. Außer, du willst sie lesen.“

„Brainerd sieht interessant aus ... na, vielleicht lese ich sie alle. Ich würde gern wissen, was im Kopf eines Mannes vorgeht, der alles aufgibt, um bei einem Haufen nackter Wilder zu predigen“, sagte er über Brainerd. „Oder von den Menschen, die auf den Straßen von London zwischen Fisch- und Blumenverkäufern über Kirchenlehre diskutieren. Der Kopf von jemand, der einen Monat lang im Bett liegt und sie liest, ist ebenfalls interessant.“

„Ich kann dir keine Antwort darauf geben, was in ihrem Kopf vorging. Ich muß erst noch die geistliche Reife Brainerds oder meiner lieben kleinen Schwester bekommen. Aber eines ist klar ... für Brainerd waren die Indianer mehr als nur nackte Wilde.“

Jace reichte Michael seine Bibel. „Hast du jemals von Newton gehört?“

„Nein. Warum?“

„Nicht so wichtig. Lies die Psalmen. Du brauchst etwas, das dich aufmuntert. Ich schlage den 107. vor. Verse 23 bis 30.“

Michael war neugierig genug, um seine Gedanken von seinem Magen abzulenken, und fing an, in seiner Bibel zu blättern.

Jace wollte schon den Kopf einziehen und durch die Kajütentür hinaus gehen, als Michael sagte: „Ich vermute, Brainerd fand in Christus alles, was er aufgab, und noch mehr.“ Er überlegte. „Ich weiß nicht, ob ich eine Teeplantage aufgeben könnte, um Wilden von ihrem Schöpfer zu erzählen.“

Jace blickte ihn an. „Entschuldige, edler Herr Pfarrer, aber du hast noch keine, die du für einen göttlichen Ruf in die Flammen werfen könntest. Lies. Ich muß zum Steuermann ... wenn du Indien oder London wiedersehen willst.“

Michael brachte ein schwaches Grinsen zustande und versuchte, sich auf die Worte des Psalms zu konzentrieren. „Ah! Es handelt von einem Schiff! Hör mal – ‚und sie froh wurden, daß es still geworden war und er sie zum erwünschten Lande brachte,‘“ las er vor. „Ah ... das gefällt mir, Frieden und Ruhe.“

* * *

Erwünschtes Land, dachte Jace, als ein starker Windstoß ihn erfaßte und ihm die Gischt das Gesicht naß spritzte. Er ging zur Leiter und blieb kurz stehen, um den Himmel zu betrachten. Es war ein häßlicher Sturm mit bedrohlichen

Wolken. Die *Madras* ächzte und knarrte, und die Wellen schäumten und spritzten über das Deck.

Erwünschtes Land ... Jace war sich der Forderungen Jesu wohl bewußt. Sich seiner Herrschaft zu unterstellen, würde bedeuten, die Kontrolle über seine eigenen Pläne aus der Hand zu geben. Das letzte, was Jace wollte, war, verwundbar zu sein. Er wußte genug über das, was in dem Buch stand, um zu begreifen, daß Jesus sich mit nichts weniger als seiner Kapitulation zufrieden geben würde. Jace mochte das Wort Kapitulation nicht ... die Male, als er seine Gefühle vor anderen offenlegte, brachten nur Erinnerungen von Ablehnung und Unterwerfung. Er wußte, daß Jesus kein harter Lehrmeister war, und doch – was würde er von ihm verlangen? Seinen Ehrgeiz aufzugeben? Sein Schiff? Vielleicht, daß er anglikanischer Pfarrer werden und in einem Pfarrergewand herumlaufen sollte –

„Kapitän!" rief Dschin-Su. „Ginseng-Tee ist die Anwort auf alle Fragen!"

Jace wandte sich um. Der gute alte Mann, den er ins Herz geschlossen hatte, war wild entschlossen, ihm persönlich zu dienen. Er hatte einen weiten, knielangen, schwarzen Kimono an und hielt einen kupfernen Kessel und eine Tasse in der Hand. Auf seinem zerfurchten Gesicht lag ein Lächeln. Der Wind peitschte gegen seinen weißen Zopf, als er sich tief verbeugte.

„Dschin-Su! Du weißt, daß du bei einem solchen Wetter nicht auf Deck sein solltest. Geh hinunter, sofort!"

„Ich gehe schon, Kapitän, aber trinken zuerst einen Tee. Brauchen viel Kraft. Drachenteufel wirbeln das Meer auf, spucken Wellen statt Feuer. Sie waren die ganze Nacht auf, nicht wahr?"

Der chinesische Zaubertrank war das letzte, was Jace in diesem Augenblick wollte. „Wo ist mein Kaffee? Ich will ihn schwarz und heiß. Und bring ihn mir nicht herauf. Ich schicke den Schiffsjungen."

„Kapitän sein sehr dickköpfig." Und in einem besseren Englisch fügte er hinzu: „Arabischer Kaffee ist nicht gut. Er ist sehr schlecht. Chinesischer Tee ist sehr gut. Der Kapitän braucht eine Frau, die sich um ihn kümmert. Dschin-Su versagt. Ja, ich gehe schon, ich gehe schon!" überschrie er den aufkommenden Wind, als Jace ein finsteres Gesicht machte. Der Alte drehte sich um und kämpfte sich wieder die Stufen hinab.

Das Deck, auf dem sich jetzt nur noch die besten seiner erfahrensten Seeleute befanden, hob und senkte sich. Die *Madras* stöhnte laut, während der Wind seine Wucht verdoppelte.

„Käpt'n!"

„Was ist?"

Der Schiffsjunge war kreidebleich, als er sich mit aller Kraft an einer der Wanten festhielt. „Der Steuermann sagt, er weiß nicht mehr, was er tun soll. Kann das Ruder nicht mehr halten. Sagt, er hat gelogen, ist nicht auf dem Indischen Ozean im Monsun gesegelt –"

„Hat gelogen? Natürlich hat er gelogen. Hat er gemeint, ich hätte ihm geglaubt? Aber ich fordere seinen Kopf, wenn er jetzt das Ruder verläßt!"

„Ja, Käpt'n, ich sage es ihm."

„Wo ist Seward?"

„Glaube, er ist unten, Käpt'n!"

Wahrscheinlich schaut er, wie es Michael geht, dachte Jace.

Auf den untersten Stufen zu den Kajüten schlüpfte Jace schnell in sein Ölzeug und rief gleichzeitig: „Seward!"

Dschin-Su steckte den Kopf aus einer Kajütentür. „Seward ist nicht hier, Kapitän. Er ist in der Kapitänskajüte, Sie suchen. Wollen Sie jetzt Ihren Kaffee?"

„Später, Dschin-Su, und behalten Sie Michael im Auge. Er ist krank."

„Aber –"

Jace drehte sich auf dem Absatz um, ohne ein weiteres Wort zu sagen. Vor seinem geistigen Auge sah er sein Schiff wie ein Stück Treibholz, das auf den Wellen hin- und hergeworfen und vom offenen Maul eines hungrigen Seeungeheuers verschlungen wird. Um das Schiff sicher hier hindurchzumanövrieren, war ein erfahrener Seemann nötig; er lehnte sich an die eine Wand und dann an die andere, während das Schiff auf- und abschaukelte. Trotz seiner Erfahrung brauchte er länger als üblich, bis er die engen Holzstufen, die nach oben führten, erklommen hatte. Jace warf die Luke auf, bückte sich hinaus, stemmte sich gegen den wütenden Sturm und wollte zum Ruder gehen.

Der tosende Wind raubte ihm den Atem. Er hielt sich an der Tür fest. Seine Stiefel stellte er breitbeinig aufs Deck, um nicht über das schaukelnde Deck zu stolpern. Schwarze Wellen wuschen über die Reling auf das Hauptdeck und schäumten an seinen wadenlangen Stiefeln wie kläffende Hunde hoch. Wolkenbruchartige Regengüsse prasselten ihm ins Gesicht. Das Tageslicht hatte sich zu einem Zwielicht verdunkelt. Eine Sekunde lang starrte er geradeaus und traute seinen Augen nicht.

Unmöglich! Michael hatte geschworen, er würde nicht auf Deck heraufkommen!

Aber dort stand er! – umklammerte die Reling und starrte in die riesigen Wellen, als wäre er in Trance. War er verrückt geworden?

Jace bewegte sich auf ihn zu, sah dann die Gefahr kommen – eine dunkle Welle, die sich wie eine brechende, schwarze Lawine über die Schiffsseite erhob.

„Michael! Halt dich fest!"

Aber der Wind saugte seine Worte in ein lärmendes Loch und erstickte sie. Die ungeheuerliche Welle stürmte über die Reling auf das Deck und begrub auf der Stelle alles in ihrer Flut. Die eisige Wucht warf Jace zurück und raubte ihm den Stand. Halb blind von dem brennenden Salz schrie er innerlich: *Michael!*

Jace erhaschte einen Blick von ihm, wie er im Meerwasser über das querstehende Deck schlitterte. Er hörte Michael brüllen, sah, daß er versuchte, sich an einem Seil festzuhalten, aber seine Hand griff ins Leere.

Jace stürzte sich hinter ihm her und hechtete, um Michael am Kragen zu erwischen, bevor er über Bord gespült würde. Er erwischte ihn aber nur an seinen durchnäßten Haaren und hielt sich mit der anderen Hand krampfhaft an einem Seil fest, während die Brandung versuchte, sie auseinander zu reißen. Das Meer kämpfte gegen Jace und Michael wie beim Tauziehen und wollte sie beide über Bord in seinen nassen Schlund spülen. Zwischen ihnen und den riesigen, dunklen Wellen lag nicht mehr viel. *Gott! Nicht Michael!*

Das Schiff stieg seitlich in die Höhe und warf Jace gegen die Reling. Schmerz durchbohrte seinen Körper wie ein glühendheißer Dolch, als er seine Rippen krachen fühlte. Schwäche übermannte ihn, und erst nachdem das Wasser wieder ins Meer zurückgeeilt war, drang die schreckliche Erkenntnis zu ihm durch. Er hielt Michael nicht mehr an der Hand! Er hatte ihn verloren!

Immer noch an der Reling hängend, lehnte sich Jace über die Seite des Schiffes und suchte in den tosenden schwarzen Schluchten. „Michael!" rief er, aber seine Stimme spiegelte nur spöttisch seine schwachen Bemühungen wider. „Michael!"

Verzweiflung durchflutete seine Seele, dann Wut.

„Verflucht!" schrie er dem Meer zu.

Die *Madras* tat einen Satz. Jace rutschte wie ein glitschiger Fisch auf seinem Bauch über das Deck. Er stieß gegen die Leiter, die zum Achterdeck und zur Kapitänskajüte führte. Er konnte sich nicht bewegen, die Schmerzen von seinen gebrochenen Rippen machten ihm das Atmen schwer. Seine tauben Finger berührten eine Sprosse, tasteten sich weiter und legten sich dann um das Holz. Er kämpfte sich auf die Knie und biß die Zähne gegen den Schmerz zusammen. Ein zweiter Wasserschwall griff nach ihm, legte sich wie eine Schlange um seine Beine und versuchte, ihn zurückzureißen. Jace kroch die Leiter hinauf. Dort hing er zwischen den zwei Decks und versuchte, Luft zu holen.

„Kapitän!" rief sein erster Maat.

Jace brüllte seine Befehle, obwohl er wußte, daß es zu spät war. „Mann über Bord! Geben Sie Alarm! Schauen Sie, ob Sie ihn sichten!"

Wie ein Betrunkener torkelte der erste Maat über das Achterdeck und rief dabei seine Kommandos.

Das Schiff rollte, und Jace taumelte an Deck, lehnte sich gegen die Reling, um dort Halt zu finden, während er sich seinen Weg zur Kapitänskajüte bahnte.

Die Tür schlug in den Angeln auf und zu. Jace taumelte hinein und hielt sich an seinem Schreibtisch fest. Der Sturm machte die Kajüte so dunkel, wie wenn es Abend wäre.

Gott, warum? Warum! „Warum hast du nicht stattdessen mich geholt!" stöhnte Jace in das Schweigen. *Du weißt, daß er zwei solcher Kerle wie mich wert war!*

Der emotionale Verlust durchbohrte ihn mit stechendem Schmerz, der weitaus schlimmer war als seine gebrochenen Rippen.

Jace versuchte mühsam, das Ölzeug auszuziehen und dann seine Jacke, aber es gelang ihm nicht. Er fiel längs über den Schreibtisch.

„Jace!"

Seward bückte den Kopf unter dem Türrahmen und streifte dabei seinen dreieckigen Hut vom Kopf. Er erfaßte die Szene mit einem einzigen Blick. „Du bist verletzt!"

„Michael ist über Bord. Ich konnte ihn nicht festhalten."

Seward schluckte schwer, dann murmelte er tief bestürzt. „Ja!" Die Nachricht traf ihn wie ein Blitz.

„Ich habe Befehl gegeben, ihn zu suchen, aber ..."

Das Schiff schwankte. Zu schwach, das Gleichgewicht zu halten, fiel Jace gegen die Kiste mit den Schubläden. Vor Schmerz wurde ihm einen Augenblick schwarz vor Augen, aber er kämpfte dagegen an.

Seward packte ihn und legte ihn auf den Boden. Schnell entzündete er die wackelnde Öllampe über dem Schreibtisch.

„Verbinde meine Rippen und bring mich zum Ruder."

Seward machte ein finsteres Gesicht. Er war wild vor Wut. „Nein, mein Junge! Soll ich dich auch noch verlieren? Ich habe Kapitän Jarred Buckley geschworen, daß ich auf dich aufpasse! Du kommst mir nicht aus der Kajüte."

„Reiß dich zusammen! Tu, was ich sage, Seward!"

Jace versuchte, sich auf einen Ellbogen aufzustützen, aber Sewards große Hände warfen ihn wieder auf den Boden zurück. Schmerz schoß durch seine Rippen. Er sah Sewards wilden Gesichtsausdruck, das nasse Haar hing ihm in die Augen.

„Du gehst nirgendwohin, Junge."

„Sei kein Narr! Ich bin der Kapitän dieses Schiffes! Bring mich jetzt zum Ruder, das ist ein Befehl!"

Als hätte er einen eisigen Schlag erlitten, blinzelte Seward und ließ langsam seinen Griff los.

„Ja", brummte er finster. „Ich habe verstanden, Kapitän, was? Wärst besser in deiner Uniform geblieben! Und wollte

Gott, ich hätte Hamptons Sohn nie mitkommen lassen!“ Er wandte sich ab und schlug mit der Faust gegen die Wand. „Jetzt will der einzige Sohn von Jarred Buckley auch mit ihm ertrinken. Da draußen tobt ein teuflischer Sturm!“

„Hör schon auf! Du erzählst mir was von Gott! Wo ist er? Ist es der Teufel oder dein Christus, der dem Wind und den Wellen befiehlt?“

Seward wurde ruhiger. Seine eisig blauen Augen zogen sich zusammen, als er neben Jace kniete. Er zog Jace das Ölzeug aus, schlitzte ihm mit dem Messer die Lederjacke auf und legte seine Brust frei.

„Gut gesagt. Es ist der Sturm des Allmächtigen, einverstanden, und darin steckt eine Botschaft für uns alle. Du bist genauso dickköpfig wie dein Vater war, nein – du bist schlimmer!“

„Hör auf zu schimpfen und tu etwas!“

Seward blickte auf ihn nieder. Mit Stoffstreifen legte er einen engen Verband um Jaces Brustkorb.

„Au! – Nicht so fest, du Bär! Willst du den Rest auch noch brechen?“

Seward brummte und stand wackelig auf. „Keine schlechte Idee, wenn du dann in Sicherheit bleibst.“ Er zog Jace auf die Beine. Einen Augenblick wurde es Jace schwindelig und übel.

„Du stehst. Geh allein, Kapitän, oder du gehst nicht zum Ruder!“

„Dann komme ich allein dorthin. Wenn die *Madras* sinkt, wird dieser Kapitän mit ihr untergehen!“

Jace wankte zur Tür, war aber so benommen, daß er gegen die Wand lief. Er versuchte es noch einmal.

Seward zuckte umd brummte vor sich hin; dann warf er ihm einen kräftigen Arm um die Schultern und drehte ihn zur Kajütentür.

„Wie dein Piratenvater bist du. Die Hölle wartet auf dich!"

„Halt deinen verfluchten Mund!"

„Nein! Die Hölle wartet auf uns beide! Glaubst du, es war ein Fehler, daß der Allmächtige einen guten, gottesfürchtigen Jungen holte und den dickköpfigen, aufsäßigen Piratensohn zurückließ?"

Jace holte mit der Faust aus, war aber zu erschöpft und verfehlte sein Ziel, als Seward sich schnell bückte. Jace wurde schwarz vor Augen, er strauchelte, fiel auf den Schreibtisch und verlor das Bewußtsein.

Seward packte ihn. „Ach, Junge! Das habe ich nicht so gemeint! Gott vergebe mir, das habe ich nicht so gemeint!"

Der Schiffsjunge erschien, klatschnaß und zitternd. Er hielt sich mit beiden Händen am Türrahmen fest. Als er sah, daß sein Kapitän bewußtlos war und Seward weinte, fing er auch an zu heulen.

„Gott sei uns gnädig, Käpt'n! Christus sei uns gnädig! Haben Master Kendall nicht gefunden! Und der Steuermann ist auch über Bord! Käpt'n –"

„Ruhe, Junge!" donnerte ihn Seward an. „Komm herein! Kümmere dich um den Kapitän. Er ist bewußtlos, hast du verstanden?"

„Ja, Sir!"

Seward packte den Jungen im Genick an seinem Hemd, hob ihn hoch, daß er den Boden unter den Füßen verlor, und sagte mit funkelnden Augen. „Und wenn du dich oben blikken läßt, werfe ich dich eigenhändig ins Meer!"

Er ließ den Schiffsjungen los, daß dieser auf den Kajütenboden fiel. „Ja, Mister Seward, ich habe verstanden!"

Seward taumelte zur Tür. „Möge der Gott Jonas uns armseligem Haufen gnädig sein!"

10

Sei nicht ferne von mir, denn Angst ist nahe;
denn es ist hier kein Helfer.

Psalm 22,12

Kingscote
Juli 1796

Coral lachte, als sie sich über das Bettchen im Kinderzimmer beugte und Gems Arme sich fest um ihren Hals klammerten. Die großen braunen Augen, die von dunklen Wimpern umrahmt waren, blickten sie an. Er lachte und wollte sie nicht loslassen.

„Küß mich noch einmal, Mami."

„Hier – auf die Stirn."

„Noch einmal."

„Zeit zum Schlafen. Du mußt dich gut ausruhen, wenn du morgen mit mir auf dem Elefanten reiten willst."

„Bin nicht müde."

„Nein, wirklich nicht müde", neckte Coral und kitzelte ihn. „Du kannst kaum noch die Augen offen halten – du steckst sogar mich mit deiner Müdigkeit an ..." Coral tat, als müsse sie herzhaft gähnen.

Gem lächelte und ein winziges Grübchen bildete sich in seinem Mundwinkel. „Schlaf hier, Mami."

„Mami muß in ihrem eigenen großen Bett schlafen, aber ich bleibe bei dir sitzen, bis du eingeschlafen bist. Bist du so weit, Gott für den Tag zu danken, den wir miteinander erleben durften? Du wirst heute deinen Großonkel Hugo und deine Großtante Margaret sehen."

Gem nickte und schloß die Augen so fest, daß sich seine Nase kräuselte. „Danke, Herr Jesus. Amen."

Coral lächelte und deckte ihn leicht mit einer blauen Baumwolldecke zu. „Gute Nacht, Gem."

„Nacht, Mami ... Mami? Reiten wir morgen auf dem Elefantenbaby?"

„Ja, ich glaube schon. Schlaf jetzt."

Sie drehte die Lampe auf dem Tisch neben dem Bett so weit zurück, bis nur noch ein winziger goldener Schein das Kinderzimmer erhellte. Puppen, Holzklötze und andere Spielsachen waren sauber in ihrer blaugestrichenen Tonne aufgeräumt. Sie zog das Moskitonetz über sein Bett und öffnete dann die Verandatür.

Bevor sie in ihr Zimmer am anderen Ende des Ganges ging, trat sie in die Dunkelheit hinaus und atmete die Gerüche, die aus dem Garten hochstiegen, tief ein. Aus den Hütten der Seidenarbeiter in der Nähe der weiter entfernten Seidenraupenzucht zog ihr der Geruch von Holzrauch in die Nase.

Allein und ohne die scharfen Augen Dschan-Lis, denen die Anzeichen dafür, daß sie sich übernommen hatte, nie entgingen, nutzte Coral das Alleinsein und lehnte sich müde gegen das Verandageländer und atmete tief ein. Sie wagte nicht, ihnen zu sagen, wie ausgelaugt und erschöpft sie sich fühlte! Würde sie je wieder ganz zu Kräften kommen? Es gab so vieles, was sie gern mit Gem zusammen unternehmen wollte, aber nicht konnte, weil ihr die Kraft dazu versagte. Fieber und Schwäche, die Folgen ihrer Tropenkrankheit –

ihr zweiter Ausbruch dieser Krankheit seit Gems Geburt – hatten sie dünn und müde werden lassen. Selbst einfache Aufgaben, wie Gem zu baden und anzukleiden, mußte sie Dschan-Li überlassen.

Ihre fein geschwungenen Augenbrauen zogen sich zusammen. Sie hatte versprochen, mit Gem auf dem Elefanten zu reiten, aber hätte sie überhaupt die Kraft dazu? *Ich muß zu Bett gehen,* dachte sie. *Ich muß etwas Schlaf bekommen.*

Die Nachtluft war erfüllt mit Dschungelgeräuschen, die durch das Moskitonetz, das ihr Bett umgab, hereindrangen. Coral warf sich unruhig auf dem Bett hin und her und kam langsam zu sich.

Sie strengte ihre Sinne an, um herauszufinden, was sie geweckt hatte, hörte aber nur ihr Herz laut klopfen. Doch dann war plötzlich das Stampfen von Pferdehufen zu hören, und rufende Stimmen zerrissen die Stille der Nacht. Eine der Stimmen erkannte sie als die ihres Vaters!

Coral warf die Decken beiseite und schlug das Moskitonetz zurück. Sie tastete sich bis zur Veranda vor und spähte hinab. Männliche Diener liefen in alle Richtungen, während Sir Hampton ihnen lautstark Anweisungen erteilte.

„Vater, was ist?“

Coral konnte sein Gesicht nicht sehen, als er mit dem Gewehr in der Hand zu ihr hinauf blickte. „Bleib im Haus, Coral! Plünderer! Anscheinend Sepoys. Das Schwein hat den Maulbeergarten in Brand gesteckt.“

Feuer! Entsetzt blickte Coral in die Richtung zum Dschungel. Durch die dichte Finsternis der Bäume konnte sie schwach die orangeroten Flammen durch die schwarzen Zweige züngeln sehen. Der Wind trug den scharfen Rauchgeruch herauf. *Plünderer!* Ihr Vater hatte gesagt, daß sie wie bewaffnete Sepoys – indische Infanteristen – aussahen.

Waren es Abtrünnige, die gegen ihren Anführer gemeutert hatten?

Ein Schrei war von unten zu hören. Sie erspähte Mera und Rosa, die aus dem Haus liefen.

„Feuer!“ rief Hampton auf Hindi. „Die Raupenzuchtgebäude sind in Gefahr!“

Die Kinder! dachte Coral beklommen. *Wer wird die Unberührbaren aus den Hütten herausholen?*

Natine lief aus dem Stall und brachte zwei Pferde. Hampton schwang sich auf den Sattel.

„Hampton, warte auf Hugo! Reite nicht allein!“ rief Elisabeth Kendall von der Vordertür aus.

„Vater!“ rief Coral über das Geländer. „Die Kinder!“

„Hugo kommt schon!“

Andere Arbeiter saßen schon auf dem Pferd und galoppierten zu Hampton. Der Kriegsruf der trompetenden Elefanten durchdrang die Finsternis. Coral hielt sich die Ohren zu. Die ausgebildeten Mahuts kamen. Sie waren bereit, sie in den Kampf zu führen. Ihr Vater galoppierte mit Sir Hugo Roxbury auf die Zuchtgebäude zu. Im Hof kehrte wieder Stille ein, bis auf ein aufgeregtes Gespräch zwischen ihrer Mutter und Natine. Coral sah, wie in der Ferne Flammen an den Zweigen hochzüngelten.

Ein Feuer, dachte sie benommen. *Warum sollte hier ein Feuer gelegt werden? Kamen die Feinde aus Burma?*

Coral saß der Schreck immer noch in den Gliedern, als sie nach unten blickte. Ihre Mutter stand jetzt mit Margaret und den weiblichen Bediensteten zusammen und blickte hinter den davongaloppierenden Pferden her. Aber Natine blickte am Haus hoch, an Coral vorbei in die Richtung des Kinderzimmers.

Das Kinderzimmer war vor dem Feuer sicher, keine Frage – Coral wurde plötzlich eiskalt vor Angst. Furcht griff wie mit eisernen Banden nach ihr. Coral wirbelte wie eine Verrückte schreiend herum und lief stolpernd aus dem Zimmer. „Gem! Gem! Komm zu mir! Schnell, Gem!“

Coral stolperte den Korridor entlang, ihr Nachthemd wikkelte sich um ihre Knöchel. Sie packte die Seide und zog sie bis an ihre Knie hoch und lief weiter den Korridor hinab und flüsterte: „Herr, beschütze meinen Sohn!“

Sie erreichte die Kinderzimmertür, riß sie weit auf und stürzte hinein. „Gem!“

Sie blieb stehen, ein Schrei erstickte ihr im Hals. Dschan-Li lag bewußtlos auf dem Boden. Corals Augen schossen zum Kinderbett. *Leer.* Schwäche übermannte sie. Ihr Blick suchte die Veranda ab und begegnete den funkelnden schwarzen Augen eines Sepoys in einem verschmutzten braunen Puggari. Er hielt Gem unter dem Arm geklemmt und hatte ein Bein bereits über die Veranda geschwungen.

„Halt! Halt!“

„Mami, Mami, Mami – !“

Gems hysterische Schreie ließen Coral in seine Richtung stürzen. Als sie die Veranda erreichte, krallte sie ihre Fingernägel in das Gesicht des Sepoys, der nach einem Seil griff, um damit zu fliehen.

„Lassen Sie mein Baby los!“ schrie sie, als der Mann sie zurückschlug. Coral taumelte wieder auf die Füße, packte den schweren Topf vom Boden und schleuderte ihn dem Mann in den Rücken. Er wirbelt herum und schlug Coral mit der Faust ins Gesicht, so daß sie polternd zu Boden stürzte.

* * *

Coral hatte keinen Zeitbegriff dafür, wieviele Wochen seit Gems Entführung vergangen waren. Hin und wieder erwachte sie aus einem Fieberdelirium und sah ihre Mutter neben ihrem Bett. Sie sah aufgrund ihrer schlaflosen Nächte schon ganz abgemagert aus. Manchmal war es auch Tante Margaret, die ihre gequälten Schreie beantwortete. Ein anderes Mal war es Dschan-Li, die mit dunklen traurigen Augen etwas murmelte und seufzte, als sie Coral mit kühlen Tüchern abwischte.

Als Corals Augen sich so weit öffneten, daß sie ihre Umgebung wahrnehmen konnte, stellte sie fest, daß sie im Bett lag und sich so schwach fühlte, daß sie kaum den Kopf drehen konnte. Der Raum war verdunkelt, die Jalousien waren herabgezogen, und eine kleine goldene Lampe brannte auf einem Tisch. Schweigen umgab sie, der Stuhl neben ihrem Bett war leer. Irgendwo in der Ferne konnte sie Räder eines Pferdewagens sich dem Haus nähern hören. Von unten drangen Stimmen in ihr Zimmer.

Coral versuchte zu sprechen – „Mutter ...?"

Die Schwäche in ihrer eigenen Stimme erschreckte sie. Es war nicht Elisabeth, die ihr antwortete, sondern Dschan-Li, die ruhig aus dem Schatten trat und sich über sie beugte. Ihre ernsten Augen blickten Coral forschend ins Gesicht.

„Pscht. Pscht. Sie müssen schlafen. Mrs Elisabeth wird bald zurück sein."

„W-was ... ist da unten ... für ein Lärm? Tiger –"

„Hier ist kein Tiger. Sie träumen."

„Lärm ... ich höre ... Stimmen – "

Dschan-Li wrang das Wasser aus einem Tuch aus und wischte Coral über das Gesicht. „Machen Sie sich keine Sorgen. Ihre Mutter ist bald zurück."

„Gem ... irgendetwas Neues –"

Als Coral versuchte, Dschan-Li anzuschauen, sah sie, daß ihr Gesicht vor Schmerz verzerrt war.

„Miss Coral ... da ist etwas, das ich –" sie sprach nicht weiter und wandte sich dann zur Tür. Sie verließ Corals Bettkante und redete leise mit jemandem, aber Coral konnte ihre Worte nicht verstehen. Sie kämpfte sich mühsam auf die Ellbogen; noch nie hatte sie sich so schwach gefühlt. *Vielleicht liege ich im Sterben ...* dachte sie und fühlte seltsamerweise keine Angst.

Coral hörte Röcke rascheln. Ihre Mutter trat auf sie zu. Sie war blaß und in schwarzem Satin gekleidet. „Coral, Liebes." Elisabeth legte eine kühle Handfläche auf Corals Gesicht.

Corals Augen erblickten das steife, schwarze Beerdigungskleid ihrer Mutter und ihren knöchellangen Schleier.

Sie sah das schwarze Gebetsbuch mit dem eingravierten Goldkreuz und das weiße Taschentuch. Ihr Blick schoß zurück in das Gesicht ihrer Mutter. Schlagartig wurde ihr die Wahrheit bewußt. Sie erstickte ein klagendes Schluchzen, und ihre kalten Finger flogen an ihren Mund.

„Gem!" Ein entsetzter Schrei entfuhr Corals Lippen.

Elisabeth ließ sich neben sie fallen, ihre Augen waren tränenüberströmt, ihr Gesicht war vor Trauer verzerrt, und Coral fühlte das Schluchzen ihrer Mutter, als sie sie in die Arme schloß.

„Es tut mir so leid, Schatz. So leid. Sie haben ihn am Fluß gefunden –"

„Nein!" Coral klammerte sich an ihre Mutter. Ihre Finger gruben sich mit ungezähmter Wut in ihr Fleisch. „Nein! Das ist nicht gerecht!"

Elisabeth Kendall hielt Coral fest und drückte sie an ihre Brust. Ihre zitternde Hand streichelte ihr zerzaustes Haar, als sie ihre vom Schmerz gequälte Tochter hin- und herwiegte.

„Herr“, flüsterte ihre Mutter. „Schenk uns deine Gnade. Du hast es verheißen – tröste meine Tochter.“

Coral richtete sich auf und schrie: „Sie haben ihn umgebracht! Jace hatte recht! Oh, mein armes Baby! Was haben sie nur mit dir gemacht, was haben sie gemacht –“

Sie schluchzte so tief, bis ihre Lungen nicht mehr einatmen konnten. Ihr Herz pochte ihr in den Ohren und trieb ihr das Blut in den Kopf, bis sie meinte, er müsse zerspringen.

Ihre Mutter hielt sie immer noch fest und schaukelte sie, als ob sie ein Kleinkind wäre. Coral fühlte, wie sich die Tränen ihrer Mutter mit ihren eigenen vermischten. Schreckliche Bilder, wie der Entführer Gem einen Dolch ins Herz bohrte, brannten in ihrem Kopf. Sie konnte seine letzten Worte hören, mit denen er verzweifelt nach ihr rief – die hysterischen Schreie: *Mami, Mami, Mami!* wollten sie vor Schmerz ersticken. Coral weinte, bis ihr der Hals brannte und sie vor Schmerz ganz taub war.

„Warum, Mama?“ schluchzte sie erstickt in Elisabeths Brust.

„Nur Gott weiß die Antwort“, flüsterte ihre Mutter.

„Aber warum hat Gott ihn von *mir* fortgerissen – ich ... ich erzählte ihm Geschichten aus der Bibel, half ihm, Bibelverse auswendig zu lernen – ich habe ihm beigebracht, Jesus zu lieben – warum, Mama? Warum hat Gott ihn *mir* weggenommen?“

Elisabeth schüttelte den Kopf, ihre Augen liefen immer noch über. „Ich weiß es nicht –“ und ihre Stimme erstarb – „Ich habe ihn dasselbe gefragt, als er Ranek zu sich holte –“

Sie hielten einander in schweigender Trauer fest umschlungen. „Seine Wege sind für uns nicht immer zu verstehen, mein Kind. Er will, daß wir ihm in der Finsternis und im tosenden Sturm vertrauen.“

Elisabeth schaukelte Coral weiter und redete durch ihre

Tränen sanft zu ihr. „Wir verstehen in diesem Leben vielleicht nie, warum uns schreckliche Dinge zustoßen, warum Gott Schmerz und Trauer zuläßt. Aber bei ihm ist vollkommene Weisheit, und seine Liebe und Barmherzigkeit hören nie auf."

Sie drehte Corals Gesicht zu sich um, wischte ihr mit ihrem Taschentuch, das nach Lavendel roch, die Tränen fort. „Wenn wir auch die Weisheit hinter seinem Handeln nicht verstehen können, sein Trost ist für uns doch überfließend reich.

Halte deine Tränen nicht zurück, mein Schatz, weine, so viel, wie du willst, ich weine mit dir, es ist nötig. Aber wir trauern nicht wie Menschen, die keine Hoffnung haben." Sie lächelte durch ihren eigenen Tränenschleier hindurch. „Christus ist unsere Hoffnung. Heute haben wir Gem mit den Worten Christi beerdigt: ‚Ich bin die Auferstehung und das Leben; wer an mich glaubt, wird leben, auch wenn er stirbt: und wer lebt und an mich glaubt, wird nimmermehr sterben.'

Heute hat uns der Allmächtige einen bitteren Kelch zu trinken gegeben. Aber auch in dieser Situation wollen wir ihm danken. Denn er würde ihn uns nicht geben, wenn nicht auch etwas Gutes darin wäre. Wir können darin den süßen Geschmack des Friedens finden. Gem ist jetzt in Sicherheit, mein Schatz. Nichts kann ihm mehr weh tun."

Nichts kann ihm mehr weh tun ... Langsam hörte Coral auf zu schluchzen, und eine tiefe Müdigkeit legte sich über sie. Ihre Augen waren geschwollen, ihr Kopf war schwer vom vielen Schlafen. Elisabeth führte ein kühles Glas Wasser an ihre Lippen. Coral trank und fühlte nichts als nur das Herz ihrer Mutter an ihrem Ohr schlagen.

* * *

In den folgenden Wochen waren Corals Gefühle wie benommen, während ihre Gesundheit eine schnelle Wende zum Schlechteren hin machte. Sie erinnerte sich nur bruchstückhaft an das, was während dieser Tage geschehen war. Sie hatten Gem tot im Fluß gefunden, wurde Coral gesagt. Die Einzelheiten erfuhr sie nicht. Coral wollte sie auch nicht hören, noch nicht. Sie wußte von den Krokodilen. Ihre Mutter erklärte, daß die Seidenzucht gerettet worden war. Die Unberührbaren waren unverletzt. Das Feuer stellte sich als kleiner heraus, als zuerst befürchtet worden war, und als Hampton und Sir Hugo mit bewaffneten Arbeitern beim Schauplatz des Geschehens ankamen, hatten sich die Plünderer bereits zurückgezogen und waren im dichten Dschungel verschwunden.

Coral war klar, daß der Angriff auf Kingscote nur ein Trick gewesen war, um sie vom Haus wegzulocken. Gems Entführung war das Hauptmotiv gewesen. Jace Buckley hatte recht gehabt. *Jace!* Wenn sie ihn jetzt nur sehen und mit ihm sprechen könnte. Wenn er nur noch im Militär und in Jorhat stationiert wäre! Aber er war auf der anderen Seite der Erde. Fort. Wie Gem. Alles war fort.

* * *

Als sechs Wochen vergangen waren und Coral immer noch kein Anzeichen einer Besserung zeigte, wurde in der Bibliothek ein eiliges Familientreffen einberufen und eine Entscheidung getroffen. Coral sollte nach London fahren.

„Dein Vetter Ethan ist ein Fachmann für Tropenkrankheiten", erklärte ihre Mutter. „Dein Onkel sagt, daß Ethan während seiner Zeit in der Kompanie in Rangun die Krankheit erforschte. Wir haben guten Grund, darauf zu vertrauen, daß du wieder ganz gesund wirst. Es ist einen Versuch wert, Liebes. Wir können so nicht weitermachen –" Unerwartet brach ihre Stimme ab, und Coral fühlte die feuchte Wange ihrer Mutter in ihrem Gesicht. „Soll ich dich auch noch verlieren?"

„Ich werde wieder gesund, Mutter." Aber Coral fragte sich, ob sie das nur sagte, um ihre Mutter aufzumuntern. „Aber ... ich will nicht fort ... ich bin so müde ..."

„Es ist ein Risiko, dich jetzt auf die weite Seereise zu schikken, aber dein Vater und ich sind uns darin einig, daß es ein noch größeres Risiko wäre, dich hier zu behalten."

„Aber –"

„Pscht, Liebes. Ich fahre mit dir bis nach Kalkutta. Und Onkel Hugo und Tante Margaret werden sich an Bord des Schiffes um dich kümmern. Dein Vater und ich sind überein gekommen, daß dies die beste Entscheidung ist, die wir treffen können. Wir könnten Vetter Ethan bitten, hierher zu kommen, aber das würde ein Jahr dauern. Auf diese Weise bist du in der halben Zeit in London."

* * *

Von der Krankheit geschwächt und von ihrer Trauer um Gem, die erst heilen mußte, niedergedrückt, stießen Corals schwache Bemühungen, die Entscheidung der Familie umzuwerfen, auf taube Ohren. Ihre Schwestern besuchten bereits die Schule und schrieben, sie solle zu ihnen kommen.

Und Großmutter Victoria konnte es nicht erwarten, daß Coral käme und auch im Roxburyhaus wohnte. Wenn die Behandlung erfolgreich verlaufen würde, bekäme sie Privatlehrer und könnte vielleicht später sogar ein Jahr Lady Annes Schule für höhere Mädchen besuchen.

Aber Gem! Sie würde ihr Kind nie wieder in die Arme schließen können.

* * *

Februar 1797, die *Madras* vor der Küste von London

Der Sturm wütete noch mehrere Tage lang weiter. Als der Wind sich ausgetobt hatte und nur noch periodenhaft ausbrach und der Regen sich auf vereinzelte Regenschauer beschränkte, tauchte aus den grauen Nebelschwaden die englische Küste auf, um mit offenen Armen das vom Sturm gebeutelte Schiff zu begrüßen. Die kampfgestählte Mannschaft aus Engländern und Indern, unter die sich ein paar ausgezehrte, aber erwartungsvolle Malaysier mischten, stieß einen lauten Ruf aus, als in der Morgendämmerung die Themsemündung gesichtet wurde. Der Ostindienhafen wartete, ein sicherer Zufluchtshafen.

Eine Vielzahl verschiedener Stimmen stimmte in ein bekanntes Seefahrerlied ein:

„Dreißig Mann auf der Höllenfahrtskiste, hohoho, und 'ne Buddel mit Rum! Der Teufel stand stets auf der Seefahrerliste, hohoho, und 'ne Buddel mit Rum!"

Kapitän Jace Buckley beobachtete, wie die grauen Wellen vor seinem Schiff flacher wurden, seine gebräunten

Gesichtszüge sahen von fehlendem Schlaf ermüdet aus. Seine Rippen heilten schon wieder gut, aber seine Seele nicht. Er versuchte, seinen Trübsinn zu verbergen. Niemand durfte ihm ansehen, wie tief der Schmerz an ihm nagte. Jace würde sich nicht so leicht von dem erholen, was Michael zugestoßen war.

Nagende Gedanken plagten ihn: *Wenn wir zwei Wochen früher gesegelt wären ... wenn wir nicht nach Cordoba gefahren wären ... wären wir nicht in den Sturm geraten und Michael wäre noch am Leben. Wenn ...*

Jace wollte nicht über seine Gefühle sprechen. Er wußte nur, daß er trübsinnig gelaunt war, und seine Beziehung zu Seward war auch nicht besser.

Er gibt mir die Schuld für Michaels Tod, dachte Jace grimmig. *Vielleicht hat er sogar recht. Ich war der Kapitän. Ich hätte nicht auf sie hören und in Cadiz bleiben sollen. Aber ich habe Michael nachgegeben. Michael war ein Neuling auf dem Meer ... er hatte keine Ahnung, wie gefährlich das Wetter war. Aber ich wußte es genau. Trotzdem bin ich geblieben. Und ich habe ihn losgelassen. Ich habe an beiden versagt.*

Das Gefühl des grenzenlosen Verlustes, das er erlebt hatte, als er zum ersten Mal bemerkte, daß Michael ihm aus der Hand gerutscht war, befiel ihn wieder. Wie sollte er das den Kendalls erklären können?

Seine Hände verkrampften sich um die Reling, seine Augen zogen sich eng zusammen. Es machte keinen Unterschied, daß Michael seinen Anordnungen zuwider gehandelt hatte und an Deck gekommen war. Das Ergebnis blieb dasselbe. Michael war tot.

Jace versuchte, das nagende Gefühl von sich abzuschütteln, daß an der Alabasterschatulle das Blut des ältesten Kendallsohnes klebte. Es gelang ihm nicht.

Was würde aus der Teeplantage in Darjeeling werden?

Sollte er den Plan verwerfen oder weiter verfolgen? In diesem Moment erschien es ihm unwichtig. Es gab nur wenige Menschen, die ihm wirklich viel bedeuteten. Seward war einer, Michael ein anderer. Der Verlust seines Freundes gab Jace Grund genug, sein Herz noch weiter zu verhärten. Wenn er etwas oder jemand lieben lernte, wurde es ihm entrissen.

Nie wieder, dachte er. *Nie wieder.*

Seemöwen kreischten und drehten über dem schäumenden Kielwasser ihre Kreise. Als er seinen Blick von der Küste abwandte, sah er zwei Bootsmannsgehilfen leichtfüßig wie zwei Affen über sich turnen und ihren Weg an den Holzstangen entlang bahnen, um das Hauptsegel aufzurollen. Über seinem Kopf faltete sich das Segeltuch zusammen und flatterte im salzigen Wind, während die Gischt über den Bug spritzte.

Die Mannschaft wurde aufmerksam, als der Klang seiner Stiefelschritte auf der Eichenleiter das Erscheinen des Kapitäns auf Deck ankündigte.

Seine Lederjacke, seine Hose und Stiefel unterschieden sich wenig von der Kleidung seiner Mannschaft. Seine Haut war von der Sonne genauso braun gebrannt wie die seines indischen Kansamahs, wodurch das Blauschwarz seiner Augen nur noch durchdringender wurde. Seine langen Haare und sein wilder Bart ließen ihn kaum als den früher herauspolierten und feierlichen Major Jace Buckley von der 21. Bengalischen Leichten Kavallerie erkennen.

Er wurde vom Grinsen einer glücklichen Mannschaft begrüßt, die sich freute, endlich den Hafen anzulaufen. Jace wußte, daß Michaels Tod ihnen wenig bedeutete. Er war für sie nur ein Fremder, irgendein englischer Zivilist gewesen. Der Tod des Steuermannes war innerhalb eines einzigen Tages vergessen. Die Mannschaft hatte den schrecklichen

Sturm überstanden, ohne daß das Schiff Schaden genommen hätte, die Ladung war in Sicherheit – und sie würden ihre Heuer ausbezahlt bekommen. Die Männer waren zufrieden. Jetzt warteten die feuchtfröhlichen Wirtshäuser auf den Werften auf ihre Freudenfeier.

Jace schritt an seiner jubelnden Mannschaft vorbei und betrat die Kapitänskajüte mit ihren dunklen Balken in der Decke und riß die Läden an den kleinen Fenstern auf. Ein schwacher Sonnenstrahl fiel über den zerkratzten Eichentisch, wo Goldfisch auf und nieder sprang und Räder schlug, um seinen trübsinnigen Herrn wieder aufzumuntern. Jace jagte seinen Affen beiseite.

„Weg mit dir. Hör auf. Sobald wir an Land sind, tausche ich dich gegen einen Kanarienvogel ein."

Von der leeren Drohung seines Herrn offenbar völlig unbeeindruckt, ergriff Goldfisch die Öllampe, die über dem Tisch hing und segelte zufrieden durch die Kajüte und landete auf einer Kiste mit Schubläden, als wäre er zu Hause im indischen Dschungel.

„Nichtsnutziges Geschöpf", murmelte Jace und ließ sich auf den Stuhl hinter dem Schreibtisch fallen. Jeder Knochen in seinem Leib beschwerte sich über die rauhe Behandlung der letzten zehn Tage. Seine Augen schmerzten von seinen fast schlaflosen Nächten, und in seinem Kopf drehte sich alles. Er warf einen Blick auf seine Matrosenkiste. Darin befanden sich mehrere wertvolle Gegenstände. Auf ihrem Boden sicher verstaut war das Erbstück des normannischen Königreichs.

Jace gab seiner inneren Enttäuschung nach und trat mit dem Stiefel kräftig gegen die Kiste, so daß diese über den hölzernen Boden rutschte.

Er öffnete die Schreibtischschublade. Sein Blick fiel auf die kleine schwarze Bibel, die Michael gehört hatte. Jace zögerte, dann schlug er sie auf und las noch einmal die gestochen scharfe Handschrift:

Mai 1795, Kingscote

Meinem lieben Bruder Michael
Mögen Seine Worte Weisheit, Frieden und ewiges Leben bringen. Besonderen Dank für Deine Hilfe bei Gems Adoption.

Deine Schwester Coral

Mit unbewegter Miene blätterte Jace in den dünnen Seiten. Er war in Michaels Kajüte zurückgegangen und hatte seine Sachen zusammengepackt. Dabei fand er die Bibel auf seiner Pritsche liegen. Michael hatte sie bei Psalm 107 aufgeschlagen liegen gelassen. Er hatte sich sogar die Zeit genommen, die Verse zu unterstreichen, die Jace ihm genannt hatte, bevor er an Deck ging. Jace las sie.

Die mit Schiffen auf dem Meere fuhren und trieben ihren Handel auf großen Wassern,
die des Herrn Werke erfahren haben und seine Wunder auf dem Meer,
wenn er sprach und einen Sturmwind erregte, der die Wellen erhob,
und sie gen Himmel fuhren und in den Abgrund sanken,
daß ihre Seele vor Angst verzagte,
daß sie taumelten und wankten wie ein Trunkener und wußten keinen Rat mehr, die dann zum Herrn schrien in ihrer Not, und er führte sie aus ihren Ängsten
und stillte das Ungewitter, daß die Wellen sich legten
und sie froh wurden, daß es still geworden war und er sie zum erwünschten Lande brachte.

Wie lang er die Worte anstarrte, wußte er nicht. Dieser nagende Ausdruck blieb wieder in seinem Kopf hängen – *erwünschtes Land.*

Schließlich schloß Jace die Bibel und legte sie zu den drei Büchern von Brainerd, Whitfield und Wesley. Aus Erinnerung an Michael und Zuneigung zu ihm würde er sie lesen. Dann würde er die Bücher zusammen mit seinen übrigen Sachen den Kendalls bringen. Wann das sein würde, wußte er nicht. Er wollte bis Juni in London bleiben. Seward schrieb gerade einen Brief an Sir Hampton Kendall und erklärte ihm den Tod seines Sohnes. Als Kapitän des Schiffes würde Jace ihm auch seine Erklärung des Unglücks geben und ihm sein Beileid aussprechen. Aber die Nachricht von Michaels Tod würde Kingscote erst in Monaten erreichen. Wieder blickte er auf die Widmung in der Bibel. Eines Tages würde er auch Coral das Buch zurückgeben.

* * *

Am nächsten Tag gingen sie im Londoner Hafen vor Anker. Der Lärm am frühen Morgen hallte auf den Werften der Ostindiendocks wider, wo die *Madras* in ihrem schmalen Liegeplatz verankert wurde. Auf dem Ufer wimmelte es von Männern verschiedenster Nationalitäten und Kleidung; ein Mischmasch vieler fremder Sprachen vermischte sich mit einfachem, derbem Englisch.

Jace stand neben Seward, als er Dschin-Su hörte und sich umdrehte. Der alte Chinese eilte auf ihn zu.

„Kapitän erhalten Nachricht. Wird heute abend zum Essen mit Sir Rawlings im Hauptquartier der Kompanie erwartet. Essen um sieben. Ich bereite das Bad vor, Kapitän. Ich lege Ihre Kleider bereit."

Ein Flottenschoner ließ sich neben der *Madras* nieder. Dockarbeiter begannen, die Schätze, die in ihrem massiven Inneren verstaut waren, zu entladen. Auf den Docks zogen Pferde die überladenen Karren, während Männer dabei schwitzten, Fässer und Kisten aufzuladen.

Später, als Jace in der hölzernen Wanne saß, sah er zu, wie Seward auf und ab ging. Hin und wieder blieb er stehen, zog eine Uhr aus einer tiefen Tasche in seiner Weste, brummte etwas und fing dann wieder an, hin und her zu gehen.

„Du gebärdest dich wie ein gefangener Gepard", sagte Jace. „Und das Quietschen deiner Stiefel geht mir auf die Nerven."

Seward warf ihm einen schiefen Blick zu. „Die Stunde ist reine Vergeudung, Mann. Kannst du nicht an einem anderen Tag baden?"

Dschin-Su goß Jace noch einen Eimer Wasser über den Kopf. „Gib mir die Schere, Dschin-Su. Der verstimmte Mister Seward verhungert gleich. Die Hammelkeule, die er heute morgen verschlungen hat, war nicht genug. Er rechnet mit einer gebratenen Gans auf Rawlings Tisch."

Unbeeindruckt davon, daß Seward drohend die Lippen zusammenkniff, lachte Dschin-Su vor Vergnügen bei der Erinnerung an Sewards guten Appetit.

Jace warf Seward die Schere zu, und Dschin-Su hielt Jace einen Spiegel vor, damit er sich darin bewundern konnte.

„Ich habe mir lange den Kopf zerbrochen", sagte Seward. „Michaels Tod wird mir ewig zu schaffen machen. Es wird nicht leicht sein, nach Kingscote zurückzukehren und Sir Hampton und Lady Elisabeth in die Augen zu sehen. Und ich habe auch über Kapitän Jarred Buckleys Sohn nachgedacht. Bis wir wieder absegeln, habe ich beschlossen, in Olney zu bleiben."

Olney! Sewards Mitteilung überraschte ihn. Jace richtete den Spiegel auf ihn und blickte Seward über seine Schulter an. Seine ernste Miene war in den letzten Tagen ein gewohnter Anblick geworden. Keiner von beiden war gut gelaunt. Die Teeplantage in Darjeeling hatten sie in ihren Gesprächen kein einziges Mal erwähnt, ebenso wie das maurische Erbstück. Obwohl Michael nicht unter Sewards Obhut gestanden und Sir Hampton der Reise zugestimmt hatte, fühlte sich Seward verantwortlich.

„Ich wußte gar nicht, daß du in Olney Verwandte hast", sagte Jace.

Seward betrachtete nachdenklich Jaces dichte, dunkle Haarpracht und scherte ihm die lockige Mähne bis in den Nacken ab. Dschin-Su fegte sie zusammen. „Ja, du hast schon recht. Ich habe keine. Sie leben in Aberdeen – was davon noch übrig ist. In Olney wohnt ein Mann, mit dem ich gern sprechen möchte." Seine scharfen Augen begegneten im Spiegel Jaces Blick. „Ehrlich gesagt, möchte ich gern, daß wir beide den Kapitän besuchen."

Jace war auf der Hut. „Ein Schiffskapitän?"

Sewards Miene verfinsterte sich, als ob die Erinnerungen an seine eigene Vergangenheit ihm Probleme bereiteten. „Der Kapitän auf einem Sklavenschiff. Schon lange her. Ich habe gehört, er lebt jetzt hier in Olney. Zeit, daß ich ihn einmal aufsuche."

„Der Kapitän, von dem du mir in dem Sturm erzählt hast?" Jace wurde es unbehaglich. Offenbar hatte ein entsetzlicher Sturm auf dem Meer im Leben des Mannes irgendeine geistliche Veränderung bewirkt.

„Ja, das ist der Mann. Kapitän John Newton heißt er. In meiner Vergangenheit war er ein übler Bursche. Ein Mann, den du kennenlernen solltest, solange du hier in London bist."

Jace sprach kein Wort und fuhr sich mit den Fingern durch die Haare. Er war zufrieden. Trotz der gegenwärtigen Mode, nach der man die Haare lang trug, waren sie ihm kurz lieber. „Ich vermute, daß dieser Kapitän Newton jetzt Pfarrer ist?"

„Ja, so ist es. Er war einige Zeit Pfarrer in Olney. Vielleicht ist er das immer noch. Wird interessant sein zu hören, was aus ihm geworden ist."

Jace blockte ab. „Besuch du nur diesen Freund, Seward. Es wird dir gut tun, und wie du schon sagst, wir werden erst im Frühsommer wieder absegeln."

Er fühlte Sewards Blick auf sich ruhen.

„Hoffe, daß du mich begleitest. Würde dir gut tun, eine Weile von der *Madras* herunterzukommen."

Jace verriet seine Gedanken nicht. „Ich habe zu arbeiten."

Sewards Schweigen zerrte an seinen Nerven, aber er ließ sich nicht gern in die Enge treiben.

„Wie schon gesagt, wenn ich es schaffe, komme ich vielleicht, um diesen Newton kennenzulernen. Aber zähle nicht darauf. Ich habe viel Geschäftliches zu erledigen, solange wir in London sind. Du weißt doch, wie Rawlings ist. Er wird in der Kompanie Arbeit für mich haben. Außerdem sind auf dem Schiff Reparaturen fällig."

Seward brummte. „Alles faule Ausreden."

Waren es wirklich Ausreden? Warum sollte er sich bei dem Gedanken unwohl fühlen, diesen Newton zu treffen? Und doch war es so ...

Jace wechselte das Thema. „Dschin-Su, gib mir meinen Rasierer." Er griff an seinen kurzen Bart. Außer einem Schnurrbart, den er in der Armee getragen hatte, war er lieber glatt rasiert. Als Seward zum zweiten Mal seine Taschenuhr herauszog, zögerte er jedoch und seufzte. Dann griff er nach dem Handtuch in Dschin-Sus Hand. „Was ist das?"

fragte er und warf einen kritischen Blick auf eine blumenverzierte Dose, die Dschin-Su ihm hinhielt.

Dschin-Su lächelte breit. „Süßes Puder, Kapitän. Himmlische Lotusblüte. Sie mögen, ja?"

„Ich mag, nein. Man könnte meinen, ich habe eine Verabredung mit einem Fräulein und nicht mit dem zigarrerauchenden, kräftig gebauten Rawlings."

„Nimm dir Zeit für Olney, Junge. Wenn auch nur deshalb, weil ich dich darum bitte."

Jace drehte sich um und betrachtete ihn nachdenklich, dann trat er an sein Bett, wo Dschin-Su seine Kleidung ausgebreitet hatte, die während der Überfahrt verstaut gewesen war. Systematisch sortierte Jace aus, was ihm nicht gefiel, und warf mit geschickten Fingern ein Seidenhemd mit Rüschen um die Manschetten herum, das Spitzenjabot und die taubenblaue Seidenweste zu der Hose, die viel zu eng saß, beiseite. Stattdessen öffnete er, ohne auf Dschin-Sus Protest zu hören, seine Seemannskiste, holte ein cremefarbiges holländisches Hemd mit weiten Ärmeln, die an den Handgelenken eng wurden, und mit einem V-Ausschnitt mit Spitzen am Hals heraus. Als nächstes kam eine schwarze leichte Wollhose, über die er die kniehohen Stiefel anzog. Er gürtete seinen Degen um und griff nach seinem dunklen Mantel, dann blieb er stehen –

Dschin-Su wollte ihm die maurische Antiquität reichen, die in Stoff eingewickelt war. „Der Preis für Teeplantage, Kapitän. Dschin-Su wird dort sehr schwer arbeiten, mit Gokul und Mister Seward."

Jace fühlte Sewards durchdringenden Blick. Er mußte nicht daran erinnert werden, daß dieses Stück mit teurem Blut bezahlt worden war. Ohne ein Wort zu sagen, nahm er es Dschin-Su aus der Hand, legte es wieder in die Truhe und drehte den Schlüssel um. Er griff nach dem geschnitzten Elfenbeinelefanten und wickelte ihn in ein Taschentuch. Als er Dschin-Sus verwirrtes Gesicht sah, blieb er stehen.

„Ein anderes Mal, alter Freund." Jace trat hinaus.

Seward versetzte Dschin-Sus Zopf einen liebevollen Stoß, als er zur Kajütentür schritt. „Paß gut auf den Kapitän auf, bis ich wieder komme. Koche ihm viel Ginsengtee."

Dschin-Su grinste und verbeugte sich tief. Er versuchte, Mister Sewards Jargon nachzumachen: „Bis bald, Mister Seward. Machen Sie sich keine Sorgen."

Jace erwartete eine Bemerkung dazu, daß er die Schatulle in seiner Kiste gelassen hatte, aber er war dankbar, daß Seward sein Verhalten anscheinend verstand und nichts dazu sagte. Sie benötigten beide eine Zeit, in der ihre Wunden heilen konnten, bevor sie sich mit diesem Stück auseinandersetzen könnten.

Mit Sonnenuntergang war die Londoner Nacht feucht und frostig geworden. Nebelschwaden umgaben die Lagerhäuser und Gebäude im Hafenbezirk.

Jace stellte seinen Mantelkragen auf, als er neben Seward den knarrenden Kai hinunterging. Auf der anderen Seite lehnten winzige Schindelhäuser wackelig zur schmutzigen Straße hin. Barfüßige Waisenkinder waren auf der Straße und bettelten. Als sie mit geübtem Auge Jace und Seward ausmachten, erhielten sie eine Münze. Die Alten und Kranken schliefen in den dunklen Durchgängen. Beißender Rauch stieg kräuselnd aus den Schornsteinen auf, wo in den Häusern Feuer entfacht worden war, um die Kälte zu vertreiben, die vom Meer her auf das Land zog. Ruß, der mit den feuchten Nebelschwaden vermischt war, hatte alles mit einem schwarzen Film überzogen. Das Klappern von Pferdehufen kündete an, daß eine Kutsche ihren Weg über den Kai bahnte. Jace pfiff nach dem Kutscher.

Ein plumper Mann mit lichten, weißen Haaren, die unter

seinem Hut hervorlugten, kam näher, beugte sich vom Fahrersitz herab, um die Tür zu öffnen. „Abend, die Herren, wohin soll's gehen?"

„Leadenhall. Ostindienkompanie."

Jace stieg hinein, Seward folgte ihm und zog die Tür hinter ihnen zu. Die Kutsche holperte davon und fuhr um eine enge Ecke.

„Wie steht es nun mit Olney?" drängte Seward.

Jace lehnte den Kopf gegen den Sitz zurück und zog den Hut in die Stirn, als wolle er ein Nickerchen machen. „Du gibst nie auf, nicht wahr?"

„Ich habe deinem Vater vor seinem Tod versprochen, daß ich gut auf dich aufpassen würde. Habe ziemlich versagt."

„Danke. Aber ich glaube, ich komme ganz gut zurecht. Beruhige dein Gewissen. Ich bin niemandes Problem, nur mein eigenes. Du bist ein Freund. Mehr habe ich nie gewollt."

„Dann mach einem alten Freund, der schon seine ersten grauen Haare hat, eine Freude. Komm mit nach Olney, bevor wir wieder absegeln."

Jace schob den Hut hoch, um ihn anzusehen. „Vielleicht. Aber ich verspreche es dir nicht. Verstanden?"

„Verstanden, Junge, das genügt." Seward lehnte sich auf dem Ledersitz zurück und war plötzlich entspannt und zufrieden. Nach einer Weile fragte er: „Hast du gesagt, beim alten Rawlings gibt es eine gebratene Gans?"

11

Er wird alle unsere Sünden in die Tiefen des Meeres werfen.

Micha 7,19b

Der von vielen liebevoll als der „alte bekehrte Schiffskapitän“ bezeichnete John Newton war 1797 nicht mehr Pfarrer in der Gemeinde in Olney. Er hatte sich zur Ruhe gesetzt, und Walter Scott war Pfarrer, aber Seward hatte das Haus ausfindig gemacht, in dem Newton schon seit vielen Jahren mit seiner Frau und dem Liederdichter William Cowper wohnte.

„Bruder Cowper ist bekannt für sein Lied ‚Es gibt eine Quelle, gefüllt mit Blut aus den Adern unseres Immanuel‘“, erzählte Seward Jace und fing an, ihm eine Strophe vorzusingen.

Als er das schwarze Funkeln in Jaces ansonsten blauen Augen sah, brach Seward ab und zuckte mit seinen breiten Schultern. „Gebe zu, daß ein Frosch besser klingt, Junge. Aber es kommt auf die Worte an.“

„Ich bin nicht völlig doof, Seward. Du brauchst es mir nicht zu erklären.“

Mit großer Ungewißheit hatte Jace Seward nachgegeben und begleitete ihn jetzt an einem regnerischen Märzabend zu Newtons Haus. Jace sagte sich, daß er das Märchen des alten

Kapitäns über göttliches Eingreifen ertragen könnte. Außerdem war es ja nicht so, daß er ein Heide gewesen wäre. Wenn er wollte, könnte er mit den besten unter ihnen über Theologie diskutieren.

Aber Stunden später, als John Newton das Wohnzimmer in seinem kleinen Landhäuschen verließ, um aus seinem Arbeitszimmer ein Buch für den „jungen Buckley" zu holen, nutzte Jace die Gelegenheit, um Seward zuzuraunen. „Du hast versprochen – ‚keine Predigt.' Er hat nichts ausgelassen, von Calvin bis zum Papst!"

„Gott bewahre, daß ich versuchen würde, diesen Mann zum Schweigen zu bringen. Es ist nicht meine Schuld, wenn er seine segensvollen Worte, die er durch Gottes Gnade offenbart bekommen hat, mit uns teilen will."

„Nicht deine Schuld!" knurrte Jace. „Er predigt jetzt schon seit drei Stunden!"

„Langsam, Freundchen, er predigt nicht. Wir unterhalten uns nur."

Jace kniff die Augen zusammen. „Nenn es, wie du willst. Für mich ist es Predigen."

Seward heftete seine scharfen Augen auf ihn. „Man könnte meinen, du befändest dich vor dem Newgate-Gefängnis und nicht in der Gesellschaft eines Heiligen Gottes."

„Laß das", brummte Jace mit finsterer Miene. „Halt nur den Mund, verstanden? Wenn du endlich aufhören würdest, hunderterlei Fragen zu stellen, könnte ich uns entschuldigen, und wir könnten verschwinden."

Seward verschränkte hartnäckig die Arme vor seiner breiten Brust und lehnte sich stirnrunzelnd auf seinem Stuhl zurück. „Für so etwas entschuldige ich mich nicht. Ein bißchen gute Botschaft ist Balsam für dein Gewissen und für meines." Plötzlich lächelte er breit unter seinem rötlichen Schnurrbart hervor. „Bleib ruhig noch eine Weile sitzen, Junge. Es wird dir gut tun. Du bist genauso zappelig wie Goldfisch."

„Jetzt hör aber einmal zu –"

Jace wurde unterbrochen und warf einen Blick zur Tür, die in die Küche führte. Seward folgte seinen Augen. Dann erhob er sich umständlich von seinem Stuhl und räusperte sich.

Die silberhaarige und beleibte Mrs Mary Newton betrat mit Tee und süßen Keksen das Zimmer. Jace erhob sich ebenfalls und kehrte ohne große Anstrengung seine besten Manieren an den Tag und half ihr mit dem Tablett.

„Sie sind zu freundlich zu uns, Mrs Newton", sagte er lächelnd. „Ich kann mich nicht mehr erinnern, wann Seward und ich zum letzten Mal in den Genuß von frisch gebackenen Keksen gekommen sind. Mein Kansamah an Bord der *Madras* kocht leider nur mit Tang und Meerwasser."

Er blickte Seward an und wartete, daß er sich bei Mrs Newton höflich für den Tee und die Kekse bedankte. Als Seward sich nur aufrecht hinsetzte, nötigte ihn Jace: „Habe ich nicht recht, Seward? Du magst doch Tee und Kekse sehr gern."

„Oh ja, ja, so ist es, gnädige Frau . . . ja . . . vielen herzlichen Dank", und er beugte sich über das Tablett und nahm mehrere kleine Kekse in seine große Hand.

„Nimm einen Teller, Seward", sagte Jace trocken.

„Entschuldigen Sie bitte, gnädige Frau."

Jace gelang es, ein charmantes Lächeln aufzusetzen, als er die verabscheuungswürdige Tasse Tee entgegennahm und in stillem Entsetzen zusah, wie sie einen gehäuften Löffel voll Honig hineinrührte.

Newton war nicht nur mit einem Buch für Jace zurückgekommen, das er mit auf die *Madras* nehmen könnte, sondern mit zwei. Jace nahm sie mit innerem Widerwillen entgegen und murmelte etwas davon, daß er Brainerd und Whitfield gelesen habe und zur Zeit John Wesley lese.

Sofort sah er ein, welch großen Fehler er begangen hatte. Newton gestand, daß er von George Whitfield und den Wesleybrüdern ziemlich stark beeinflußt worden sei, um sich dann über Whitfields Glauben an eine Prädestination im Gegensatz zu Wesleys Glauben an den freien Willen des Menschen zu ergehen.

Jace biß in seinen Keks. Was er an Bord des Schiffes gierig verschlungen hätte, fühlte sich jetzt trocken und geschmacklos in seinem Mund an. Er warf einen Blick auf Seward, der wie ein Ertrinkender an jedem Wort klebte und das Gespräch ständig weiter in die Länge zog, indem er Fragen stellte, die sogar Jace hätte beantworten können.

Der Regen prasselte weiter gegen das Fenster, und im Herd züngelten und tanzten die Flammen, als ob sie sich darüber freuten, daß Jace sitzenbleiben und zuhören mußte. Er wollte seine Jacke ausziehen und sich seine Krawatte lösen, obwohl ihm sein Verstand sagte, daß es im Wohnzimmer der Newtons nicht zu warm war. Eigentlich war das geräumige Zimmer freundlich und geschmackvoll eingerichtet. Aber irgendwie war sich Jace sicher, daß er sich in seiner winzigen Kajüte auf der *Madras* wohler fühlen würde.

Einen Augenblick herrschte Schweigen. Jace behagte die Stille nicht. Schnell öffnete er das *Olney-Liederbuch*, das 1779 herausgegeben worden war. Die Lieder waren von Newton und William Cowper, einem Mitglied seiner Gemeinde geschrieben. Von Seward wußte er, daß Cowper eingeladen worden war, bei den Newtons zu wohnen, weil er zeitweilig unter schweren Depressionen litt. Anscheinend hatte William Cowper sogar schon einen Selbstmordversuch unternommen.

„Ja, das ist wahr", begann Newton. „Eines Tages verlangte

Bruder Cowper von einem Kutscher, ihn zur Londonbrücke zu bringen, wo er hinunterspringen und seinem Leben ein Ende bereiten wollte. Die Fahrt dauerte länger als nötig, und als er glaubte, daß sie endlich angekommen sein müßten, ließ Cowper ungeduldig die Kutsche anhalten und stieg aus – und bemerkte, daß er vor seiner eigenen Haustür stand! Sie waren eine ganze Stunde lang im Kreis gefahren."

„Lob sei Gott!" seufzte Seward zutiefst bewegt.

„Der Kutscher gab dem dichten Nebel die Schuld für diese Irrfahrt, aber Cowper wußte, daß die Hand Gottes ihm in jener Nacht das Leben gerettet hatte. Seitdem schreibt er Lieder, die die Seele der Bedrängten zum Himmel hin ausrichten."

Jace sagte nichts. Der Gedanke, daß der Allmächtige so persönlich in die Angelegenheiten von Menschen eingreifen könnte, konnte einem Mann, der vor dem Eingreifen Gottes fliehen wollte, Angst einjagen.

Zusammen hatten William Cowper und John Newton das *Olney-Liederbuch* herausgegeben, das inzwischen in ganz London von vielen christlichen Gruppen, die sich in Häusern oder in kleinen Freikirchen versammelten, gern benutzt wurde.

Jace blätterte wie beiläufig in dem Liederbuch. Sein sonnengebräunter, ernster Gesichtsausdruck verriet nicht, was er dachte. Wenn er ehrlich zu sich selbst war, mußte er zugeben, daß der unverbesserliche Sklavenhändler, der Gemeindepfarrer geworden war, seine Neugier geweckt hatte. Es war wirklich erstaunlich, daß ein Mann mit Newtons Hintergrund so liebevolle Worte über Christus schreiben konnte.

Ohne es eigentlich zu wollen, hörte Jace zu und war bewegt, als Newton seine Jugend beschrieb, denn in seiner Geschichte steckte viel, mit dem er sich selbst identifizieren konnte.

Newtons Vater war wie Jaces Vater Kapitän auf einem Schiff gewesen. Aber im Gegensatz zu ihm, hatte Newton in seiner frühen Kindheit seine Mutter gekannt. Sie war eine gläubige Christin gewesen und hatte wie viele Mütter gebetet, daß ihr Sohn eines Tages Pfarrer werden würde.

Jace hatte dagegen seine Mutter nie gesehen. Er wußte nicht einmal, wer sie war. Sie konnte eine Dirne aus einem exotischen Hafen sein, oder wie Seward sagte, eine vornehme Lady; obwohl dies höchst unwahrscheinlich war. Außerdem war er sicher, daß nie eine Frau für ihn gebetet hatte.

„Meine Mutter starb, als ich noch ein kleiner Junge war. Ich trat in die Fußspuren meines Vaters als Seemann", erzählte Newton. „Bald trat ich in die königliche Marine ein, kam aber mit der strengen Disziplin nicht zurecht."

Jace dachte an seine eigene Abneigung gegen das Militär. Er stellte seine Teetasse ab, hob sie dann wieder hoch und trank die Brühe, da er nichts Besseres zu tun hatte. Wieder blätterte er in dem Liederbuch.

Newton erzählte, daß er vom Schiff desertierte, erwischt, ausgepeitscht und schließlich entlassen wurde.

Jace dachte an seine Tapferkeitsmedaille, die er sich in Rangun verdient hatte. Das war ein Unterschied.

„Dann steuerte ich Länder an, in denen ich straflos sündigen konnte, und landete an der afrikanischen Westküste, wo ich für einen Sklavenhändler arbeitete", erklärte Newton.

Dort war Newton von dem Händler grob behandelt worden und führte bald ein erbärmliches Leben.

„Ich sah schrecklich aus, schuftete auf einer Zitronenplantage auf einer Südseeinsel . . .meine Kleider waren nur noch zerrissene Lumpen, ich hatte kein Dach über dem Kopf und bettelte um kaum genießbare Wurzeln, um meinen Hunger zu stillen."

Es war ihm gelungen, von der Insel zu fliehen, erzählte er Jace und Seward. „Und im folgenden Jahr geriet mein Schiff in einen verheerenden Sturm ...Ich hatte gerade *Das Ebenbild Christi* gelesen – nun, ich fiel auf die Knie und flehte Gott um Gnade an. Ich war ein erbärmlicher Mensch, der erstaunliche Gnade gefunden hatte."

Jace horchte auf. Erstaunliche Gnade, *Amazing Grace.* Diese Worte weckten seine Aufmerksamkeit. *Dieses Lied ...diese Worte* – er hatte sie schon einmal gehört. Wo? Er schlug in dem Buch, das er in der Hand hielt, dieses Lied auf, und jetzt leuchteten Jace die Worte entgegen, während Newtons Stimme fortfuhr, Gottes Gnade zu rühmen.

In seiner Erinnerung fühlte Jace den Regen, spürte ihn auf sein Gesicht fallen und hörte die angenehme Stimme einer Frau singen.

Er schloß die Augen, als ihm alles wieder einfiel. Der Monsun auf Kingscote. Die kleine, weißgewaschene Hütte, in der die Kendalltochter und ihre Mutter das Kind des indischen Mädchens auf die Welt gebracht hatten ... es war bei der Beerdigung. Mrs Kendall hatte dieses Lied gesungen.

„Ja, ich erinnere mich an diesen Sturm auf dem Schiff", sagte Seward düster. „Ich glaubte nicht, daß die Veränderung in Ihnen anhalten würde. Dachte, das liege nur an der höllischen Nacht. Jetzt sehe und höre ich es und weiß es sicher." Er schüttelte den Kopf. „Ich glaube an diesen Christus, und doch – habe ich keine Sicherheit, nichts als die Angst vor der Verdammnis. Ich weiß überhaupt nichts sicher."

Jace schlug das Buch mit einem leichten Geräusch zu und blickte zuerst den einen Mann forschend an und dann den anderen. Das Ganze geriet außer Kontrolle. Er wollte etwas sagen, aber Newton sah Seward mit einem mitfühlenden Blick an und beugte sich zu ihm vor. Er legte ihm seine feste Hand auf die breite Schulter.

„Wesley hatte auch Angst vor der Verdammnis. Er fand in der Liturgie der Kirche keinen Frieden. Der biblische Glaube ist ganz anders als ein vernunftmäßiges Anerkennen des Evangeliums."

„Michael hatte diesen Glauben", murmelte Seward. Unerwartet füllten sich seine Augen mit Tränen.

Jace saß in betroffenem Schweigen auf seinem Stuhl und sah zu, wie über Sewards zerfurchtes Gesicht die Tränen liefen. Ein großer, kräftiger Mann, der wie ein kleines Kind weinte! Es machte ihm Angst, denn es bedeutete, daß ein Mann die Kontrolle über sich verlieren konnte, verwundbar werden konnte –

Newton sprach jetzt mit einem sanften Ton zu Seward, es war fast nur ein Flüstern: „Glaube an deinen Heiland, Seward. Das ist die Sicherheit."

Jace meinte, sein Herz sei in einem Schraubstock, der immer enger gezogen wird. *Ich muß hier fort!*

Plötzlich hörte er seine eigene Stimme die beiden unterbrechen. Sie klang zynisch und provozierend: „Sie sprechen von Glauben! Was *ist* Glauben? Es ist nur das, was ein Mann dafür halten will, und nicht mehr. Ich habe einen Hindu gesehen, der sein Fleisch in blutige Streifen schnitt, um Kali zu besänftigen. Ich habe einen Moslem gesehen, dessen Stirn schon ganz flach war, weil er sich so oft auf einem Stein in Richtung Mekka verbeugte. Ich habe die Menschen, die Rom ergeben sind, weinen gesehen. Ihre Knie waren vom vielen Knien, um die Barmherzigkeit der Madonna zu erflehen, ganz blutig. Und ich habe Protestanten gesehen, die mit vorgehaltenem Schwert taufen und sich wegen verschiedener Glaubensauslegungen gegenseitig vernichten. Sie *alle* behaupten, das wegen ihres Glaubens zu tun."

Er hatte geglaubt, er könnte Newton verärgern, aber dieser Mann war mit diesen Worten ganz und gar nicht aus der Ruhe zu bringen – und das brachte Jace aus der Ruhe.

„Was andere als Glauben bezeichnen, hat ganz und gar nichts damit zu tun, mein Freund. Es ist menschlicher Aktivismus, mit dem sie dem Gott ihrer Religion gefallen wollen, normalerweise einem Gott, der Angst einjagt.

Das ist der christliche Glaube: Wir verleugnen das, was wir früher unser eigen nannten und verlassen uns ganz auf das Blut, die Gerechtigkeit und Fürbitte Jesu. Sie sehen, es klafft eine weite Kluft zwischen einer Religion der menschlichen Werke und dem christlichen Glauben an das bereits vollendete Werk, das Gott selbst in Christus gewirkt hat."

Jace schwieg. Welche Enttäuschung sein Temperamentsausbruch auch ausgelöst hatte, sie war verschwunden. Aber diesem folgte ein innerer Kampf, den er unbedingt hatte vermeiden wollen. Gottes Werben und seine Überzeugungskraft. Es war sanft, aber schmerzlich, und Jace spürte, wie sein Wille sich aufbäumte, um die Herrschaft zu behalten.

Als wären sie ihm in die Seele gebrannt, klangen ihm die Worte im Ohr *„Sie müssen jeden Bereich Ihres Lebens dem Kapitän Ihrer Seele übergeben."*

Abrupt stand Jace mit den Büchern in der Hand auf und war selbst über seine Reaktion überrascht. „Ich habe unser Gespräch sehr interessant gefunden, Sir. Aber ich muß jetzt aufbrechen. Bücher sind schwer zu bekommen und teuer. Vielleicht wäre es am besten, wenn ich sie nicht mitnehme."

Newton blickte ihn an. Jace fühlte sich durchschaut. *Er weiß ...er versteht, was ich fühle.* Zum ersten Mal in seinem Leben geriet sein Selbstvertrauen ins Wanken. *Gefahr.*

„Das ist nicht nötig. Sie können sie mir zurückgeben, wenn Sie das nächste Mal in London sind."

Es klang wie eine Herausforderung, eine, der sich Jace

nicht entziehen konnte. Als sich ihre Blicke trafen, hörte Jace sich ruhig sagen. „Gut. Ich komme eines Tages zurück."

„Gut." Newton lächelte und erhob sich. „Sie sind mir jederzeit herzlich willkommen. Das nächste Mal müssen Sie mir von sich erzählen, Kapitän Buckley. Seward hat mir ein bißchen über Ihre Jugend in Indien erzählt. Das fand ich äußerst interessant. Ich würde sehr gern mehr darüber erfahren."

Irgendwie gelang es Jace, seine äußere Gleichgültigkeit zu bewahren. Er schüttelte Newton die Hand, dankte ihm und machte die richtigen Komplimente über Mrs Newtons Tee und Kekse, warf dann Seward einen herausfordernden Blick zu, obwohl seine Stimme wie beiläufig klang. „Kommst du?"

Seward räusperte sich und stand auf. „Ja. Nur eines noch –" er wandte sich wieder an Newton.

Jace seufzte innerlich.

„Man hat mir gesagt, daß Sie aus gesundheitlichen Gründen aus Ihrem Pfarrdienst ausgeschieden seien und Schwierigkeiten mit dem Gedächtnis hätten. Davon habe ich heute abend aber überhaupt nichts bemerkt."

„Mein Gedächtnis ist wie ein Sieb, aber ich kann mir zwei Dinge merken: daß ich ein großer Sünder bin und daß Jesus ein großer Heiland ist!"

Jace öffnete die Haustür und flüchtete in die regnerische Dunkelheit hinaus. Er war angespannt, weil er entdeckte, daß die Liebe und Stärke Jesu wie ein Schwert war, das sein Bollwerk ins Wanken brachte. Er fühlte sich entblößt. Verwundbar. Er war in und aus sich selbst nicht genug. Er hatte das natürlich vorher schon gewußt; aber heute abend hatte er es aus reinem Zufall geschmeckt.

Ein frostiger Wind wehte ihm die Regentropfen ins Gesicht und kühlte ihn etwas ab. Er würde nicht zurückgehen. Er würde Newton die Bücher zuschicken.

Jace war immer stolz darauf gewesen, daß er emotionale Verwicklungen jeder Art ausschalten konnte. War er trotzdem verwundbar? Dieser Gedanke war beunruhigend. Wohin würde das führen? Welche unbekannten, gewundenen Wege waren das, über die er keine Kontrolle hatte? Würde Gottes Vorsehung ihn wie William Cowper auf seiner Irrfahrt im Nebel wieder dahin zurückbringen, wo er mit dem Unendlichen kämpfen – und nachgeben müßte?

Zu glauben, zu vertrauen, bedeutete, seinen Schutzmantel abzulegen und sein Herz zu öffnen. Keine Hand außer seiner eigenen durfte die Narben, die dort waren, berühren.

Von diesem neuen Gefühl der Schwäche irritiert, fingerte er mit den zwei Büchern herum, die Newton gehörten, und versuchte, sie vor dem Regen zu schützen. Er steckte sie unter seinen Mantel, obwohl sie sich wie Nadelstiche anfühlten. Jetzt war er dafür verantwortlich, daß Newton sie unbeschadet zurückbekäme.

Jace zweifelte, ob er je die Zeit oder den Wunsch haben würde, *Das Ebenbild Christi* durchzulesen, obwohl er ein bißchen neugierig auf das Buch war, das auf einen Mann wie Newton einen so großen Eindruck hinterlassen hatte. Was das *Olney-Liederbuch* betraf – war es sicher angenehm zu lesen, aber er hoffte, Seward sah das Buch nicht als notwendigen Grund dafür an, auf dem Schiff lauthals Kirchenlieder anzustimmen!

Jace wußte, daß er sich über Seward mehr aufregte, als die Situation eigentlich erforderte, aber das war ihm im Augenblick gleichgültig. Seward hatte ihn in dieses Dilemma gebracht.

Jace machte sich ohne Seward über das Kopfsteinpflaster auf den Weg in die Stadt und zog seinen Hut weiter in die Stirn, um sich vor dem Regen zu schützen. Trotz seiner aufgebrachten Stimmung klangen ihm Newtons Worte immer noch nach, und er konnte sie nicht zum Schweigen bringen, so sehr er es auch versuchte.

„Das ist Glaube: alles zu verleugnen, was wir früher unser eigen nannten, und uns ganz auf das Blut, die Gerechtigkeit und Fürbitte Jesu zu verlassen.“

Im Licht der Straßenlaternen glänzte das Wasser auf dem dunklen Kopfsteinpflaster, und seine Stiefel hallten in die stille Nacht hinein.

Einige Minuten später hörte er Seward, der sich beeilte, ihn einzuholen, aber er sprach kein Wort, als sie nebeneinander dahinmarschierten. Seward war so weise zu schweigen. Anscheinend verstand er Jaces Stimmung. Er holte nur weiter aus, um mit ihm Schritt zu halten.

Nach ungefähr zwanzig Minuten fing Seward an, „Amazing Grace“ zu pfeifen, und steckte seine großen Hände in seine Manteltaschen. Seine Stiefel quietschten auf den Pflastersteinen.

Er ist mit sich sehr zufrieden, dachte Jace wütend.

12

Deine Gebote sind mein Lied in dem Haus, in dem ich Fremdling bin.

Psalm 119,54

Roxburyhaus, London
Juni 1797

Die glänzende, schwarze Kutsche, auf der das Roxburywappen weithin leuchtete, brachte Coral, Margaret und Sir Hugo durch das schmiedeeiserne Tor und die gepflasterte Auffahrt hinauf. Corals Blick war nach vorne auf eine grüne Erhebung vor einem Hintergrund aus Ulmen gerichtet, wo das Roxburyhaus die englische Landschaft überragte.

Das war also das Zuhause ihrer Mutter: das eindrucksvolle Herrenhaus, in dem sie geboren und aufgewachsen war, bis sie einen einzelgängerischen Kendallvetter namens Hampton heiratete.

Das dreistöckige, graue Herrenhaus erinnerte Coral an ein Schloß. Das Gebäude besaß viele Mauer- und Ecktürme und protzte mit ungefähr vierzig ansehnlichen Räumen mit hervorragendem, von Künstlern bearbeitetem Friesenwerk und Marmor.

1660, so erklärte Tante Margaret, hatte König Karl II. Urgroßvater William, dem ersten Grafen von Roxbury, das

Anwesen zusammen mit den Ländereien und einem Sommerhaus an der berühmten Londoner Straße am Themseufer übereignet.

„Das geschah während der Wiedereinsetzung des Thrones nach der Herrschaft von Oliver Cromwell."

Sie wurden an den schweren Holztoren des Gebäudes von Simms, einem Butler mit einem hageren Gesicht und einem makellos schwarzen Anzug begrüßt, der die drei durch die massive, mit Leuchtern erhellte Halle in den Salon führte.

Coral fand, daß Großmutter Lady Victoria, die große Matriarchin der Familie, genauso eindrucksvoll war wie das Haus. Ihre Haut hatte in ihren ganzen siebzig Jahren noch keinen Sonnentag erlebt und war dadurch porzellanhell geblieben. Ihre scharfen blauen Augen begutachteten Coral ungeniert, so daß sich diese wie eine Sklavin bei einer Auktionsveranstaltung vorkam. Der Familienschmuck glitzerte an Lady Victorias Ohrläppchen, ihrem Hals und an ihren Fingern; am Griff ihres Spazierstockes funkelten Smaragde.

Hinter Großmutter stand Simms, der jetzt drei kleine, weiße Hündchen mit Diamanthalsbändern festhielt. Simms blickte mit kühler Miene alle mit Ausnahme der Matriarchin verdrießlich an.

Coral hatte ihre Großmutter unterschätzt. Lady Victorias imperiale Fassade schmolz dahin, und unerwartet umarmte sie Coral. „Meine liebe Enkelin, wie herrlich, dich hier zu haben. Es ist schade, daß deine Schwestern nicht hier sein können, um dich zu begrüßen. Sie sind natürlich in Lady Annes Schule. Aber Ethan wird sehr erfreut sein."

Ethan wird sehr erfreut sein . . .Coral fühlte den Druck der gesamten Familie wie eine Pythonschlange auf sich. Sie gingen bereits davon aus, daß sie ihn heiraten würde. Mit zwanzig galt sie schon als zu alt, um die Heirat noch lange hinauszuzögern.

Sir Hugos Stimme unterbrach ihre Gedanken – „Coral, das ist dein Vetter, Doktor Ethan Boswell. Ethan, Coral Kendall."

Coral drehte sich zu ihrem Vetter um und schluckte erst einmal einen Anflug von Überraschung hinunter. Ein groß gewachsener, gut aussehender Mann mit aschblonden Haaren und ruhigen grauen Augen trat auf sie zu. Offenbar war er gerade ausgeritten, denn er trug eine moderne Tweedjacke und braune Reithosen. Er lächelte zu ihr nieder, warf einem Stalljungen seine Pferdepeitsche hin und beugte sich vor, um seine Lippen auf ihre Stirn zu drücken.

„Kusine Coral, herzlich willkommen im Roxburyhaus."

„Ja, danke ... Vetter Ethan."

Er lächelte weiter. „In ein paar Monaten werde ich dich wieder so gesund bekommen, daß Großmutter dich in die Londoner Gesellschaft einführen kann."

„Ja, ja", erwiderte Lady Victoria. „Aber zuerst, meine liebe Coral, glaube ich, ist eine Führung durch das Roxburyhaus an der Reihe."

Großmutter Victoria war stolz darauf, Coral das Haus zu zeigen, besonders den Raum, den sie die *Königshalle* nannte. Hier fand Coral eine wertvolle Auswahl von Seidenwandbehängen, die Englands Könige und Königinnen abbildeten. Aber Corals Lieblingszimmer war das ganz in Gelb gehaltene Morgenzimmer, das durch die aufgehende Sonne über der Themse erwärmt wurde. Von hier aus konnte sie auf einen gefliesten Hof hinausgehen und durch die Gärten spazieren, die einen großen, diamantförmigen Hof umgaben.

* * *

Mehrere Tage später, als Coral allein in ihren Zimmern war, fand sie den Mut, die kleine Schatulle aufzuschließen, die ihr ihre Mutter vor ihrer Abfahrt gegeben hatte. Darin befanden sich die Andenken, die Gem gehört und um die sie gebeten hatte.

„Der Herr hat es gegeben, der Herr hat es genommen, der Name des Herrn sei gepriesen", zitierte Coral. Sie fand den dringend benötigten Trost in dem Wissen, daß ihr kleines Lamm in die Gegenwart des Großen Hirten eingezogen war.

In der Schatulle sah Coral die Adoptionspapiere, die der anglikanische Bischof unterzeichnet hatte, und lächelte bei der Erinnerung an jenen heiß ersehnten Tag.

Sie nahm den geschnitzten Elefanten in die Hand, den Michael für Gem angefertigt hatte. Es war eine Miniaturfigur ihres Lieblingstieres, Rani. Sie berührte sie sanft und erinnerte sich daran, wie Gem sie überallhin mitgenommen hatte.

Aber sie suchte noch nach etwas anderem, deswegen sie eigentlich die Schmuckschatulle geöffnet hatte. Sie durchsuchte alle Andenken, aber es war nicht dabei. Wo war das kleine Goldkreuz, das sie Gem am Tag der Adoption um den Hals gehängt hatte? Sie leerte die Schatulle auf ihrem Bett aus und durchsuchte schnell die anderen Gegenstände. Es war fort! Oder hatte ihre Mutter vergessen, es hineinzulegen?

Coral runzelte nachdenklich die Stirn . . .dann sah sie ein kleines rotes Seidentäschchen, das mit einem burmesischen Drachen bestickt war. Sie lächelte.

Dschan-Li hatte ihr etwas geben wollen . . .das Kreuz? Zweifellos. War nicht sie es gewesen, die Gem für die Beerdigung vorbereitet hatte?

Schnell griff sie mit den Fingern hinein und erwartete, das

kalte Metall zu fühlen, doch stattdessen berührte sie nur ein kleines Papier. Sie zog es heraus und faltete es auseinander. Dann las sie:

September 1796

Ich will Ihre Seele nicht belasten, Miss Coral. Ich will keine falschen Kerzen der Hoffnung entzünden, wenn es am besten ist, das Gestern weit hinter uns zu lassen. Aber ich finde keine Ruhe und muß Ihnen diese Worte schreiben. Ich wagte es nicht, Ihnen zu sagen, was ich denke, als Sie so krank waren. Außerdem fürchte ich um das Leben der Menschen auf Kingscote, wenn ich Kohlen des Zweifels neu entfache. Ich fürchte, das Feuer könnte die Seidenzucht zerstören und vielleicht auch Ihr Leben kosten. Das könnte ich nicht ertragen.

Inzwischen sind Sie in London angekommen und befinden sich in Sicherheit. Ich schreibe Ihnen deshalb, was mir auf dem Herzen liegt. Ich, Dschan-Li, habe das Kind für die christliche Beerdigung vorbereitet. Ich fragte mich, warum Gem kein Kreuz um den Hals hängen hatte. Er hatte es umhängen, als der Sepoy ihn mir entriß. Sie müssen wissen, daß das Kind, das ich für die Beerdigung vorbereitete, so schwer entstellt war, daß es nicht mehr zu erkennen war. Aber ich frage mich immer noch: Warum kein Kreuz? Etwas anderes ist sehr wichtig: Das Kind hatte eine Narbe an der Ferse. Ich kann mich nicht erinnern, daß Gem eine Narbe hatte. Vielleicht erinnern Sie sich daran.

Dschan-Li

Coral sank auf ihr Bett. Sie war so schwach, daß sie sich nicht bewegen konnte. Sie starrte auf Dschan-Lis Brief und konnte keinen klaren Gedanken fassen. *Narbe... hatte Gem eine Narbe?* Nein! Nein! Das wüßte sie! Oder war ihr so etwas entgangen? Nein, das konnte nicht sein. Sie würde sich erinnern, wenn Gem sich am Fuß verletzt hätte! „Oh, guter Gott", flüsterte sie. „Was bedeutet das? Was konnte das bedeuten?"

Sie fuhr sich mit zitternder Hand über die Stirn, als ein Klopfen an ihrer Zimmertür zu hören war. Coral sprang auf die Beine. „Ja?" rief sie zitternd.

„Ich bin es, dein Onkel. Darf ich eintreten?"

Coral steckte den Brief in ihr Mieder. Noch bevor sie antworten konnte, ging die Tür auf, und er stand vor ihr, eine beherrschende Gestalt in einem schwarzen Baumwollanzug und mit einem weißen Spitzenhemd. Seine aufmerksamen dunklen Augen blickten sie forschend an und hefteten sich dann auf die Schmuckschatulle und den über das Bett verstreuten Inhalt.

„Du solltest dich nicht so quälen."

Mit drei schnellen Schritten stand er neben ihr und legte ihr eine Hand auf die Schulter. Er zog ein weißes Taschentuch aus der Tasche und befahl: „Schneuze dir die Nase wie ein tapferes Mädchen und wisch dir die Augen. Du bist viel zu krank, um dich so zu quälen."

Bevor sie die Kraft finden konnte, etwas zu unternehmen, raffte er die Andenken, die auf dem Bett verstreut waren, und das Adoptionspapier zusammen, steckte es in die Schatulle zurück und warf den Deckel zu.

„Ethan meint, daß du noch eine Weile warten mußt. Deine Gefühle sind viel zu aufgewühlt."

Coral unternahm eine schnelle Bewegung, um die Schatulle wieder zu bekommen, aber Sir Hugo ergriff ihre Hände und seine Brauen runzelten sich verärgert.

„Wie ich befürchtete. Du bist von diesem Verlust besessen. Du mußt dich auf der Stelle wieder ins Bett legen. Ich hole Ethan.“

„Onkel!“ Corals Stimme war entrüstet. „Mir geht es ganz gut! Gib mir meine Schatulle!“

Schritte auf dem Korridor unterbrachen sie. Margaret Roxbury betrat den Raum. Ihre Augen fielen zuerst auf Coral, dann auf ihren Mann, der die kleine Schatulle in der Hand hielt. Ihre Miene spannte sich an.

„Hugo, was tust du da?“

Coral entging nicht der scharfe Blick, den die beiden einander zuwarfen. Aber Hugo setzte schnell ein leicht spöttisches Lächeln auf. „Kein Grund zur Sorge, Schatz. Ich wollte dich nicht beim Briefeschreiben unterbrechen. Der Oberst wartet sicher sehnsüchtig auf *deine* Antwort.“

Coral war über Hugos Stichelei entsetzt. Die Wangen ihrer Tante Margaret erröteten sich leicht, und ihre braunen Augen nahmen einen abwesenden Blick an. Sie warf den Kopf mit wieder gewonnener Würde auf die Seite.

„Ganz im Gegenteil, *Schatz,* ich schrieb gerade Elisabeth. Ich habe keinen Grund, Oberst Warbecks Brief zu beantworten. Er war an dich adressiert, nicht wahr?“

„So ist es, meine Liebe.“ Er hob die Schatulle hoch. „Sie hat sich die Spielsachen des Kindes angesehen. Es hat sie aufgeregt. Wer ist dafür verantwortlich, daß sie diese Schatulle jetzt bekommen hat?“

„Es muß Mutter gewesen sein. Oh, Coral – es ist noch zu früh. Du solltest noch damit warten.“

„Ich werde Ethan kommen lassen. Mit einem Schlafmittel wird sie bis zum Morgen durchschlafen.“

„Hol Ethan nicht!“ protestierte Coral. Ihre Stimme wurde vor Verzweiflung ganz schrill. „Mir geht es gut, und die Schatulle gehört *mir.*“

Ohne sich umzublicken, verließ Sir Hugo Corals Zimmer und hielt die Schatulle unter dem Arm.

„Was macht ihr denn mit dem Kind?" rief Großmutter Victoria vom Korridor. Hugo sagte leise etwas und ging dann weiter. Einen Moment später kam sie ins Zimmer.

„Margaret, meine Güte!"

„Mutter, sie weint wieder über Gem und –"

„Ja, natürlich muß sie weinen. Das ist doch ganz normal." Ihre scharfen, blauen Augen funkelten ungeduldig, als ihre Röcke durch den Raum raschelten und sie Corals Arm nahm und sich mit ihr auf die Bettkante setzte. „Als Henry starb, weinte ich monatelang! Ich kann dir nicht sagen, wie müde ich der Menschen war, die es mir verbieten wollten. Das Weinen tat mir unglaublich gut. Und als die Tränen versiegten, war auch meine Trauer fort. Margaret, wenn du das Kind nicht weinen sehen kannst, dann mußt du deine Gegenwart aus ihrem Zimmer entfernen. Ich bleibe bei ihr sitzen."

„Mutter! Ich habe sie nicht gerügt, weil sie über Gem weint. Es-"

„Onkel Hugo hat meine Schmuckschatulle mit Gems Andenken weggenommen", weinte Coral. „Die Adoptionspapiere –"

„Pscht! Habe schon verstanden! Ich bringe sie dir sofort zurück", sagte Lady Victoria mit Bestimmtheit. „Margaret läßt sich vielleicht von ihm einschüchtern, aber ich nicht."

Margaret stemmte die Hände in die Hüften und blickte verzweifelt zur Decke. „Mutter, ich lasse mich von meinem Mann nicht ‚einschüchtern.'"

„Wo ist er?"

Margaret seufzte und warf die Hände in die Luft. „Unten. Er läßt Ethan kommen."

„Gut. Coral muß schlafen. In der Zwischenzeit hole ich deine Schmuckschatulle zurück", versicherte sie Coral.

Großmutter fegte zur Tür und Margaret folgte ihr. „Mutter, bitte mach keine Szene."

„Warum sollte ich? Hugo ist doch ein verständiger Mensch, nicht wahr?"

Coral saß schwach auf ihrem Bett und sah ihnen beiden nach, als sie ihr Zimmer verließen und ihre Stimmen allmählich verebbten, je weiter sie den Korridor hinuntergingen. *Gott sei Dank für Großmutter Victoria!* Coral erkannte, daß sie einen starken Pfeiler im Haus auf ihrer Seite hatte. Wenn sie ihre Hoffnung, daß Gem noch am Leben war, mit irgend jemandem teilen könnte, dann wäre das ihre Großmutter.

Sie hielt ihr Wort. Die Schmuckschatulle wurde ihr zurückgebracht. Ethan kam und überreichte sie ihr mit einem mitfühlenden Lächeln.

Coral leerte den Inhalt auf ihrem Bett aus. Alles befand sich darin. Einschließlich der Adoptionspapiere.

„Alles in Ordnung?" fragte er besänftigend.

Coral nickte. „Ja – es tut mir leid um den Krawall."

Er lächelte und rührte das Pulver um, das er in einem Glas aufgelöst hatte. „Du brauchst dich nicht zu entschuldigen." Er sah ihr in die Augen. Coral wandte den Blick ab und beschäftigte sich mit der Schatulle.

„Morgen früh wirst du dich schon besser fühlen. Hier, ich weiß, daß du das nicht magst, aber trinke es. Mit der Zeit wirst du merken, daß dein Fieber besser wird."

Ethan reichte ihr das Glas. Dann setzte er sich auf einen mit feinem Stoff überzogenen Mahagonisessel. „Onkel Hugo ist manchmal zu herrisch, aber er meint es nicht böse. Er macht sich Sorgen, wie wir alle. Wenn du je wieder gesund werden willst, Coral, mußt du deinem Geist und deinem Körper Zeit lassen, sich auszuruhen und zu heilen."

Das wußte Coral. Aber es störte sie, wie ein Kind behandelt zu werden. Ethan blieb, bis sie das Medikament getrunken hatte, dann ließ er sie allein. Als er fort war, kämpfte Coral, solange ihr Verstand es erlaubte, gegen den Schlaf, der sie drückend übermannte.

Kein Kreuz bei Gem. Was bedeutet das? Überhaupt etwas? Könnte Gems Entführer es ihm vom Hals gerissen und fortgeworfen haben? Vielleicht hatte ihre Mutter es genommen und einfach vergessen, es zu den anderen Andenken zu legen. Aber die Narbe ...Gem hatte keine Narbe – oder doch? Das wäre ihr aufgefallen! Und Dschan-Li hat ihn immer gebadet –

Coral war zwischen zerschlagenen Hoffnungen und aufkeimender Erregung hin- und hergerissen. War das Kind, das sie auf Kingscote beerdigt hatten, ein Unberührbarer? So zugerichtet, daß er wie Gem aussehen sollte?

Coral zog Dschan-Lis Brief aus ihrem Mieder und versuchte, ihn noch einmal zu lesen, aber vor ihren Augen verschwamm alles, und der Schlaf wollte sie übermannen. Ihre Hand war auch ganz schwer, und bevor das Schlafmittel sie völlig lahmlegen würde, kämpfte sie sich aus dem Bett und steckte sowohl den Brief als auch die Adoptionspapiere – nicht in die Schatulle – sondern in die Schublade mit ihrer Unterwäsche. Sie taumelte erschöpft wieder zurück ins Bett.

„Danke, Herr", murmelte Coral schläfrig. Eine kleine Kerze flackerte jetzt mit dem Licht der Hoffnung auf einem Meer der Dunkelheit. Aber ihr war klar, daß sie sich in London befand, und wenn Gem am Leben wäre und von seinen Entführern gefangen gehalten wurde, dann war er irgendwo in Indien versteckt. Was konnte sie überhaupt unternehmen?

„Ich schreibe morgen nach Hause", dachte sie müde. „Und auch Dschan-Li. Ich werde es außerdem Großmutter sagen."

Und Jace Buckley – Sollte sie das Risiko eingehen, Kontakt zu ihm aufzunehmen?

Coral schlief mit dem Namen von Direktor Rawlings im Kopf ein. Rawlings von der Ostindienkompanie. Ihr Vater kannte ihn und vertraute ihm. Sie konnte ihm auch vertrauen.

* * *

Das Wetter war für einen Londoner Juni sehr warm, und Coral war seit einer Woche im Roxburyhaus. Sie spazierte mit ihrer Großmutter über den grünen Rasen zu dem kleinen, künstlich angelegten See. Zahme Enten und weiße Schwäne schwammen friedlich darin herum, aber ein schwarzer Schwan erregte Corals Aufmerksamkeit. Der süße Duft der Kirschblüten aus dem nahegelegenen Obstgarten wurde von dem leichten Wind herübergetragen, der die goldenen Locken unter ihrem Sonnenhut tanzen ließ. Von den Monaten ihrer Krankheit in Indien immer noch geschwächt, blieb sie unter der ärztlichen Aufsicht ihres Vetters.

Großmutter setzte sich auf die Bank und hielt den juwelenbesetzten Griff ihres Stockes fest, während Coral an den Rand des Sees spazierte, um die Enten mit Brotkrumen aus dem Korb, den sie am Arm hängen hatte, zu füttern.

Es wird kein Abgleiten ins Tal der Depression mehr geben, sagte sie zu sich selbst. Die Frage, warum der Herr zugelassen hatte, daß sie Gem verlor, blieb unbeantwortet. Vielleicht würde sie das nie begreifen. Sie rief sich die Worte ins Gedächtnis, die Hiob bekannt hatte, als er alles verlor, was ihm lieb und teuer war. *Der Herr hat es gegeben, der Herr hat es genommen, der Name des Herrn sei gelobt.*

Vor ihr lag der Kirschgarten, hinter dem die großen Ställe

auf ihren immer größer werdenden Wunsch, die ausgezeichneten Zuchtpferde zu reiten, warteten. Ethan hatte vorgeschlagen, daß sie bald zusammen ausreiten, damit er ihr den Rest des Geländes zeigen könne.

„Was hältst du von Ethan?“ fragte Großmutter frei heraus.

Coral lachte. „Wirklich, Großmutter Victoria, erwartest du, daß ich mich so schnell verliebe?“

Großmutter wurde nicht bleich. „Ts, ts, Liebes, ich habe nicht gefragt, ob du verliebt bist, nicht wahr?“

„Nein“, gestand Coral. „Aber –“

Großmutter Victoria zeigte einen triumphierenden Blick. „Aber, da du die Sache schon angesprochen hast, möchte ich dir meine Meinung dazu sagen.“

Coral versuchte, den schwarzen Schwan zu sich heranzulocken. „Ich bin sicher, du würdest mit deinem Rat ohnehin nicht hinter dem Berg halten“, sagte sie mit einem leichten Lächeln.

Großmutter war nicht im geringsten aus der Fassung gebracht. „Damit hast du allerdings recht. Das werde ich nicht. Ethan ist eindeutig die beste Partie, die dir die Familie anbieten kann, wenn man deine Gesundheit bedenkt und berücksichtigt, daß er Sir Hugos einziger Neffe ist.“

„Onkel Hugo sagt auch, daß sein Neffe bemerkenswert ist“, entgegnete Coral humorvoll. „Trotzdem lasse ich mich zu so etwas Wichtigem wie Heirat nicht drängen. Ich hoffe, die Familie beabsichtigt nicht, Druck auf einen von uns auszuüben. Vetter Ethan ist von seinen medizinischen Versuchen ziemlich gefesselt.“ Sie warf von der Seite einen Blick auf ihre Großmutter. „Und ich möchte auch so bald wie möglich Unterricht bekommen.“ Coral dachte dabei an einen Sprachlehrer, der Hindi unterrichtete, aber sie zweifelte daran, daß in London einer zu finden wäre. Außerdem hatte sie ein starkes Interesse an der Musik von Charles Wesley und den neuen Liedern der Reformbewegung, die eine neue Betonung auf den Gemeindegesang legte, etwas, über das man in der Staatskirche unwillig war.

„Niemand verlangt, daß du Ethan heiratest, Kind. Im Gegensatz zu Hugo stimme ich in dieser Angelegenheit zufällig mit deiner Mutter und Margaret überein. Eine Frau sollte einen Mann lieben, bevor man von ihr erwartet, daß sie seinem Namen die Treue schwört. Trotzdem kann ich nicht stark genug betonen, wie wichtig es ist, innerhalb der Familie zu heiraten. Wir können das Schicksal der Roxbury/Kendall-Dynastie nicht dem gierigen Appetit Fremder anvertrauen. Um Himmels willen! Bei vier Enkeltöchtern, die unter die Haube gebracht werden müssen, und hundert armen Schluckern, die mit Titeln herumlaufen und nur darauf warten, einer Erbin den Hof zu machen, muß die Familie wirklich aufpassen. Du siehst doch die Probleme, die wir haben, nicht wahr? Coral! Hör bitte zu, wenn ich mit dir spreche."

Großmutter Victorias Stimme drang durch die dunklen Erinnerungen, die Coral einen Moment in ihrem Griff gefangen gehalten hatten, und ließen sie vor Kälte erzittern. Sie erinnerten Coral daran, daß sie jetzt in London war, um ein neues Leben zu beginnen. Die Worte ihrer Großmutter schnitten dasselbe Thema an, das sie auf der Fahrt von Kalkutta mehr als einmal gehört hatte, und jetzt wie damals war sie davon nicht sonderlich beeindruckt.

„Ja, Großmutter Victoria. Es tut mir leid. Ich war mit meinen Gedanken woanders."

„Woran hast du nur gedacht, Kind? Trauerst du immer noch um den indischen Jungen?"

Coral drehte sich um. Ihre Gefühle waren deutlich in ihrem Gesicht abzulesen. „Oh, Großmutter Victoria! Du hättest Gem sehen sollen! Er war so ein reizender Junge, so klug, so schön, du hättest ihn ins Herz geschlossen. Ich hätte ein Portrait von ihm malen lassen sollen –" Sie brach einen Augenblick ab und konnte nicht weitersprechen. Sie ging zu ihrer Großmutter hinüber und setzte sich neben sie. „Wenn ich ein Bild von ihm hätte, könnte ich wenigstens etwas anschauen."

Der schwarze Schwan marschierte auf das Gras in der Nähe, und Coral warf ihm noch mehr Krumen hin. „Gem liebte Bibelgeschichten. Er konnte sie in perfektem Englisch nachsagen. Alles verlief so gut, bis die Nacht mit dem Feuer kam –" Ihr versagte die Stimme.

Großmutter beugte sich vor und legte ihre dünne, adrige Hand auf Corals Hand. Einen Augenblick herrschte Schweigen, und Coral brachte ihre Gefühle wieder unter Kontrolle. Sie drückte ihrer Großmutter die Hand.

„Armes Kind. Sir Hugo hat recht. Du hast einen schweren Weg hinter dir. Ich wollte dich nicht so aufregen. Du hast gesagt, daß du den Jungen vieles gelehrt hast", schloß sie langsam. „Das sollte dir ein Trost sein, der dich wieder aufrichtet."

„Ja, und wenn Gem tot ist – habe ich volles Vertrauen, daß er bei Gott ist."

Coral fühlte den Blick ihrer Großmutter durchdringend auf sich ruhen.

„Das Leben wird durch viele ‚Wenn und Aber' erschwert, mein Kind, doch ich verstehe nicht, warum du die Tatsache, daß der Junge tot ist, in Frage stellen solltest."

Coral blickte ihr in die Augen. „Großmutter, es besteht die Möglichkeit, daß Gem noch am Leben ist . . .daß das Kind, das sie gefunden haben, nicht mein Sohn war, sondern eines der Unberührbaren, die in der Seidenzucht arbeiteten."

Coral meinte, von dem durchdringenden Blick ihrer Großmutter durchbohrt zu werden.

„Guter Himmel! Hugo hat mir gesagt, daß du vielleicht –"

Sie brach ab, und zum ersten Mal schien sie der Situation nicht gewachsen zu sein.

Aus Angst, sie könnte die Rückenstärkung ihrer Großmutter verlieren, beeilte sich Coral, ihr von Dschan-Lis Brief zu erzählen.

Die Augen ihrer Großmutter funkelten ein bißchen. „Du hast den Brief?"

„Ja. Ich zeige ihn dir, bevor ich Direktor Rawlings schreibe. Du kannst auch ruhig wissen, daß ich beschlossen habe, Söldner anzuheuern, die Gem ausfindig machen sollen."

„Söldner! Gott bewahre! So etwas könnte ich nie erlauben. Was würde wohl Elisabeth sagen, wenn ich zuließe, daß du Kontakt zu der zwielichtigen Seite Londons aufnimmst?"

„Sir Rawlings ist ein Gentleman und ein ziemlicher Ehrenmann."

„Der Direktor der Ostindienkompanie? Pah! Er ist ein Schurke, wie er im Buche steht."

„Er ist ein Freund meines Vaters", warf Coral zu seiner Verteidigung ein.

„Ach was! Hampton war selbst ein Spitzbube, bis ihn Elisabeth zivilisierte. Ich will bei deinem Aufenthalt in London keinen Skandal haben."

„Es wird keinen Skandal geben, Großmutter, das verspreche ich dir. Ich werde es heimlich machen. Niemand wird davon erfahren."

„Ts, ts, kein Skandal, sagst du. Es war schon genug Skandal, daß du ein indisches Kind adoptieren durftest. Hast du überhaupt eine Ahnung, welche Gerüchte Lady Vivian in ganz London verbreitet hat?"

Coral warf ihr einen Blick zu, der ihr Unbehagen verriet. „Nein, aber das ist mir auch nicht besonders wichtig."

„Genau die Reaktion, die ich von einer Enkelin erwarten

mußte, die in einer rauhen und heidnischen Umgebung wie Indien aufgewachsen ist! Wenn es nach mir ginge, dürftest du nie in dieses Land zurückkehren. Das gilt auch für deine Schwestern. Ich sage dir, was gemunkelt wird."

„Großmutter Victoria –"

„Es heißt, daß das Kind Michael oder Alex gehörte."

„Du meinst doch nicht –"

„Allerdings meine ich. Und die indische Frau wird für eine Konkubine auf der Plantage gehalten. Warum sonst, so sagt man, sollte Sir Hampton Kendall diese Adoption erlauben?"

Coral sprang auf die Füße. „Dschemani war meine Freundin, und ich habe ihr geschworen, daß ich mich um Gem kümmern würde." Corals Wangen wurden vor Entrüstung ganz rot. „Die Engländer sind wirklich – stur!"

Wenn sie erwartet hatte, daß ihre Großmutter sich darüber aufregen würde, so zeigte diese zumindest keinerlei Anzeichen dafür.

„Du hast schon recht", sagte sie. „Aber da solche Dinge in der Londoner Gesellschaft vorkommen, ebenso wie bei den Leuten, die für die Ostindienkompanie arbeiten, siehst du den natürlichen Weg, den die Menschen gehen."

„Ich werde nicht auf ihren Klatsch hören, und ich werde mich sicher dadurch nicht weiter aufregen lassen. Wenn sie unbedingt glauben wollen, daß er das Kind eines Kendallsohnes ist – dann sollen sie doch. Sie werden es glauben, auch wenn ich es noch so abstreite."

„Das stimmt. Aber ich muß sagen, daß ich für meinen Teil es nicht glaube. Da ich weiß, wie Elisabeth und du in christlichen Fragen denkt, finde ich es nicht so überraschend, daß du den Jungen angenommen hast. Aber Kind, du darfst nicht einfach aus deinen Gefühlen heraus handeln und dabei deinen Verstand außer acht lassen. Du bekommst ihn nicht zurück, auch wenn du Söldner einschaltest."

Großmutter holte ein paar Brotkrümel aus dem Korb und warf sie einer fetten weißen Gans hin, die aus dem Kirschbaumgarten angewatschelt kam. „Das ist ziemlich beunruhigend."

Coral fühlte, wie eine neue Welle der Müdigkeit sie überrollte, und setzte sich. Durch ihren Gefühlsausbruch fühlte sie sich noch mehr ausgeliefert. Das letzte, was sie wollte, war, die Unterstützung ihrer Großmutter zu verlieren.

„Es tut mir leid, Großmutter Victoria. Ich wollte dich nicht beunruhigen."

„Ich will doch nur, daß du glücklich bist, Coral, aber –" und sie seufzte. „Ich gebe es zwar äußerst ungern zu, aber ich fürchte, daß Hugo trotzdem recht hat."

Coral fühlte das Unbehagen in sich aufsteigen. „Womit hat er recht?"

Großmutter blickte sie mit sorgenvoller Miene an. „Damit, daß du dich mit dem Tod des Kindes nicht abfinden kannst. Trauer ist eine Sache, und ich glaube, ich habe klar gemacht, daß du dich nicht in einem Schrank verstecken mußt, wenn du dich ausheulen willst. Aber diese Sache, daß Gem am Leben sein könnte, mit diesem Brief . . .deine Gedanken sind nicht sehr . . ." Sie überlegte. „Wie soll ich sagen – stabil? Das soll kein Vorwurf sein", fuhr sie eilig fort. „Es war bestimmt nicht angenehm, daß du dazugekommen bist, als dieser elende Wilde Gem aus dem Kinderzimmer stahl. Ethan ist überzeugt, daß ein solches Erlebnis bei einer Mutter ein einschneidendes Trauma hinterlassen kann. Er hat sehr viel Mitgefühl für deine Situation."

Coral starrte sie an. War es das, was die Familie dachte? Daß sie verrückt geworden sei?

Coral schluckte die Enttäuschung, die in ihr hochstieg, hinunter und begann dann ruhig: „Ich gebe zu, daß das Fieber Alpträume verursacht, manchmal sogar Halluzinationen, aber darüber bin ich jetzt hinweg. Mein Kopf ist klar. Hat Onkel Hugo dir gesagt, daß ich nicht normal im Kopf wäre?"

Großmutter sah mitgenommen aus. „Es war ein Fehler, dir die Adoption zu erlauben. Du warst zu jung und zu empfindlich. Natürlich hast du ihn ins Herz geschlossen, und sein Verlust hat dies bei dir ausgelöst. Ich gebe dir überhaupt keine Schuld dafür. Ich gebe Hampton die Schuld. Er hätte wissen sollen, welche Probleme du dadurch bekommst, und Kingscote, ganz zu schweigen von Elisabeth. Ich vermute, er hat es wegen Ranek getan, aber ich fürchte, Hugo hat recht."

Hugo . . .Hugo. Es sah so aus, als ob die ganze Familie ihm hörig war.

„Onkel Hugo meint es gut; aber er irrt sich, was Gem betrifft und was mich betrifft. Ich weiß, daß er mich für labil hält, aber das stimmt nicht, Großmutter. Ich habe den Brief von meiner Ayah. Meine Überzeugung, daß Gem am Leben ist, hat nichts mit meiner Trauer zu tun. Und wenn er noch lebt, dann befindet er sich in den Händen seiner Entführer. Ich habe die Absicht, die Suche in Indien fortzusetzen."

Coral erhob sich und blickte mit bettelnden Augen ihre Großmutter an. „Großmutter Victoria, bitte verstehe, wie ich mich fühle. Ich kann nicht ruhen, solange ich nicht weiß, was mit ihm geschehen ist." Der beunruhigte Blick ihrer Großmutter tat ihr weh. Sie beugte sich vor und gab ihr einen Kuß auf die Stirn. „Ich habe dich lieb, Großmutter Victoria. Überlege es dir anders mit Direktor Rawlings. Ich muß ihm schreiben. Ich brauche deine Unterstützung. Hilfst du mir?"

Lady Victoria sagte nichts. Coral wartete einen Augenblick, aber als ihre Großmutter weiterhin schwieg, hob sie ihre Röcke, drehte sich um und ging davon.

13

Es ist das Herz ein trotzig und verzagt Ding.
Wer kann es ergründen?

Jeremia 17,9

Großmutter Victoria sah Coral nach, wie sie über den Rasen zum Haus schritt und beim Gehen den Hut abnahm. Sie war eine entschlossene junge Frau und hatte so viel Ähnlichkeit mit Elisabeth. Sie hatte Elisabeth verloren, weil sie sich weigerte, ihre Liebe zu Hampton Kendall und ihre Entschlossenheit, nach Indien zu gehen, zu verstehen. Mit Corals Liebe zu dem indischen Jungen durfte sie nicht denselben Fehler machen.

Ich habe schon meine Töchter verloren. Ich will nicht auch noch meine Enkelinnen aufgeben. Eine von ihnen sollte zu mir gehören, nach London und in das Roxburyseidenhaus. Wenn ich Coral nicht haben kann – dann will ich Kathleen, Marianna oder Belinda. Warum sollte Indien sie alle haben?

Mit Hilfe ihres Stockes erhob sich Lady Victoria und blickte gedankenverloren Coral nach. Es wäre weiser, Corals Wunsch, Direktor Rawlings zu schreiben, zu unterstützen, auch wenn Hugo dagegen wäre. Wenn sie ihrer Enkelin moralische Rückendeckung gäbe, würde sie ihre Zuneigung gewinnen. Wie herrlich wäre es, wenn es ihr gelänge, Coral und Ethan in London zu behalten!

Coral glaubte, der Junge sei am Leben. Aber das war unmöglich. Margaret hatte ihr erklärt, daß die Leiche des Kindes einige Tage nach seiner Entführung gefunden worden sei, aber wenn es ihre Enkelin glücklich machen würde, warum sollte sie dann nicht erlauben, daß Direktor Rawlings der Sache auf den Grund ging?

Sie leerte die restlichen Brotkrümel aus dem Korb auf den Rasen. Sie hatte keinen Grund, Margarets Schilderung dessen, was in jener Nacht auf Kingscote geschehen war, anzuzweifeln. Immerhin waren sie und Hugo im Vollbesitz ihrer geistigen Kräfte gewesen, während die Gesundheit ihrer Enkelin sich immer mehr verschlechtert hatte.

Sie seufzte. Es schmerzte, Elisabeths Tochter so verwirrt zu sehen.

Ethan muß etwas unternehmen können, damit es wieder besser mit ihr wird, dachte sie. *Und ich werde ihr noch heute nachmittag sagen, daß sie Direktor Rawlings schreiben darf.*

Zufrieden blickte Großmutter Victoria auf und war überrascht, Sir Hugo nur wenige Meter von sich entfernt in einem dunklen Reitanzug zu sehen. Er stand unter einer Ulme und blickte Coral nach.

„Guter Himmel, Hugo, du hast mich erschreckt", fuhr sie ihn an.

„Oh, wirklich? Entschuldigung."

Sie warf ihm einen müden Blick zu. „Wie lange stehst du schon da?"

„Nicht lange. Ich bin mit Ethan ausgeritten. Ich beschloß, früher zurückzukommen."

Er ging die paar Schritte vom Weg zu der Stelle, wo sie stand. Seine dunklen Augen waren ausdruckslos. „Du darfst dich nicht überanstrengen, Victoria", sagte er besorgt. „Du weißt, was Ethan über dein Herz gesagt hat. Ich helfe dir zurück ins Haus."

„Mir geht es ganz gut. Mach dir meinetwegen keine Gedanken. Übrigens – Margaret wünscht, dich zu sehen. Sie wartet in ihrem Zimmer. Du hast sie sehr stark vernachlässigt.“

„Diese Geschäfte im Parlament haben mich in Anspruch genommen. Ich mache es schon wieder gut.“

„Männer, solche unsensiblen Geschöpfe. Sie reden sich immer ein, sie könnten wieder gutmachen, was sie gestern versäumt haben. Dich will sie – auch wenn ich mir beim besten Willen nicht vorstellen kann warum“, fügte sie hinzu.

Hugo lachte, als sie über den samtigen Rasen spazierten. „Liebste Victoria, deine Ehrlichkeit hat immer auch gewisse Dornen in sich. Aber was deine Tochter wahrscheinlich will, wird dich überraschen.“

Sie warf ihm einen vorsichtigen Blick zu. Aber er sagte: „Du irrst dich. Eines Tages werde ich bei Margaret die verlorene Zeit wiedergutmachen. Aber für den Moment helfen vielleicht ein oder zwei Monate im Sommerhaus. Ich habe mir auch überlegt, daß es Coral gut tun könnte, wenn sie mit uns käme.“

Victoria blickte ihn fragend an. „Das kommt ziemlich unerwartet, nicht wahr? Und wenn du dabei an Margaret denkst, warum willst du dann Coral mitnehmen?“

„Corals Krankheit und der Verlust des Jungen waren sehr schwer für sie“, sagte er besänftigend. „Ich mache mir Sorgen um sie. Margaret kann ihr helfen.“

„Willst du damit andeuten, daß ihre Großmutter das nicht kann?“

„Aber, aber, Victoria. Ich wäre der letzte, der die Kraft, die du in deine Enkelinnen investierst, in Frage stellen würde. Das kann Belinda bezeugen.“

Victoria blickte ihren Schwiegersohn an und fühlte sich etwas schuldig. Belinda war am Vorabend mit Tränen in den

Augen in ihr Zimmer gestürmt. Anscheinend war sie in ihren Vetter Alex Kendall verliebt, aber Hugo bestand darauf, daß sie Sir Arlen George in Kalkutta, einen entfernten Verwandten des regierenden Generalgouverneurs, heiraten sollte.

„Belinda will den jungen Alex heiraten. Sei nicht so hartnäckig in der Sache, Hugo. Sir George ist so alt, daß er ihr Vater sein könnte. Denkst du dabei nicht nur an deinen eigenen Ehrgeiz? Margaret hat mir gesagt, daß du zu viel Zeit mit dem Generalgouverneur verbringst."

„Unsinn. Meine Stellung erfordert dies."

„Vielleicht, aber das hilft Belinda nicht."

„Belinda dreht nach jedem gutaussehenden, jungen Spitzbuben den Kopf um, der ihr über den Weg läuft. Arlen George wird ihrer frivolen Natur gut tun. Er ist kein eifersüchtiger Typ. Über ein paar Seitensprünge wird er schon hinwegsehen."

„Du bist abscheulich."

„Belinda und Sir George werden ihre Verlobung bekanntgeben, sobald wir nach Kalkutta zurückkehren."

„Und Alex? Er hat nichts mitzureden?"

„Meine liebe Victoria", sagte er müde. „Alex Kendall ist leidenschaftlich in seine Musik verliebt. Belinda existiert in seiner Welt überhaupt nicht. Sie würde nie glücklich werden."

„Pah. Alex hat mehr Interessen als nur Musik, möchte ich sagen. Elisabeth hat in ihrem letzten Brief irgendein Mädchen aus Wien erwähnt. Die Tochter seines Musiklehrers."

„Das ist das zweite. Alex ist auch ungezähmt und hat vielleicht zuviel Ähnlichkeit mit Belinda. Zu gefühlsbetont. Eine Heirat zwischen den beiden würde nur zu Temperamentsausbrüchen und Dramen führen. Jetzt zu Coral – Ethan hat vorgeschlagen, daß sie Margaret und mich in das Sommerhaus begleiten könnte."

Daß es Ethans Idee war, besänftigte sie. Er war wie ein Sohn für sie, und sie vertraute Ethan, auch wenn sie Hugos Motive in Frage stellte. Aber wann hatten Hugo und Ethan über einen zweimonatigen Aufenthalt Corals im Sommerhaus gesprochen? Großmutter Victoria war verärgert. Würde die Familie immer ihre Pläne machen, ohne sie zu Rate zu ziehen?

Hugo blickte mit harter Miene zum Haus. „Coral war heute beim Frühstück ziemlich mitgenommen."

„Das ist mir nicht aufgefallen", erwiderte Victoria knapp. „Coral behauptet, daß sie sich wieder gut genug fühlt. Vielleicht täte es ihr am besten, wenn wir sie einfach in Ruhe ließen, damit sie sich selbst zurechtfinden kann. Sie ist ziemlich religiös und findet darin Kraft."

„Ethan macht sich Sorgen darüber, daß sie sich Dinge einbildet. Er hat vor kurzem mit mir darüber gesprochen."

Victoria warf ihm einen Blick von der Seite zu und sah sein kurzes Kinn, seine gut aussehenden Gesichtzüge und seine schmalen Lippen. Doch ihm fehlte die männliche Sensibilität, die Margaret benötigte.

Sie hätte John Warbeck heiraten sollen. Auch eine meiner Sünden, dachte Lady Victoria unglücklich. Laut sagte sie: „Hat er das? Er hat zu mir kein Wort gesagt. Wann hast du Ethan getroffen?"

„Heute morgen bei den Ställen. Er sprach davon, daß sie vielleicht wieder mehr Medikamente nehmen muß."

Lady Victoria sagte nichts und dachte an den Brief, den Coral über den Jungen von ihrer Ayah erwähnt hatte. Existierte er nur in ihrer Einbildung?

„Coral lehnt diese östlichen Pülverchen ab, die Ethan ihr verschreibt – oder sind das deine Pülverchen?"

„Meine! Seit wann soll ich mit Medikamenten zu tun haben?"

„Oh, hör auf. Wie dem auch sei, sie sagt, daß sie davon ganz benebelt wird."

„Unsinn. Ihr Hirn benebelt sie, nicht Ethans Medikamente. Mach dich nicht lächerlich, Victoria. Er ist Arzt! Er weiß, was er tut."

„Du willst sie also in das Sommerhaus mitnehmen?"

„Ethan glaubt, das könnte ihr helfen. Er bringt sie mit Kutschenfahrten, Picknicks und Bootsfahrten auf der Themse auf andere Gedanken. Das wird ihrer Gesundheit sicher gut tun. Sie wird allmählich krankhaft trübsinnig."

Victoria betrachtete nachdenklich seinen mitfühlenden Gesichtsausdruck. „Sie behauptet, es gebe einen Brief von ihrer Ayah, der den Tod des Jungen in Frage stellt. Coral glaubt, daß Gem noch am Leben ist."

„Trauer bewirkt oft Sinnestäuschungen", kam seine schnelle Antwort.

„Coral macht nicht den Eindruck, von der dramatischen Art zu sein."

„Ganz im Gegenteil, ihr starker Wille macht sie ziemlich dramatisch. Hampton und Elisabeth haben Coral vor allem deshalb hierher geschickt, damit sie unter Ethans medizinische Betreuung kommt. Wir können uns auf seine Entscheidungen verlassen."

„Zu diesem Brief. Sie behauptet, er sei in der kleinen Schatulle gewesen, die du ihr weggenommen hast."

„Ach ja. Das schon wieder? Wenn ich mich recht erinnere, bist du hinter mir hergestürmt und hast sie mir aus der Hand gerissen. Es war kein Brief dabei. Das hätte ich sofort bemerkt. Es waren nur Spielsachen. Sentimentale Erinnerungsstücke, die Tränenausbrüche auslösen. Warum ein Mensch so etwas behalten will, weiß ich nicht. Mit dem Tod ist dieses Leben vorbei. Warum soll man durch Leiden und Trauern die Erinnerung noch unnötig verlängern?"

„Du klingst wie ein richtiger Heide! Ich vermute, du liebäugelst mit diesen Gurus, die Reinkarnation lehren? Puh! Hundertmal wieder auf die Erde kommen, jedes Mal als eine andere Kreatur oder als irgendein alter Tyrann! Kein Wunder, daß Margaret das Leuchten in ihren Augen verloren hat. Ich hätte es nie erlauben sollen. Ich hätte sie diesen jungen Stutzer Warbeck heiraten lassen sollen."

„Lady Victoria, deine Zunge verspritzt das Gift einer Schlange, wenn auch aus gutem Hause."

„Wirklich. Ich werde deine häretischen Ansichten dem Bischof von Canterbury berichten", sagte sie strafend.

Sir Hugo lachte.

„Verflucht sei der Tag, an dem meine Töchter auf Schiffen der Ostindienkompanie nach Osten segelten ... Übrigens ... ich hätte es beinahe vergessen – auf dich wartet ein Brief von einem Kapitän Buckley. Er wurde heute morgen gebracht. Du siehst überrascht aus. Kennst du ihn?"

„Sogar ziemlich gut. Oberst Warbeck ist sein Vater."

Lady Victoria ging weiter. „Dann hat er doch geheiratet. Das hätte ich nicht gedacht, nachdem –"

„Nein", unterbrach er sie. „Er hat Buckley adoptiert. Der junge Mann ist unverschämt und frech. Aber ich gebe zu, daß er ein ausgezeichneter Soldat ist und sich in Indien gut auskennt. Er könnte ein wertvoller Mann für die Kompanie sein, wenn er nicht so unabhängig wäre."

„Was kann er von dir wollen?"

„Ich habe wirklich keine Ahnung. Aber Michael ist an Bord seines Schiffes, das hier in London vor Anker liegt. Sie wollen ein Teeunternehmen in Darjeeling beginnen."

„Nicht noch eine Plantage in Indien! Du sagst, Michael ist an Bord seines Schiffes? Warum sagt man mir so etwas nicht? Mein Enkel ist in London und ist noch nicht ins Roxburyhaus gekommen?"

„Laß ihm Zeit. Vielleicht sind sie eben erst angekommen."

„Seltsam, daß er es Kapitän Buckley überläßt, mit uns Kontakt aufzunehmen. Na, wie dem auch sei. Coral wird sich freuen, ihren Bruder wiederzusehen."

„Sag noch nichts, Victoria. Laß mich die Sache in die Hand nehmen und erst einmal herausfinden, was Buckley will. Vielleicht hat es überhaupt nichts mit Michael zu tun."

„Meinetwegen. Ich habe den Brief auf den Tisch in der Bibliothek gelegt. Mein Gedächtnis läßt mich zur Zeit oft im Stich. Sage Simms, daß Michael Kapitän Buckley zum Dinner mitbringen soll. Ich will diesen Adoptivsohn von John Warbeck kennenlernen."

14

Ich gräme mich, daß mir die Seele verschmachtet;
stärke mich nach deinem Wort.

Psalm 119,28

Nachdem sie ihre Großmutter am Teich verlassen hatte, ging Coral über den Rasen, betrat das Haus und blieb gedankenverloren auf halbem Weg zu ihrem Zimmer auf der Treppe stehen.

Zu Direktor Rawlings Kontakt aufzunehmen und nach Kingscote zu schreiben, würde die häßliche Frage der mutwilligen Täuschung in den Raum stellen und unvorhersehbare Schwierigkeiten für ihre Eltern mit sich bringen. Wenn Gem noch am Leben war, dann war irgendein anderes armes Kind gestorben, und jemand im Dorf hatte diese schreckliche Untat begangen, um sie glauben zu machen, daß es Gem sei. Dieses Verbrechen weiter zu verfolgen und den Motiven auf den Grund zu gehen, könnte für alle nur noch weitere Gefahren bedeuten. Aber sie war Gem gegenüber verpflichtet und der Wahrheit. Sie würde ihn finden. Koste es, was es wolle.

Dschan-Li hatte verstanden, welches Risiko damit verbunden wäre. Deshalb war sie vorsichtig gewesen und hatte der Familie ihren Verdacht nicht mitgeteilt. Aber wenn sie sofort darüber gesprochen hätte, hätten die Probleme, denen

Coral jetzt gegenüberstand, mit weniger Leid gelöst werden können. Aber sie konnte Dschan-Lis Brief nicht einfach ignorieren.

Coral dachte an Sir Hugo und die Schatulle. Der Brief ... Gott sei Dank, war sie geistesgegenwärtig genug gewesen, ihn in ihr Mieder zu stecken, bevor er den Raum betrat. Hätte sie das nicht getan, dann hätte er ihn gefunden. *Aber was denke ich von meinem Onkel!*

„Vielleicht *bin* ich wirklich ein bißchen überanstrengt", murmelte sie zu sich selbst.

Das Haus war ruhig, die Bediensteten waren anderswo beschäftigt, und sie huschte in die Bibliothek mit ihren turmhohen Bücherwänden und ging über den mit Rosen gemusterten Teppich zu der Tür, die in ein kleines Büro führte. Dieses Zimmer hatte einen eigenwilligen Charakter, es war mit dunklen Möbeln vollgestellt, und die Läden waren zugezogen. Der Geruch von süßem Tabak hing in der Luft.

Coral setzte sich an den Schreibtisch und ging daran, zwei Briefe zu schreiben: den ersten an ihren Vater und den zweiten an Direktor Rawlings von der Ostindienkompanie in der Leadenhallstraße.

Kurze Zeit später hörte sie ein leises Geräusch in der Bibliothek, dem das Rascheln von Papier folgte. Sie erhob sich, steckte die Briefe wieder in ihr Mieder und ging zur Tür.

Onkel Hugo stand mit seinem breiten Rücken ihr zugewandt am Fenster. Am besten ließ sie ihn ihre Anwesenheit wissen, aber noch bevor sie das tun konnte, schien er zu fühlen, daß jemand hinter ihm stand, denn er drehte sich zu Coral um.

Sein dunkler Bart machte es ihr immer schwer, den Ausdruck auf seinem Gesicht einzuschätzen. Es herrschte betretenes Schweigen, das von Sekunde zu Sekunde an Spannung zunahm. Dann sprach er mit ruhiger Stimme:

„Hast du danach gesucht, meine Liebe?"

Verwirrt richteten sich ihre Augen auf seine Hand. Er hielt einen zerrissenen Briefumschlag und ein Blatt Papier in der Hand.

„Ich habe ihn auf dem Tisch in der Bibliothek gefunden", sagte er. „Er ist von Kapitän Buckley."

Corals Herz begann zu schlagen. Kapitän Buckley! Aber warum sollte er Sir Hugo einen Brief schreiben?

Verwirrt fragte sie: „*Jace* Buckley?"

Sir Hugo starrte sie an, als sei er tief in Gedanken versunken. Als er sprach, war seine Stimme überraschend freundlich. „Setz dich. Wir haben eine neue Tragödie, mit der wir fertig werden müssen."

„Eine neue ..."

Sie stellte sich auf ein mögliches Unglück ein. Jace war tot. Sein Schiff war gesunken. Nein! Nicht, wenn er den Brief geschrieben hatte – „Was ist?"

„Ich fürchte, der abenteuerlustige Buckley hat seine Pflichten als Kapitän auf der *Madras* vernachlässigt. Das hätte ich Michael schon gesagt, wenn ich davon hätte ausgehen können, daß er mir zuhört."

Seine Pflichten vernachlässigt? Sie dachte an ihn, wie sie ihn zum ersten Mal gesehen hatte – der korrekte und disziplinierte Major – und sie kämpfte innerlich mit dem Konflikt, den die Worte ihres Onkels auslösten. Sie konnte sich nicht vorstellen, daß Jace Buckley je nachlässig sein könnte. Was sagte ihr Onkel da? Was war passiert?

„Ihm sollte sein Kapitänspatent entzogen werden", schimpfte Hugo. Als sie ihn verwirrt anblickte, zerriß er den Brief scheinbar in großer Wut und warf ihn in den kleinen Ofen. „Zum Teufel mit ihm!"

„Onkel!" Sie eilte auf ihn zu und ergriff ihn am Arm. Dunkle Augen blickten zu ihr nieder.

„Ich kann nur das Schlimmste annehmen."

„Das Schlimmste?" schrie Coral. „Über den Kapitän? Aber warum? Sag mir, was passiert ist!"

„Man muß nüchtern sein, wenn man ein Schiff befehligen will", rief er. „Der junge Ganove sollte gehängt werden!"

Corals eisige Hand fiel von seinem Arm, seine Wut jagte ihr Angst ein.

„Michael ist tot", verkündete er. „Er wurde in einem Sturm über Bord gespült. Der Kapitän war nicht auf seinem Posten, sondern lag betrunken in seiner Kajüte."

Coral starrte ihren Onkel an, als ob sie kein Wort begriffen hätte, das er gesagt hatte. *Unmöglich.* Ihr Bruder war nicht tot. Nein, nicht auch noch Michael! Und Kapitän Buckley war nicht betrunken gewesen ...oder doch? Aber was wußte sie wirklich über ihn? Der Herr würde nicht so kurz nach Gem auch noch Michael zu sich holen. Nein. Das war nicht wahr. Tot? Michael? Nein.

Coral schüttelte den Kopf. Dunkle Wellen überrollten ihr Denken, mit jeder rückte Sir Hugo weiter von ihr fort. Seine scharfen Worte hallten ständig in ihrem Kopf wider: *Michael ist tot ... Michael ist tot –*

„ – er sollte gehängt werden!"

15

Wenn ich auch im Finstern sitze, so ist doch der Herr mein Licht.

Micha 7,8b

Die goldene Standuhr in der großen Galerie schlug fünfmal. In der Bibliothek sah Doktor Ethan Boswell aus dem hohen Fenster dem kräftigen Mann nach, der sich als Mister Seward vorgestellt hatte, wie er das Roxburyhaus verließ und zu der wartenden Kutsche ging, die im Londoner Nebel verschwand. Er hatte Sir Hugo einen ausführlichen Bericht über Michael Kendalls Tod überbracht, aber in diesem Augenblick war es nicht der Tod seines Vetters, der Ethan beunruhigte. Es war der Brief von Kapitän Buckley an Coral.

Ethan ließ den roten Samtvorhang wieder fallen und blickte mit ernster Miene durch die Bibliothek seinen Onkel an.

Sir Hugo hatte den Kopf an den Ledersessel gelehnt und blickte zu der hohen Decke hinauf. Er sog an dem Rohr, das mit der Seite eines langhalsigen Tontopfes verbunden war, tief ein. Ethan sah mit unverhohlener Abneigung zu, wie er eine Wolke von dunklem Rauch in den Raum blies. Hugos schwarze Augen mit den schweren Lidern blickten ihn an und ruhten auf ihm. Die in Indien benutzte Wasserpfeife, die Huka, gurgelte, als er wieder daran zog.

Hugo atmete aus und sprach mit fast geschlossenem Mund: „Mach dir keine Sorgen um Buckley. Ich kümmere mich um ihn. Hast du Corals Brief an Rawlings?“

Ethan zögerte. Er hatte keinen Grund, den Bericht seines Onkels über den Tod des Jungen in Frage zu stellen, aber die Tatsache blieb bestehen, daß seine Patientin anders dachte. Daß er unter dem Vorwand, ihn weiterzuleiten, den Brief entgegengenommen hatte, den Coral an den Direktor der Ostindienkompanie geschrieben hatte, bereitete ihm Unbehagen.

„Ich habe ihn“, gab er zu. „Victoria hat ihn mir gegeben. Sie will, daß ich ihn Direktor Rawlings überbringe. Sie unterstützt Corals Entscheidung in dieser Angelegenheit.“

Ethan fühlte, wie der schwere Blick seines Onkels ihn durchbohrte.

„Komm schon, Ethan. Den Brief.“ Er hielt die Hand auf, an der ein Rubin im Feuerschein funkelte. „Das letzte, was die Familie jetzt gebrauchen kann, ist ein Rudel von Söldnern, die um Kingscote herum schnüffeln und nur Schwierigkeiten bereiten. Victoria meint es gut, aber sie irrt sich. Der Junge ist tot.“

Ethan trat an den Kamin, in dem ein Feuer knisterte, und wärmte sich.

Sein Onkel fuhr fort. „Hast du das Coral klar gemacht, bevor du sie ruhig gestellt hast?“

„Sie kennt die Fakten. Aber sie weigert sich, sie zu glauben.“

„Sie hat wieder Halluzinationen. Als ihr Arzt ist es deine Pflicht, dafür zu sorgen, daß sie sich von ihren Sinnestäuschungen wieder erholt.“

Ethans Miene wurde hart. „Du kannst dir sicher sein, daß ich alles in meiner Macht Stehende unternehme, um Coral wieder gesund zu sehen.“ Er fuhr fort, wobei er seinen Onkel geradewegs anblickte: „Etwas anderes. Sie behauptet, daß sie einen Brief von ihrer Ayah hatte, der jetzt verschwunden ist."

„In der Schatulle war kein Brief. Werde ich jetzt des Diebstahls bezichtigt?" fragte er sarkastisch.

„Natürlich nicht. Sie glaubt vielleicht, daß das Kind am Leben ist, aber über diese Einbildung wird sie bald hinwegkommen. Ihre Trauer um Michael hat die Sache verschlimmert. Zwei Todesfälle in so kurzer Zeit hinterlassen bei jedem mit ihrer angeschlagenen Konstitution schlimme Spuren. Wir müssen Geduld haben."

Sir Hugo tippte mit den Fingern auf die Armlehne des Lederstuhles und blickte ihn durchdringend an. „Vergiß eines nicht, Ethan. Die Seidendynastie kann es nicht gebrauchen, indische Waisenkinder zu adoptieren. Ein Brief an Rawlings bewirkt wenig, er vergrößert höchstens die Probleme auf Kingscote. Als ihr Vormund in London kann ich das nicht erlauben. Der Junge ist fort. Ebenso wie Michael. Du hast aber recht. Dieser unglückliche Verlust kann ihre Labilität nur noch verstärken. Wenn du ihr erklärst, daß die Medikamente notwendig sind, damit ihr Verstand die Wirklichkeit akzeptiert, ist sie vielleicht eher bereit, die Wahrheit anzunehmen."

Ethan blickte von seinem Onkel weg ins Feuer. „Ich habe überlegt, daß ein Brief von Sir Hampton ebenfalls eine Hilfe sein könnte. Er hat das Kind selbst gesehen, nicht wahr?"

„Ein Brief? Um *ihre* Zweifel auszuräumen, oder deine?"

„Natürlich zweifle ich nicht an deiner Aussage. Warum sollte ich?"

„Vergiß nicht, Ethan. Du hast genauso viel Grund, darauf zu achten, daß Kingscote floriert, wie ich. Wenn du dieses Forschungslabor auf der Plantage willst, brauchst du eine Seidenerbin als Frau."

Ethan errötete ärgerlich und steckte seine geballten Fäuste in die Hosentaschen. „Ich habe mehr Interesse an Coral als an der Finanzierung für den Aufbau eines Labors."

„Das stelle ich überhaupt nicht in Zweifel", lenkte Sir Hugo beschwichtigend ein. Er machte einen tiefen Zug an der Huka, schloß die Augen und lehnte den Kopf zurück.

Ethan sah ihn kühl an, aber er konnte nicht viel gegen seinen Onkel unternehmen.

„Ich kenne Rawlings", fuhr Hugo fort. „Er hat zwei gierige Interessen: Antiquitäten zu sammeln und sich im Osten in Intrigen einzumischen. Er wird versuchen, aus ihren überspannten Vermutungen etwas zu spinnen. Das kann ich nicht zulassen. Ich muß tun, was das Beste ist – nicht nur für Coral, sondern auch für die Seide. Der Junge wurde von wütenden Hindus wegen der christlichen Adoption umgebracht. Ich habe Hampton gewarnt, aber er wollte nicht auf mich hören. Jetzt ist wieder alles ruhig ... wenn in dem häßlichen Vorfall wieder nachgestochert wird, brennt alles lichterloh. Hampton und Elisabeth werden darauf bestehen, daß derjenige, der dafür verantwortlich ist, vor Gericht gebracht wird."

„Vollkommen richtig! Sie sollen hängen!" rief Ethan aus. „Wenn es eine Verschwörung war, tut Sir Hampton gut daran, sie aufzudecken. Ein Kind zu töten! Eine verabscheuungswürdige Tat!"

„Mußt du wie ein sentimentaler Narr denken? Willst du, daß Kingscote in Schutt und Asche liegt?"

„Aber –"

„Halte dich von der Schlangengrube fern, Ethan, damit du nicht auch gebissen wirst und stirbst!"

Ethan war wie erstarrt, er verstand die indirekte Drohung. Er starrte seinen Onkel an. *Onkel* ... Es war immer etwas fraglich gewesen, ob er wirklich Sir Hugos Neffe war. Als

Kind hatte Ethan einmal zufällig das Gespräch zweier Diener mitangehört, die sagten, daß er Hugos uneheliches Kind sei. Der Gedanke, daß Hugo in Wirklichkeit sein Vater sein könnte, trug wenig zu seiner Beruhigung bei.

„Jetzt, da Burma in Assam einfallen möchte, ist eine Hindumeuterei auf der Plantage das letzte, was wir brauchen können", fuhr Hugo fort. „Wenn es wieder brennt, geht die Seidenzucht wirklich in Flammen auf!"

„Aber wenn der Junge *ermordet* wurde –" beharrte Ethan.

„Unsinn. Was für uns Mord ist, ist für sie nur ein religiöses Ritual."

„Sie? Wer ist ‚sie'?"

„Mein lieber Junge, du kennst Indien!" schrie Hugo. „Ghasis natürlich! Die Engländer können sich in vieles einmischen, aber von Indiens Kultur sollten sie lieber die Finger lassen. Wenn sie das nicht tun, bekommen wir es mit einer Meuterei zu tun, und die Kompanie verliert alle Handelsrechte. Wir können keine weiteren Aufstände durch unzufriedene Maharadschas und heilige Männer brauchen. Die Kompanie hat bereits gegen Burma gekämpft. Wir haben Probleme in Nepal – Bhutan, in Sikkim. Jetzt fehlt nur noch Bengalen!"

Daß sein Onkel rücksichtslos sein konnte, wußte Ethan. Er war noch ein Junge gewesen, als Sir Hugo sein Vormund wurde. Über seine Mutter wußte er wenig. Er konnte sich vage an den Tod einer Frau erinnern, eine Frau mit goldenen Locken und sanften grauen Augen.

Kurz danach war Hugo in einer Kutsche gekommen und hatte ihn einer anderen jungen Frau weggenommen, die ihm fluchte und auf ihn spuckte. Hugo hatte sie abfällig von sich weggeschoben, und Ethan erinnerte sich, daß er geweint hatte, als sie im Schmutz landete.

Hugo war von einem Familienrichter zu seinem gesetzlichen Vormund erklärt worden. Danach waren sie ins Roxburyhaus gekommen, wo sein freundliches Wesen und sein frühes Interesse an Medizin ihn zum Liebling seiner Großmutter und zum Erben seines Onkels gemacht hatten.

Sir Hugo war ein Mann, der von seinem Ehrgeiz getrieben wurde, aber Ethan respektierte sein Denken. Er sagte sich, so herzlos seine Entscheidungen auch erscheinen mochten, waren sie doch gut für die Familie. Deshalb war es unnötig, sich gegen ihn aufzulehnen. Hugo hatte in einem recht: Wenn Ethan in die Kendallseite der Familie einheiratete, stünden ihm im Handumdrehen die Möglichkeiten zur Verfügung, die er benötigte. Er würde nicht mehr länger Großmutter Victoria gefallen müssen oder Onkel Hugo. Er hätte sein Leben selbst in der Hand.

Der Gedanke, die Freiheit zu besitzen, auf Kingscote ein Labor einzurichten, ließ sein Herz schneller schlagen. Immerhin ... seine Leidenschaft war uneigennützig. Die langen Jahre, die er der Medizin gewidmet hatte, Jahre völliger Selbstverleugnung, dienten dem Wohle der Menschheit. Man denke nur an die vielen tausend Menschen, die in Indien und Burma an Tropenkrankheiten litten, denen er helfen könnte. War er nicht dabei, Coral zu helfen? Sie würde wieder gesund und stark werden. Dafür würde er sorgen! Warum sollte er nicht mit seinem Onkel zusammenarbeiten? Außerdem war Kusine Coral ein hübsches Mädchen und wäre sicher eine perfekte Ehefrau.

Ethan fuhr mit den Fingern gedankenverloren über sein goldfarbenes Seidenwams und sein Rüschenhemd. Die schokoladenbraune Krawatte um seinen Hals war makellos gepreßt, ebenso wie das beigefarbene Jackett und die dazu passende Hose.

„Also?“

Ethan wurde in die Wirklichkeit zurückgerufen. Er ging hinüber, wo Sir Hugo ruhig auf seinem Sessel saß. Die Huka gurgelte wieder mit ihrem abscheulichen Geräusch. Er griff in seine Jacke und zog den Brief heraus, der an Direktor Rawlings adressiert war.

„Als ihr Arzt", bemerkte Hugo. „Stimmst du doch sicher mit mir überein, daß ein längerer Aufenthalt im Sommerhaus medizinische Wunder bewirken wird. Sagen wir – zwei Monate?"

Ethan kniff die Lippen zusammen. „Nur, wenn ich sie begleite. Sie muß streng beobachtet werden, solange sie die Medikamente nimmt."

„Natürlich. Das wäre mein zweiter Vorschlag gewesen."

Ethan reichte ihm den Brief.

Es klopfte kurz an der Tür, und sie öffnete sich weit. Großmutter Victoria stand im Türrahmen. Ihre silbernen Haare waren tadellos frisiert, ihre blauen Augen richteten sich sofort auf Ethan.

„Es gibt Probleme mit Coral. Meg sagt, dem armen Kind gehe es schrecklich. Sie weint mitten im Schlaf laut. Ich finde es so furchtbar, sie in diesem Zustand zu sehen!"

„Ja, Großmutter. Ich bin schon auf dem Weg zu ihr." Er warf Sir Hugo einen Blick zu, der an den Kamin getreten war und jetzt in die Flammen schaute. Ethans Augen folgten seinem Blick, und er sah, wie sich der Brief in weiße Asche verwandelte.

„Das hoffe ich, Ethan", sagte Großmutter in einem halb vorwurfsvollem Ton, als habe er seine Pflichten vernachlässigt. „Bist du sicher, daß diese Fahrt ins Sommerhaus nach der Nachricht von Michaels Tod nicht zu viel für sie wird? Mit diesem Rückfall war nicht zur rechnen."

„Sie bekommt Medikamente, Großmutter. Es wird ihr bald besser gehen."

Lady Victoria zögerte. „Ich habe mir überlegt, daß ich sie begleiten könnte."

Ethan wollte ihr schon zustimmen, als Sir Hugos feste Stimme sie unterbrach. „Vergiß nicht, was du der Herzogin von Sandhurst versprochen hast."

„Ach ja! Wieder mein Gedächtnis. Dann muß ich wohl einige Wochen nach Sandhurst fahren. Sie ist beleidigt, wenn ich nicht komme."

Ihre Satinröcke raschelten steif, als sie sich abwandte und mit einem kurzen Blick auf Sir Hugos Rücken das Zimmer verließ. Meg, das Zimmermädchen, wartete nervös oben an der Treppe. Mit einer Hand hielt sie sich am Geländer fest, mit der anderen zupfte sie an ihrer gestärkten weißen Haube.

Sie machte einen Knicks und entschuldigte sich schnell. „Ich bitte um Entschuldigung, Herr Doktor. Ich weiß, es ist bald Zeit zum Dinner, aber ich kann sie nicht aus ihrem Alptraum wachbekommen."

„Wieder der Alptraum?"

„Ein sehr schlimmer, Sir!"

Die Frau eilte ihm voraus über den Korridor in Corals Zimmer. „Sie wirft sich schrecklich hin und her, Sir, und ihr Nachthemd ist patschnaß. Sie ruft immer wieder den Namen des indischen Kindes, und ich habe nicht gewußt, was ich sagen oder tun soll, und –"

„Ja, Meg, Sie brauchen sich nicht zu entschuldigen. Ich war ohnehin auf dem Weg zu ihr. Sie können in die Küche gehen und eine Tasse Tee trinken, meine Liebe. Ich werde später wieder nach Ihnen schicken."

Meg machte einen Knicks, ihr Gesicht errötete dankbar. „Ja, Sir, danke, Sir."

Unten in der Bibliothek zog Sir Hugo einen zweiten Brief aus seiner Jacke. Er riß ihn auf und las:

20. Juni 1797

Miss Kendall,
ich erhielt heute Ihren Brief, in dem Sie nach den Umständen von Michaels Tod fragen. Ich will versuchen, Ihre unhöflichen Fragen wegen meiner abscheulichen und verwerflichen Trinkgewohnheiten zu entschuldigen. Ich verstehe, daß Michaels Tod einen schweren Verlust für Sie bedeutet. Ich habe noch einige Bücher und die Bibel, die ihm gehörten. Ich hätte sie Ihnen mit Seward schicken können, aber ich ziehe es vor, sie Ihnen persönlich zu geben sowie meine Erklärung darüber, was an jenem Tag auf dem Meer geschehen ist. Ich segle am 22. Juni nach Kalkutta ab und würde Sie gern sprechen, bevor ich abreise. Wenn Sie bereit sind, mich zu sehen und mir zuzuhören, ohne mir falsche Anschuldigungen an den Kopf zu werfen, schicken Sie bitte eine Nachricht auf die Madras *im Ostindienhafen.*

Hochachtungsvoll

Kapitän J. Buckley

Sir Hugo starrte den Brief an. Coral hatte ihm also geschrieben und nachgeforscht.

Hugo beschloß, bereits morgen in das Sommerhaus aufzubrechen. Es war am besten, jede Beziehung zu Oberst Warbecks Sohn zu unterbinden, bevor sie überhaupt begann.

Er warf den Brief auf die glühenden Kohlen.

* * *

Das Sommerhaus
Juli 1797

Fantasierte sie? Coral lag in ihrem Schlafzimmer, das einen Blick auf die Themse warf, und fiel nach kurzem Erwachen immer wieder in einen unruhigen Schlaf. Im Halbdunkel ihres Zimmers sah sie, wie Sir Hugo neben ihrem Nachttisch stand und ihre Medikamente vorbereitete.

Corals Kopf fühlte sich benommen an und schmerzte. Sie konnte keinen klaren Gedanken fassen ... sie mußte schlafen.

Gem – schweißgebadet warf sie sich unruhig hin und her. Nein, sie durfte jetzt nicht an ihn denken. Das würde ihr in der Dunkelheit nur noch mehr weh tun. Alles schmerzte nachts nur noch mehr. Sie mußte wieder stark werden! Sie war Gefangene ihrer eigenen Gebrechlichkeit!

Unzusammenhängende Gedankenfetzen purzelten durch ihren Kopf. Die Familie behauptete, ihr Kind sei tot. *Er* lebte. Michael war tot – im Meer begraben.

Coral stieß einen Schrei aus, als sie sich vorstellte, daß Fische mit ihren spitzen Zähnen sein Fleisch fraßen. Keine christliche Beerdigung für ihren geliebten Bruder! Er war in das tosende Meer geworfen worden, seine Hilfeschreie wurden von dunklen Wellen erstickt, seine Hände griffen nur ins Leere. Jace Buckley war schuld! Er ließ ihren Bruder sterben. Seine Hilfeschreie blieben unbeantwortet, während Jace sich in seiner Kajüte betrank!

Schluchzend fiel Coral wieder in einen von Alpträumen geplagten Schlaf. Sie konnte stundenlang schlafen, oder waren es Tage? Sie mußte einen klaren Kopf bekommen, um zu denken, um ihre Rückkehr nach Indien zu planen, um zu beten, um zu kämpfen; doch sie wurde unausweichlich immer schwächer und hilfloser. Der Schlaf übermannte sie, obwohl sie sich gegen die einschläfernde Wirkung der Medikamente wehrte, und mit dem Schlaf kam der schwärzeste aller Alpträume –

Als ob er mit dem Sturm, der von der Flußmündung hereinbrach, verwandt wäre, überrollte der Alptraum, der Coral in dem schlimmsten Monat ihrer Krankheit in Indien geplagt hatte, wieder ihre Seele.

Der Verlust erstickte ihr Herz in der feuchten indischen Nacht. Wieder schlüpfte sie unter ihrem Moskitonetz hervor, das ihr Bett umgab. Ihre zarten Fußsohlen berührten die Teppiche. Sie schwebte zu der offenen Verandatür. Die feuchte Dunkelheit war verschwunden. Der Morgen dämmerte.

Sie beugte sich über das Geländer, wo sich der smaragdgrüne Rasen zum Brahmaputra-Fluß hinab erstreckte. Das klare, zitronengelbe Licht berührte das stille Wasser, wo die hölzernen Barken mit Rohseide beladen wurden. Sie wandte ihre Aufmerksamkeit vom Fluß ab und blickte zum dichten Dschungel, als sie die glücklichen Stimmen der Kinder hörte, die in der Seidenzucht arbeiteten.

Die seltsame Stimme eines bestimmten Kindes drang zu ihr und ergriff ihr Herz. Ihr Puls schlug schneller – Gem! Er befand sich in Gefahr! Sie versuchte zu schreien. Ihre Stimme wurde nur ein lächerliches Flüstern: „Gem, komm zurück!“

Sie lief wie schon in hundert Träumen vorher und suchte das Kind, dem sie knapp auf den Fersen war, aber das sie trotzdem nicht sah.

Das sanfte Echo von unschuldigem Lachen hallte in ihrer Seele wider. Wo war er hingelaufen? Warum ver-

steckte er sich vor ihr? Gem lief nie davon. Er lief ihr immer entgegen, und seine sanften braunen Augen leuchteten unter seinen langen dunklen Wimpern, sein schüchternes Lächeln begrüßte sie mit dem Vertrauen, das es nur zwischen einer Mutter und ihrem Kind gibt.
„Gem, mein Kind, komm zurück!"
Sie raste den gepflegten Weg in Richtung zu den Strohhütten hinunter, in denen die Seidenarbeiter wohnten. Die Arbeiter sahen sie mit finsterem Blick an; dann griffen sie nach ihr, um sie aufzuhalten. Sie kämpfte sich ihren Weg durch die Menge frei und lief weiter.
Instinktiv wußte sie, daß hinter den dichten Bäumen Leid auf sie wartete, aber sie fühlte sich gezwungen, den Weg einzuschlagen, den sie in ihrer Erinnerung hundertmal schon entlanggelaufen war.
In diesem Augenblick kam sie auf eine Lichtung im Dschungel. Das überwältigende Bild, das sich ihr bot, umhüllte sie mit Verzweiflung. Fort! Die Hütten waren alle in Flammen aufgegangen. Sie wirbelte herum, um in die Richtung des Kendallhauses zu blicken, ob sie von dort Hilfe bekäme, aber es brannte auch lichterloh! Ihre schweißgetränkten Haare klebten an ihrem Hals. Sie stolperte vorwärts, ihre Röcke wurden an dornigen Büschen eingerissen. Ranken umschlangen wie Tentakel ihre Knöchel, um sie am Vorwärtskommen zu hindern. Wie verrückt suchte sie Gem unter einem Busch und dann hinter dem verkohlten Abfall einer Hütte. In ihrer Verzweiflung fiel sie auf die Knie und blickte zum sengend heißen Himmel mit dem weißlichen Dunst hinauf.
Gems Stimme spielte wie der Wind, der durch die Blätter flüsterte, in den Zweigen der Maulbeerbäume und sang das Lied, das sie ihn gelehrt hatte,

„Hirte, Hirte, wo sind deine kleinen Lämmer?
Weißt du nicht, daß der Tiger durch das Land schleicht?"
„Ruhig, mein kleines Lamm, ruhig. Ich bin immer hier.
Mein Stecken ist dein Schutz, mein Arm hält dich fest."

Coral betete und fühlte den heißen Staub unter ihren schwitzenden Handflächen. „Jesus – Herr, bitte! Hilf mir, mein Kind zu finden! Hilf mir, Gem zurückzubekommen!"

* * *

Coral erwachte mit einem tiefen Seufzen. Eine Lampe brannte schwach auf dem Tisch neben ihrem Bett, und Ethan beugte sich über sie. „Es ist alles in Ordnung, Coral, es ist alles in Ordnung. Es war nur ein Alptraum."

Sie sank auf ihr feuchtes Kissen zurück und kämpfte darum, ihre Fassung wiederzugewinnen. „Oh, Ethan, es ist immer dasselbe ... als würde Gem versuchen, nach mir zu rufen –" ihre Stimme erstarb, ihre Finger umklammerten seine Hand. „Vielleicht ruft er mich wirklich! Ich kann diesen Gedanken nicht ertragen. Ethan – angenommen, er glaubt, ich hätte ihn absichtlich im Stich gelassen, ich würde ihn nicht mehr lieben? Wer kennt schon die quälenden Gedanken eines Kindes, das aus der Sicherheit seines Kinderzimmers gerissen wurde? Angenommen, sie mißhandeln ihn, angenommen –"

„Coral." Hinter seiner festen Stimme steckte eine Warnung.

Sie atmete tief ein und langsam wieder aus, wie er es sie gelehrt hatte.

Nach einem Augenblick entspannte sie sich ein bißchen. Sie dachte an den Brief, den sie Simms mit dem Auftrag, ihn auf der *Madras* abzugeben, überreicht hatte. Hatte Kapitän Buckley ihn erhalten?

„I-ist irgendein Brief für mich gekommen?"

Ethan lächelte. „Du weißt, daß es fünf Monate dauert, bis die Post aus Indien ankommt. Vielleicht bis Weihnachten."

„N-nichts sonst?"

Sein Lächeln verschwand. „Erwartest du einen Brief von jemandem aus London?"

„Ja, ich schrieb Kapitän Buckley, bevor ich das Roxburyhaus verließ. Ich wollte ihn wegen Michael fragen."

Bildete sie es sich nur ein, oder wurde er plötzlich kühl?

„Die *Madras* ist im Juni nach Indien abgesegelt. Jetzt haben wir Juli. Es ist kein Wunder, daß er dir nicht geantwortet hat. Wenn er überhaupt ein Gewissen hat, dann fühlt er sich wegen Michaels Tod schuldig."

Coral wandte ihren Kopf ab. *Juli.* War sie seit sechs Wochen im Bett und mit Medikamenten ruhig gestellt? Sie versuchte, ihre Enttäuschung abzuschütteln, daß Jace Buckley sich geweigert hatte, ihren Brief zu beantworten. Sie hätte nicht gedacht, daß der kühle und beherrschte Major ein nachlässiger Schiffskapitän geworden war, aber es war bekannt, daß er ein Abenteurer war, der die verruchtesten Häfen im Osten ansteuerte. Und hatte ihre Mutter nicht einmal erzählt, daß sein Vater ein Pirat gewesen sei?

Ich will nicht an ihn denken, beschloß sie und klammerte sich mit ihren Fingern um Ethans tröstende Hand.

„Ethan? Der Brief an Direktor Rawlings ... Großmutter sagte, sie gab ihn dir, bevor wir das Roxburyhaus verließen. Hast du ihn abgegeben?"

Sie fühlte, wie der Druck seiner Finger um ihre Hand nachließ.

„Laß uns warten und darüber sprechen, wenn du dich stärker fühlst", sagte er sanft.

Corals Augen blickten ihn flehend an. „Nein, Ethan, jetzt."

Sein Blick verriet Zartheit, und das erwärmte ihr das Herz. Sie hatte sich so allein gefühlt. Bibellesen hatte sich als unmöglich erwiesen, und alle Gebete erstarben ihr unausgesprochen auf den Lippen, wenn der Schlaf sich wieder ihres Verstandes bemächtigte.

„Ich versuche, dir zu helfen. Bitte, vertraue mir, Coral."

Sie befeuchtete ihre Lippen. „Ich will dir vertrauen. Ich glaube, das kann ich."

Er lächelte. „Dann hör mir jetzt nicht mit dem Herzen, sondern mit dem Verstand zu."

„Ich versuche es."

„Wenn du dich weiterhin hartnäckig wegen Gem quälst, wirst du vielleicht nie wieder so gesund werden, daß du nach Indien zurückkehren kannst. Michaels Tod ist schrecklich! Das verstehe ich, aber wir müssen es beide Gott überlassen. Die Sache mit dem Jungen ist abgeschlossen und nicht mehr zu ändern."

„Sie kann nicht abgeschlossen sein, solange ich nicht zurück bin. Gem wurde vom Maharadscha entführt. Wer sonst sollte dahinter stecken?"

„Von welchem Radscha sprichst du?"

„Ich – ich weiß es nicht."

Er blickte sie zweifelnd an.

„Aber ich bin sicher!"

„Aber weißt du, wer dieser Radscha ist?"

„Nein. Der Major weiß –" sie brach ab. Sie wollte nicht an ihn denken. „Direktor Rawlings kann mir vielleicht helfen."

Er seufzte. „Der Brief ist nutzlos. Er könnte nur Schwierigkeiten für deinen Vater und Kingscote heraufbeschwören."

„Nutzlos!" Sie versuchte, sich aufzusetzen. „Aber Ethan, ich habe dir doch gerade gesagt, daß der Direktor mir vielleicht helfen kann."

Er sah sie mit nüchternen Augen an, und Coral fühlte sich unbehaglich unter seinem Blick.

„Gems Leiche wurde zwei Tage nach seiner Entführung gefunden. Sir Hugo hat mir alles berichtet."

„Aber ich habe es dir doch gesagt, Ethan! Dschan-Li zweifelt daran, daß es Gem war. Der Körper, den sie gefunden haben, hatte eine Narbe."

„Aber es gibt keinen Brief von dieser Ayah."

„Ich sage dir, dieser Brief war da! Er ist fort! Er war bei den Adoptionspapieren. Ich habe sie weggeräumt, bevor die Nachricht von Michaels Tod kam. Onkel Hugo muß ihn genommen haben, er –"

Coral brach ab, als Ethan schweigend ihre Hand streichelte. Sie wollte laut schreien. Er nahm sie nicht ernst. Sie richtete sich steif auf. „Er hätte da sein müssen. Aber ich stand zu sehr unter der Wirkung der Medikamente, um darauf aufzupassen –"

Seine Hände hielten ihre fest, und seine Augen waren besorgt. „Coral. Guter Himmel! Meinst du, wir sind deine Feinde? Du mußt dich beruhigen. Hör mir einmal zu. Selbst wenn ein Brief da war und deine Ayah eine Narbe erwähnte, beweist das überhaupt nichts."

„Es beweist, daß das tote Kind nicht Gem war."

„Du warst in seinen ersten Jahren oft krank. Vielleicht hat er sich verletzt, ohne daß du etwas davon wußtest."

„Aber Dschan-Li hat ihn gebadet! Sie hätte es gewußt. Sie hat mich wegen der Narbe gefragt. Ich muß ihr schreiben –"

„Hör zu. Deine Mutter hat sich auch um ihn gekümmert.

Vielleicht ist es während dieser Zeit passiert. Und hast du nicht selbst erzählt, daß deine Ayah ein Kind bekam, während Gem aufwuchs?"

Coral überlegte. Sie runzelte die Stirn. Ihre Zuversicht schwand. Sie fühlte den messerscharfen Schmerz zerbrochener Hoffnungen. „Ja ... ja."

„Liebste ... dann gab es Zeiten, in denen die Ayah Gem nicht unter ihrer Obhut hatte. Und was am wichtigsten ist: Hugo war dabei, als sie ihn fanden."

Völlig geschwächt konnte sie ihn nur anstarren, wobei sie mit zitternden Fingern ihre Bettdecke umklammerte. „Ich erinnere mich an alles, was in jener Nacht passiert ist – das Feuer, der Sepoy im Kinderzimmer, Dschan-Li auf dem Fußboden – Gem ruft mich –" Sie brach ab, als sie seinen Blick bemerkte, der ihr ein erneutes Unbehagen bescherte.

„Kannst du dich an die Tage unmittelbar nach seiner Entführung erinnern?"

Sie schluckte und klammerte sich an die Decke. „Ich erinnere mich nicht deutlich daran. Ich war vor seiner Entführung nicht ganz gesund, und danach mußte ich das Bett hüten." Sie sprach nicht weiter und blickte ihm in die Augen. „Meine Mutter sagte nur, daß sie ihn am Fluß gefunden haben, und ich habe nie nach den Einzelheiten gefragt." Sie dachte an die Krokodile. „Ich war noch nicht bereit, sie zu hören. Ich habe mit dem Schlimmsten gerechnet."

„Coral, wir können die Tatsache, daß Hugo in jener Nacht dabei war, nicht einfach übergehen. Erinnerst du dich daran?"

„J-ja, er und Margaret waren wegen der Adoptionsfeier auf Kingscote. Und er traf sich mit der Herrscherfamilie in Sigsagar wegen der Schwierigkeiten mit Burma."

Sein Blick verriet neue Hoffnung. „Du hast recht. Er ist aus demselben Grund hier in London. Onkel Hugo kann Gems

Tod bezeugen. Er sagt, daß dein Vater dir in jener Nacht die Einzelheiten berichtete, aber daß du schon damals nicht zuhören wolltest. Erst dann wurdest du so krank und warst wochenlang in einem Fieberdelirium. Das könnte an deinen Gedächtnislücken schuld sein."

Coral fühlte die Angst mit kalten Händen nach sich greifen. *Hatte sie das vergessen? Stimmte in ihrem Kopf wirklich etwas nicht?*

Ethan drückte ihr leicht die Hand. „Vielleicht hast du die Wirklichkeit vergessen, weil sie zu schmerzlich ist."

Das kann nicht sein! – Oder doch? War es möglich, daß man es ihr erzählt hatte, aber daß ihr Verstand, wie Ethan andeutete, die Wahrheit nicht akzeptiert hatte? Vielleicht hatte sie nur zu starkes Fieber gehabt, um sich daran zu erinnern. Aber der Brief von Dschan-Li. Ihn konnte sie sich nicht einfach eingebildet haben.

„Ethan, ich bin so verwirrt. Das liegt an den Medikamenten. Ich will sie nicht mehr nehmen. Ich – ich will mit Onkel Hugo sprechen. Ich will aus seinem Mund hören, was mit Gem passiert ist."

„Coral, nicht jetzt. Du mußt dich ausruhen. Morgen kannst du mit ihm sprechen. Ich bleibe heute nacht neben deinem Bett sitzen. Dann bekommst du keine Alpträume mehr."

„Nein, *jetzt*, Ethan. Ich will jetzt mit ihm sprechen. Ich will es von ihm hören."

Er sah ihr forschend ins Gesicht. Sie wußte, daß sie aufgeregt, vielleicht sogar ein bißchen wild aussah. Er holte tief Luft. Nach einem Augenblick nickte er schwer. „Wie du willst. Ich werde ihn bitten zu kommen."

16

Als meine Seele in mir verzagte, gedachte ich an den Herrn.

Jona 2,8a

Coral setzte sich auf und versuchte, ihre Gefühle unter Kontrolle zu bekommen, als die zwei Männer kurze Zeit später das Zimmer betraten. Plötzlich wünschte sie, sie hätte Tante Margaret auch gebeten zu kommen. Seltsam ... sie hatte ihre Tante seit Wochen nicht gesehen. War sie überhaupt im Sommerhaus?

Sir Hugo blieb einen Augenblick schweigend stehen, als wolle er ihren emotionalen Zustand abschätzen. Dann trat er an die Seite des Bettes. Sie weigerte sich, sich von ihm einschüchtern zu lassen. Sein bärtiges Gesicht hüllte seine Miene in Schatten. Coral fühlte sich wie ein Kind, das von einem strengen Vater getadelt wurde. Sie mußte vorsichtig sein.

„Guten Abend, Onkel. Ich habe dich seit Wochen nicht gesehen. Nicht mehr, seit wir hier im Sommerhaus angekommen sind."

„Ich hatte Angst, dich übermäßig zu belasten, mein Kind. Ich bat Ethan, dich ruhigzustellen. Dein emotionaler Zustand ist zur Zeit so unberechenbar."

Sie blickte Ethan an. Onkel Hugo hatte ihn gebeten, sie ruhigzustellen?

Coral zeigte unter Hugos unverwandtem Blick keine Beunruhigung und machte ihm Platz, damit er neben ihr auf dem Bett sitzen konnte. Für eines war sie dankbar: Sie kannte viele Männer mit einem starken Willen. Ihr Vater, Seward, Michael und jetzt ihren Onkel. Sie weigerte sich, davor in die Knie zu gehen.

„Ich habe Tante Margaret nicht gesehen."

„Sie mußte kurz nach unserer Ankunft ins Roxburyhaus zurückkehren. Deine Kusine Belinda kam aus der Schule nach Hause und mußte eine Woche das Bett hüten."

„Nichts Ernstes hoffe ich?"

Er lächelte. „Du bist unser Sorgenkind. Margaret wird bis zum Ende der Woche hier sein. Sie bringt deine Kusine mit. Darüber freust du dich doch?"

„Ja. Ich fange langsam an, mich wie eine Gefangene zu fühlen."

„Ah, sobald es dir besser geht, wird dich Ethan auf die Bälle ausführen."

Allein bei dem Gedanken, Walzer zu tanzen, drehte sich ihr Kopf und verkrampfte sich ihr Magen. Sie mußte von den Medikamenten loskommen.

„Ethan sagte mir, du willst über Gems Tod sprechen. Hältst du das zum gegebenen Zeitpunkt für weise?" Sein nüchterner Blick bereitete ihr Unbehagen. Erwartete er, daß sie wie ein Zweig im Herbst zusammenknicken würde?

„Ich will darüber sprechen, Onkel. Du brauchst dir keine Sorgen um mich zu machen. Ich trauere nicht mehr um Michael. Ich weiß, daß sein christlicher Glaube echt war."

„Wenn dein Glaube dir Frieden bringt, um so besser."

Sie wußte, daß ihr Onkel kein religiöser Mensch war, aber es störte sie, daß er die christliche Hoffnung als tröstende Einbildung abtat.

„Du bist sicher, daß du über Gems Tod sprechen willst?" fragte er.

Gems Tod. Wie sicher er ihn klingen ließ. „Du – erinnerst dich nicht an einen Brief von Dschan-Li? Ich habe ihn in einer roten Seidentasche aufbewahrt. Kurz bevor die Nachricht über Michael kam, legte ich ihn in meinem Zimmer im Roxburyhaus zusammen mit den Adoptionspapieren in eine Schublade."

Er strich ihr über die Hand. „Nein, meine Liebe. Ich habe keinen solchen Brief gesehen. Es ist nicht meine Gewohnheit, herumzustreunen und Schubladen zu durchsuchen." Er lächelte, offenbar in der Absicht, diesen Augenblick aufzulockern.

„Er fehlt."

„Du bist sicher, daß er existierte?"

Ethan setzte sich auf die andere Seite ihres Bettes und nahm ihre Hand. Der sanfte Druck, mit dem er ihre Hand drückte, gab ihr Sicherheit.

„Ich bin sicher."

„Dann taucht er vielleicht noch im Roxburyhaus auf."

„Onkel – ich glaube, Gem könnte am Leben sein und sich in Gefahr befinden."

Er sagte nichts, sondern warf nur einen wissenden Blick auf Ethan.

Coral spannte sich an und blickte von einem zum anderen. „Ich will Söldner anheuern, die ihn ausfindig machen sollen. Hilfst du mir? Ich will Direktor Rawlings aufsuchen."

Sir Hugo seufzte. „Coral, ich wünschte, ich könnte dir helfen. Ich will nicht grausam klingen, aber ich bin gezwungen, in dieser Angelegenheit offen zu sprechen. Ich weiß, daß du das Kind geliebt hast und daß sein Verlust dich in eine tiefe Trauer gestürzt hat. Margaret und ich verstehen das. Ebenso deine Großmutter und Ethan. Aber der Junge ist fort. Er ist seit über einem Jahr tot. Ich und dein Vater waren beide in der Nacht dabei, in der er gefunden wurde. Versuch, dich daran zu erinnern!"

Ihr Herz pochte ... „Du – hast ihn gefunden?"

Sie fühlte seinen durchdringenden Blick.

„Nein. Ich war es nicht."

Hätte sie weniger Grund, an Gems Tod zu zweifeln, wenn es nicht Hugo war, der ihn gefunden hatte? Sie fragte sich, ob er ihr diese Gedanken ansehen konnte.

„Wer dann?"

„Wir waren in jener Nacht alle auf der Suche. Dein Vater ging in eine Richtung und nahm Arbeiter mit sich, und ich in eine andere. Wir vereinbarten ein Zeichen, falls wir etwas finden sollten. Die Männer in meiner Gesellschaft hatten das Pech, am Fluß auf ihn zu stoßen."

Coral unterdrückte ihre Gefühle. Sie sagte, wobei sie selbst über ihre ruhige Stimme überrascht war: „Du bist sicher, daß es Gem war?"

„Ich hatte keinen Grund, daran zu zweifeln."

„Wenn *du* seine ... Leiche nicht gefunden hast, wer dann?"

„Es herrschte eine große Aufregung unter den Arbeitern und viel Hin und Her, wie man sich denken kann. Ich glaube, es war der Mann, der Natine heißt."

Natine. Coral versuchte, sich zu erinnern, was sie an Natine in der Nacht, in der das Feuer ausgebrochen war, gestört hatte.

„Und wie – wie wußtest du, daß es Gem war?"

„Ich habe ihn gesehen. Aber ich wußte es nicht mit Bestimmtheit; ich wußte nur, daß es ein Kind seines Alters war."

„Dann besteht die Möglichkeit –"

„Natine hat ihn zuerst identifiziert. Aber ich wollte sicher sein. Deshalb habe ich Hampton das Zeichen gegeben."

Ihre Hoffnungen zerbrachen. *Vater!*

„Dann sind wir alle in das Haus zurückgekehrt und haben auf ihn gewartet. Weder ich noch Margaret sagten etwas zu deiner Mutter. Margaret hielt es für das Beste, daß Hampton es ihr sagte."

Coral hatte bis jetzt jedoch noch nichts gehört, das Dschan-Lis Verdacht entschärfen konnte.

„Aber es könnte ein anderes Kind gewesen sein", beharrte sie. „Wer auch immer Gem entführte, er wollte sicher nicht, daß wir nach ihm suchen. Was wäre besser, als uns glauben zu machen, er wäre tot?"

„Ich wäre geneigt, dir zuzustimmen, wenn nicht Hampton ihn identifiziert hätte."

„Mein Vater hat ihn angesehen?" fragte sie schwach.

„Natürlich hätte ich eine so schwerwiegende Verantwortung nicht auf mich genommen. Erinnerst du dich nicht daran, daß Elisabeth in dein Zimmer kam und es dir erzählte?"

Coral wühlte in ihrem Gedächtnis. „Nein", flüsterte sie, und trotz ihrer Bemühungen, die bis hierher erfolgreich gewesen waren, versagte ihre Stimme. „Ich kann mich nicht erinnern, Onkel. Ich erinnere mich an überhaupt nichts mehr, als daß ich am Tag der Beerdigung, als sie in mein Zimmer kam, erwachte."

Sir Hugo zeigte nicht seine übliche Zurückhaltung und Abscheu vor Tränen, sondern legte ihr den Arm um die Schultern. „Na, na, meine Liebe."

Wie konnte sie etwas so Schmerzhaftes und Wichtiges vergessen?

„Vielleicht gibt es eine Lösung. Ethan hat vorgeschlagen, daß ich Hampton schreibe. Wenn es dir schwer fällt, deinem Onkel zu glauben, dann wirst du doch sicher deinem eigenen Vater glauben."

Sie zweifelte an seinen Worten, aber wie konnte sie das sagen?

„Es ist nicht, daß ich dir nicht glauben möchte, Onkel, aber warum erinnere ich mich nicht? Und der Brief –"

„Ethan vermutet, das liegt an dem Schock, den du bekommen hast, als du den Sepoy entdecktest, der gerade das Kind entführen wollte. Er glaubt, dir wird mit der Zeit alles wieder einfallen. Vielleicht durch einen Traum." Er erhob sich. „Ich schreibe Hampton noch heute nacht. Aber du mußt versprechen, die Sache mit Gem ruhen zu lassen, bis du von deinem Vater hörst."

„Onkel Hugo hat recht", drängte Ethan. „Du mußt alle deine Gedanken darauf richten, wieder gesund zu werden. Wenn du das tust, versuche ich, die Medikamente abzusetzen."

Keine Medikamente mehr! Sie blickte ihn dankbar an. „Ja, ich will warten, bis ich von meinem Vater höre."

„Gut", sagte Sir Hugo. „Damit hast du genug Zeit, in der du wieder auf die Beine kommen und deine Studien beginnen kannst."

Als Hugo und Ethan das Zimmer verlassen hatten, lag Coral im Bett und war verwirrt. Ihre Zweifel an ihrem Onkel wuchsen, obwohl sie sich weigerte, ihm zu mißtrauen. *Ich werde Vater auch noch einmal schreiben ... nur um sicher zu gehen, daß der erste Brief abgeschickt wurde.*

* * *

Die nächsten Wochen waren eine schwere Zeit. Ethan hielt sein Versprechen und setzte die Medikamente ab, und innerhalb von zwei Wochen war sie stark genug, um für kurze Zeiten das Bett zu verlassen. Alle freuten sich über ihre Fortschritte, und ziemlich unerwartet beschloß Sir Hugo, daß sie ins Roxburyhaus zurückkehren sollten. Coral war klug genug, nicht mehr über den fehlenden Brief von Dschan-Li oder über Gem zu sprechen, da sie fürchtete, daß ihre Familie sie wieder für krank halten könnte. Was sie auch in Zukunft unternehmen würde, sie mußte es allein tun. Und das bedeutete, daß sie gesund werden mußte.

Sie war so an das Roxburyhaus gebunden, daß Coral sich eifrig darauf freute, mit ihren Studien zu beginnen und Gem aus dem Kopf zu bekommen.

Jetzt, da der Sommer Einkehr gehalten hatte und ihre Schwestern und ihre Kusine zu Hause waren, verlief das Leben abwechslungsreich und mit einem Wirbelwind von Gabällen, Dinnereinladungen und Ausflügen. Marianna wurde als zu jung befunden, um die Bälle zu besuchen, aber an den Picknicks durfte sie teilnehmen. Coral war nicht stark genug, um ihr Debüt in der Gesellschaft zu geben.

Als sie im Garten saßen und mit Großmutter und Margaret ihr Mittagessen einnahmen, unterhielten sich Corals Schwestern und ihre Kusine über den bevorstehenden Ball, den die Herzogin von Sandhurst gab, und Kathleens bernsteinfarbene Augen funkelten. „Ich werde mein Ballkleid selbst entwerfen. Ich habe Tante Margaret meine Idee gezeigt. Sie findet sie gut."

„Es ist wirklich sehr hübsch, Kathleen. Ich glaube, du hast Talent", gab ihr Margaret recht.

Kathleen fuhr mit der Hand unbewußt an ihr nußbraunes Haar und wechselte einen Blick mit ihrer Großmutter. „Und ich will in London bleiben, wenn ich Lady Annes Schule abgeschlossen habe. Ich werde Couturiere im Seidenhaus."

Coral bemerkte die zusammengezogene Augenbraue von

Tante Margaret, als sie sich an ihre Mutter wandte. „Wird Elisabeth Kathleen erlauben, hier zu bleiben?"

Großmutter Victoria sah unbeeindruckt aus. In einem verteidigenden Ton sagte sie: „Du und Elisabeth seid in Indien, und das Seidenhaus braucht das Blut einer Roxburyfrau. Kathleen ist die Älteste. Und bei ihrem Interesse, Kleider zu entwerfen, bietet es sich doch an, daß sie bleibt. Ich werde Elisabeth und Hampton schreiben."

„Im Gegensatz zu Coral habe ich nicht den Wunsch, nach Indien zurückzukehren", warf Kathleen schnell ein.

„Oh, aber du mußt doch", rief Marianna mit großen Augen aus. „Papa will, daß wir alle drei heiraten und auf Kingscote leben."

Marianna, die jüngste Kendalltochter, war gerade erst fünfzehn geworden. Sie war die einzige, die blaue Augen und rote Haare hatte und in ihrem Aussehen ihrer Großmutter ähnlich war. Ihre kleine Gestalt und ihr herzförmiges Gesicht verrieten eine Zerbrechlichkeit. Coral wußte, daß ihre jüngere Schwester noch nicht über die Trennung von ihrer Mutter hinweggekommen war, und daß Marianna es nicht erwarten konnte, auf Kingscote zurückzukehren.

„Papa hat gesagt, daß du Hauptmann McKay heiraten mußt."

Kathleen warf ihrer kleinen Schwester einen müden Blick zu. „Zu deiner Information, Vater kann seine Meinung noch ändern. Dafür wird Großmutter sorgen."

Kusine Belinda Roxbury runzelte die Stirn und blickte von ihrer Suppe zu ihrer Mutter auf. „Ich würde auch gern bei Großmutter in London bleiben." Sie warf ihrer Mutter einen hoffnungsvollen Blick zu. „Hast du mit Vater gesprochen? Der Gedanke, Sir George zu heiraten, ist ein einziger Alptraum! Er ist schon mindestens fünfunddreißig! Er stirbt, bevor ich ein einziges graues Haar in meinen Locken habe."

Margaret schob ihren Teller beiseite, als wäre ihr der Appetit vergangen, und holte kurz Luft. „Ich habe gesagt, daß wir deine Verlobung mit Sir George nicht am Essenstisch diskutieren."

Belindas dunkle Augen richteten sich wieder auf ihren Teller, und sie löffelte weiter ohne Appetit ihre Pilzsuppe. „Ja, Mutter."

Zum ersten Mal fiel Coral auf, wie ähnlich Belinda ihrem Vater, Sir Hugo, sah. Sie hatte dasselbe auffällige schwarze Haar, die funkelnden dunklen Augen und einen gewissen Blick, der trotz Margarets wachsamer Augen auf Männer anziehend wirkte.

Coral wußte, daß ihre Kusine Alex heiraten wollte, aber die Verlobung mit Sir Arlen George stand fest und sollte in Kalkutta öffentlich bekanntgegeben werden, sobald Sir Hugo und seine Familie zur Ostindienkompanie zurückkehrten.

Coral nutzte eine Pause in dem Gespräch und räusperte sich. Sie hatte auf diesen Augenblick gewartet.

„Großmutter Victoria, jetzt, da ich wieder gesund genug bin, um im September Privatunterricht zu bekommen, habe ich mich für einen Musiklehrer entschlossen. Anne Peddingtons Bruder, Charles."

„Peddington?" fragte Großmutter Victoria, als müsse sie erst den Namen auf sich wirken lassen. „Noch nie von dem Mann gehört. Wie hast du von ihm erfahren?"

„Hm ... in der Gemeinde, Großmutter."

Die Erwähnung der Gemeinde ging nicht gut vorüber. Die Familie war streng anglikanisch, und Coral hatte eine kleine nichtkonformistische Gruppe besucht, die mit John Wesleys methodistischer Bewegung in Verbindung stand.

„Anne Peddingtons Vater ist Pfarrer. Charles ist ein sehr begabter Musiker, und seine Schüler stehen bereits auf einer

Warteliste. Aber Anne versicherte mir, daß ich ab September einen Platz bei ihm bekommen könnte."

Großmutter hob ihre diamantbesetzte Lorgnette und blickte sie argwöhnisch an. „Ich hoffe nur, du läßt dich nicht zu sehr mit diesen Abtrünnigen ein."

Coral fühlte die Augen aller, die am Essenstisch saßen, auf sich gerichtet. Darunter war ein verständnisloser Blick von Kusine Belinda, die es tunlichst vermied, überhaupt irgendeinen religiösen Gottesdienst zu besuchen.

„Die Gruppe ist ziemlich geachtet, und ... Ethan hat mich begleitet."

Coral verspürte ein etwas schlechtes Gewissen, weil sie Ethan vorschob, um ihre Großmutter zu überreden. In Lady Victorias Augen konnte er nichts falsch machen. Doch dieses Mal stellte sie nicht einmal die Erwähnung von Ethan zufrieden.

„Lady Villary hat Mister Latimer empfohlen. Er unterrichtet ihre Tochter Frances."

„Charles Peddington ist ein ausgezeichneter Lehrer", beharrte Coral. „Und er kennt William Cowper. Sie arbeiten manchmal zusammen."

„Cooper?"

„Cowper."

„Muß ich diesen Mann kennen?" fragte Großmutter. „Ich vergesse so viel."

„Nein, du bist ihm noch nicht begegnet, aber er genießt einen immer größer werdenden Ruf als einer von Londons führenden neuen Dichtern."

„Himmel! Dichter. Nicht noch ein Charles Wesley?"

„Er kennt beide Wesleybrüder, Charles und John. Mister Cowper arbeitet mit einem Pfarrer zusammen, der John Newton heißt. Mister Newton hat ‚Amazing Grace' geschrieben und –"

„Pst, pst, Coral, diese Namen sagen mir überhaupt nichts. Wir wollen nicht zu viel über die Nonkonformisten sprechen. Das bringt nur Konflikte."

„Mister Newton ist Anglikaner", sagte Coral schnell. „Er war Pfarrer in Olney."

Kusine Belinda und Kathleen wechselten vielsagende Blicke. Coral ignorierte sie. Sie fanden ihr Interesse an geistlichen Dingen langweilig und konnten nicht verstehen, daß sie kein schreckliches Theater veranstaltete, weil sie die Bälle nicht besuchen durfte. *„Du bist so hübsch, Coral, aber du flirtest nie"*, hatte Kusine Belinda gesagt. *„Du machst überhaupt keinen Spaß!"*

Mit Erleichterung hörte Coral, daß Margaret zu ihrer Verteidigung einsprang. „Also, Mutter, wenn Mister Peddington ein guter Musiklehrer ist, was macht es dann aus? So krank wie sie war, sollten wir dankbar sein, daß sie überhaupt ihre Studien aufnehmen kann. Und Elisabeth hat mir gegenüber klargestellt, als Hugo und ich Kingscote verließen, daß Coral ihre Lehrer selbst aussuchen darf."

Großmutter sah überführt aus. „Elisabeth hat dir das gesagt? Nun gut, in einem hast du recht. Wir sollten dankbar sein, daß Coral wieder auf den Beinen ist. Ethan hat ein Wunder an dir vollbracht, Coral. Du hast wieder Farbe auf den Wangen, und du nimmst auch wieder ein bißchen zu."

„Ich weiß, daß du Mister Peddington mögen wirst", sagte Coral.

„Das bezweifle ich, Kind, aber meinetwegen, wenn du wirklich diesen Abtrünnigen als Lehrer haben willst, dann werde ich mich heute nachmittag darum kümmern."

Coral atmete erleichtert auf.

17

Ich habe Freude an deinen Mahnungen;
sie sind meine Ratgeber.

Psalm 119,24

Roxbury-Seidenhaus, London

„Die Legende erzählt, daß Seide durch eine chinesische Prinzessin nach Indien eingeführt wurde, die Seidenraupeneier nach Hotan schmuggelte", erzählte Margaret Coral, als sie durch den Salon schlenderten. Margaret blieb vor einer kunstvoll bestickten Landkarte stehen, die die Routen der Seidenkarawanen zeigte, die das kostbare Material aus dem Orient nach Persien und Spanien brachten, die sogenannte Alte Seidenstraße.

„Vater behauptet, daß die Seidenraupe aus Nordindien stammt", sagte Coral.

Margaret lächelte. „Damit kann er recht haben. Ich vermute, das werden wir nie genau erfahren."

Coral war bereits mit der Familiengeschichte in Seidenzucht vertraut, aber die Eleganz des Seidenhauses mit seinen weiß durchzogenen Marmorböden, französischen Kronleuchtern und Wandspiegeln, die vom Boden bis zur Decke reichten, überraschte sie doch. Die Wände des großen Vorführraumes waren mit Seidenteppichpaneelen bezogen, die mit Gold auf einem roten Hintergrund bestickt waren.

Coral besuchte das Seidenhaus, um sich die Farben und den Stoff für die neuen Kleider auszusuchen, die ihr Großmutter versprochen hatte. Während sie auf den Chefcouturier warteten, faszinierten sie die fünfhundert kleinen Puppen, die im Vorführraum ausgestellt waren.

Margarets Augen leuchteten vor Aufregung, und über ihre makellose Haut zog ein warmes Erröten. „Viele dieser Puppen gehen bis in die Regierungszeit von Jakob I. zurück. Sie tragen alle Originalkleider, die von Roxburyfrauen entworfen wurden."

Margaret nahm Coral am Arm und zog sie schwungvoll in die andere Richtung. „Warte nur, bis du das Seidenzimmer siehst."

Mit raschelnden Röcken ging Coral schneller, um mit ihrer Tante Schritt zu halten. Sie war überrascht über das Funkeln in ihren Augen und die Freude in ihren Schritten.

Das ist ihre Leidenschaft, dachte Coral. *Sie liebt diese Facette der Seide genauso wie Papa die Raupenzucht liebt.*

Als Coral ihr folgte und durch die Vorhänge in das Seidenzimmer trat, blieb sie stehen. Der leichte Septemberwind, der durch den offenen Hof hereinwehte, berührte sanft die aufgestellten Modepuppen. Wie Wasserfälle fiel die Seide wallend an ihnen herab und schickte ein Flüstern durch das Atelier des Couturier.

„Sanft wie das Seufzen eines Babys", sagte Margaret. „Schau dir nur diese Farben an. Sie repräsentieren den Erfolg der vereinten Kräfte der Familie in London und Indien."

Da die Kingscote-Seide von Muga-Raupen gewonnen wurde, die in dem feuchten Klima des Assamtales gediehen, erzeugte sie eine einzigartige, schimmernde, goldene Vielfalt, die in ihrer Form wunderschön war. Und die Seide der Muga ließ sich leichter bleichen und färben als die Seide von den Tussa-Raupen in China.

„Schau dir diese an – korallenpink. Du kannst wahrscheinlich erraten, nach wem Großmutter Victoria sie nannte?"

Coral lächelte vor Freude und ließ ihre Hand über die weiche Satinseide gleiten.

„Und diese ..." Margarete deutete auf den Stoff von einem halben Dutzend neuer Schattierungen. „Sumatraorange, blaugrüne Jade, bernsteingold und Elfenbeinschnee."

„Sie klingen so vorzüglich, daß man sie am liebsten als Dessert verspeisen würde", sagte Coral lachend.

Margarets Augen leuchteten. „Die Herzogin von Sandhurst hat in jeder der neuen Schattierungen ein neues Ballkleid für ihre Tochter bestellt. Stell dir das nur einmal vor!" Sie lachte. „Aber bitte sage Belinda nichts davon! Sie bildet sich ein, daß sie als Seidenerbin das Recht hat, es dem Adel gleichzutun."

Dann führte Margaret Coral in die neuen Stoffe mit steifem Brokat ein, die mit Fäden aus Gold, Seidensamt, Türkis und Taft durchwoben waren. Coral wanderte tief beeindruckt durch die Gänge. „Wie soll ich mich hier je für die richtigen Farben für meine Garderobe entscheiden? Schau nur – der Stoff sieht aus, als würde er leben", flüsterte Coral.

„Das macht die dreieckige Form der Seidenfasern – siehst du, wie sie das Licht wie Prismen reflektieren?"

Margaret wählte eine Rolle mit goldener Färbung aus und wickelte den Seidenstoff über eine Puppe. „Eiweiß gibt der Seide einen perlenhaften Glanz. Sie bewegt sich ... Ich weiß genau, wie das Material auf Schere und Nadel reagiert." Sie hielt die Finger darunter und ließ ihn dann sanft fallen.

„Schau nur, wie herrlich es zu deinen blonden Locken und deiner goldenen Hautfarbe paßt!" Margaret seufzte vor

Freude. „Einfach nur hier zu sein, weckt in mir schon den Wunsch, etwas damit zu machen."

Tante Margaret hielt es Coral hin und dann gegen das Fenster, so daß das Licht seinen Glanz zeigen konnte. Sie warf die Meter mit dem schimmernden Stoff über die Puppe. „Schau, wie der Stoff selbst zeigt, was man daraus machen kann." Sie zog den Stoff an einigen Stellen zusammen und legte ihn etwas in Falten und ließ ihn dann fallen. „Was hältst du davon?"

Coral betrachtete Tante Margaret – auch sie war überraschend schön. War sie ein Abbild von Margaret Roxbury, wie sie mit zwanzig Jahren ausgesehen hatte?

„Ich würde sagen, es erinnert mich an ein Sommerkleid in einem Fliedergarten", hauchte Coral. „Oh, Tante Margaret! Du kennst dich hier so gut aus. Onkel Hugo sollte darauf bestehen, daß du wenigstens einen Teil des Jahres hier arbeitest."

Der Septemberwind nahm an Stärke zu, und Margaret schloß die Balkontüren. Als sie zurückkam, blieb sie stehen, um einen Samtstoff hochzuheben, und berührte ihn mit der Wange. Ihre gute Stimmung war so schnell verschwunden wie der Morgendunst unter der Sonne, und Coral wünschte sich plötzlich, sie hätte Hugo nicht erwähnt.

„Ich hatte geglaubt, er könnte hier bleiben und sich in das Parlament wählen lassen. Es sieht so aus, als müßten wir früher nach Kalkutta zurückkehren, als ursprünglich geplant war. Der Generalgouverneur hat ihm einen neuen Posten in der Ostindienkompanie zugeteilt."

Coral verbarg ihre Überraschung. „Darüber wird er sich aber freuen. Ich weiß, wieviel die Ostindienkompanie ihm bedeutet. Welche Position wird er einnehmen?"

Margaret fuhr gedankenabwesend über den Samt. „Hugo ist sich nicht sicher. Er wird den Generalgouverneur sprechen, sobald wir zurück sind. Ich gestehe, Coral, daß ich Angst habe."

„Angst?" fragte Coral verwirrt. „Wovor, Tante Margaret? Doch nicht vor –" sie sprach nicht weiter.

Margarets Augen wurden sanft, als sie aus ihren Gedanken zurückkehrte und sich wieder Corals Anwesenheit bewußt wurde. Sie lächelte. „Angst vor Hugo? Wolltest du das fragen?" lachte sie. „Nein, Liebes, nicht so, wie du vielleicht meinst. Oh, ich weiß, was Großmutter sagt, daß ich Angst habe, für meine Ideen einzutreten, aber das stimmt nicht. Zu mir ist er immer freundlich. Überrascht dich das?"

„Nun, ich ..." stammelte Coral und wußte nicht recht, was sie sagen sollte. Margarets Lächeln verriet, daß sie ihre Verlegenheit verstand.

„Dein Onkel kann hart sein. Das wissen wir beide. Er ist ein Mann mit vielen Seiten und hat seine dunklen Launen, aber das wußte ich schon, als ich ihn heiratete. Vielleicht ist es die Energie, die ihn bis an den Rand treiben kann, die mir Sorgen bereitet. Und dann ist da noch Belinda." Sie drehte sich wieder um und strich über einen Ballen Seide. „Jetzt, da sie Lady Annes Schule für höhere Töchter abgeschlossen hat, kehrt sie mit uns zurück. Wie du weißt, wird ihre Verlobung mit Sir George im nächsten Jahr bekannt gegeben. Ihre Enttäuschung darüber ist niemandem ein Geheimnis, auch nicht Sir George."

Coral dachte an Belindas Schwur, ihn nicht zu heiraten, und fragte sich, wie sie es schaffen wollte, Sir Hugo umzustimmen. Belindas Hoffnung auf eine Beziehung zu Alex hing an Margarets Bereitschaft, mit Hugo zu sprechen. Vielleicht war es das, was sie beunruhigte – der unausweichliche Konflikt, der sich daraus ergeben würde.

Margaret setzte wieder eine fröhliche Miene auf und wechselte das Thema. „Großmutter hat es Kathleen noch nicht gesagt, aber als Geschenk zu ihrem Geburtstag im nächsten Monat hat sie es arrangiert, daß deine Schwester hier bei Jacques Robillaird eine Ausbildung beginnen darf!"

„Dem Chefcouturier?"

„Ein Ausnahmetalent. Er wird deine Garderobe anfertigen."

Coral fragte sich, was wohl ihre Eltern zu Kathleens Interesse, Designerin zu werden, sagen würden. Daß Großmutter Victoria es einfädelte, daß Kathleen bei ihr in London bliebe, war keine Überraschung, und wie bei ihrer Kusine Belinda stand auch Kathleens Verlobung mit Hauptmann McKay fest und mußte nur noch öffentlich bekanntgegeben werden. Hauptmann Gavin McKay stammte aus der Seite ihres Vaters und diente in der britischen Armee in der Garnison in Kalkutta. Ihr Vater war auf seine schottischen Vorfahren stolz, obwohl er seit seiner Kindheit nicht mehr in Schottland gewesen war, und er hatte an Gavin, dem Sohn seines Vetters, Gefallen gefunden.

Soweit Coral die Sache verstand, kam es Kathleen nur zugute, daß der junge Hauptmann McKay noch nicht so erpicht aufs Heiraten war. Hätte er unbedingt heiraten wollen, dann hätte er Hampton bei der Frage um die Heirat drängen können, und Kathleen wäre gezwungen gewesen zu heiraten, da sie ein Jahr älter war als Coral. Aber Gavin McKay sah die Sache irgendwie locker und wirkte von Kathleens Unternehmungen, die sie unternahm, um ihm aus dem Weg zu gehen, eher amüsiert, als daß er darauf bestand, daß sie unbedingt heirateten.

Manchmal glaubte Coral, daß Hauptmann McKay in Kathleen verliebt sei, aber wartete, bis sie ihre Gefühle für ihn zugab. Aber Kathleen war unerbittlich. Sie wollte eine Laufbahn im Seidenhaus in London einschlagen. Großmutter Victoria war genauso fest entschlossen, dafür zu sorgen, daß sie ihre Chance dafür bekam.

„Wir segeln im Mai nach Bengalen ab“, sagte Tante Margaret.

Coral verspürte eine leichte Aufregung, als sie begriff, daß sie bald von Onkel Hugos wachsamem Auge frei sein würde. Ihre Gedanken an Direktor Rawlings wurden von einem tiefen französischen Akzent unterbrochen:

„Ah, Madame Roxbury!“

Sie drehten sich um. Coral erwartete, einen schmächtigen Mann mit grauen Haaren zu sehen. Stattdessen stand ein kräftig gebauter Mann Mitte dreißig mit einem seidenen Ballkleid in Händen vor ihnen.

„Sie sind gekommen, um die Seide zu sehen, zu fühlen, zu riechen, nicht wahr?“

„Jacques, wie gut Sie mich kennen“, sagte Margaret mit einem Lächeln. „Und um die Garderobe für meine Nichte zusammenzustellen.“ Sie wandte sich an Coral. „Das ist der Mann, von dem ich in der Kutsche so geschwärmt habe. Darf ich den Pariser Couturier Jacques Robillaird, Roxburys talentiertesten Designer, vorstellen. Großmutter hat ihn den französischen Hugenotten in Spitafields ‚gestohlen,‘“ erklärte sie und sprach von dem Seidenbezirk in London.

Jacques lächelte Coral an. „Wir Protestanten, die dem Scheiterhaufen entkommen sind, kamen nach London und brachten unser Können in der Seidenweberei mit.“

„Wofür wir sehr dankbar sind“, warf Margaret ein. „Jacques wird mit dir an deiner Garderobe arbeiten, Coral. Jacques – meine Nichte, Lady Coral Kendall.“

„Mademoiselle, es ist mir ein Vergnügen. Ich habe bereits Ihre Schwester, Mademoiselle Kathleen, kennengelernt.“

„Monsieur“, grüßte Coral mit einem leichten Knicks. „Ich

bin sicher, meine Schwester wird entzückt sein, wenn sie in den nächsten Monaten bei Ihnen arbeiten darf."

„Jetzt haben wir viel Arbeit vor uns", erklärte er. „Madame Roxbury hat mir kürzlich ihre Haar- und Hautfarbe geschildert. Sie müssen etwas Grandioses auf dem Oktoberball tragen, den der Herzog und die Herzogin von Sandhurst geben."

Er zog einen Vorhang beiseite, und Coral stieß einen Schrei des Entzückens aus.

Von ihrer Begeisterung bestärkt, wurden seine Falkenaugen sanft. „Ich freue mich, daß Sie mir zustimmen."

Das Ballkleid war aus wogender wasserblauer Jadeseide mit zahlreichen Volants genäht und an der linken Seite mit Blüten, deren Rand aus bernsteinfarbener Seide bestand, nach oben gezogen. Die Schultern waren frei außer winzigen Puffärmeln aus hauchdünner Seide über bernsteinfarbenem Glacé. Dazu gehörten passende Handschuhe, die bis kurz vor die Ellbogen reichten, ein Kopfschmuck aus Seide und Septemberblüten, aus denen Jadesteine funkelten, und Schuhen in derselben Farbe.

„Es ist wunderbar", sagte Coral und sah sich in diesem Kleid auf dem Ball des Herzogs. „Es ist fast zu schön, um es anzuziehen."

„*Sie* geben ihm erst Leben", erwiderte Jacques. „Und der Rest Ihrer Garderobe wird genauso inspirierend sein."

* * *

Der Herbst kam und ging in die Winterwinde über. Coral beteiligte sich an den Familienfeiern, Weihnachtszweige und rotkarierte Bänder über die Kaminsimse, Durchgänge und Geländer im Roxburyhaus zu wickeln.

Außerhalb des rechtwinkligen Fensters im Musikzimmer legte sich der Schnee sanft auf die Stechpalmenbüsche, wo Rot und Grün durch das weiße Bett hindurchspitzten.

Heute war ihre letzte Musikstunde vor den Feiertagen. Sie trat vom Fenster weg und summte Charles Wesleys Weihnachtslied. Charles Peddington war schon fünfundvierzig Minuten zu spät, und sie setzte sich ans Klavier und wartete auf das Geräusch seiner Kutsche. Da er normalerweise pünktlich war, machte sie den Schnee für seine Verspätung verantwortlich.

Ihre Finger bewegten sich mit feiner Leichtigkeit über die Klaviertasten aus Elfenbein, während sie den ersten Vers des Liedes sang:

Horch! Die Engelboten singen:
„Ehre dem neugeborenen König;
Friede auf Erden. Gottes Gnade ist groß,
er hat die Menschen mit sich versöhnt!“

Alle Völker sollen voll Freude singen
und mit einstimmen in den Jubel am Himmel;
und mit den Engelboten laut verkünden:
„Jesus, unser Erlöser ist in Bethlehem geboren!“
Horch! Die Engelboten singen:
„Ehre dem neugeborenen König.“

Corals Hände hörten auf zu spielen. Sie saß vor dem Klavier. Ihre Augen waren auf die Tasten gerichtet ... sie dachte an Gem. Wo war er jetzt? War er am Leben?

Inzwischen hatte ihr Vater ihre Fragen zu Onkel Hugos Bericht von Gems Tod und Dschan-Lis Vermutungen erhalten, und sie erwartete, irgendwann gegen Ende des Frühlings von ihm zu hören. Inzwischen waren mehrere Briefe angekommen, seit sie 1796 in Kalkutta abgesegelt war, und ein Paket von Elisabeth. Mittlerweile war die Nachricht von Michaels Tod in Kingscote angekommen. Sie beugte den Kopf und betete um Trost und Kraft für ihre Eltern und für Alex.

Wie würde ihr einziger Bruder mit diesem Verlust umgehen? Trotz ihres unterschiedlichen Charakters hatten er und Michael sich sehr nahe gestanden.

Das Quietschen von Kutschenrädern und das Klappern von Pferdehufen ließen Coral ans Fenster treten. Charles Peddington stieg aus der Kutsche, bezahlte den Fahrer und kam die Stufen zur Tür heraufgestapft.

Eine Minute später hörte sie, wie Simms ihn in die Halle einließ und seinen abgetragenen Mantel und seine Mütze nahm, während sich Charles dafür entschuldigte, daß er Schnee ins Haus trug.

Coral lächelte vor sich hin, als sie sich vom Fenster abwandte, um ihn zu begrüßen. Charles sah nach allem anderen aus, nur nicht wie ein ausgebildeter Musiklehrer. Er war nur ein Jahr älter als sie, und seine Jugend wurde durch seine kindliche Begeisterung für die Musik von Wesley, Cowper und Newton unterstützt. Das Singen von Lobliedern wurde keineswegs von der kirchlichen Obrigkeit unterstützt und von vielen Kirchen immer noch verdammt, aber Charles behauptete, daß der Anbruch des goldenen Zeitalters der Loblieder schließlich eine Veränderung des Gottesdienstes bewirken würde.

Er kam außer Atem ins Musikzimmer geeilt, seine braunen Augen waren sich der Tatsache bewußt, daß er eine Stunde zu spät war. Sein rundliches Gesicht war von der beißenden Kälte ganz rot. Er wischte sich unwirsch eine ungezähmte braune Haarlocke aus der Stirn und nahm eine andere Haltung ein. Er hob ein Päckchen hoch, das er unter dem Arm trug.

„Entschuldige, daß ich zu spät komme, Coral ... es war wegen Anne. Du weißt, wie sehr sie Bücher liebt. Na ja", und er stieß einen Seufzer aus. „Meine Schwester ist in einem Buchladen auf ein altes Exemplar des Olney-Liederbuches von Newton und Cowper gestoßen und wollte, daß ich es dir als Weihnachtsgeschenk mitbringe." Beinahe schüchtern hielt er es ihr entgegen. „Wir würden zwar wünschen, daß es neu und in Leder gebunden wäre."

„Ein Olney-Liederbuch! Oh, Charles!"

„Ich fürchte, es ist etwas mitgenommen."

„Wie wenn das etwas ausmachen würde. Ich hätte kein besseres Geschenk bekommen können."

Er freute sich, als sie ihm das Päckchen aus der Hand nahm und das Buch zum Klavier brachte. „Komm, wir singen!"

Sie setzte sich und spielte mehrere Lieder, während Charles mit einstimmte. Unaufhaltsam wurde sie zu „Amazing Grace" hingezogen. Als sich schließlich ein nachdenkliches Schweigen im Raum ausbreitete, kam Simms und brachte heißen Glühweintee und Weihnachtskekse. Sie lächelte Charles an und trat an einen Tisch, auf dem mehrere Weihnachtsgeschenke eingepackt und ordentlich in einen Korb gehäuft waren. Darin befanden sich ein neuer Überzieher, ein Hut und ein Cape für Charles; ein Hut nach Pariser Modell, ein Muff und ein pelzbesetztes Cape für Anne; und eine Vielzahl von Geschenken für ihren Vater, den Pfarrer; Butterkekse, Pflaumen- und Rosinenpudding, Dosen mit französischer Schokolade, englischen Bonbons und Keksen aus der Roxburyküche.

„Du und Anne, ihr kommt doch zu dem Weihnachtsball nächste Woche? Großmutter hofft, deinen Vater kennenzulernen."

Charles errötete. „Es tut mir leid, aber er kann nicht kommen ... das heißt, nun ja, unser Vater ist etwas puritanisch.

Er hat eine Abneigung gegen Bälle ... aber“, fuhr er schnell fort. „Er hat Anne und mir nicht verboten zu kommen. Er überläßt uns die Entscheidung genauso wie für die Gottesdienste in Clapham.“

Coral hatte seit mehreren Monaten die Gottesdienste in Clapham besucht. Der moderne Vorort lag drei Meilen außerhalb von London, wo mehrere wohlhabende Nonkonformisten wohnten.

Die Gruppe christlicher Laien versammelte sich unter der gottesfürchtigen Leitung ihres Pfarrers, John Venn, in der großen Bibliothek des Bankiers Henry Thornton.

Hier, zwischen großen gelehrten Büchern wurde Corals Liebe zu dem größten aller Bücher als etwas Frisches und Persönliches geweckt. Coral hörte so große Männer wie den Vorsitzenden der Ostindienkompanie, Charles Grant, der leidenschaftlich für die Unterstützung von Missionsdiensten in den amerikanischen Kolonien eintrat. William Wilberforce erwies sich nicht nur als Verfechter der Abschaffung der Sklaverei, sondern auch als Lehrer mit fundierten Bibelkenntnissen.

„Kommst du heute abend mit Doktor Boswell?“

„Ethan ist beruflich unterwegs.“

Charles zögerte, als sei er besorgt. „Ich sollte dich warnen, daß Mister Wilberforce heute abend wieder kommt.“

Coral wußte, daß Wilberforces Debatten im Parlament über die Abschaffung der Sklaverei in England Onkel Hugos Mißfallen erregt hatten. *„Seine selbstgerechte Einmischung ist nicht auszuhalten“*, hatte er beim Abendessen verkündet. Das Gericht hatte zwar den Besitz von Sklaven als ungesetzlich erklärt, aber Wilberforce und Männer wie John Newton kämpften darum, daß das Parlament ein Gestz verabschieden sollte, das es Engländern verbot, sich am Sklavenhandel zu beteiligen.

„Sir Hugo hat eine Besprechung in der Ostindienkompanie."

* * *

An jenem Abend fuhr sie mit Charles in einer Roxburykutsche nach Clapham. Und während der Schnee zur Erde tänzelte, lachten und sangen sie fröhlich.

Die Versammlungen in Clapham betonten eine praktische Art des Christentums, die nicht durch eine Kirchenliturgie erreicht werden kann, sondern die durch die persönliche Auseinandersetzung mit der Heiligen Schrift in einem intensiven Studium zum Lodern gebracht wird.

Obwohl Coral als Anglikanerin aufgezogen worden war und in der Tradition und den kirchlichen Ritualen verhaftet war, hatte sie in den vielen Jahren ihrer Krankheit, die sie ans Bett gefesselt hatten, gelernt, die Bibel selbst zu lesen und allein zu beten. Aber die Versammlungen in Henry Thorntons Bibliothek waren zu einem entscheidenden Wendepunkt in ihrer Beziehung zu Jesus Christus geworden und hatten in ihr ein neues Bewußtsein dafür geschaffen, wie nötig es ist, daß die Heiden das Evangelium erfahren.

Interessant fand Coral, daß der Vorsitzende der Ostindienkompanie, Charles Grant, die Versammlungen besuchte, und daß der Chef des Kolonialamtes den Missionaren, die in den amerikanischen Kolonien arbeiteten, viel Hilfe zuteil werden ließ. *Was würde Onkel Hugo wohl davon halten?* fragte sie sich mit einem leichten Lächeln.

Bei diesen Treffen wurde Gottes Interesse an den Nationen betont. Die Heiden waren Menschen, die er liebte, nicht Objekte menschlichen Mitleids; Seelen, deren Wert für ihn weit kostbarer war als Seide und Rubine, deren Befreiung von Satans Banden schon durch sein unbezahlbares Leiden und seinen Tod erkauft worden war. Sie waren wertvolle Siegespreise, die es zu gewinnen und dem herrlichen König darzubringen galt.

Sie dachte an Dschemanis Bekehrung und fragte sich, wieviele andere auf Kingscote von Jesus Christus erfahren könnten, wenn ihr Vater eine kleine Kapelle auf der Plantage bauen lassen würde. Aber dann erinnerte sie sich an Radschiv und erschauderte. Wer würde es wagen zu kommen? Und zu welchem Preis?

Coral beschloß, daß sie die Idee von einer Kapelle wie eine kleine Flamme am besten flackern und verlöschen ließ.

* * *

„Ich kann es nicht verstehen", bemerkte Charles einen Monat später gegenüber Coral. „Obwohl Gott weiß, daß ich dankbar dafür bin, daß ich Musik unterrichten kann, habe ich das Gefühl, daß ich gern noch etwas anderes tun würde." Er zuckte ratlos mit den Schultern. „Und doch ... sehe ich keine Möglichkeit."

„Vielleicht solltest du Pfarrer werden wie dein Vater", schlug Coral vor.

„Darüber habe ich schon gebetet. Ich habe das Gefühl, daß ich irgendwo außerhalb Englands arbeiten solle." Er lächelte reumütig. „Ich bin leicht zu beeinflussen, fürchte ich. Ich habe Brainerd gelesen und habe jetzt fast nur noch Eingeborene im Kopf."

„Vielleicht solltest du mit Mister Wilberforce oder Mister Thornton über deine Gedanken sprechen."

„Das habe ich schon. Sie haben ein Treffen mit Andrew

Fuller von der baptistischen Missionsgesellschaft arrangiert. Wer weiß? Vielleicht führen mich diese Schritte zu einer offenen Tür."

Für Coral öffnete sich eine Woche später eine Tür, als sie von einer immer stärker werdenden christlichen Bewegung für Kinder auf Londons Straßen erfuhr, die sich Sonntagsschulbewegung nannte und 1780 in einigen Freikirchen eingeführt wurde.

Die Sonntagsschulbewegung, die Robert Raikes bekannt machte, legte nicht nur viel Wert darauf, daß Kindern die Bibel gelehrt wird, sondern auch darauf, ihnen Lesen, Schreiben und Rechnen beizubringen. Dieses Projekt hatte sofort ihr Interesse geweckt, und als sie es Ethan gegenüber erwähnte, bot er an, sie zu begleiten, damit sie diese Treffen einmal besuchen konnte.

„Alles, wenn es ein Lächeln auf dein Gesicht bringt", sagte er und nahm ihre Hand, die von einem Handschuh gewärmt war, in die seine. „Coral, du siehst so gut aus. Meine Hoffnungen, daß du wieder ganz gesund wirst, fliegen hoch wie ein Adler!"

Sie lächelte ihn an. „Ich bin dir für vieles so dankbar, Ethan. Der Herr ist wirklich gut. Und ich glaube, er hat dich mit großem medizinischen Wissen und Weisheit gesegnet. Wie lieb von dir, daß du heute Billy Morley untersucht hast. Er ist ein Waisenkind, wie du weißt."

„Ich habe es für dich getan. Ich freue mich immer, wenn du lächelst."

„Auf den Straßen gibt es so viele Kinder, die wie er einen Arzt brauchen. Wenn man nur etwas unternehmen könnte."

„Mir ist es genug, Coral, dich wieder gesund und bei Kräften zu sehen. Die Farbe ist wieder in deine Wangen zurückgekehrt, und deine Augen tanzen."

Sie lachte und hängte sich bei ihm ein, während sie von dem kleinen Kirchengebäude, das in den Slums von London errichtet war, zurückgingen. „Das liegt daran, daß Frühling ist."

„So ist es." Ethan machte eine Pause, bückte sich zu Boden und richtete sich unerwartet mit einer Anemone in der Hand wieder auf.

„Für dich. Die erste Anemone in diesem Frühling. Selbst die armselige Seite Londons feiert das Glück, daß Miss Coral Kendall über ihr Kopfsteinpflaster spaziert."

Coral lächelte und nahm die kleine Blume. Unter seinem unverwandten Blick senkte sie die Augen.

„Ich stehe in deiner Schuld, Ethan."

Er schloß die Hand fester um ihre Hände. „Du bist noch nicht ganz gesund. Aber ich gebe zu, daß ich egoistisch bin. Ich freue mich, wenn du sagst, daß ich der Grund hinter deinem Lächeln bin."

„Du bist alles andere als egoistisch. Das kann mir niemand einreden."

„Ich will, daß du in meiner Schuld stehst", sagte er leichthin, als sie weiter zur Kutsche gingen.

Coral warf ihm lachend einen Blick zu, aber er lächelte nicht.

Er blieb stehen und blickte zu ihr nieder. Im Sonnenschein waren seine grauen Augen hell und warm.

„Ich will, daß du mir verpflichtet bist, damit du meinen Heiratsantrag nicht ablehnen kannst. Nein – schau nicht so entsetzt. Ich mache dir keinen Antrag ... noch nicht." Ethan lächelte. „Ich bin bereit, so lange zu warten, wie es nötig ist. Aber ich bin zutiefst enttäuscht, wenn du nicht meine Verlobte bist, bevor du nach Indien zurückkehrst."

Coral blickte auf die Blume in ihrer Hand herab und fühlte den leichten Wind an ihrem Hut und seine Finger, die sich um ihr Handgelenk legten. Mit Ethan verlobt ...

„Du weißt, daß die ganze Familie erwartet, daß wir heiraten."

„Ja."

„Ich würde mich sehr freuen, dich als meine Frau zu haben, Coral. Doch ich will, daß es auch dein Wunsch ist."

Ihre Stimme zeugte von Selbstsicherheit. „Ich will ehrlich sein. Bis jetzt war ich mehr daran interessiert zu erfahren, wie weit dein christlicher Glaube geht, als an allem anderen."

„Und jetzt?"

Coral mußte zugeben, daß das Verhalten von Vetter Ethan über jeden Tadel erhaben war. Sie mußte nur eine Versammlung erwähnen, und wenn er nicht beruflich verhindert war, fuhr er mit seiner Kutsche vor. Die Erwähnung der Londoner Waisenkinder, die in der Sonntagsschule unterrichtet werden, und daß einige der Kinder krank waren, hatte ihn veranlaßt, heute mitzukommen und sie, so gut er konnte, zu behandeln. *„Ich habe John Wesleys kostenlose Apotheke in London immer als ein Geschenk Gottes angesehen"*, hatte er gesagt. *„Davon sollte es mehr geben."*

Coral hatte keinen Grund, seinen christlichen Glauben anzuzweifeln. Und er war zuverlässig und liebte ordentliche Verhältnisse. Leichtsinnige oder gefährliche Abenteuer waren ihm fremd. Das alles achtete und respektierte sie.

„Ich ... ich gewinne dich lieb, Ethan."

Seine Hand drückte die ihre. „Ich bin höchst erfreut. Ich werde weise sein und jetzt nichts mehr sagen." Seine Stimme wurde vorsichtig. „Dann gibt es niemand anderen?"

„Oh, nein", erwiderte Coral eilig.

Er lächelte. „So lange du das sagst, will ich versuchen, Geduld zu haben."

„Oh!" Ein plötzlicher Windstoß ließ ihre blonden Locken und ihren Hut im Wind flattern, und die Anemone in ihrer

Hand verteilte ihre Blütenblätter über die schmutzige Londoner Straße.

„Komm, ich kaufe dir einen Armvoll Rosen", sagte er lachend und zog sie hinüber zu der wartenden Kutsche.

Coral lachte auch und blickte zurück, wo die Blume jetzt zerzaust auf dem Pflaster lag. Irgendwie erstarb ihr Lachen.

* * *

Der Frühling 1798 hielt mit vielen blühenden Anemonen und dem süßen Duft des Flieders in London Einzug; und Onkel Hugo, Margaret und Belinda bestiegen ein Schiff der Ostindienkompanie mit dem Ziel Kalkutta. Coral stand mit Ethan, Großmutter Victoria und ihren Schwestern im Hafen der Ostindienkompanie und sah dem Schiff nach, wie es aus dem Hafen auslief. Sie fühlte eine steife Meerbrise im Gesicht und hob eine Hand, um ihnen nachzuwinken.

Die Ostindienflotte fuhr in einer Parade in Richtung Ärmelkanal. Dieser eindrucksvolle Anblick raubte ihr den Atem. Sie zählte mindestens zwanzig große Dreimaster in doppelter Reihe, die von stolzen Fregatten der Königlichen Marine eskortiert wurden. Die Ostindienschiffe stapften durch das böige Meer, und ihre Flaggen wehten triumphierend oben an den Masten. Die weißen Segel beulten sich in den Wolken gegen den graublauen Himmel.

Die unterschiedlichsten Passagiere reihten sich an der Reling jedes Schiffes, um einen letzten Blick auf England zu werfen. Coral erblickte Soldaten, die auf dem Weg waren, die Armee der Ostindienkompanie in Kalkutta oder Bombay zu verstärken, Frauen, die ihre Männer besuchten, Beamte der Kompanie – wie Sir Hugo – und ihre Familien, die einen neuen Posten einnahmen, und zweifellos auch Abenteurer, die ihr Glück im Osten versuchten.

„Das ist der erste Konvoi, der in diesem Jahr in den Orient segelt“, erzählte Ethan.

Der Gedanke an Schiffe, die auf dem Atlantik segelten, lenkten Corals Gedanken auf Michael und unausweichlich auch auf den nachlässigen jungen Abenteurer, der für seinen Tod verantwortlich war.

„Wir sehen sie bald in Kalkutta wieder“, sagte Ethan in ihr Ohr.

Coral blickte ihn an. Er lächelte mitfühlend. Sie begriff, daß er ihre Schwermut für Traurigkeit über die Abfahrt ihrer Familie hielt. Sie lächelte ihn an und blickte dann zurück auf das abfahrende Schiff.

Jetzt steht mir nichts mehr im Weg, Direktor Rawlings aufzusuchen.

18

Ich will meine Gelübde dem Herrn erfüllen ...

Psalm 116,14a

Juni 1798

Der Brief von Sir Hampton kam im Juni an. Mit dem Wunsch, den Inhalt allein zu lesen und zu verarbeiten, zog sich Coral von den anderen zurück und ging in ihr Zimmer im Roxburyhaus hinauf.

Nachdem sie die Tür hinter sich geschlossen hatte, riß Coral den Umschlag auf. Mit zitternden Fingern las sie die gestochen scharfe Handschrift ihres Vaters:

Kingscote, November 1797

Meine liebe Tochter Coral,
Deine Mutter und ich haben doppelten Grund zur Traurigkeit. Letzte Woche erhielten wir einen Brief von Kapitän Buckley. Inzwischen habt ihr auch erfahren, daß wir Michael auf dem Meer verloren haben. Deine Mutter kommt über seinen Tod gut hinweg, aber Alex ist zutiefst betrübt, und wir wissen nicht, was wir tun sollen. Er ist unkontrollierbar, wütend auf Gott und die

Menschen. Vergiß nicht, für ihn zu beten, denn dies ist deiner Mutter und mir ein wichtiges Anliegen.
Was den kleinen Gem betrifft... Gott gebe seiner Seele Frieden. Es schmerzt mich zutiefst, daß Sir Hugo dir die Umstände seines Todes erzählt hat. Er hat mir geschrieben und die Gründe erklärt, warum er sich dazu gezwungen sah. Deine Mutter und ich waren um deine Gesundheit besorgt. Daher erschien es uns damals am besten, dir diese Einzelheiten zu ersparen.
Ja, dein Onkel war in jener schrecklichen Nacht bei mir, als viele von Kingscote ausgeschwärmt waren, um Gem zu suchen. Wie Hugo sagte, war es Natine, der ihn an der Stelle fand, wo er am Flußufer angeschwemmt worden war. Aber ich war es, der den Kleinen identifizierte – das, was von ihm übrig geblieben war. Er war von Krokodilen angegriffen worden und nicht mehr zu erkennen. Doch es war Gem, auch wenn du vom Gegenteil überzeugt bist. Er trug den Schlafanzug, den er angehabt hatte, als er aus dem Kinderzimmer geraubt wurde, in dem sein Name eingestickt war, und das kleine Goldkreuz, das du ihm bei der Adoption umgehängt hattest, hing noch um seinen Hals. Ich habe es dir in diesem Umschlag beigelegt. Der Beweis, liebe Tochter, daß der Wunsch unseres Herzens den Willen des Allmächtigen nicht ändern kann.
Ich bedauere es sehr, dir diese traurigen Worte schreiben zu müssen, aber du wolltest es wissen, und ich konnte sie dir nicht länger vorenthalten. Mir war daran gelegen, dich vor den häßlichen Umständen seines Todes abzuschirmen. Es gibt zwar immer noch keinen Hinweis darauf, wer für diese entsetzliche Tat verantwortlich ist, aber ich bin sicher, es war das Werk von irgend jemand

auf Kingscote – oder im Dorf – jemand, der über seine christliche Adoption empört war.
Gottes Friede bewahre dein Herz. Wenn du deinen Vater liebst, dann läßt du dir von diesem Verlust nicht deine ganze Zukunft zerstören. Du mußt dich für das Leben entscheiden und dich auf eine Hochzeit mit deinem Vetter Ethan, deine eigenen Kinder und eine Zukunft auf Kingscote freuen.

In Liebe, dein Vater,
Sir Hampton Kendall

Mit Tränen in den Augen starrte Coral das kleine Goldkreuz an, das sie auf der Handfläche liegen hatte. Ihr Herz wollte angesichts der neu aufkommenden Traurigkeit zerspringen. Es war, als wäre es erst gestern gewesen, daß sie es Gem um den Hals gehängt hatte.

Sie ging zu dem mit Samt bezogenen Sofa und setzte sich. Von Krokodilen angegriffen ... nicht mehr zu erkennen ... Ihr Verstand rang mit einer schwachen Möglichkeit. Hatte Dschan-Li recht? War sie wirklichkeitsfremd? Es dämmerte Coral, daß ihr Vater ihre Ayah nicht erwähnt hatte, noch die Narbe an der Ferse des Kindes, nach der sich Coral erkundigt hatte. Vielleicht würde Dschan-Li schreiben.

Coral bemühte sich mit aller Kraft darum, ihre aufwallenden Gefühle unter Kontrolle zu halten. Angenommen, die Entführer hatten diese schreckliche Untat begangen, um Sir Hampton zu veranlassen, die Suche einzustellen? Es wäre ein Leichtes für sie gewesen, die Kleider auszutauschen.

Ihre Entscheidung fällte sie ruhig und mit einer neuen, festen Entschlossenheit. *Ich werde mit der Zukunft nicht zurecht kommen, solange die Fragen um die Vergangenheit in meinem Herzen nicht geklärt sind. Das schulde ich nicht nur Gem und mir selbst, sondern auch Ethan.*

* * *

In der Ostindienkompanie stieg ihr der Geruch von Tinte, Papier und Lampenöl in die Nase, als Coral Mister Rawlings gemeldet und durch die schwere Eichentür in die Räume des Direktors geführt wurde. Das erste, was sie begrüßte, war ein großer Schreibtisch, auf dem eine offene Lederschatulle stand, in der sich eine reiche Ansammlung von exotischen Miniaturfiguren befand: bengalische Tiger, Geparde, Affen, Vögel und sogar Krokodile. Coral war auf der Stelle fasziniert.

Sir Edward Rawlings, der Direktor der Kompanie, hatte eine Öllampe nahe an seinen silbergrauen Kopf herangezogen und blickte durch ein Vergrößerungsglas. Er war so vertieft, daß Coral sich fragte, ob er ihre Anwesenheit überhaupt bemerkte. Sie sah, daß er einen Elfenbeinelefanten begutachtete. Eine Figur, die anscheinend das Pendant dazu war, saß vor ihm. Waren die grünen Augen aus Jade oder aus Smaragd? Ihr Vater hatte seinen alten Bekannten als schlauen und gerissenen Mann beschrieben, und der freundliche englische Gentleman vor ihr war ganz anders, als sie sich Sir Rawlings vorgestellt hatte. In Wirklichkeit war er eine Schlüsselfigur in einem Netz von verschiedenen Einzelgängern, die in der dunklen und gefährlichen Welt östlicher Intrigen herumstocherten. Das Netz war eines von mehreren, die aus verschiedenen Gründen gegeneinander arbeiteten. „Eine entzückende Überraschung, eine Tochter von Hampton kennenzulernen."

Seine Stimme unterbrach das Schweigen und verblüffte sie. Er blickte nicht auf, sondern untersuchte weiter den Elefanten. „Nehmen Sie Platz, Miss Kendall, und sagen Sie mir, was Sie zu mir führt. Ich vermute, Ihr Onkel ist inzwischen nach Kalkutta aufgebrochen?"

Sie verstand nicht, warum sie überrascht war, daß er Sir Hugos Abfahrt erwähnte. Natürlich mußte Rawlings als Direktor der Ostindienkompanie wissen, daß Hugo Roxbury nach Kalkutta unterwegs war.

„Mein Onkel und seine Familie sind letzte Woche abgereist. Der Generalgouverneur hat ihm einen neuen Posten übertragen, aber ich weiß nur wenig darüber. Ich glaube, es hat etwas mit Burma zu tun."

Rawlings blickte zum ersten Mal auf, und seine scharfen grauen Augen sahen sie forschend an. „Sie wissen, daß der König von Assam einen Vertrag mit der Kompanie unterzeichnet hat? Gott sei Dank ist der Krieg fast beendet. Sie sagten, daß vor zwei Jahren ein Angriff auf Kingscote stattfand?"

„Ja, deshalb bin ich hier. Mein Kind wurde entführt. Aber die Angreifer waren keine Burmesen, sondern Inder. Es waren Sepoys."

Rawlings sah entsetzt aus. „Was! Sir Hugo hat nichts von der Entführung eines europäischen Kindes gesagt!"

Coral beeilte sich, ihm zu erklären: „Gem hat indisches Blut." Als sie seine desinteressierte Miene sah, fügte sie mit Nachdruck hinzu: „Ich habe ihn adoptiert, er besitzt dieselben Rechte und Privilegien wie jedes Kind, das in der Kendallfamilie geboren wird."

Er zog eine buschige, weiße Augenbraue in die Höhe. Er hatte verstanden, war aber sichtlich überrascht. „Ich verstehe ... Sepoys haben ihn entführt, sagen Sie?"

„Ja, ich kam ins Kinderzimmer, als Gem gerade auf die Veranda hinausgeschleppt wurde ... ich versuchte, den Sepoy aufzuhalten, doch leider ohne Erfolg. Aber ich habe sein Gesicht genau gesehen. Er war eindeutig ein Inder. Ich bin hier, Mister Rawlings, weil ich glaube, daß Gem am Leben ist, obwohl man mir gesagt hat, er sei tot."

„Und was genau wünschen Sie von mir?"

„Mein Vater hat von Ihnen gesprochen. Ich ... habe ihn so verstanden, daß Sie viele Abenteurer in Indien und Burma kennen. Ich möchte einen Söldner anheuern, der versuchen soll, ausfindig zu machen, wo sich mein Sohn befindet. Ich will mit Sicherheit wisen, ob er am Leben ist oder ... tot. Und wenn er am Leben ist, will ich ihn zurück haben. Ich bezahle gut für brauchbare Informationen."

Rawlings hörte auf, den geschnitzten Elefanten zu untersuchen und blickte stattdessen Coral forschend an, als überlege er, ob die Entschlossenheit einer so weltfremden jungen Frau ernst genommen werden konnte. Er richtete seinen Blick wieder auf den Tisch und sah für einen weiteren langen Augenblick noch einmal den Elefanten an, dann sprach er.

„Der Generalgouverneur in Kalkutta hat bereits mit Hampton über den Angriff auf Kingscote gesprochen. Offiziell kann die Kompanie wenig tun, außer sich an den Radscha zu wenden und ihn um seine Kooperation zu bitten, neue Informationen über die Entführung des Jungen ausfindig zu machen. Das alles hat Hampton sicher schon veranlaßt, dessen bin ich mir sicher."

„Und inoffiziell? Gibt es keine anderen Türen, an die man klopfen könnte?"

Rawlings stellte den Elefanten beiseite und sah sie durchdringend an. „Allerdings ... aber als Hamptons Freund, meine Liebe, zögere ich, seine junge Tochter ohne sein Wissen in eine solche Sache zu verwickeln. Hampton billigt es wahrscheinlich nicht, wenn Sie sich in fernöstliche Intrigen einlassen, und wenn er diese Türen verwenden wollte, könnte er das selbst auch."

„Das tut er nicht, weil er überzeugt ist, daß Gem tot ist. Mein Vater kann ein starrsinniger Mann sein, Mister Rawlings. Er hat meinen Sohn geliebt und der Verlust trifft ihn schwer. Wenn ich auch nur einen Hoffnungsfunken in die Hand bekäme, der beweist, daß Gem am Leben ist ... bin ich sicher, daß er mir zuhört und selbst die Sache weiter verfolgt. Aber mein Onkel hat ihn davon überzeugt, daß meine Entschlossenheit, Gem zu finden, nur Hirngespinste einer Kranken seien."

„Sir Hugo?"

„Ja."

Der ältere Mann trommelte mit den Fingern auf seinem Schreibtisch und sah sie an. Coral war schon sicher, ihr Besuch bliebe ohne Erfolg, als er plötzlich nach einer Feder und Tinte griff.

„Ich kann Ihnen den Namen eines Mannes in Indien geben, der Ihnen vielleicht weiterhelfen kann. Er kennt das Land gut und hat Kontakt zu indischen und burmesischen Spionen." Er blickte auf, und seine scharfen Augen sahen sie geradewegs an. „Ohne Umschweife muß ich Sie aber warnen, daß das teuer für Sie wird."

Corals Herz klopfte vor Aufregung. „Ich will alles in meiner Macht Stehende tun, um das Geld aufzubringen."

„Ein Söldner setzt sein Leben aufs Spiel. Sie arbeiten nicht billig. Seine Kontaktpersonen erwarten auch, für ihr Risiko entlohnt zu werden."

Coral hatte außer dem Geld für ihren Aufenthalt in London keine Reserven, aber diese Gedanken schob sie für den Augenblick von sich. „Ich verstehe." Sie mußte auch warten, bis sie nach Kalkutta zurückkäme ... aber wenigstens den Namen eines Söldners zu haben, war schon einmal ein Anfang. Plötzlich war sie begeistert. Erhörte der Herr trotz allem ihre Gebete?

Rawlings faltete das Papier zusammen und steckte es in einen Umschlag. „Ich vermute, daß Sie vorerst nicht nach Indien zurückkehren."

„Leider nicht. Ich muß noch eine Schule besuchen und befinde mich wegen Tropenfiebers in ärztlicher Behandlung."

„Häßliche Sache, das Fieber ... hatte es selbst in jüngeren Jahren." Rawlings schwieg kurz und blickte die junge Dame vor sich forschend an. „Miss Kendall, ich brauche Ihnen nicht zu sagen, daß Sie mit diesem Namen vorsichtig umgehen müssen. Plaudern Sie ihn nicht unbedacht aus. Wenn Sie in Kalkutta ankommen, nehmen Sie unter der Adresse, die in diesem Umschlag steht, Kontakt zu ihm auf. Ich habe Ihnen sein Pseudonym gegeben. Wie ich schon sagte: Es ist ein riskantes Unterfangen."

„Ja, ich habe verstanden." Coral steckte den Umschlag mit zitternden Fingern in ihre Handtasche. „Danke. Sie sind mir eine sehr große Hilfe, Mister Rawlings, Sie sind sehr freundlich." Sie lächelte. „Mein Vater hatte recht. Sie sind wirklich ein Freund."

Rawlings erhob sich lächelnd und reichte ihr die Hand. „Wollen wir hoffen, daß Hampton immer noch so denkt, wenn er herausfindet, wie ich seiner Tochter geholfen habe."

* * *

Neben den Versammlungen in der Bibliothek von Henry Thornton besuchte Charles Peddington auch eine Gruppe, die in der Exeterhalle ihre Zusammenkünfte hatte.

Hier in der Halle in London, wo die meisten Missionsgesellschaften ihre jährlichen Treffen veranstalteten, hatten die Vorträge und Gespräche einen so starken Einfluß auf die nonkonformistische Gemeinde, daß die Regierung sich genötigt sah, missionarischen Unternehmungen wohlwollend gegenüberzustehen.

„Besonders der Gedanke, daß weiße Siedler und Händler die Eingeborenen in den Kolonien nur zu ihrem eigenen Nutzen ausbeuten“, erzählte Charles Coral.

Charles war gerade von einer Veranstaltung gekommen, und Coral bemerkte, daß er aufgeregter erschien als üblich. „Ich habe heute abend Andrew Fuller von der baptistischen Missionsgesellschaft kennengelernt. Er hat mir von William Carey berichtet, und ich wußte sofort, daß dich das auch interessieren würde.“

„William Carey?“

„Er ist 1793 nach Bengalen aufgebrochen. Mister Fuller sagt, daß Carey beabsichtigt, die Bibel in alle Sprachen Indiens zu übersetzen!“

„Indien!“ rief Coral mit Entzücken aus.

„Bruder Carey war es, der die baptistische Missionsgesellschaft gegründet hat. Doktor John Thomas kam 1792 aus Kalkutta und sprach in Kettering zu der Gruppe. Bruder Carey war bei ihm. Thomas sprach von der Armut und dem Aberglauben und von den drei Brahmanen, die ihm einen Brief geschickt hatten, in dem sie ihn um Hilfe baten. Die Gesellschaft wählte Doktor John Thomas als ihren Vertreter. Aber das ist nicht alles. Als Thomas in Kettering 1793 bei der Missionsversammlung sprach, bat er, daß andere ihn bei seinem umfangreichen Vorhaben unterstützten. Es war William Carey, der aufstand und sich freiwillig meldete, mit ihm nach Indien zu gehen. Schau – ich habe dir William Careys Abhandlung über die Weltmission mitgebracht. Es gilt als literarisches Meisterwerk, eine Carta für die Kirche.“

Coral nahm die Abhandlung und las den langen und vielsagenden Titel: „Eine Erarbeitung der Verpflichtungen der Christen, Mittel zur Bekehrung von Heiden einzusetzen, bei denen die religiöse Situation der nicht christlichen Völker der Welt, der Erfolg früherer Unternehmungen und die praktische Möglichkeit weiterer Unternehmungen berücksichtigt werden."

„Andrew Fuller war an dem Abend dabei, als Doktor Thomas in Kettering sprach", fuhr Charles fort. „Er kennt William Carey gut. Er sagte, als Carey aufstand und das Wort ergriff, schwor er an Ort und Stelle, Thomas zu begleiten. Daraufhin sprang Thomas auf und fiel Bruder Carey um den Hals und weinte vor Freude.

Andrew Fuller sagte: ‚In Indien liegt eine Goldmine, aber sie ist so tief vergraben wie der Mittelpunkt der Erde.' Er sagte: ‚Wer wird es wagen, sie auszuheben?' und Bruder Carey sagte: ‚Ich will es wagen hinunterzusteigen, aber Sie müssen das Seil halten.'"

Coral war tief bewegt und blickte die Abhandlung in ihren Händen an.

Charles legte eine Hand auf ihre. „Coral – ich habe dem Herrn heute abend in der Exeterhalle ein Gelöbnis abgelegt."

Er blickte ihr in die Augen. „Du?" flüsterte sie.

„Ich weiß nicht, was der Herr mit mir vorhat, aber ... das, was ich von Andrew Fuller über Indien hörte, genügte, um mich davon zu überzeugen, mich meinem Bruder Franklin anzuschließen. Ich hoffe, ich finde William Carey und Doktor Thomas."

„Oh, Charles ... wann willst du aufbrechen?"

„Bald. Ich will es heute abend noch meinem Vater und meiner Schwester sagen. Franklin dringt schon seit Jahren in mich und will mich überreden, mich zu ihm zu gesellen. Aber erst als ich heute mit Andrew Fuller über Doktor Thomas und William Carey sprach, wußte ich, was ich tun will." Er nahm ihre Hand. „Jetzt weiß ich, warum der Herr dich in mein Leben geführt hat, Coral. Du hast mir das Herz eines Volkes nahe gebracht, das Indien heißt. Durch deine Augen habe ich seine Not, seine Schmerzen und seine Schönheit gesehen. Dorthin gehöre ich."

Corals Augen füllten sich mit Tränen.

„Und unsere Freundschaft kann weiter bestehen, wenn du nach Hause zurückkehrst", fügte er hinzu. „Ich werde dich und deine Schwestern auf Kingscote besuchen können."

* * *

In ihrem Zimmer bereitete sich Coral auf die Nacht vor. Sie machte es sich unter den Satindecken bequem und stützte ihren Rücken mit Kissen ab. Mit der Öllampe auf dem Tisch neben ihrem Bett begann sie die siebenundachtzig Seiten von William Careys Abhandlung zu lesen – die Arbeit von acht Jahren.

Careys Wissen über die Geographie, die Rassen und Religionen der Heiden und die großen Schwierigkeiten, der Welt das Evangelium zu bringen, war bemerkenswert. Coral war beeindruckt.

Da sie aus Indien stammte, konnte sie Careys Eifer und Leidenschaft für die Verlorenen gut verstehen. Ihr Herz klopfte plötzlich ganz aufgeregt, als sie las, wie Gott sein Denken und seine Seele mit dem Befehl erfüllte, in alle Welt hinauszugehen und das Evangelium zu verkünden.

Und jetzt ist er dort, dachte sie. *Er ist in* meinem *Indien!*

Coral las in der Abhandlung, daß der Befehl zu gehen und Jesu Verheißung, daß er alle Tage bei uns ist, nicht nur der

Urkirche der Apostel galt, sondern allen Christen in jeder Generation.

Als sie die siebenundachtzig Seiten zu Ende gelesen hatte, legte sie die Abhandlung beiseite, nahm ihre King James Bibel und schlug Jesaja 54,2-3 auf, die Bibelstelle, die Charles aus William Careys Predigt vor der baptistischen Missionsgesellschaft mitgeschrieben hatte.

Mache den Raum deines Zeltes weit und breite aus die Decken deiner Wohnstatt; spare nicht! Spann deine Seile lang und stecke deine Pflöcke fest! Denn du wirst dich ausbreiten zur Rechten und zur Linken …

Die Worte bekamen neues Leben mit einer heiligen Leidenschaft, als sie sich vorstellte, wie Carey sie bei der Versammlung in Nottingham am 30. Mai 1792 predigte. Die Worte seiner Botschaft wurden brennende Kohlen von Gottes Altar, als hätten sie wie auf Seraphinen ihren Weg mit Flügeln gebahnt. Vor ihrem geistigen Auge sah sie nicht einen einfachen Schuhmacher, der zum Dorfprediger geworden war, sondern einen glühenden Feuerboten, der mit einem gezückten silbernen Schwert die Schlafenden aufweckte und herausforderte.

„Vorwärts! Vorwärts! Dürstet Seine Seele nicht nach den Tausenden, ja Millionen Menschen, die unter Satans Herrschaft verschmachten und von Seinen Soldaten nicht zur Herausgabe verlangt werden? Löse die Bande, zerreiß die Ketten, verkünde den Gefangenen die Freiheit, gib den geistlich Blinden das Augenlicht;

warum schlaft ihr mit dem Schwert in der Scheide und habt die Rüstung abgelegt? Erwacht, oh Ihr Schlafenden!"

Für Coral war es, als ob Gott eine Feder in die Hand genommen hätte und seinen Willen für sie aufzeichnete. Kingscote tauchte vor ihrem geistigen Auge auf, und sie sah Hunderte indische Kinder, die in der Seidenzucht arbeiteten.

Rühme, du Unfruchtbare, die du nicht geboren hast! Freue dich mit. Rühme und jauchze, die du nicht schwanger warst! Denn die Einsame hat mehr Kinder, als die den Mann hat, spricht der Herr!

Dieser Bibelvers sprang ihr in die Augen und forderte ihre Aufmerksamkeit.

Diese Kinder, dachte Coral. *Diese Kinder, die von allen außer von Gott vergessen wurden, sind* meine *Kinder. Ich muß nach Kingscote zurück, um sie zu retten.*

Das Kind, das sie in ihrem Traum immer suchte, war mehr als nur Gem. Aus dem einen Kind wurden viele indische Babys, Gems Lachen in der Ferne wurde zur Stimme von hundert Kindern, die sie aufforderten, sich für ihre Not einzusetzen.

Corals Herz klopfte. *Oh, Herr, ist das möglich?* Würde er ihr erlauben, in der Erinnerung an Gem die Unberührbaren zu erreichen?

Aber wie soll ich hundert Kindern helfen?

Robert Raikes und die Sonntagsschulbewegung kamen ihr in den Sinn. Eine Schule ... natürlich. Ihnen Lesen und

Schreiben beibringen ... ihnen Geschichten aus der Bibel erzählen und ihnen helfen, Bibelstellen auswendig zu lernen. Welches edlere Anliegen sollte es geben?

Coral erinnerte sich daran, wie gut sie Gem unterrichtet hatte. Schon als kleines Kind konnte er Teile von Johannes 3,16 wiederholen. Wenn sie ein Kind unterrichten konnte, dann konnte sie auch viele unterrichten. Wenn sie ein Kind lieben konnte, dann konnte Gottes überfließende Liebe, die durch sie hindurch strömte, auch Hunderte, ja sogar Tausende lieben.

Herr, ich habe so lange schon um Führung gebetet ... Spricht jetzt dein Geist zu mir? Eine Schule? Aber wie? fragte Corals pragmatische Natur.

Ihre Augen fielen auf eine herausfordernde Aussage William Careys, die Charles über das Papier geschrieben hatte –

„Erwarte Großes von Gott; wage Großes für Gott!"

„Herr, wenn du mich wieder gesund genug machst, um nach Kingscote zurückzukehren, versuche ich, eine Schule zu eröffnen, um die Unberührbaren zu erreichen. In deinem Namen werde ich die kleinen Aussätzigen berühren."

Spät in dieser Nacht setzte sich Coral an den Schreibtisch und schrieb ihrer Mutter über William Carey und seine Arbeit in Indien. Sie erklärte ihren Wunsch, eine kleine Schule auf Kingscote zu errichten und schloß mit dem Vers aus Matthäus 19,13-14:

Da wurden Kinder zu ihm gebracht, damit er die Hände auf sie legte und betete. Die Jünger aber fuhren sie an. Aber Jesus sprach: Lasset die Kinder und wehret ihnen nicht, zu mir zu kommen; denn solchen gehört das Himmelreich.

19

Sieht er nicht meine Wege und zählt alle meine Schritte?

Hiob 31,4

17. Mai 1799

Coral hielt den Brief zitternd in der Hand und setzte sich langsam auf die mit Samt überzogene Ottomane im Salon. Kathleen und Marianna knieten neben ihr. Sie blickten ihr über die Schulter und lasen selbst den Brief.

Coral kostete es einige Mühe, ihre Stimme ruhig klingen zu lassen, als sie ihren Schwestern den Brief laut vorlas, während Großmutter Victoria unbeweglich dabei stand und ihr Taschentuch verkrampft in der Hand hielt.

Kingscote, Oktober 1798

Liebe Töchter,
die Umstände auf Kingscote machen es erforderlich, daß ihr alle drei euren Aufenthalt in London abbrecht und ohne Verzögerung Vorkehrungen für die Heimfahrt trefft. Ich werde mich bald mit Seward in Verbindung setzen, der sich in Darjeeling aufhält. Nach Michaels Tod bot er seine Dienste an, falls ich ihn irgendwann

brauchen sollte, und ich zweifle nicht daran, daß ich mich jetzt auf ihn verlassen kann. Ich rechne damit, daß er in Kalkutta ist, um euch sicher nach Hause zu begleiten. Ich habe im letzten Monat Alex in Österreich geschrieben. Bis ihr diesen Brief erhaltet, wird er bereits an Bord eines Schiffes sein und dürfte vor euch auf Kingscote ankommen.

Sir Hugo und Margaret sind in Kalkutta. Sie werden sich mit Seward um euch kümmern. Ich rechne damit, daß ihr einige Wochen bei ihnen bleibt, bis alles für die Fahrt über Land geregelt ist. Tante Margaret wird euch ausführlich erklären, warum ihr nach Hause kommen müßt.

Mit herzlicher Liebe, euer Vater
Sir Hampton Kendall

Coral saß da und konnte kein Wort über die Lippen bringen. Sie hörte Mariannas Stimme schluchzen. „Es ist Mama! Ich weiß es! Ihr ist etwas zugestoßen!"

Großmutter kam schnell zu ihr, und Marianna fiel ihr in die Arme. „Kind, das wissen wir nicht. Oh, dieser verflixte Hampton! Er hätte auch etwas mehr erklären können! Er konnte sich doch denken, welche Sorgen er auslösen würde!"

„Sicher hat er dir geschrieben, Großmutter, und dir alles erklärt", warf Coral ein. „Zweifellos hat Vater beide Briefe gleichzeitig abgeschickt, aber deiner ist irgendwie länger unterwegs." Sie fügte schnell hinzu: „So *muß* es sein."

„Das bedeutet, daß ich nie im Seidenhaus arbeiten werde", weinte Kathleen. „Ich will nicht nach Indien zurück!" Sie eilte zu ihrer Großmutter. „Großmutter Victoria, unternimm doch etwas, irgendetwas! Du hast es mir versprochen! Du hast gesagt, daß Jacques aus mir die beste Couturiere in ganz London machen wird!“ Ihre goldbraunen Augen blickten sie flehend an, und Großmutter sah traurig aus.

Marianna hob ihr herzförmiges Gesicht und ihre nassen Wangen. „Wie kannst du in so einem Augenblick überhaupt an dich denken?“ schluchzte sie vorwurfsvoll. Ihr Ton klang, als würde Kathleen ihre Mutter und ihren Vater verraten.

„Wir wissen nicht, ob Mama etwas zugestoßen ist!“ gab Kathleen zurück. „Du rechnest immer mit dem Schlimmsten.“

„Hört auf, alle beide“, befahl Großmutter. „Um Himmels willen! Jetzt ist nicht die Zeit, euch wie zwei Katzen gegenseitig anzufauchen. Simms!“ rief sie und klopfte mit ihrem Stock mehrmals auf den Boden. „Simms!“

„Hier bin ich, gnädige Frau!“

„Rufen Sie Ethan. Sagen Sie ihm, er soll sofort kommen. Es ist mir gleichgültig, was er gerade tut. Sagen Sie ihm, ich will ihn auf der Stelle sehen.“

„Ja, gnädige Frau.“

Coral erhob sich langsam und umklammerte immer noch den Brief. Sie kämpfte darum, ihre Ängste und Befürchtungen nicht zu zeigen. „Vielleicht hat Kathleen recht. Wir kennen die Umstände nicht, wegen derer Vater uns zurückruft. Wenn ... wenn etwas mit Mutter wäre, hätte er uns das sicher geschrieben.“

„Außer es ist so, wie du zuerst sagtest“, entgegnete Marianna. „Daß ein Brief an Großmutter Victoria, in dem er die Gründe erklärt, noch nicht angekommen ist.“

„Aber es kann auch ein ganz anderer Grund sein, aus dem er uns nach Hause holt“, beharrte Coral.

„Warum hat Papa dann Mutter in seinem Brief nicht erwähnt?“

Coral verdrängte die neu in ihr aufsteigende Angst. Vor ihnen lag eine lange Seereise nach Kalkutta. Und Mariannas Unsicherheit würde sie nicht leichter machen. „Ich weiß es nicht ... aber Vater hat uns schon mehr Briefe geschrieben, ohne sie zu erwähnen."

„Das stimmt", warf Großmutter hoffnungsvoll ein. „Und wir haben erst im letzten Monat einen Brief von Elisabeth erhalten."

„Ja, aber geschrieben hat sie ihn vor sechs Monaten", schluchzte Marianna.

Corals Aufmerksamkeit richtete sich von den anderen beiden auf Kathleen. Sie war ans Fenster getreten und hatte ihnen den Rücken zugewandt. Coral konnte ihren Wunsch, in London zu bleiben und bei Jacques weiter zu arbeiten, nachempfinden. Aber was konnte sie von Großmutter erwarten? Ihr Vater hatte seine Forderung klar formuliert.

Coral trat zu ihrer Schwester. Sie bemerkte an ihrem Verhalten, das ihr wohl vertraut war, daß sie sich in einer schwierigen Stimmung befand. Kathleen konnte starrköpfig sein, und dann konnte niemand sie zur Vernunft bringen außer Großmutter.

„Es tut mir leid, Kathleen", sagte sie sanft.

Kathleen gab einen hilflosen Ton von sich, schüttelte nur den Kopf und fingerte an dem bestickten Vorhang herum. Coral wußte, daß sie nichts sagen konnte, um ihre Enttäuschung zu lindern. Sie versuchte es trotzdem.

„Ich verstehe, wie enttäuscht du dich fühlst –"

Kathleen drehte sich um, und ihre Gefühle brachen wie eine Sturmflut aus ihr heraus. „Nein, das tust du nicht. Niemand versteht mich außer Großmutter." Ihre bernsteinfarbenen Augen funkelten. „Niemand kümmert sich darum, wer ich bin. Man erwartet einfach, daß ich das tue, was man mir sagt ... und dabei hübsch lächle."

Beschämt, daß sie vor ihnen ihren Tränen freien Lauf gelassen hatte, biß Kathleen die Zähne zusammen, stürmte an Coral vorbei und ging schnell aus dem Zimmer. Dabei schlug sie die Tür mit einem Knall hinter sich zu.

Großmutter ließ sich auf einen Sessel nieder. Ihre Enttäuschung war ihr ins Gesicht geschrieben. „Indien", fauchte sie. „Verfluchtes Land."

Coral blickte von dem Brief auf und sah in die blauen Augen ihrer Großmutter.

„Ich will dich heute abend noch in meinem Zimmer sprechen", sagte Großmutter. „Ethan wird bald hier sein. So sehr ich es auch bedauere, müssen wir unverzüglich Vorkehrungen für eure Überfahrt nach Kalkutta treffen."

„Ja, Großmutter Victoria."

Großmutter Victoria erhob sich mit Hilfe ihres Stockes. „Das ist nicht aller Tage Abend. Wenn nötig, fahre ich eines Tages selbst nach Indien, um Hampton davon zu überzeugen, daß Kathleen zu mir nach London gehört."

* * *

An diesem Abend betrat Coral die Gemächer ihrer Großmutter.

„Ethan hat alles organisiert", erklärte Coral. „Wir werden am Donnerstag auf dem *Roten Drachen* in See stechen."

„Oh, meine Liebe, es ist also so weit, nicht wahr?"

„Weine nicht, Großmutter. Das kann ich nicht ertragen." Coral schluckte den Schmerz in ihrem Hals hinunter, als sie die willensstarke, aber doch zerbrechliche alte Frau umarmte, und für einen Augenblick hielten sie sich ganz fest.

„Ich werde dich vermissen, Großmutter Victoria. Vergiß

nicht, daß ich für alles, was du für mich getan hast, sehr dankbar bin. Ich werde dich immer lieb haben, und ich komme eines Tages zurück ... warte nur ab. Und Kathleen und Marianna auch."

„Deshalb habe ich dich nicht zu mir gebeten", kam die leise, von Tränen erstickte Stimme. „Ich will dir das geben."

Corals Augen wurden weit, als Großmutter Victoria den Familiensiegelring von ihrem Finger zog, der mit schweren Rubinen und Diamanten besetzt war.

„Großmutter, ich kann doch nicht –"

„Unsinn, ich will ihn bei niemand anderem sehen als bei dir. Natürlich ist noch Kathleen da, aber ihr hinterlasse ich einiges andere. Diesen Ring sollst du haben. Er ist seit Generationen in der Roxburyfamilie. Er ist ein halbes Königreich wert."

„Großmutter, ich –"

„Hier, nimm ihn. Ich habe dir außerdem in meinem Vermächtnis ein beträchtliches Erbteil vermacht. Aber sage den anderen nichts."

„Aber Großmutter Victoria –"

„Still." Ihre Augen funkelten schelmisch. „Ich erzittere schon, wenn ich an Sir Hugos Reaktion denke, aber ... ich bin sicher, daß du ihn mehr als die anderen gebrauchen kannst."

Coral war von dem großen Vertrauen ihrer Großmutter bewegt. Sie schloß den Familienring mit feuchten Augen in die Hand. „Danke. Vielleicht bringe ich eines Tages Gem ins Roxburyhaus."

Großmutter blickte ihr forschend ins Gesicht, dann lächelte sie wissend. „Du warst bei Direktor Rawlings?"

Corals Augen funkelten vor Entschlossenheit. „Ja. Ich werde jemanden anheuern, der Gem sucht."

„Einen Rat will ich dir aber geben: Sage den anderen in der

Familie nichts davon, besonders nicht deinem Onkel Hugo."

„Das ist auch nicht meine Absicht."

„Hör zu, mein Kind, wenn du es dir eines Tages mit Indien anders überlegst, kannst du immer ins Roxburyhaus nach Hause kommen ... das erinnert mich an etwas: Ethan ist enttäuscht, daß du uns verläßt. Meinst du nicht, du solltest die Dinge zwischen euch beiden zuerst noch klarstellen?"

„Ich – ich kann nicht, Großmutter Victoria. Ich habe andere Pläne, die momentan dringender sind", sagte Coral schnell. „Ich bin sicher, Ethan versteht das. Er hat gesagt, er ist bereit zu warten."

Großmutter sah argwöhnisch aus. „Von welchen Plänen sprichst du?"

Coral nahm die Hand ihrer Großmutter in die ihre. „Eine christliche Schule für indische Kinder auf Kingscote", sagte sie ruhig.

Großmutter sagte eine Minute nichts. Sie blickte Coral nur in die Augen. Dann entfuhr ihren Lippen ein Seufzer. „Als Erinnerung an den Jungen? Nun, dafür wirst du nicht so leicht die Unterstützung der Familie bekommen, aber ich kann sehen, daß dir diese Idee sehr viel bedeutet. Du bist ziemlich unabhängig, wenn es darum geht, deine Zukunft zu planen. Aber Hampton und Elisabeth haben dabei ein Wörtchen mitzureden. So! Genug geredet. Wenn sie einwilligen, unterstütze ich dich auch. Und wenn du dieses indische Kind findest – will ich ihn sehen."

Coral warf stürmisch ihre Arme um sie und lachte und weinte gleichzeitig. „Ich wußte, daß ich mich auf dich verlassen kann! Möge Gott es schenken, Großmutter."

20

Zähle die Tage meiner Flucht ...

Psalm 56,9a

Kalkutta, Indien
Oktober 1799

Jace Buckley schritt durch den Basar und achtete nicht auf die Entschuldigungen seines indischen Freundes und Finanzpartners Gokul. Im Augenblick sah es so aus, als seien sie nicht mehr im Geschäft.

Gokul, der schnaufte und keuchte, um mit seinem weitausholenden Gang Schritt halten zu können, hielt die Hände auf seinen runden Bauch, der unter seinem weißen Hemd hervortrat, und eilte weiter.

„Aber, Sahib", wandte er ein und warf die Hände in die Luft. „Es war nicht meine Schuld! Ich hätte die *Madras* der Johnkompanie doch nicht vermietet, wenn ich gewußt hätte, welche Ladung sie haben!"

Jace hörte nicht auf ihn. Sein fein geschnittenes Gesicht sah unter seinem gepflegten Bart – den er bald abrasieren wollte – hart aus, und seine dunklen Augen spiegelten eine Härte wider, die nicht zu seinem jungen Alter paßte. Er trug Lederhosen und ein lose sitzendes indisches Hemd und hatte sein blitzendes Toledoschwert bequem um die Hüften geschnallt; ein Stahl, der sein Ziel nicht verfehlte, ein Schwert für eine geübte Hand.

Jace blieb abrupt stehen und warf dem kleinen Mann einen durchdringenden Blick zu. „Wir wissen beide, was die Johnkompanie ist. Du hast den Chinahändlern *mein* Schiff geliehen, obwohl du ganz genau wußtest, welche Ladung sie an Bord nehmen würden und welches Risiko das für die *Madras* bedeutete."

„Ah! Sahib", korrigierte ihn Gokul. „Geduld, Geduld. Es ist *unser* Schiff. Wir sind Partner, du und ich, nicht wahr? Wir sitzen, wie man so sagt – ‚in einem Boot.'" Gokul lächelte besänftigend, aber sein Lächeln erstarb unter Jaces zusammengekniffenen Augen.

„*Unser* Schiff leider", knurrte Jace. „Aber ich bin der Kapitän."

„Der beste Kapitän, der je zur See gefahren ist!" stimmte Gokul schnell zu, und seine weißen Zähne leuchteten unter seinem grauen Schnurrbart hervor.

Jace schritt weiter, und Gokul hechelte hinter ihm her. Ihnen gehörte das halbe Schiff; auf dem Rest lagen noch Schulden. Gokuls Schwäche, gern ein Risiko einzugehen, um einen höheren Preis zu gewinnen, war immer schon der Dorn zwischen den beiden gewesen, aber dieses Mal war Jace wirklich wütend. Nachdem sie das maurische Erbstück auf ihrer letzten Fahrt nach London an Rawlings verkauft hatten, hatten er und Seward das Geld in Darjeeling investiert und beabsichtigten, Michaels Anteil seinem jüngeren Bruder Alex zu geben, obwohl diese Frage noch nicht ganz geklärt war. Er hatte den jüngeren Kendallsohn seit Michaels Unfall nicht mehr gesehen. Seward hatte ihm gesagt, daß Alex sich in Wien aufhielt.

Gokul jammerte. „Sahib, was hätte ich tun sollen? Wir hatten nur noch ein Dutzend Rupien übrig. Mit dem Geld von den Chinahändlern hätten wir das Schiff abbezahlen können."

Jace knurrte bei dem Gedanken. „Noch eine Fahrt nach London und ich hätte das Geld gehabt, um es abzubezahlen. Du hast alles verdorben, Gokul! Ich habe gerade mit der Kompanie einen Vertrag unterschrieben, daß ich segle. Und jetzt? Nichts! Wir *haben* nicht einmal ein Schiff."

Er wollte sich die Entschuldigungen nicht noch einmal von vorne anhören. Dank Gokul war sein schwer erarbeiteter Klipper an Schmuggler in der Johnkompanie geliehen worden. Jace schritt davon. Er war an diesem Morgen aus Darjeeling kommend in Kalkutta eingetroffen und hatte erwartet, Seward zu sehen und den Klipper für die Fahrt zu den Gewürzinseln vorzubereiten. Seward hatte ihm aus Sir Hugo Roxburys Haus eine Nachricht zukommen lassen, daß er dieses Mal nicht mitsegeln würde. Aus Zuneigung zu der Kendallfamilie war er vorausgefahren und hatte eine vorübergehende Stellung bei Sir Hampton angenommen und sich verpflichtet, seine Töchter nach Kingscote zurück zu eskortieren.

Nicht, daß es jetzt noch eine Rolle spielen würde, dachte Jace grimmig. *Es würde keine Fahrt geben.* Die *Madras* saß im Hafen von Singapur fest und war von den Behörden beschlagnahmt worden, weil sie eine illegale Ladung Opium an Bord hatte! Um seine „erste Liebe" auszulösen, mußte Jace sehr viel Geld aufbringen; Geld, das er und Gokul nicht besaßen. Jace fürchtete, er könnte die *Madras* verlieren.

Gokul rannte hinter ihm her und stieß beinahe mit einem Wagen zusammen, auf dem sich Kokosnüsse häuften. „Warte, Sahib!" Der goldene Affe, der auf seinem Rücken herumturnte, quietschte vor Protest. Goldfisch beschloß, ihn zu verlassen und lieber zu seinem Herrn zu springen. Er sprang leichtfüßig über mehrere Wagen auf Jaces Rücken und klammerte sich an seine schwarze Mütze.

* * *

Gokul blieb atemlos stehen und warf die Hände in die Luft. Er sah zu, wie Jace in der Menschenmenge verschwand. Selbst Goldfisch wollte nichts mehr mit ihm zu tun haben. Er seufzte vor Selbstmitleid, drehte sich um und ging zu dem kleinen Laden in der Nähe des Hafenmeisters am Ostindiendock zurück. Sahib würde ihm nie vergeben, und konnte er ihm das vorwerfen? Es war dumm gewesen, was er getan hatte.

Seine Brauen beugten sich über Augen, die so schwarz wie die Nacht waren. Jace hatte das Schlimmste noch gar nicht gehört. Burra-sahib Oberst Warbeck hatte von dem Schicksal der *Madras* gehört und war dringendst darauf bedacht, diese mißliche Lage zu benutzen, um seinen Sohn wieder in das britische Militär zurückzubringen. Warbeck würde sich erst zufrieden geben, wenn sein Sohn wieder neben ihm in der Uniform der 21. Leichten Kavallerie steckte. Jace würde den armen Gokul höchstwahrscheinlich aufknüpfen, wenn er in das Haus zurückkam, das sie im Chowringhee-Bezirk zusammen bewohnten, und den Brief von Oberst Warbeck vorfand.

Gokul seufzte. *Naschudani!* dachte er über sich selbst. Taugenichts!

* * *

Coral stand mit Kathleen und Marianna mitten in der lärmenden Menge und wartete darauf, daß Seward mit einer Dak-Ghari käme. Die Kutsche sollte sie zur ehrwürdigen Ostindienkompanie bringen, die als Fort William bekannt war, und in die Residenz von Sir Hugo und Tante Margaret.

Nachdem Coral und ihre Schwestern vom *Roten Drachen* ans Ufer traten, wandten sie sich als erstes mit besorgten, fragenden Gesichten an Seward und überfielen ihn mit ihren Fragen:

„Geht es Mutter gut?“ fragte Coral schnell.

„Ist sie tot?“ jammerte Marianna.

„Weshalb hat Vater nicht erklärt, warum wir nach Hause kommen sollen?“ wollte Kathleen wissen.

„Langsam, langsam, Mädchen, natürlich ist Mrs. Elisabeth am Leben.“

„Siehst du! Fräulein Pessimist!“ wandte sich Kathleen an Marianna. „Dein ganzes Jammern in den letzten fünf Monaten auf der Überfahrt war unnötig.“

„Aber eure Mutter leidet am Fieber“, fuhr Seward fort.

„Oh nein“, kam das besorgte Echo.

„Ja, so ist es. Und Sir Hampton will alle seine Kinder zu Hause auf Kingscote haben.“

„Ist Alex schon zu Hause?“ fragte Coral und hoffte, daß ihr Vater wenigstens die Unterstützung ihres Bruders hätte.

„Ja, er ist vor euch angekommen. Er hilft eurem Vater.“

Die Nachricht, daß ihre Mutter mit Fieber krank im Bett lag, beunruhigte Coral, und jetzt, während sie und ihre Schwestern warteten, bis Seward mit der Ghari kam, fragte sie sich, wie krank ihre Mutter wohl sei. Sie sagte nichts zu ihren Schwestern, aber sie konnte sich nicht vorstellen, daß ihr Vater darauf bestand, daß sie alle so bald wie möglich nach Hause kämen, wenn ihr Gesundheitszustand nicht ernsthaft bergab ging.

Coral blinzelte. Nachdem sie sich an das dunstige Grau in London gewöhnt hatte, war die intensive weiße Hitze und der Staub von Kalkutta erstickend. Die Sonne brannte vom wolkenlosen Himmel, und die Menschenmenge auf dem Basar erinnerte sie an einen Heuschreckenschwarm. Mit einem lästigen, aufdringlichen Summen freuten sich Mücken- und Fliegenschwärme über die überreifen Mangos, die auf den wackeligen Obstständen aufgehäuft waren. Wohin man auch sah, überall waren Insekten.

Coral wischte sich eine eigenwillige Locke aus dem Gesicht und fühlte Mariannas Hand auf ihrem Arm. „Schau mal, alles von Kokosnüssen bis zu Jade und Seide." Marianna blickte sich aufgeregt auf dem Basar um.

Der Anblick von so vielen Menschen in den verschiedensten Kleidungen, die ihre jeweilige Kastenzugehörigkeit verriet, war für Coral immer aufregend. Sie hatte besonders Interesse an den Frauen, die von Kopf bis Fuß in eine sogenannte *Burka* eingehüllt waren, ein Kleidungsstück, das nur zwei Schlitze für die Augen im Schleier hatte.

„Wenigstens haben sie keine Probleme mit den Fliegen", stöhnte Kathleen und wedelte mit ihrem Pfauenfächer vor ihrem Gesicht. „Wo bleibt Seward nur?" Sie drehte sich zu Coral um und sah sie mit einem fragenden Blick an.

Coral sah die Besorgnis im Gesicht ihrer Schwester und vermutete, daß Kathleen die leichten Ringe, die unter ihren Augen wieder auftauchten, bemerkt hatte. *Sie dürfen nicht wissen, wie erschöpft ich mich fühle.*

Kathleen betrachtete sie argwöhnisch. „Wie willst du nur die Fahrt nach Kingscote schaffen? Vielleicht sollten wir bei Tante Margaret in Kalkutta bleiben, bis Vater selbst kommt und uns abholt."

Coral war nicht bereit, die Fahrt aufzuschieben, und

zwang sich zu einem strahlenden Lächeln unter ihrem breitrandigen Strohhut.

„Mach dir um mich keine Sorgen. Ich könnte mich nicht besser fühlen. Außerdem haben wir mehrere Wochen, um uns zu akklimatisieren, bis Seward die Fahrt organisieren kann. Ich vertraue Seward mein Leben an."

„Und", sagte Marianna wehmütig. „Die Safari wird uns kurz erscheinen, wenn wir wissen, daß Mama auf uns wartet."

„Sie wird grauenhaft", erklärte Kathleen mit gerümpfter Nase. „Und außerdem –"

Coral hörte nicht mehr zu. Ihre Aufmerksamkeit wurde von ihren Schwestern weg auf die staubige Straße gelenkt, wo eine Gruppe dünner, braunhäutiger Kinder, die in verschmutzten Leinenlumpen gekleidet waren, es aufgaben, in den Rinnsteinen nach Essen zu suchen, und sich in der Nähe eines silberhaarigen Gurus versammelten, der unter einem großen, ausladenden bengalischen Feigenbaum saß.

Der verwirrte Ausdruck auf ihren kleinen Gesichtern, der gequälte Blick der Hoffnungslosigkeit in ihren großen, dunklen Augen lähmte ihre Gefühle. Die Kinder hörten auf jedes Wort des Gurus und beobachteten alles, was er tat.

Coral hielt sich die Hand über die Augen und spähte über die Straße. „Schaut da hinüber. Was in aller Welt ...?" Die Kobra des Guru fing jetzt an, sich nach der düsteren Melodie des Schlangenbeschwörers hin und her zu wiegen.

Man sah eine Staubwolke und hörte das Geräusch von quietschenden Kindern. Die Schreie waren eine Mischung aus Angst und Vergnügen, als sie sich näher um den alten Mann und sein tödliches Spielzeug scharten.

„Zweifellos hat der Guru ihnen eingeredet, er könnte mit Tieren sprechen", rief Coral entrüstet über diese Täuschung aus.

„Halte dich da heraus, Coral“, warnte Kathleen. „Seward wird jede Minute hier sein.“

„Wartet hier“, erklärte Coral. Ihre entschlossene Stimme ließ keine Widerrede zu.

„Coral Kendall! Komm sofort zurück!“

Coral achtete nicht auf Kathleens Warnung und bahnte sich ihren Weg durch die Menschenmenge.

„Coral!“

Kathleens Protest ging in dem allgemein herrschenden Lärm unter. Coral blieb vor dem Stand stehen, in dem *Jellabies,* gebratene Süßigkeiten, die aus einem Honigteig gebacken werden, verkauft wurden, und reichte dem Mann mit seinem staubigen weißen Turban mehrere indische Münzen.

„Dschai ram“, grüßte sie den Mann auf Hindi.

Er antwortete mit einer Namaste, bei der er die Handflächen zusammenlegte und an die Stirn führte. Coral füllte einen Korb mit Süßigkeiten und steuerte auf die Kinder zu, die sich um den Guru versammelt hatten.

* * *

Jace schritt hoch erhobenen Hauptes durch den Basar und bahnte sich seinen Weg vorbei an den Ständen. Irgendwie mußte er das Geld bekommen, um die *Madras* auszulösen. Er würde kein Scheitern akzeptieren.

Eine schwarze Krähe flog dicht vor ihm vorüber und landete uneingeladen auf einem Wagen mit schnell verderblichem Obst. Der geübten Diebin gelang es, mit einem Stück einer saftigen Mango wieder davonzufliegen. Jaces Blick folgte dem Vogel auf den Ast eines großen Feigenbaumes, der sich über die schmutzige Straße neigte. Unter den Zweigen saß ein runzeliger alter Guru.

Die Krähe ließ ihre Beute prompt in den Schoß ihres Herrn fallen.

Jace beobachtete die Szene mit gewisser Ironie. Der Guru hatte die Krähe gut trainiert – und auf dem Ast saßen noch mehrere. Mindestens ein Dutzend hockten in dem Baum. Inzwischen versammelte sich eine Menge von Kindern um den heiligen Mann. Dieser Anblick war auf dem Basar nichts Besonderes, und Jace wollte schon weitergehen, als er jemanden sah, der nicht zu dieser nach Schweiß riechenden Menschenmenge paßte.

Eine junge Engländerin, allein. Sie trug ein dunkelblaues Seidenkleid mit Puffärmeln und weißen Seidenschleifen und hielt einen breitrandigen Strohhut auf ihrem Kopf fest. Ihre Haut war wie Elfenbein inmitten eines schwarzen Meeres, ihre vollen goldenen Locken legten sich um ihre Schultern. Dieser Anblick war wie Balsam für eine Wunde, wie Schatten in der glühend heißen Sonne. Und wie die Teeplantage und seinen Klipper stieg in Jace momentan der Wunsch auf, dieses schöne Fräulein für sich zu haben.

Er kniff die Augen etwas zusammen und ging an den Rand der Straße. Er zog seinen schwarzen, staubigen Hut tiefer ins Gesicht, um sich besser vor der Hitze abzuschirmen, die vom aufgeheizten Boden aufstieg. Jace versuchte herauszufinden, wohin diese Vision verschwunden war.

Halbnackte Kinder spielten im Staub, zu denen sich bald ein alter grauer Elefant gesellte, der sich nach frischem Wasser sehnte. Als er keines fand, begnügte sich das tapsende Tier mit einer Staubdusche über seinem Rücken.

Nein, die Sonne war ihm noch nicht in den Kopf gestiegen, stellte Jace fest. Sie hatte sich auch nicht in der Hitze in Luft aufgelöst. Sie war echt. Die Frau stand inmitten der knochentrockenen Straße mit einem Korb voll Süßigkeiten auf dem Arm und bildete einen zerbrechlichen Gegensatz zu dem rauhen und düsteren Hintergrund aus Staub und Schweiß.

Jace runzelte die Stirn, als er ihren Blick zu den Kindern hin sah. *Sie wird doch nicht etwa Süßigkeiten verteilen wollen! Sie wird innerhalb weniger Sekunden überrannt werden!*

Er blickte sich um. Wo war ihr Vater? Weit und breit war kein Engländer zu sehen.

Aus ihrer mitfühlenden Reaktion auf die Kinder schloß Jace, daß sie erst kürzlich aus London hier eingetroffen sein mußte, frisch weg von den englischen Teeparties. Es gab viele solche Damen, die in die Kompanie kamen, um bei ihren Vätern zu wohnen oder um zu heiraten. Wie die anderen, die kamen, hielt er die Frau vor sich auch für so ein Fräulein, das sich gezwungen fühlte, an die hungernden Kindern in Kalkutta Almosen zu verteilen.

Jace lächelte süffisant. Diese „Blume" würde auch bald welken und sich in die Zuflucht der Ostindienkompanie zurückziehen, die ähnlich gesinnte Ehefrauen und Töchter von Soldaten und Offizieren beherbergte. Indien ließ sich nicht so leicht einnehmen.

Der alte Guru saß auf einer erhobenen Plattform aus Erde, die von einigen Steinen befestigt war. Er saß auf seinen überkreuzten Beinen. Seine wässrigen Augen starrten geradeaus und achteten nicht auf die Sonne. Seine Arme lagen still an seinen Seiten; kein Muskel regte sich und störte seinen Trancezustand, obwohl überall Fliegen herumschwirrten und krabbelten. Das einzige Kleidungsstück, das er trug, war ein verschmutztes Leinentuch, und seine bronzefarbene Haut war faltig, dünn und genügte kaum, um seine Knochen zu bedecken. Seine weißen Haare waren lang und ungepflegt; ein schmutziger grauer Bart ruhte auf seinem eingefallenen Brustkorb.

Die Stimme der Frau drang durch das lärmende Treiben um ihn herum an Jaces Ohren. Er horchte auf, denn sie sprach genauso fließend Bengali wie er. Seltsam ...

„Kinder, hierher! Seht ihr? Schaut, was Miss-sahiba für euch hat. Ihr wollt doch welche, nicht wahr?"

Jace Buckley stemmte die Hände in die Hüften und betrachtete aufmerksam die Szene. Wie wenn sie da noch fragen müßte! In einem einzigen Augenblick würden sie wie eine Armee von Kriegsameisen über sie herfallen.

Die Kinder hatten ihre Aufforderung nicht gehört, so gebannt waren sie von der Kobra des Guru.

Jace verließ die Verkaufsstände und trat auf die Straße. Er drängte sich zu ihr durch und blieb nur zwei Meter hinter ihr stehen.

„Jemand sollte Sie warnen. Sie laden sich Schwierigkeiten auf."

Sie wirbelte herum. Unter ihrem großen Strohhut sah er leuchtend grüne Augen unter langen Wimpern, ein bezauberndes Gesicht, das für seinen Zynismus wenig Raum ließ. Er stutzte –

Wo habe ich sie schon gesehen? Aber wenn er ihr schon einmal begegnet war, dann erkannte sie ihn nicht.

Er deutete mit dem Kopf auf den Korb an ihrem Arm. „Wenn Sie die verteilen, wird man Sie überrennen. Wo ist Ihr Vater?"

Bei dem Wort „Vater" sah er eine leichte Verärgerung auflodern. Das belustigte ihn.

„Ich gebe zu, die Not von Bettlern und Waisenkindern ist für die Damen aus London unangenehm", fuhr er leichthin fort. Er verschränkte die Arme vor der Brust und begutachtete sie. „Aber daran werden Sie sich gewöhnen. Das tun alle."

Sein Ton verriet wenig von seinen eigenen Gefühlen, daß

er selbst als Waisenkind aufgewachsen war. Er wußte nur zu gut, welches Gefühl es war, tagelang ohne Essen zu sein. Aber seine Mauer war hochgezogen – was sie auch bleiben sollte. Verwundbarkeit half nicht beim Überleben. Er beabsichtigte zu überleben, und er war nicht bereit, seine gut abgeschirmten Gefühle plötzlich von einem bezaubernden Gesicht durcheinander bringen zu lassen.

Ihre Miene wurde, wie er bemerkte, plötzlich eine Maske, hinter der sie ihre Gefühle verbarg, obwohl ein leichter Farbhauch auf ihre Wangen gezogen war. Ihre Augen wichen den seinen aus und richteten sich auf Goldfisch, der von Jaces Schulter herab auf sie einredete.

„Ich bin in Indien geboren, Sir. Und ich habe nicht die Absicht, mein Herz dem menschlichen Elend zu verschließen."

Er lächelte leicht und zog eine Augenbraue in die Höhe. „Ich akzeptiere die Schelte für mein mangelndes Mitgefühl."

Sie deutete zu dem Guru hin. „Er betrügt die Kinder. Sie müssen gewarnt werden."

Jace erkannte, daß in dieser zerbrechlichen Blume mehr steckte als nur ihr Duft. Und obwohl die leichten dunklen Ringe unter ihren Augen verrieten, daß sie bald verwelken könnte, steckte in ihren Überzeugungen etwas wie Stahl. Er sagte ruhig, um ihre Entschlossenheit zu prüfen: „Sehen Sie lieber der Kobra zu."

Anscheinend unbeeindruckt drehte sie den Kopf, um den Guru genauer anzusehen. „Offensichtlich sind ihre Giftzähne unschädlich gemacht."

Kein Fräulein, das so leicht in Ohnmacht fällt. Sie kannte also die Tricks einiger Fakire. Er warf einen Blick auf ihre teure Kleidung mit den Schleifen. „Sie sollten nicht allein hier herumspazieren."

„Er macht ihnen etwas vor. Er kann nicht mit Tieren sprechen", sagte sie mit zunehmender Frustration.

„Die halbe Welt wird betrogen."

Sie starrte ihn an, und ihre Wimpern zogen sich zusammen. Sein Mund bewegte sich zu einem Lächeln. „Entschuldigen Sie. Lassen Sie es mich anders ausdrücken. Wenn Sie den Guru unterbrechen, bekommen Sie nichts für Ihre Mühe als diesen abgerichteten Krähenschwarm dort im Baum. Sehen Sie die Vögel?"

Sie richtete den Blick nach oben und blinzelte gegen das Sonnenlicht auf ein Dutzend schwarzer Schatten, die zwischen den Zweigen des Feigenbaumes hockten.

„Ich habe keine Angst vor Krähen."

Jace wußte nicht recht, was er mit ihr anfangen sollte. Er zog seinen Hut weiter in die Stirn, schüttelte den Kopf und drehte sich unerwartet um und ging pfeifend davon. „Wie Sie wollen." Coral warf ihm über die Schulter einen Blick nach, als er die Straße überquerte. Etwas an ihm kam ihr bekannt vor – die Art, wie er sprach, die Art, wie er sich benahm. Seine Kleidung und dreiste Haltung verrieten ihr, daß er ein Abenteurer war, aber sie konnte sich nicht daran erinnern, in London einen kennengelernt zu haben, und auch nicht in Indien. Als solcher war er ein Mann, dem man aus dem Weg gehen mußte.

Sie bemerkte, daß er ein indisches Hemd trug, aber eine englische Mütze, die ziemlich arrogant und lässig auf seinem dunklen Kopf saß. War er so zynisch, wie er aussah? Eines war sicher: Der Mann war eingebildet. Sein Bart war gepflegt und nach der neuesten Mode geschnitten, und seine Haare entsprachen dem Stil eines verwöhnten Kavaliers. *Wie Absalom,* dachte sie.

Coral sah zu, wie er vor einem Verkaufsstand stehen blieb, ohne sie noch irgendwie zu beachten, und dem goldenen Affen, der auf und nieder sprang und Räder schlug, Obst kaufte.

Welche Fehler er auch haben mochte, das Wissen des Mannes über Indien war unbestritten. Das achtete sie. So viele, die aus England kamen und in der Ostindienkompanie dienten, wußten fast nichts über den Herzschlag dieses Landes und seines Volkes.

Sie beschloß, den gut aussehenden Fremden zu vergessen, und wandte sich um. Coral hielt ihren Hut fest, ging in die Richtung des Baumes und sprach zu den Kindern.

„Bleibt fort von dem Munschi", rief sie auf Bengali. „Er kann nicht mit Tieren sprechen. Das ist nur ein Trick."

Die Kinder blickten sich, über ihre Stimme erstaunt, um. „Kein Trick! Nein, der heilige Mann, er kann das, sehen Sie doch!"

„Es ist ein Trick", beharrte sie. „Der Munschi kann nicht mit Tieren sprechen."

Coral hielt ihnen ein süßes Brot entgegen und lächelte. Leuchtende dunkle Augen wurden immer größer, und ein Grinsen legte sich auf die schmutzigen kleinen Gesichter. Ein Ruf wurde ausgestoßen, der wie der Aufruf zum Sturmangriff klang, und eine Kompanie von kleinen Knirpsen schwärmte auf sie zu, sprang auf und ab, schob und drängte sich, denn jeder wollte der erste sein. Im nächsten Augenblick hatten sie den Korb vor ihre Füße in den Schmutz geworfen, und sie krochen umher wie Ameisen. Innerhalb weniger Sekunden waren die Süßigkeiten verschlungen, und die Kinderstimmen schrien nach mehr.

„Missy-sahiba, Missy-sahiba, Hunger!"

„Keine Mutter! Keinen Vater!"

Verärgert, daß er sein Publikum verloren hatte, hob der Guru den Kopf und murmelte etwas. Plötzlich schwirrte ein Kreis von schwarzen Krähen von dem Baum herab. Der Wind von ihrem Flügelschlag erreichte Corals Gesicht. Kinderlachen und -schreien erstickten in ängstlichem Schweigen. Vogelkrallen gruben sich in ihr Haar und pickten an ihren Schultern. Flatternde schwarze Flügel nahmen ihr die Sicht, während ein ohrenbetäubendes Kreischen in ihren Ohren dröhnte. Coral schlug wie wild nach ihnen und versuchte zu flüchten.

Der scharfe Knall einer Kugel, die in die Luft abgefeuert wurde, vertrieb die Krähen genauso schnell, wie sie herabgekommen waren.

Coral zitterte immer noch vor Furcht, als der Abenteurer, den sie gemieden hatte, sie fortzog und den Guru, dessen wäßrige Augen immer noch nach Norden in Richtung des Himalaya gerichtet waren, zurückließ.

„Oooh – ich glaube, ich habe Vogelläuse in den Haaren ..." Coral griff mit zitternder Hand nach oben, um ihren Hut zurechtzurücken. Er war fort. Sie blickte zurück und sah die Kinder damit fortlaufen. Sie fing an, die Federn von ihrem Seidenkleid zu wischen. „Er ... er hat nur ein Geräusch gemacht, und schon sind sie über mich hergefallen."

„Die Krähen sind abgerichtet."

„Danke ... daß Sie Ihre Pistole abgeschossen haben. Ich ... ah ..." sie brach ab und fand seinen Blick beunruhigend.

„Wir haben uns schon einmal getroffen", sagte er.

Coral zögerte, sie wollte ihm nicht zustimmen. „Ich glaube nicht", sagte sie und wandte sich ab. „Entschuldigen Sie mich. Ich muß jetzt gehen."

„Das nächste Mal, wenn Sie sich mit einem Guru anlegen, sollten Sie sich vorher vergewissern, daß er nicht ein Nest mit abgerichteten Kobras hat statt Krähen. Manchmal haben sie schon noch ihre Giftzähne. Und Sie haben nicht immer meine galante Anwesenheit, die Ihnen zu Hilfe kommt."

Ihre Augen fielen auf seine Schwertscheide. Sie suchte nach der versteckten Pistole.

„Ich werde es mir merken."

„Ich bin sicher, daß wir uns schon einmal gesehen haben. Cadiz?"

„Nein ... entschuldigen Sie mich ... ich muß gehen –"

„Paris."

Sie mußte lächeln. Dabei drehte sie den Kopf von ihm ab und blickte in die Richtung, wo sie ihre Schwestern stehen gelassen hatte. „Das glaube ich kaum. Ich war noch nie in Paris."

„Schade. Sie würden gut dorthin passen. Wo ist Ihr Vater? Wie ich schon sagte, sollten Sie nicht allein hier herumwandern."

„Ich bin nicht allein, Sir."

Sie wurden von einem Inder in einer weiten weißen Hose unterbrochen, der auf sie zulief und salaamte.

„Ich soll Sie holen, Miss-sahiba. Dak-Ghari wartet jetzt. Folgen Sie mir, bitte? Missies sind sehr aufgeregt."

„Ja, ja natürlich." Sie konnte sich vorstellen, wie ärgerlich Kathleen war. Coral wandte sich noch einmal an ihn. Er betrachtete sie und hatte den Hut tief in die Stirn gezogen. „Guten Tag und ... ah ... danke", sagte sie.

„War mir ein Vergnügen."

Jace blieb stehen und sah ihr nach, bis sie mit dem Ghariwallah in dem Gewimmel verschwand. „Goldfisch, ich habe vergessen, sie nach ihrem Namen zufragen."

Der Affe hielt sich mit seinen dünnen, behaarten Händen die Augen zu.

„Ja, ich gebe dir recht."

21

Du hast mich gerüstet mit Stärke zum Streit.

2. Samuel 22,40

„Als Seidenerbin geboren zu sein, ist sicher gefährlich", erklärte Marianna, wobei ihre roten Locken unter ihrem blauen Spitzenhut tanzten, während die Ghari die belebte, staubige Straße hinunterholperte. „Wer war dieser Mann, Coral? Und wie konntest du so kühn sein, einfach mit ihm zu sprechen? Wenn das Tante Margaret erfährt, wird sie schimpfen."

„Ich kenne seinen Namen nicht", gestand Coral. „Aber er hat mich vor diesem Krähenschwarm gerettet."

Marianna beharrte weiter. „Großmutter Victoria sagte, wir müssen uns vor abenteuerlustigen Glücksrittern in acht nehmen." Ihr Gesichtsausdruck wurde verträumt. „Wir werden ein Dutzend Heiratsanträge bekommen. Das muß man sich erst einmal vorstellen. Aber wir werden uns immer fragen, ob unsere Männer uns aus Liebe oder wegen der Seidenraupen geheiratet haben!"

Kathleen verzog das Gesicht. „Welch ein schrecklicher Gedanke ... Konkurrenz von einer Raupe ..."

Marianna seufzte wehmütig. „Ich wüßte gern, wen ich heiraten werde."

„Ich mache mir nichts daraus, überhaupt jemals zu heiraten", verkündete Kathleen und blickte aus dem Gharifenster. „Im Gegenteil, wenn ich die Freiheit hätte, das zu tun, was ich will, bliebe ich ledig und wäre ganz zufrieden, in London im Seidenhaus zu arbeiten. Großmutter Victoria hat Mama und Papa schon geschrieben, daß ich zu ihr zurückkehren soll."

Kathleen blickte aufgeregt wieder ihre Geschwister an. „Stellt euch das nur vor – Großmutter Victoria sagte, daß ich eines Tages Chefin des ganzen Seidenhauses werden könnte. Ich könnte sogar ein neues in Lyon, in Frankreich, eröffnen – vielleicht gehe ich sogar selbst dorthin!"

Mariannas Augen wurden groß. „Aber Kathleen, wie kannst du nur so etwas Skandalöses sagen? Wenn ein Mädchen nicht heiratet und Kinder bekommt, tratscht doch einfach *jeder* über sie. Wie könntest du das aushalten?"

„Ich könnte beinahe alles ertragen, wenn ich Chefin des Seidenhauses wäre", sagte Kathleen, und ihre bernsteinfarbenen Augen funkelten.

„Deine Träume sind so abwegig. Ich will nichts anderes, als bald heiraten, Kinder bekommen und glücklich auf Kingscote leben. Aber, Kathleen – du weißt doch, daß Papa darauf bestehen wird, daß du Hauptmann McKay heiratest."

„Diesen Spitzbuben!"

„Er ist bestimmt auf dem Ball", warf Marianna ein.

„Dann werde ich ihm tunlichst aus dem Weg gehen."

Marianna wandte sich mit einem flehenden Blick an Coral. „Coral, wie ist es mit deinem Ballkleid?"

„Hm?" murmelte Coral geistesabwesend. Sie war mit der Frage beschäftigt, warum Seward nicht mit der Dak-Ghari aufgetaucht war. Der Ghari-wallah hatte nur erklärt, daß Seward von einem Sepoy aufgehalten wurde und zu Oberst Warbeck in der Garnison gegangen sei.

Die Erwähnung des Oberst hatte sie daran erinnert, daß

Jace Buckley der Adoptivsohn des Oberst war. Der Gedanke an ihn machte sie traurig, als sie Michaels lächelndes Gesicht vor ihrem geistigen Auge sah.

„Du hörst überhaupt nicht zu!"

Coral wandte den Kopf ihrer kleineren Schwester zu. „Kann ich das blaue Seidenkleid für den Ball heute abend haben?" bettelte Marianna. „Du hast gesagt, daß es dir ein bißchen zu klein ist, und es ist so viel hübscher als mein eigenes und so viel erwachsener."

Coral lächelte nachgiebig. „Ja, du kannst es anziehen. Es wird dir gut passen."

„Coral, du verwöhnst Marianna zu sehr", mischte sich Kathleen ein. „Du siehst in dem blauen so schön aus. Du bist viel zu großzügig. Ich verstehe zwar, daß Vetter Ethan nicht da sein wird, aber –"

„Aber blau ist *meine* Farbe", beharrte Marianna. „Und Coral sieht in jeder Farbe gut aus. Das hast du selbst gesagt. Und Jacques auch."

Coral hörte nicht länger zu. Sie dachte an ihre Ankunft am Diamond Point an jenem Morgen zurück und erinnerte sich daran, daß Seward nur wenig von seiner üblichen Fröhlichkeit gezeigt hatte. Zuerst hatte sie gedacht, daß dieses Verhalten etwas mit ihrer Mutter zu tun haben müsse, aber jetzt stellte sie das in Frage. Hatte er den Sepoy erwartet? Warum suchte er den Oberst auf?

Die Ghari bog unter den Zweigen des goldenen Mohurbaumes am Anfang der Auffahrt ab, und das Roxburyhaus war zu sehen.

Doppelstöckig und weiß gestrichen lag es elegant im kühlen Schatten der dicken Bäume, die am Ufer des Hugliflusses wuchsen. In Coral stieg plötzlich die Freude hoch, wieder in Indien zu sein.

Das vertraute Schnattern des Hirtenstares und der schrille

Ruf der Pfauen erfüllte den sonnigen Nachmittag und überflutete ihre Erinnerung mit glücklichen Gedanken an Kingscote. Solange sie in Kalkutta wäre, wollte sie den indischen Söldner wegen Gem aufsuchen, und in ungefähr zwei Monaten wäre Coral wieder zu Hause auf Kingscote und liefe die Treppe zum Schlafzimmer ihrer Mutter hinauf und brächte ihr die nötige Medizin von Vetter Ethan.

Zwischen den Säulengängen auf der Veranda konnte man den Hafen und die Klipper der Händler sehen. Rote Steinfliesen umgaben die Veranda, und purpurfarbene Bougainvillea rankten an den Säulen hoch und gaben dem leuchtend weißen Stein einen künstlerischen Farbtupfer.

Die Aufregung wuchs, als die Ghari sich dem Haupteingang näherte. Coral erblickte die vielen Bediensteten, die auf sie warteten. Sir Hugo hatte mehr Diener, als der gute Geschmack erlaubte, fand sie. Jeder war in der üblichen Tracht gekleidet: weiße Hosen und lange Hemden für die männlichen Diener, die Frauen trugen ihre farbigen Tschunnis über glatten, knöchellangen Hemden.

Die Gharitür ging auf, und Coral trat als erste auf den Weg. Sie lächelte den kleinen indischen Jungen an, der sie stolz mit einem rosafarbenen Sonnenschirm begrüßte. Unter ihrem Lächeln blickten seine schüchternen dunklen Augen nach unten auf seine nackten Füße.

Von der Veranda rief jemand: „Die Missy-sahibas sind angekommen."

Tante Margaret und Kusine Belinda eilten in ihren Nachmittagskleidern inmitten einer Armada von indischen Dienern mit Sonnenschirmen in der Hand über den Rasen. Die indische Sonne galt für englische Frauen als das Schlimmste. Sogar ihre Kinder durften ohne einen großen Hut nicht das Haus verlassen.

Coral wollte nicht zeigen, wie erschöpft sie war. Sie fühlte die bekannte Welle der Benommenheit, die sie immer noch plagte. Sie hätte nichts dagegen, heute abend zu Hause zu bleiben und früh zu Bett zu gehen, aber sie hatte Anne Peddington versprochen, Charles, der jetzt in William Careys Missionsstation arbeitete, ein Päckchen zu übergeben. Coral hatte gehört, daß Charles Peddington wegen der Position seines Bruders Franklin im Regierungsgebäude auf dem Ball sein würde.

Unter Umarmungen und Gelächter schwoll der Hagel von Begrüßungen und Fragen zu einem Crescendo an.

„Habt ihr eine gute Fahrt gehabt? Seid ihr in einen Sturm geraten? Oh, das ist ja schlimm! Aber jetzt seid ihr ja hier ... Coral! Wie müde du aussiehst. Ich hoffe, es war nicht zu viel für dich ... Hat Ethan für deine Medizin gesorgt, bevor ihr gefahren seid? Gott sei Dank dafür ..."

Coral ging neben Tante Margaret her, als sich die kleine Menschentraube ihren Weg auf die schattige Veranda bahnte. Die Hitze draußen ließen sie hinter sich zurück, als sie eine Halle betraten, die an einen Säulengang angrenzte. Wasser plätscherte über einen Springbrunnen, und Weinranken mit blühenden Reben schlangen sich über das Dach. Die Temperatur war überraschend kühl und erinnerte Coral an Kingscote mit seinen vielen Hektar Maulbeerbäumen.

Ihre Schwestern und die Kusine stiegen die breite Treppe hinauf in die Schlafzimmer und unterhielten sich über den Ball und Belindas bevorstehende Verlobung, aber Coral blieb absichtlich etwas zurück, um mit Margaret allein zu sprechen.

„Mädchen", rief Margaret die Treppe hinauf. „Ich verstehe, daß ihr euch viel zu erzählen habt, aber in einer Stunde wird das Essen serviert. Dann müßt ihr euch für den restlichen Nachmittag trennen und ein Nickerchen machen, bis der Ball heute abend anfängt." Belinda drehte sich um und blickte zu Coral hinab, dabei funkelten ihre dunklen Augen vor Vorfreude. „Ich habe gerade erklärt, daß der Ball noch herrlicher wird, als wir gedacht hatten. Coral! Es wird ein Staatsball im Regierungshaus! Vater sagt, daß fast alle kommen, einschließlich die Offiziere."

Als das Trio auf dem langen Korridor verschwand, sah Margaret ihrer Tochter nach, und Coral bemerkte ihre besorgte Miene. Kusine Belinda hatte geschrieben, daß ihre Verlobung mit Sir Arlen George an Weihnachten bei den Feierlichkeiten in Barrackpore öffentlich bekannt gegeben werden sollte, obwohl sie sich nach Kräften bemühte, ihren Vater noch umzustimmen. Coral vermutete, daß Tante Margaret wegen Belindas unverhohlenen Desinteresses an Sir George besorgt war.

„Sie kann es nicht erwarten, mit deinen Schwestern allein zu sein, um sie auszufragen, was Alex tut", sagte Margaret müde.

Was Alex über seine Kusine dachte, wußte Coral nicht. Die einzige Frau, die er erwähnt hatte, war Katharina Fredricks, die Tochter seines Musiklehrers in Wien.

„Elisabeth hat mir vor mehreren Monaten von Alex' Interesse an einer Miss Fredricks geschrieben."

„Weiß Belinda das?"

„Ja. Er hat Belinda von ihr geschrieben, aber Belinda behauptet, daß Alex sie nur als gute Freundin sehe. Ich muß gestehen, daß ich mir ziemlich große Sorgen mache. Ihre Verlobung soll an Weihnachten bekannt gegeben werden."

Coral wußte wenig über das romantische Leben ihres Bruders in Wien. „Er hat in seinen Briefen an mich Katharina nicht erwähnt, aber Alex ist auch zurückhaltend, wenn es um seine Gefühle für Frauen geht."

„Ich wünschte, Belinda wäre ein bißchen mehr wie du", sagte Margaret, als sie langsam die Treppe hinaufstiegen.

„Du bist immer so vernünftig, ganz wie Elisabeth. Ich fürchte, Belinda hat viel Ähnlichkeit mit mir. Ich war in ihrem Alter auch ziemlich leichtlebig."

„Ich kann mir nicht vorstellen, daß du je so geflirtet hast", erwiderte Coral überrascht.

„Nicht unbedingt geflirtet, aber ich glaubte, ich wüßte, was ich von einem Mann wollte, und war entschlossen, meinen Kopf durchzusetzen, bis ..."

Bis was? fragte sich Coral, aber sie drängte nicht weiter, als ihre Tante nicht weiter sprach. Hatte es in ihrem Leben noch einen anderen Mann außer Sir Hugo gegeben? Sie wollte große Vorsicht walten lassen, wenn es um ihre eigene Heirat ginge.

„Sie ist jung", sagte Coral leichthin. „Belinda wird schon gezähmt, wenn sie Sir George heiratet."

Margaret lächelte. „Belinda ist nur ein halbes Jahr jünger als du. Wenn Alex nicht auf Kingscote wäre, würde ich sie am liebsten mit dir nach Hause schicken."

„Ich bin sicher, Belinda würde mein Leben ziemlich langweilig finden", entgegnete Coral mit einem leichten Lächeln, als sie an das rege gesellschaftliche Leben ihrer Kusine dachte.

„Dessen bin ich mir nicht so sicher. Du stocherst in einem Hornissennest, wenn du auf deiner Idee von einer Schule für die Unberührbaren beharrst."

Coral sah sie überrascht an. „Wer hat dir von der Schule erzählt?"

„Elisabeth erwähnte sie in ihrem letzten Brief."

„Mutter hat noch nicht einmal mir auf meine Frage geantwortet. Es überrascht mich, daß sie dir davon schreibt. Was hat sie gesagt?"

„Sehr wenig. Ich glaube nicht, daß sie es Hampton schon gesagt hat. Und jetzt, da sie so krank ist, wird sie es wahrscheinlich auch nicht tun. Ich muß jedoch sagen, daß dein Onkel über die Idee von einer Missionsschule aufgebracht ist.“

Das überraschte Coral nicht. Er war gegen Gems Adoption gewesen und hatte sich wenig traurig gezeigt, als er entführt worden war. Sie wußte, daß sie vorsichtig vorgehen mußte.

„Großmutter Victoria dachte, es gebe Möglichkeiten für die Schule“, sagte Coral. „Ich habe mit ihr darüber gesprochen, bevor wir abfuhren.“

Margaret lächelte. „Natürlich, das sieht Mutter ähnlich. Sie hat schon immer junge Frauen mit einer festen Überzeugung ermutigt. Aber sie kennt Indien nicht. Besonders die Gefahren für das Seidenunternehmen, falls Hindustan sich an der englischen Anwesenheit stört. Hugo ist davon überzeugt, daß wir unseren religiösen Glauben für uns behalten müssen.“

Margarets braune Augen verrieten ihr Unbehagen, und sie blieb auf der Treppe stehen. „Ich hoffe, du überlegst es dir noch einmal, bevor du die Sache ansprichst, besonders angesichts Elisabeths schwerer Krankheit, ganz zu schweigen von deiner eigenen schwachen Gesundheit. Ich bezweifle, daß Ethan es befürwortet, wenn du dich in Gefahr bringst.“

Coral atmete tief ein. Jetzt erschien ihr nicht die richtige Zeit zu sein, um ihr Anliegen auf Biegen und Brechen voranzutreiben. „Zunächst will ich nur heim nach Kingscote kommen.“

„Ja, ich verstehe deine Sorge um Elisabeth. Aber dein Onkel glaubt, die Schule ist der Grund für deine Rückkehr. Ich habe ihm gesagt, daß er keine vorschnellen Schlüsse ziehen darf, aber du kennst Hugo.“

Ja, sie kannte ihn. Coral versuchte zu lächeln. „Ich hatte keine Ahnung, daß meine Ankunft einen solchen Sturmwind entfacht hat. Man könnte glauben, meine Pläne mit einer Schule würden die ganze Ostindienkompanie gefährden."

Margaret lächelte. „Manchmal sieht es so aus wie ein Sturm im Wasserglas, wie man so schön sagt, aber nach dem Feuer auf Kingscote in der Nacht, als Gem entführt wurde, kannst du die Besorgnis der Familie vielleicht verstehen. Die Seidenzucht ist ein Familienunternehmen, und alles, was du anfangen willst, wie beispielsweise die Einrichtung einer christlichen Schule, erfordert die Zustimmung von uns allen." Sie sah Coral mitfühlend an. „Ich verstehe deine Trauer um Gem. Aber eine Schule wird diese Lücke nicht füllen. Heirat und deine eigenen Kinder können das." Sie legte Coral eine Hand auf den Arm. „Ich hoffe, du tust nichts, um deinen Onkel aufzuregen. Es ist in letzter Zeit ohnehin schwer, mit ihm zu leben. Diese ganzen Schwierigkeiten mit Burma belasten ihn."

Coral zog es vor, darauf nicht zu antworten, obwohl sie Onkel Hugos Ansichten nicht teilte. Kingscote gehörte der Kendallfamilie, und wenn ihre Eltern ihr erlaubten, eine Schule zu bauen, hatte Sir Hugo nicht das Recht, ihr Hindernisse in den Weg zu legen. *Ich muß das alles dem Herrn überlassen,* dachte sie. *Nur er kann einen Weg schaffen.*

„Ich habe über das Feuer nachgedacht, Tante Margaret. Ich glaube, es war nur ein Ablenkungsmanöver und hatte nicht die Zerstörung der Seidenzucht zum Ziel."

Margaret zögerte. „Daran habe ich auch schon gedacht."

Coral blickte sie überrascht an. Tante Margaret hatte nie viel über jene Nacht auf Kingscote gesprochen.

„Aber Coral, am besten vergessen wir die ganze Sache. Warum sollen wir noch mehr Unruhe heraufbeschwören? Wie dem auch sei, Liebes, Hugo hat Bedenken, daß wir eine Meuterei über uns bringen, wenn wir christliche Lehren verbreiten. Er befürchtet, daß sogar die Kompanie gefährdet sein könnte, wenn wir den Fanatikern irgendeinen Grund geben, sich gegen unsere Anwesenheit aufzulehnen."

„Unsinn, Tante Margaret. Er reagiert übertrieben."

Margaret kicherte. „Oh, Schatz. Laß das nicht deinen Onkel hören. Er behauptet, die Fanatiker wollen die Engländer aus Indien vertreiben. Und das nach allem, was wir für Indien getan haben."

Eine leichte Röte stieg in Corals Wangen. „Einige würden sagen, daß die Kompanie herzlich wenig getan hat, außer die Kultur zur Verfolgung ihrer eigenen finanziellen Vorteile auszunutzen."

„Das würden natürlich die Missionare sagen. Die Kompanie behauptet, daß sie aufdringliche Extremisten sind, die sich ungebeten einmischen. Ich habe mir noch keine eigene Meinung darüber gebildet."

Coral schwieg, als sie die letzten Stufen hinaufstiegen und beim Gehen ihre Röcke hoch hoben. Das Schweigen wurde bedrückend. Der Träger namens Pandy – mit erhobenen Schultern und stolz aufgerichtetem Kopf und einem makellos sauberen blauen Turban – ging ihnen voran und achtete streng darauf, sich auf ihren langsamen Gang einzustellen und den Abstand zu ihnen gleich groß zu halten. Oben angekommen wandte er sich um und wartete auf sie.

„Ich habe gehört, daß Charles Peddington heute abend auf dem Ball sein wird", sagte Coral und wechselte absichtlich das Thema.

„Peddington? Oh, der junge Musiklehrer, den du in London hattest."

„Ich habe versprochen, ihm ein Päckchen von seiner Schwester zu überbringen."

„Vielleicht kann Pandy es für dich abgeben."

„Ich würde es Charles lieber selbst übergeben. Ich dachte,

vielleicht besucht er den Ball, da er einen älteren Bruder hat, der für den Generalgouverneur arbeitet. Ein Mister Franklin Peddington."

„Franklin! Natürlich! Ich hatte vergessen, daß Charles sein Bruder ist. Die beiden sind so verschieden. Ja, ich glaube, er kommt heute abend. Franklin ist Sekretär des Generalgouverneurs. Eine wichtige Position. Zu schade um Charles", sagte Margaret, als sie den Treppenabsatz erreichten. „Ich würde erwarten, daß ein so fleißiger Mann wie Franklin seinem Bruder ausredet, William Careys Arbeit zu unterstützen."

„Oh! Dann hast du von William Carey gehört?"

„Nur indirekt. Die Kompanie ist besorgt über seine Druckerpresse, obwohl er in Generalgouverneur Wellesley einen Freund hat. Aber die meisten in der Kompanie sind gegen Missionare. Kürzlich gab es beinahe einen Aufstand von Brahmanen wegen eines Pamphlets, das auf den Straßen von Kalkutta verteilt worden war. Kennst du diesen Missionar?"

„Ich habe seine Abhandlung über die Evangelisierung der Heiden gelesen. Charles unterstützt seine Arbeit. Aber ehrlich gesagt kann ich mir nicht vorstellen, daß Mister Carey absichtlich die Brahmanen angreift. Hier muß ein Irrtum vorliegen."

Coral hoffte, William Carey und seine Arbeit besuchen zu können, bevor sie nach Kingscote zurückkehrte. Aus Tante Margarets Reaktion konnte sie entnehmen, daß sich das als schwierig erweisen würde, ohne die Familie aufzubringen.

„Ich bin sicher, William Carey ist weise genug, um nicht gedruckte Pamphlete zu verteilen, in denen die Hindus angegriffen werden", fuhr Coral fort. „Er achtet und liebt die Menschen und kennt die großen Schwierigkeiten, in dieser Kultur den christlichen Glauben zu verkünden."

„In der Kompanie gibt es Stimmen, die fordern, daß er und

die anderen Missionare nach London deportiert werden sollten."

„Deportiert! Die Ostindienkompanie hat kein Recht, so etwas zu tun."

Margaret warf ihr einen fragenden Blick zu.

„Ich meine", fuhr Coral zögernd fort. „Das wäre nicht richtig. William Carey ist Bibelübersetzer. Als solcher zieht er nicht aus, um Hindustan aufzuwiegeln. Das ist nicht seine Absicht. Das weiß ich, denn eine Reihe von Hindus arbeiten mit ihm bei der Übersetzung in die bengalische Sprache zusammen. Sie fühlen sich von seinem Glauben nicht bedroht. Warum sollte sich dann die Kompanie bedroht fühlen?"

„Nun, ich weiß wenig über die Bibelübersetzung, Kind, aber dein Onkel ist felsenfest davon überzeugt, daß er am Ende Unruhen auslösen wird. Und mit dieser Meinung steht er nicht allein."

Coral sagte nichts mehr. Weder die Kendalls noch die Roxburys waren wegen ihres christlichen Eifers bekannt, obwohl sie an Feiertagen, bei Taufen, Hochzeiten und Beerdigungen die anglikanische Kirche besuchten. Die Übersetzung der Bibel in die Sprachen Indiens nahm in ihrem Denken keine wichtige Priorität ein. Wenn sie in der Familie überhaupt jemand hatte, an den sie sich wenden konnte, dann war das ihre Mutter. Coral verkrampfte. Wie krank war ihre Mutter wirklich?

Als sie die Tür zu Corals Zimmer erreichten, ließ Pandy sie allein. Durch die offene Tür glänzte der Mahagonifußboden frisch gewachst, und Spitzenvorhänge flatterten unter dem Deckenfächer, der *Punkah*. Er bestand aus einem Segeltuch, das auf einen Holzrahmen gespannt war und von einem kleinen Jungen ohne Hemd in einer kurzen weißen Hose reguliert wurde. Sie erkannte ihn als das Kind, das ihr beim Aussteigen aus der Ghari einen Schirm gereicht hatte.

„Du kannst jetzt gehen, Jay", sagte Margaret.

Coral lächelte ihn an, als er grinste, salaamte und hinauslief.

„Sie sind alle liebe Kinder. Unberührbare ... sie sind überall", seufzte Margaret. „Ich schicke dir ein Mädchen herauf, das die Badewanne für dich vorbereitet und dein Ballkleid auflegt." Sie sah forschend in Corals Gesicht und bemerkte offenbar ihre Müdigkeit. „Ich lasse dein Mittagessen heraufbringen. So kannst du wenigstens ein paar Stunden schlafen."

„Das fände ich schön. Ich bin müde."

Pandy kam wieder mit einem Tablett, auf dem ein großes Glas mit kühlem Zitronenwasser stand. „Für Missy", sagte er.

Coral lächelte. „Herrlich, Pandy, danke."

Als er fort war, blieb Margaret noch an der Tür stehen. Coral begann, ihre Handschuhe auszuziehen, und sehnte sich nach einem kühlen Bad.

„Coral, vergib mir, daß ich das gleich bei deiner Ankunft angesprochen habe, aber ..." Sie warf ihrer Nichte einen nervösen Blick zu.

„Du brauchst dich nicht zu entschuldigen", erklärte Coral.

„Hugo und ich wollen nur dein Bestes."

„Oh, Tante Margaret, das weiß ich. Das brauchst du mir nicht erklären." Margaret blieb noch weiter stehen, als meinte sie, sie müsse Coral von Sir Hugo überzeugen.

„Dein Onkel hat schon immer ein starkes Interesse an deiner Ausbildung und Zukunft. Mehr als an Kathleen. Vielleicht sieht es aus, als mischten wir uns ein bißchen zu sehr ein." Sie lächelte, und ihre innere Anspannung kam zum Vorschein. „Er setzt so starke Hoffnungen auf deine Heirat mit Ethan. Damit würdest du fast seine eigene Schwiegertochter."

„Ich weiß, daß Onkel Hugo ihn wie einen Sohn betrachtet, aber ich möchte jetzt nicht über meine Beziehung zu Ethan sprechen.“

„Einverstanden. Und, Coral, du bringst deinen Onkel nicht auf, indem du dein Interesse an einer Schule für die Unberührbaren erwähnst? Zur Zeit ist die politische Lage in Indien unruhig, noch viel stärker als bei deiner Abfahrt. Du bist vorsichtig, ja?“

Coral war müde und wollte sich nur ausruhen. Sie lächelte und gab ihrer Tante einen Kuß auf die Wange. „Mach dir keine Sorgen. Ich werde aufpassen. Um deinetwillen.“

Margaret streichelte leicht Corals Wange mit ihrer Handfläche. „Ich wußte, daß ich mich auf dich verlassen kann. Hugo und ich sind schon wegen Belindas bevorstehender Verlobung aufs äußerste angespannt. Ich möchte nicht die Spannung zwischen uns noch dadurch verstärken, daß ich deine Schule verteidige.“

Coral fühlte sich unwohl. Das letzte, was sie wollte, war in der Familie noch mehr Probleme zu schaffen.

„Ruh dich jetzt lieber aus. Bei einem so hübschen Gesicht werden ein Dutzend Offiziere mit dir tanzen wollen.“

Margaret öffnete die Tür, aber Corals Frage hielt sie zurück.

„Der Ghari-wallah hat mir gesagt, daß Seward Oberst Warbeck aufsucht. Weißt du, warum?“

Margaret zögerte. „Ich wollte dich nicht so früh mit dem Krieg mit Burma beunruhigen, aber eine Offiziersfrau erwähnte, daß ihr Mann die Nachricht erhalten habe, daß letzte Nacht mehrere Sepoys von dem militärischen Vorposten in Jorhat angekommen sind.“

Jorhat lag nicht weit von Kingscote entfernt. „Seward hat den Oberst aufgesucht, um herauszufinden, welche Informationen die Sepoys gebracht haben.“

Coral war argwöhnisch. „Ich habe gehört, daß es der Oberst war, der Seward zu sich gerufen hat."

„Ja, das kann sein. John –" sie hielten mitten im Satz inne, und eine leichte Röte stieg in ihre Wangen. „Ah, der Oberst will vielleicht sicherstellen, daß das Gebiet für eure Fahrt ungefährlich ist. Aber ich würde mir keine Sorgen machen. Der Ball ist nicht abgesagt worden. Ich vermute also, daß die Nachricht nicht allzu ernst sein kann. Vielleicht wieder ein Grenzgefecht mit Burma."

Coral war an der nördlichen Grenze inmitten der Spannungen mit Burma aufgewachsen. Es war nichts Ungewöhnliches, am Frühstückstisch zu sitzen und ihren Vater über die Kämpfe zwischen Soldaten des Maharadscha von Assam und burmesischen Eindringlingen sprechen zu hören. Der Krieg war 1792 ausgebrochen, und die Ostindienkompanie hatte mit Assam ein Sicherheitsabkommen unterzeichnet. Der Krieg war inzwischen beinahe vorbei, aber, wie ihre Tante gesagt hatte, kam es immer noch zu Zusammenstößen entlang der Grenze. Das Leben auf der Seidenplantage war zwar friedlich und schön; aber die Kendalls gaben sich keinen Illusionen hin. Ihre Subkultur in Indien konnte bei der leichtesten Provokation zerbersten. Sie durfte sich von nichts davon abbringen lassen, nach Hause zu kommen.

Die Tür schloß sich hinter ihr. Coral ließ sich auf das kühle weiße Bettlaken fallen und nippte an dem Zitronenwasser und hörte dabei zu, wie das indische Mädchen die Badewanne füllte.

An der Tür klopfte es, und Marianna kam auf Zehenspitzen herein. Ihre roten Locken umrahmten ihr schmales Gesicht, das jetzt vor Aufregung leicht gerötet war. Sie suchte nach Corals Kofferschrank.

„Coral, du hast versprochen, ich könnte das indigoblaue Kleid anziehen."

Coral lächelte müde und deutete auf ihren Kofferschrank. „Ja, du läßt es am besten aufhängen."

„Oh, Coral, danke. Du gehst doch auch mit auf den Ball, oder?"

Coral gähnte. „Ja ... ich muß Charles Peddington Annes Päckchen geben."

„Was ziehst du an?"

„Oh, das weiß ich noch nicht ... vielleicht das jadefarbene."

„Dir steht grün gut. Es paßt genau zu deinen Augen. Du kannst meine Jadeohrklipse und -kämme haben, wenn du willst."

Unter Mariannas Drängen hatte das indische Mädchen den Koffer geöffnet. Das schimmernde Ballkleid aus Indigoseide kam zum Vorschein. Marianna drückte die vielen Falten an ihre Wange.

„Ich werde tanzen und tanzen, bis die Sonne aufgeht!"

Coral sah ihrer jüngeren Schwester nach, die es nicht erwarten konnte, den anderen ihre Beute zu zeigen.

Sie schluckte einen Teelöffel voll von der bitteren Medizin, die ihr Ethan verschrieben hatte, und trank schnell einen Mundvoll kühlen Zitronensaft nach.

„Und Sie, Miss Coral? So viele hübsche Kleider!"

Das Mädchen packte sorgfältig den Koffer aus und hängte die Kleider in den Schrank.

„Hm ..." sagte Coral schläfrig und stellte ihr Glas auf den Rattantisch neben dem Bett. „Seide ... und von einer unscheinbaren Raupe ... Gottes Wege sind wunderbar und atemberaubend." Sie konnte kaum noch die Augen offen halten. „Ich ziehe das grüne Kleid an."

„Oh, sehr hübsch!"

Als das Mädchen das Kleid aufschüttelte und aufhängte, sah Coral zu, wie der Wind von der Veranda hereinwehte und den weiten Rock ergriff und aufblähte. Jacques Design war hübsch, das Smaragdgrün erinnerte sie an das satte Grün der Tropen. Coral schloß die Augen und stellte sich vor, den zwitschernden Gesang der Vögel in ihrem bunten Gefieder im Dschungel um Kingscote zu hören ... in ihrer Phantasie hörte sie beinahe das ferne Brüllen eines bengalischen Tigers ... und das erinnerte sie an einen goldenen Affen, den sie auf dem Rücken des gut aussehenden Abenteurers auf dem Basar herumturnen gesehen hatte.

22

Wohin soll ich gehen vor deinem Geist?

Psalm 139,7a

Die Sterne stachen weiß vom pechschwarzen Himmel ab. Die Hitze blieb drückend, obwohl ein leichter Wind vom Hugliflüß über sein Gesicht strich. Jace war in einer nachdenklichen Stimmung. Er stand nach fast sieben Jahren vor seiner ersten Begegnung mit dem Mann, der ihn nach dem Tod seines Vaters aufgezogen hatte – Oberst John Sebastian Warbeck. Es verhieß, ungemütlich zu werden.

„Du siehst so aus wie früher", bemerkte Seward, als sie in die Rickscha stiegen, die sie zur Ostindienkompanie bringen sollte. Er legte den Kopf schief und begutachtete Jace zustimmend. „Vielleicht nicht ganz. Die Uniform fehlt."

Ohne seine lederne Seemannshose fühlte sich Jace in dem schwarzen Tuchanzug mit dem fleckenlosen weißen Rüschenhemd, das sich an den Handgelenken verengte, und der blauen Schärpe wie ein Fremder. Seine Stiefel waren auf Hochglanz poliert, sein Schwert glänzte, und wie Seward sagte, sah er wieder wie der allseits gelobte Sohn des Burrasahib, des Oberst, aus. Jace hatte sich sogar den Bart abrasiert und die Haare schneiden lassen.

„Ich bleibe nicht zum Ball", verkündete Jace, als ob Seward die Absicht hätte, ihn für die ganze Nacht dort festzuketten.

„Ich mag solche Veranstaltungen nicht. Sie haben mir noch nie gefallen. Ich will den Oberst treffen. Das ist alles."

Vor sich konnte Jace die ihm bestens vertrauten Umrisse von Fort William ausmachen, das die Kompanie und ihr großes Kontingent an Arbeitern, Familien und Soldaten beherbergte. Es war am Flußufer gebaut und von einer starken Mauer mit Toren umgeben. Er war noch ein Junge gewesen, als er hier zum ersten Mal mit Warbeck ankam. Schließlich wurde die Kompanie sein Zuhause bis nach seiner Entlassung von der Militärschule.

Als die Rickscha die äußeren Bezirke von Kalkutta hinter sich ließ und in das Fort einbog, rückten die Häuser der Engländer und der anderen Europäer ins Blickfeld – einige von ihnen waren sehr vornehm, sogar extravagant und prahlten mit luxuriösen botanischen Gärten.

„Alte Erinnerungen sind wie Gespenster, nicht wahr, Junge?" bemerkte Seward. „Ich denke gerade an die Zeit, als wir zusammen unter dem Oberst an der Grenze dienten."

Jace lächelte grimmig, als er Sewards Blick folgte. Die Lampen vor der Quartierwache der 19. Bengalischen Infanterie waren hell erleuchtet; die Sepoys standen in roten Mänteln und Tschakos Wache. Sein eigenes Regiment, die 21. Leichte Kavallerie, war immer noch auf Vorposten in Jorhat an der nördlichen Grenze stationiert.

Die Gerichtsgebäude und das Gefängnis hoben sich bedrohlich gegen den Nachthimmel ab. Am nördlichen Ende des Maidan Square brannten die Lichter im Regierungshaus hell und fielen warm auf den Rasen und die Büsche im Garten. Neben den Torpfosten stand ein halbes Dutzend Sepoys mit dem Schwert an der Seite Wache.

Jace sah die umfangreichen Symbole der ehrwürdigen Ostindienkompanie wie Regimenter bei einer Parade vorbeiziehen. Als Adoptivsohn von Oberst Warbeck war er ein

Erbe seines Geistes und seiner Ambitionen, aber Jace hatte die Uniform und seine Treue zur Kompanie an den Nagel gehängt, um sich seinen eigenen Weg zu erkämpfen. Jetzt war das Tor zur Freiheit durch Gokuls törichtes Handeln ins Schloß gefallen.

Jace war aus diesem Imperium heraus geboren, aber er war immer noch nicht sicher, ob er mit der Macht, die sich die Ostindienkompanie anmaßte, einverstanden war, die sich selbst zu den Herren über die Maharadschas gemacht hatte. Zwei Jahrhunderte waren vergangen, seit die ersten Botschafter nach Agra gekommen waren und den großen Mogulkönig überredet hatten, sie eine kleine Handelsniederlassung an der Bucht von Bengalen errichten zu lassen. Jetzt hatte sich der Einfluß der Ostindienkompanie über Indien so stark ausgebreitet, daß die Vormachtstellung allein in Bengalen von Kalkutta bis nach Assam reichte.

Eines Tages, dachte Jace, würde die Herrschaft der Engländer höchstwahrscheinlich auch über Burma und Afghanistan hinwegfegen. Heute gab es noch unabhängige Provinzen, die immer noch den Radschas gehörten; aber den meisten dieser Staaten war es verboten, untereinander oder mit einer ausländischen Macht Verträge abzuschließen.

Die Kompanie, die als unbedeutsame Handelskorporation angefangen hatte, war jetzt ein Kolonialherr. Der Generalgouverneur schloß Verträge mit den Maharadschas, ergriff friedenschaffende Maßnahmen und schickte seine eigenen Steuereintreiber aus – und führte von der Bucht von Bengalen aus bis an die Grenzen von Sikkim Krieg. Die Schwierigkeiten, die Jace heute abend hierherführten, waren im Gebiet im Nordosten. Der Mann, der Englands oberster Repräsentant in Indien war, der Generalgouverneur, hatte unbegrenzte Macht in Indien. Wenn er es befahl, würde sich eine große Armee im Gehorsam unter die

Oberhoheit in England, seiner Majestät König Georg, in Bewegung setzen.

Tatsächlich hatte der Generalgouverneur den Oberbefehl über die Truppen in Kalkutta und Bombay im Süden. Etwa 200.000 Sepoys und Sowars, die unter britischen Offizieren in Regimentern dienten, die von der Ostindienkompanie kontrolliert wurden, die sich unter seinem Befehl bewegten, ebenso wie die 15.000 englischen des Königs.

Jace konnte seine Abneigung gegenüber der Kompanie nur schwer erklären. Sein Überleben als Kind verdankte er Oberst Warbeck. Seine militärische Ausbildung, seinen Erfolg in der Kompanie – alles hatte der Oberst ihm ermöglicht. Als Gegenleistung erwartete der Oberst, daß er sich für die Sache der Kompanie einsetzte. Eine gewisse Zeit hatte Jace mitgemacht; er hat sich sogar eingeredet, daß er nichts anderes wolle, als den Zielen der Kompanie zu dienen. Aber später stellte er fest, daß er mit vielen Zielen, die England in Indien verfolgte, nicht übereinstimmte. Als er der Führung nicht mehr folgen konnte, hängte er seine Uniform an den Nagel und schlug seinen eigenen Weg ein. Jetzt unterstand Jace wieder dem Befehl des Oberst.

„Wie ich sehe, wird an dem Regierungsgebäude immer noch gebaut. Ein kleines bißchen wie Kedleston Hall in Derbyshire in England, findest du nicht auch, Junge?"

„Es ist die Gewohnheit eines Engländers, sein Haus überallhin mitzunehmen, wohin er auch geht", sagte Jace trokken.

Seward grinste. „Man könnte meinen, dein Blut ist rein englisch, wenn man dich so sprechen hört. Vergiß nicht, ich war ein Freund deines Vaters, als du noch in kurzen Hosen herumgelaufen bist. Einen echteren Engländer findest du nirgends, nicht einmal in Oxford."

Jace hätte vielleicht über diese Rhetorik lächeln können.

Trotz des berüchtigten Rufes seines Vaters als Chinahändler in der Johnkompanie war er angeblich der jüngere Sohn einer angesehenen Buckleyfamilie in London. Jace hatte oft versucht, sich Erinnerungen an England ins Gedächtnis zu rufen; doch er erinnerte sich nur an das rauhe Deck des Klippers unter seinen Füßen, den Geruch von Tee, Gewürzen und an die Sprachen von fernen Häfen wie Cadiz in Spanien oder Malaysia im Osten. Als er noch ein Junge gewesen war, hatte Seward einmal angedeutet, daß seine Mutter die verstorbene Lady Anne Wimbleton gewesen sei, deren Vater in der Kompanie in Bombay stationiert war. Damals war Jace naiv genug gewesen, das zu glauben.

Jace sah zum Hugliflüß. Im Dunkeln erkannte man die schattenhaften Umrisse von Schiffen und hörte das Geräusch des Wassers, das gegen das Holz schlug.

„Es hat keinen Sinn, an den Klipper zu denken, Junge. Wenn du nicht das tust, was der Oberst sagt und wieder deine Uniform anziehst, wirst du ihn nie wiedersehen."

Das wußte Jace. Sein Stiefvater war nicht als sentimental bekannt, auch wenn es um seinen eigenen Sohn ging. Oberst Warbeck war genauso hart und fordernd wie das Imperium, dessen Herrschaft er verteidigte. Er wollte seinen Sohn wieder neben sich in der Uniform sehen, und er würde nicht eher ruhen, bis Jace aufgab.

Er würde nicht aufgeben.

Jace verschränkte die Hände hinter seinem Kopf und blickte weiter in den schwarzen Himmel hinauf, der mit weißen Perlen besetzt war. „Ich habe gerade an das Gefühl auf Deck der *Madras* gedacht; die kühlen, schäumenden Wasserspritzer auf meinem Gesicht, der salzige Geschmack auf den Lippen, der Klang der Wellen –"

Seward seufzte. „Hör auf, Junge, das Meer schlägt auch in meinem eigenen Blut noch hohe Wellen."

Sowohl der Klipper als auch die üppige, kühle Teeplantage in Darjeeling drohten Jace durch die Finger zu gleiten. Wie der Sand in einer Sanduhr, die ihre Welt mit winzigen weißen Sandkörnern erfüllte, würde auch er bald in den Fängen der Kompanie begraben sein.

Jace holte den Brief des Oberst aus seiner Jacke. Seward sprang von der Rickscha herab. Er war ein kerniger Mann mit seinem mitgenommenen dreieckigen Hut und einem Ledermantel. Seine gleichmäßigen weißen Zähne zeigten ein Grinsen unter dem breiten, buschigen Schnurrbart. „Viel Glück, Junge. Ich verlasse dich hier. Ich muß mit Sir Hugo Roxbury über den Treck nach Kingscote sprechen."

Jace sah Seward nach, wie er durch den Schatten verschwand, dann wandte er seine Aufmerksamkeit wieder dem großen Saal des Regierungshauses zu. Der Staatsball war in vollem Gang. Er seufzte wieder, und seine Stiefel knirschten auf dem Kies. Chinesische Laternen waren an der vorderen Veranda hell erleuchtet, und Orchestermusik klang durch die offenen Türen und Fenster ins Freie. Jace wollte nicht lang bleiben; ihm war nicht nach Feiern zumute.

Er ging die Stufen hinauf und betrat die breite Eingangshalle. Durch den Bogen konnte er in den riesigen Ballsall sehen, dessen Fußboden so frisch poliert war, daß er wie Glas glänzte. Licht ergoß sich von der Decke, Ketten aus Blumen und grünen Zweigen waren als Dekoration an den hohen Wänden entlang geflochten und gaben dem Saal ein prunkvolles Aussehen. Die Gäste tanzten bereits, und einen Augenblick lang sah er zu, wie sich Ballkleider wie in einem farbigen Blumengarten im Kreis drehten. Darunter mischten sich die makellosen Uniformen von bekannten Regimentern und vornehme Zivilkleidung der Männer, die im Regierungsapparat des Generalgouverneurs dienten. Indische Diener mit weißen Turbanen und knielangen Jacken mit roten Schärpen gingen mit silbernen Tabletts umher. Auf der anderen Seite des großen Ballsaals saß auf einer erhöhten Plattform ein Orchester und spielte die bekannten Walzer aus Wien.

„... würde ich sagen! Unsere Safari nach dem Tiger –"

Eine Stimme ging im Rauschen von anderen Stimmen im Raum unter, als Jace anfing, sich langsam seinen Weg durch die Gäste zu bahnen. Oberst Warbeck war nirgends zu sehen. Eine Frau kam auf ihn zu. Er erkannte sie als die Enkelin des pensionierten Offiziers Henry Tilliton.

„Oh, Major Buckley, nicht wahr?" sagte Mrs Marcia Tilliton und schwenkte ihren Fächer. Ihre Augen schlugen vor, daß er sie zum Tanz aufforderte. „Conway hat uns nicht verraten, daß Sie in Kalkutta zurück sind", sagte sie, und ihr Lächeln verwandelte sich in ein leichtes Schmollen.

Jace verbeugte sich leicht und erwiderte ihren Gruß. Dabei überlegte er die ganze Zeit, wie er ihr entkommen könnte. Gleichzeitig begegneten seine Augen dem Blick von Miss Cynthia Daws, die vor Freude errötete. Sie beugte sich zu der adeligen Witwe, die an ihrer Seite saß, und sagte etwas. Sofort richtete die Witwe ihren Blick auf Jace, strahlte und erhob sich mühsam.

Jace wandte sich um und wollte die Flucht ergreifen, aber Marcia Tilliton hing immer noch an seinem Ellbogen. In diesem Augenblick trat ein junger Mann in einer weißroten Uniform vom 88. Regiment auf sie zu, deutete auf sein Programm und sagte freudestrahlend: „Herrlich! Nummer drei – dieser Walzer gehört mir, glaube ich, Mrs Tilliton?"

„Oh meine Güte, ja, so ist es. Das hätte ich beinahe vergessen!" Sie wandte sich entschuldigend an Jace.

„Mein Pech", murmelte Jace mit tiefstem Bedauern.

Er tanzte nicht gern und bahnte sich schnell seinen Weg zur Veranda, wo er den Gästen entkommen und von einem sicheren Platz aus den Oberst ausfindig machen konnte.

Es war schwül für Oktober. Normalerweise war das Wetter bis zu dieser Jahreszeit abgekühlt. Nicht einmal der leichte Wind, der durch die Fenster hereinkam, brachte viel Erfrischung. Er trat zur Seite, als ein Paar den im Schatten liegenden Teil der Veranda verließ und auf dem Weg zur Tanzfläche an ihm vorbeikam.

Sein Blick ging durch den Ballsaal und suchte den Oberst. Dann sah Jace sie und stutzte. Sie schien die Feierlichkeiten um sich herum völlig zu vergessen. Sie stand allein auf halber Höhe der großen geschwungenen Treppe, während die Damen sich ihren Weg nach oben bahnten, um sich in einem der Gästezimmer frisch zu machen. Sie hielt ein Päckchen in der Hand und blickte umher, als erwarte sie jemanden. Aber natürlich würde sie jemanden erwarten.

Sie trug ein schimmerndes Seidenkleid in Jade über einer aufgebauschten Krinoline und mit drei tiefen Volants an der linken Seite, die mit weißer Spitze nach oben gebunden waren. Ihre goldenen Locken waren üppig hochgesteckt und mit Jadekämmen zurückgehalten. An ihren feinen Ohren hing kostbarer Jadeschmuck.

Ah . . .das schöne Fräulein, das er auf dem Basar gesehen hatte . . .die Frau, die wie eine Eingeborene Bengali herunterratterte und sich nicht scheute, es mit einem Guru und seinen Krähen aufzunehmen.

Jace betrachtete sie einen Augenblick. Sie war eine Augenweide, doch als ihre Augen eine volle Runde durch den Ballsaal machten, streiften sie auch ihn. Sie stutzte, blickte schnell weg und wandte sich dann wieder überrascht ihm zu.

Offenbar erinnerte sie sich an ihn vom Basar, dachte er. Aber nein, er hatte sich rasiert und die Haare schneiden lassen . . .aber – ? Er zögerte auch. Auf einmal öffnete etwas an ihrem Verhalten eine weite Tür in die Vergangenheit, und er erinnerte sich.

Kingscote. Das war also das Mädchen aus dem Monsun, das vor so vielen Jahren ein indisches Baby ins Kendallhaus brachte . . .dieser Junge war inzwischen tot. Wie war sie mit diesem Schicksalsschlag fertig geworden?

Als sie einander anstarrten und sich beide erinnerten und keiner von ihnen eine Bewegung auf den anderen zu machte, fiel ihm der Brief ein, den sie ihm wegen Michael geschrieben hatte. *Sie glaubt, ich sei an seinem Tod schuld.* Er bemerkte, daß sie sich plötzlich steif aufrichtete und ihr Blick kühl wurde, als sie schnell den Kopf abwandte.

In diesem Augenblick trat ein junger, schlanker und irgendwie unsicherer Mann von der anderen Seite des Raumes auf sie zu.

„Coral! Wie großartig, dich hier in Kalkutta zu sehen!"

„Charles!"

Jace beobachtete, wie sie mit dem jungen Mann sprach, den sie mit Charles angesprochen hatte. Dann blickte er sich nach einem Blatt Papier um, das er als sein Programm ausgeben konnte. Er sah einen Zettel auf einem Tisch liegen und hob ihn hoch. Ungeniert schrieb er ihren Namen für den Abend hinein. Er mußte einen Tanz mit ihr bekommen. Sie war zu höflich, um ihm einen Korb zu geben. Immerhin gab es einiges, über das sie miteinander sprechen mußten. Michael war ein guter Anfang.

Ein indischer Diener erschien an seiner Seite und flüsterte. „Kapitän-sahib? Oberst Warbeck wartet im Billardzimmer auf Sie."

23

Und wohin soll ich fliehen vor deinem Angesicht?

Psalm 139,7b

Oberst Warbeck war in einer schwarzweißen Uniform gekleidet, auf der kein Staubkörnchen zu finden war. Die goldenen Tressen seiner Jacke spiegelten das Licht eines Kerzenleuchters wider. Mit konzentrierter Präzision beugte er sich über das entfernte Ende des Billardtisches und versetzte der Kugel einen leichten Stoß. Jace trat in dem Augenblick ein, als die Billardkugeln laut zusammenstießen und zielsicher in die verschiedenen Löcher rollten.

„Zum Kuckuck!" schmetterte General Basil und runzelte seine buschigen weißen Augenbrauen. Seine fleischige Hand, an der zu viele indische Ringe funkelten, strich über seinen hervortretenden Bauch. „Ein glücklicher Stoß, Herr Oberst!"

Lächelnd blickte der Oberst auf und sah seinen Adoptivsohn. „Keineswegs, Herr General. Eine Sache der Berechnung."

Jace überlegte, wie viel Berechnung in der Vorladung seines Sohnes steckte.

Der Oberst richtete sich steif auf. Einen unsicheren Augenblick lang sprach keiner von beiden ein Wort. Jaces Miene verriet keinen seiner Gedanken, und er versuchte, das Ziehen in seinem Herzen zu ignorieren.

Ein Major, den Jace nicht kannte, verließ seinen Platz in der Nähe des Billardtisches, trat hinter ihn und schloß die Tür, so daß die Walzermelodien kaum noch ins Zimmer drangen.

„Jace“, begrüßte ihn der Oberst und deutete mit einem Wink zu einem Stuhl in der Nähe der offenen Verandatür.

Er sprach mit fester und bestimmter Stimme, einem Ton, gegen den Jace in seiner Jugend automatisch rebelliert hatte, nachdem er von seinem leiblichen Vater großzügig und lokker aufgezogen worden war. Nach der Militärakademie erwartete er jedoch die klaren und starken Befehle der britischen Armee.

Jace schritt über den hellroten Teppich auf die kühlere Veranda zu, setzte sich aber nicht. Er betrachtete seinen Vater und bemerkte, daß die Jahre ihn nicht verändert hatten, aber warum sollten sie auch? Der Oberst war zu diszipliniert, um sich zu verändern oder in Indiens Hitze schlaff und träge zu werden.

Als er seinen Stiefvater ansah, unterdrückte Jace seine Gefühle. Er konnte beinahe glauben, daß sie sich nie getrennt hatten, daß die Zeitspanne, in der sie sich nicht gesehen hatten, nicht Jahre gewesen waren, sondern nur die Dauer eines Walzers auf der Tanzfläche bei einem der vielen Bälle oder Dinner. Das einzige, was Jace fehlte, war seine eigene Uniform.

Oberst John Sebastian Warbeck war eine starke, gut aussehende Gestalt Anfang vierzig, größer als Jace und um Pfunde schwerer, aber kräftig gebaut, und er konnte sich mit Würde bewegen. Seine Augen waren eisig blau und strahlten so hell wie das Sonnenlicht auf einem gefrorenen See. Jace fühlte, wie seine Augen an ihm herabglitten, aber sie verrieten keine Regung.

Seine eigenen Worte klangen abgehackt und zu formell, aber passend zu dem Treffen. „Du wolltest mich sehen?“

Oberst Warbeck sprach einen Augenblick kein Wort, stellte dann seinen Billardstab ab und trat hinaus auf die Veranda. Jace folgte ihm, blieb aber hinter ihm im Schatten stehen. Der Oberst hielt sich mit seinen großen, starken Händen am Geländer fest und blickte über den großflächigen Hof, auf dem buntglasige Laternen ihr Licht durch die Blätter der goldenen Mohurbäume warfen. Am Hugliflnß entlang war der Wind ein bißchen angenehmer. Boote fuhren in beide Richtungen, ihr Licht schien auf das Wasser und warnte vor Krokodilen. Palmen wuchsen dicht am Ufer entlang, und die Musik des Orchesters drang aus dem Ballsaal zu ihnen nach oben.

„Eine Teeplantage", sinnierte er. „Meinst du es ernst damit?"

Jace war etwas überrascht, aber warum eigentlich? Gokul hatte ihm gesagt, daß sein Vater über Jaces Unternehmungen immer auf dem laufenden war.

„Gokul ist im Gebiet von Darjeeling geboren. Seine Behauptung, daß dort Tee wild wächst, hat sich als richtig erwiesen. Er läßt sich dort anbauen, und es sieht so aus, als könne er es mit allem aufnehmen, was in China geerntet wird. Ich beabsichtige, Darjeelingtee zu einem Markenzeichen in London zu machen."

Der Oberst schwieg einen Augenblick. „Zu schade um deinen Partner. Ein Kendallsohn, nicht wahr?"

„Ja. Michael. Wer hat es dir gesagt?"

„Sir Hugo Roxbury. Er nahm kein Blatt vor den Mund."

Jace warf ihm einen fragenden Blick zu. „Was meinst du damit?"

„Nur, daß er es als Michaels Onkel störend findet, daß er ausgerechnet an Bord deines Schiffes verloren ging."

Jace spürte, wie der Ärger in ihm hochstieg. Er dachte wieder an den Brief, den die Kendalltochter ihm vor seiner Abfahrt aus London geschrieben hatte. War es Roxbury gewesen, der ihr eingeredet hatte, er sei betrunken gewesen?

„Michael war wie ein Bruder für mich. Ich habe der Kendallfamilie erklärt, was passiert ist. Sie haben meine Erklärung akzeptiert. Wer ist Roxbury, daß er meine Integrität in Frage stellt?"

„Am besten legst du dich jetzt nicht mit ihm an. Er ist ein mächtiger Mann in Kalkutta. Ein Freund des Generalgouverneurs. Michael hat noch einen jüngeren Bruder, der laut Roxbury wütend auf dich ist."

Jace dachte an Alex. *Meint er, ich sei schuld an Michaels Tod?*

„Wenn Roxbury irgendetwas an meinem Verhalten als Kapitän der *Madras* auszusetzen hat, kann er es mir selbst sagen."

„Ich habe dich nicht kommen lassen, um dein Verhalten als Kapitän in Frage zu stellen, ebensowenig wie ich deine Führungsqualitäten in Frage stellte, als du noch beim Militär warst. Ich denke, sie sind beide über jeden Zweifel erhaben."

„Danke", sagte Jace leise.

Der Oberst sagte eine Minute nichts, und Jace trat an das Geländer.

„Roxbury behauptet, die Kendalls hätten kein anderes Interesse als Seide. Warum hatte Michael Interesse an Tee?"

„Sir Hampton ist ein geborener Züchter der Königsraupe, aber Michael wollte sich sein eigenes Leben aufbauen."

„Es ist die Art der Söhne, die Wege ihrer Väter zu verlassen. Als ob sie durch diese Verachtung ihre Auszeichnung gewännen."

Jace wußte, daß er nicht nur von Michael sprach, sondern auch von ihm selbst. „Du weißt, wie ich über die Kompanie denke. Über dieses Thema haben wir gesprochen, bevor ich Kalkutta verließ, und wir sind zu keiner Einigung gekommen." Er verschränkte die Arme. „Warum sollte ich kein Interesse an einer Teeplantage haben? Die Handelsrouten in den Osten werden immer weniger reich und fett. Statt im Hafen von Kanton könnten die Schiffe der Kompanie mit Tee beladen werden, der hier in Indien wächst. Unser geliebter König Georg lechzt nach neuen Märkten."

Der Oberst lächelte unerwartet. „Streiten wir jetzt nicht. Meinetwegen Tee, und ich wünsche dir viel Glück."

Das traf Jace unvorbereitet. Wieder sah er forschend seinen Vater an, der immer noch lächelte. Er bot Jace eine Zigarre an. Jace schüttelte den Kopf und sah zu, wie der Oberst seine Pfeife herauszog.

„Ich will dir einen Vorschlag machen", sagte der Oberst.

Vorsicht ... *Er legt eine Falle aus,* dachte Jace.

Sein Vater sah ihm geradewegs ins Gesicht, während seine Hand mit dem Griff seines Säbels spielte.

„Ich fasse mich kurz. Burma ist eine glühende Kohle auf trockenem Holz. Der Krieg ist gut für uns ausgegangen, aber meiner Meinung nach wird Assam nie Ruhe finden, solange wir nicht in Rangun einmarschieren. Kürzlich wurde ein Angriff auf den Vorposten in Jorhat unternommen."

Jace verkrampfte ein bißchen. Sein Freund Major Selwyn war jetzt Befehlshaber seiner alten 21. Leichten Kavallerie. Jace kannte auch die Königsfamilie von König Gaurianath Singh in Sibsagar, der während des Burmakrieges von 1792 in Assam geherrscht hatte. Assam war jetzt ein Fürstentum. Der Radscha war lange mit Burma darüber im Streit gewesen, wem das Gebiet gehörte, und er hatte einen Vertrag mit der Kompanie unterzeichnet. Weitere Unruhen im Norden konnten auch ihre Auswirkungen auf Jaces Landbesitz in Darjeeling haben, eine Bergregion in der Nähe des Himalaya. Sein persönlicher Vertrag mit dem König von Sikkim, der ihm Rechte über den Darjeelingberg sicherte, war in Gefahr. Der Oberst war klug genug, das zu wissen.

Der Oberst biß auf der leeren Pfeife herum. „Du kanntest Major Selwyn?“

Jaces Besorgnis wuchs. Er kannte ihn. Sie hatten gemeinsam die Militärschule in London besucht. Daß der Oberst in der Vergangenheit sprach, stellte ihn auf schlechte Nachrichten ein. „Selwyn übernahm meinen Posten, als ich den Vorposten verließ.“

„Hm ...“ der Oberst zog an der Pfeife. „Ein guter Mann. Nicht so korrekt wie du, aber ein zuverlässiger Mann für diese empfindliche Stellung in Jorhat. Die Situation mit Burma hat sich beruhigt. Du weißt, was passieren könnte, wenn die Schuld für den Angriff auf den Vorposten den Burmesen zugeschoben wird?“

Der Krieg könnte wieder ausbrechen. „Du klingst nicht so, als glaubtest du, daß sie die Hände im Spiel hatten.“

„Der Dewan behauptet, es seien Burmesen gewesen.“

Ein *Dewan* war der oberste indische Minister. Der Oberst sprach anscheinend von dem Dewan, der dem Maharadscha von Assam diente.

„Roxbury stützt ihm den Rücken“, sagte der Oberst. „Major Selwyn wurde bei dem Angriff ermordet. Es tut mir leid.“

Der Oberst wandte sich einen Augenblick ab. „Roxbury schiebt die Schuld auf Burma. Ich bezweifle das. Sie streiten es ab. Du hast Freunde in Rangun, die dem herrschenden Kriegsherrn dienen. Hast du irgendetwas von einem Angriff auf die Briten gehört?“

„Nein. Ich neige dazu, dir zuzustimmen. Burma ist noch nicht bereit, den Krieg wieder zu beginnen.“

„Selwyns Ermordung kann nicht von Burma aus inszeniert worden sein.“

„Dann kommt nur der Maharadscha ...oder Mitglieder seiner Familie in Frage. Nicht alle sind mit seinem Vertrag mit der Kompanie einverstanden.“

Die Züge seines Vaters verhärteten sich, und er blickte in das Billardzimmer. „Oder jemand, der näher liegt. Die Frage ist, aus welchem Grund?“

Jace überlegte. Er traute bestimmten ehrgeizigen Männern in der Kompanie in Kalkutta alles zu. „Aber was würden sie dabei gewinnen?“

Der Oberst biß auf seine Pfeife. „Das Motiv gibt mir zu denken. Warum sollte jemand aus dem Hauptquartier neue Unruhen im Norden schüren wollen?“

„Vielleicht um persönliche Ziele weiter voranzutreiben.“

„Bevor ich zum Generalgouverneur gehen kann, muß ich etwas in der Hand haben.“ Er sah ihn an. „Ich glaube, Major Selwyn hat etwas entdeckt und wurde deshalb zum Schweigen gebracht. Ich will, daß du herausfindest, was es war. Wie gut kennst du die Königsfamilie in Sibsagar?“

Jace zögerte. Selwyns Tod verstärkte sein Interesse an dem Vorfall, aber er blieb vorsichtig. Er wußte, daß sein Vater entschlossen war, ihn in die Sache hineinzuziehen.

„Der Radscha ist ein kluger Herrscher und ein schlauer Krieger.“ Jace dachte an Radschiv, Dschemanis Mann ... „Ich kannte seinen Neffen. Er ist inzwischen tot. Aber er hat einen zweiten Neffen, einen Prinzen – Radschkumar Sunil.“

Jace war nicht erpicht darauf. Radschivs Bruder, Sunil, zu begegnen. Er hatte von Spionen gehört, daß Sunil beabsichtigte, mit seinem Krummschwert Jace den Kopf abzuschlagen. Jace zweifelte nicht daran, daß er sich vor ihm schützen könnte, aber er war nicht erpicht darauf, sich mit ihm anzulegen.

„Sunil schiebt die Schuld für einen Angriff auf einen Hindutempel auf mich. Eine juwelenbesetzte Kalistatue wurde gestohlen, bevor ich den Vorposten verließ. Mein Name wurde dem Maharadscha hinterbracht.“

Der Oberst wirkte gespannt, als wisse er etwas, das er Jace im Moment noch nicht mitteilen wollte.

„Du hast von der gestohlenen Figur gehört?“ fragte Jace nach.

„Hm ... Gerüchte über solche Sachen haben schnelle Beine. Einer der Soldaten, die an dem Überfall auf den Vorposten beiteiligt waren, wurde gefangen. Er war Burmese, hat aber angedeutet, daß die Männer, mit denen er kämpfte, Söldner waren und daß sie nicht dem Herrscher in Rangun dienten.“

„Bezahlte Söldner. Interessant. Hat er irgend jemand in der Kompanie erwähnt, der sie angeheuert hatte?“

Der Oberst sah ihn nachdenklich an. „Nein. Deshalb habe ich dich kommen lassen. Er hat verlangt, mit dir zu sprechen. Er will mit niemand dort sprechen.“

Jace zog eine Augenbraue hoch. „Er kennt mich?“

„Er hat nur gesagt, daß er in Rangun von dir gehört hat.“

Jace schwieg. Er hatte geheime Kontakte in Burma.

Der Oberst überging sein Schweigen und fuhr ruhig fort: „Ich erwarte, daß deine Freundschaft sowohl zur Königsfamilie als auch zum burmesischen Herrscher hilfreich sein kann, der Sache auf den Grund zu gehen, die dort vor sich geht. Dein indischer Schiffspartner Gokul könnte sich auch als nützlich erweisen, da er aus dem Gebiet stammt. Ich will, daß diese häßliche Angelegenheit bereinigt wird, bevor sie zu einem erneuten Krieg eskaliert. Wir können nicht zulassen, daß unser Vorposten ungeahndet angegriffen wird und unsere befehlshabenden Offiziere ungestraft ermordet werden. Wenn andere sehen, daß wir nichts unternehmen, öffnet das allen die Tür, die die Briten aus Bengalen verschwinden sehen wollen.“

„Warte jetzt einmal eine Minute. Ich habe nicht gesagt, daß ich mitmache –“

Der Oberst unterbrach ihn mit einem Lächeln und einer Handbewegung. „Da ist noch eine Kleinigkeit ... dein Klipper – die *Madras*, nicht wahr? Du wirst angenehm überrascht sein, wenn du erfährst, daß sie bald in Diamond Harbor vor Anker liegt."

In Kalkutta? Mein Schiff?

„Geh nach Jorhat. Finde heraus, was dort vor sich geht, und der Klipper gehört dir. Schuldenfrei. Du gehst natürlich in Uniform. Du wirst wieder als Major eingesetzt."

... *Schuldenfrei* ... Jace blickte seinen Vater lange an, dann sagte er leise: „Das ist Erpressung."

Der Oberst war unbeeindruckt. Er steckte seine Pfeife wieder in die Jacke. „Ich würde es anders nennen. Sagen wir – *Vertrauen* in deine militärischen Fähigkeiten. Du hast Kontakte zur indischen Welt, die ich nicht habe. Finde heraus, was los ist, bring mir den Schuldigen hinter diesem Komplott, und der Klipper gehört dir, und du wirst bald in Darjeeling Tee anbauen."

Unter Jaces überraschtem Blick griff der Oberst in seine Jacke und zog ein weißes Kuvert heraus. Er lächelte. „Die Kaufurkunde. Die Strafe ist bezahlt und die Anklage des Opiumschmuggels wurde fallen gelassen."

Jace schrie innerlich auf. Er hörte die Gefängnistore des militärischen Lebens hinter sich ins Schloß fallen.

Der Oberst würde sich nie zufrieden geben, solange sein Sohn nicht eine Laufbahn in der Armee einschlug. Jace wußte das. Es lag ihm auf der Zunge, das Angebot abzulehnen und den Raum zu verlassen.

Er schluckte die Worte hinunter, und es herrschte einen Augenblick Schweigen, da er seiner Stimme nicht ganz traute. Er versuchte, sich bewußt zu machen, daß hinter dieser tadellosen Uniform ein Mensch steckte, sein Adoptivvater, und daß das Spiel des Oberst mit hohem Einsatz, so unfair es von seinem Standpunkt aus auch sein mochte, nicht in einem Geist der Rache geschah, weil sein Sohn dem Militär den Rücken gekehrt hatte, sondern ihn nur zurückbringen wollte.

„Major Selwyn war dein Freund. Ich nehme an, daß du seinen Mörder ausfindig machen und vor Gericht bringen willst."

Der Oberst schlug eine zweite Saite seiner Überredungstaktik an. Neben der *Madras* brachte ihn der Tod von Major Selwyn zurück in seine Uniform. Der Plan des Oberst ging auf.

„Ich brauche nicht die Uniform der Kompanie anzuziehen, um Selwyns Mörder aufzuspüren. Das kann ich auf eigene Faust. Genau genommen, wäre das sogar leichter."

Der Oberst stellte sich gleichgültig. „Ach, ja, das hätte ich beinahe vergessen ... da gibt es noch eine winzige Kleinigkeit. Du übernimmst den Befehl des Vorpostens für zwei Jahre. Setze deine Diskretion ein, um die Politik des Generalgouverneurs in Jorhat zu vertreten. Die Vorkehrungen für deinen Ritt werden bereits getroffen. Papiere, die dir die Vollmacht geben, den Schuldigen gefangen zu nehmen, erhältst du noch. Nimm die Infanteriekompanie der 16. mit dir."

So, sein Vater hatte alles auf die Karte gesetzt, daß er nicht widerstehen könnte.

Der Oberst schlug den weißen Umschlag auf seine Handfläche. Auf seinem bronzefarbenen Gesicht erschien ein leichtes Lächeln, und das harte blaue Funkeln schmolz dahin. „Herzlich willkommen zu Hause, Jace."

Jace blickte vom Gesicht seines Vaters zu dem weißen Umschlag, und vor seinem geistigen Auge sah er stattdessen das weiße Segel der *Madras* sich im warmen Wind aufbauschen. Er könnte Gokul seinen kleinen Anteil an dem Klipper ausbezahlen. Keine Johnkompanie mehr, er brauchte sie nicht mehr verleihen, um seine Rechnungen bezahlen zu können. Er stellte sich das schöne Schiff vor, das im Hafen von Kalkutta vor Anker lag, ihm ganz allein gehörte und nur darauf wartete, Darjeelingtee zu verladen ...

Oberst John Warbeck legte ruhig den Umschlag auf den Rattantisch und ging davon.

Jace sah, wie der Wind den weißen Umschlag an der Seite hochhob. Er seufzte. *Major Jace Buckley Warbeck meldet sich zum Dienst.*

24

Er macht ... seine Diener zu Feuerflammen.

Hebräer 1,7b

Coral saß auf einer Ottomane aus Teakholz in der Nähe der Tür zur Veranda und hatte ihre meterlange smaragdgrüne Seide um ihre Beine gelegt. Sie nippte an einem großen Glas mit süßem Zitronensorbet und fand es kühl und spritzig. Ihr gegenüber saß Charles Peddington auf einem Stuhl und war überglücklich über den Bibelkommentar, den seine Schwester Anne ihm durch Coral geschickt hatte.

Sie saßen abseits von dem Fest, und Coral nahm die glitzernden Kronleuchter und die vielen tanzenden Paare, die sich über die weiß polierte Tanzfläche bewegten, kaum wahr. Die Melodien des Orchesters tanzten in der warmen Nachtluft und vermischten sich mit dem Lachen und den Stimmen, aber die Überraschung, Jace Buckley hier zu sehen, beschäftigte sie noch immer.

Er war in Kalkutta! Wagte sie es, ihn wegen Michael zur Rede zu stellen? Er hatte ihren Brief nicht beantwortet. Daraus konnte sie nur schließen, daß er sich schämte.

Gott verlangt, daß wir anderen vergeben, so wie er uns vergibt, dachte sie beunruhigt. Wie konnte sie die Kraft finden, einem Mann zu vergeben, der für den Tod ihres Bruders verantwortlich war? *Seine Gnade ist genug,* sagte sie sich, rang aber immer noch mit ihren Gefühlen.

Ein anderer Gedanke ließ sie nicht los. Wußte er von Gems Entführung? Fragen über Fragen stürmten wie Pfeile aus der Nacht auf sie ein. Es war sehr unwahrscheinlich, daß Seward es ihm nicht gesagt haben sollte. Ihr Herz schlug schneller. Würde er ihr etwas darüber sagen können, wo Gem festgehalten wurde? Aber das würde nicht bedeuten, daß sie Michael vergäße ...

Coral hatte gesehen, wie der indische Diener Kapitän Buckley aus dem Ballsaal ins Billardzimmer geführt hatte. Eine diskrete Nachfrage von Charles hatte ihr verraten, daß sich dort Oberst Warbeck mit einigen militärischen Freunden befand. Sie saß jetzt so, daß sie die geschlossene Tür unauffällig im Blick hatte. Hatte er sie erkannt? Das muß er. Jace Buckley verbarg seine Gedanken zu gut. Eines war sicher. Er sah nicht so aus, als habe er Schuldgefühle wegen der Vergangenheit.

„Coral? Geht es dir gut? Die Überfahrt muß sehr an deinen Kräften gezehrt haben“, sagte Charles.

Coral bekam Gewissensbisse, weil sie nicht richtig zuhörte, denn sie war wirklich daran interessiert, was er ihr erzählte.

„Ja, du hast William Careys Übersetzungsarbeit in Serampore beschrieben.“ Ihr fiel auch auf, daß Charles krank aussah. Er hatte ihr gesagt, daß er Serampore verließ, um wie sein Bruder Franklin im Regierungshaus zu arbeiten. *Er sieht überhaupt nicht gut aus,* dachte sie.

„Ich kämpfe jetzt schon seit zwei Jahren mit dieser elenden Krankheit . . .und Mister Carey hat vor kurzem einen Kollegen begraben.“

„Starb er am Fieber?“ erkundigte sich Coral besorgt, da sie an ihre Mutter denken mußte.

„Leider ja. Er hieß John Fountain.“

„Oh nein, nicht John!“

Charles sah sie überrascht an. „Du kanntest ihn?"

„Nicht gut, aber er war ein Bekannter. Ein guter Mann. Er wollte Miss Tibbs heiraten. Ich habe ihn in der Missionsgesellschaft in London kennengelernt. Ich wußte, daß er sich Mister Carey anschließen wollte. Weiß es Miss Tibbs schon?"

„Ja. Sie kam mit den Marshmans und Mister Ward, dem Drucker, hier an. Mister Grant ist ebenfalls gestorben ... an Fieber, glaube ich."

„Das ist eine traurige Nachricht für die Missionsarbeit. Mister Carey braucht jeden Mann, den er bekommen kann."

Charles spielte nervös mit seiner Serviette. „Ja. Nun, die Wege des Herrn sind uns oft unverständlich. Aber ich denke auch viel nach. Sind das Prüfungen des Herrn, damit wir lernen, auch in schweren Zeiten auf ihn zu vertrauen, oder Angriffe von Satan?"

Coral erzitterte. „Die Mächte der Finsternis können nicht das Leben von Christen nehmen."

„Aber der geistliche Krieg kann bedrückend sein. Ich muß dir sagen, daß die Arbeit nicht so gut vorangeht, wie William erwartet hatte. Bis jetzt hat sich niemand bekehrt, und er erfährt Widerstand von den unwahrscheinlichsten Seiten." Charles senkte die Stimme. „Ich spreche von der Ostindienkompanie, obwohl Generalgouverneur Wellesley ein fairer Mann ist. Aber wenn er in den Ruhestand geht, wird die Mission sich in einer mißlichen Lage befinden. Und Mrs Carey geht es auch sehr schlecht. Ihr Verstand steht auf der Kippe."

Coral sah seine Anspannung. Sie bemerkte, wie sehr er sich verändert hatte. Er war nicht mehr der sanfte, jungenhafte Musiklehrer, sondern nervös und dünn. Seine Hand zitterte hin und wieder, daß er beinahe sein Glas mit Sorbet verschüttete.

„Mrs Carey war wieder krank, als ich die Missionsstation in Serampore verließ", sagte er.

„Verschlechtert sich ihr Zustand?"

„Er wird allerdings immer schlimmer. Fehlendes Geld, unzureichende Ernährung und eine mangelhafte Behausung fordern ihren Tribut."

„Aber wie konnte das passieren? Angeblich ging es ihr doch gut, als sie mit ihrer Schwester Kitty und Doktor Thomas London verließen."

„Vielleicht war sie schon die ganze Zeit beunruhigt gewesen, und als sie mit den Anforderungen hier in Indien konfrontiert wurde, kam alles an die Oberfläche."

Coral überlegte . . .sie erinnerte sich, daß ihr Vater einmal etwas von „Drogen, die den Verstand auf Dauer beeinträchtigen", gesagt hatte.

„Der Tod des kleinen Peter tat das Seine, und sie war schon im Dschungel in der Nähe von Sunderbans krank, bevor sie nach Serampore kamen."

„Peter? Ein Kind?" wiederholte sie.

„Er starb an Fieber und Ruhr . . .er war das klügste der Careykinder. Schon mit fünf konnte er sehr gut Bengali sprechen. Mrs Careys geistiger Zustand erlitt mit seinem Tod einen Einbruch, und Mister Carey war damals auch krank. Sie konnten niemanden finden, der Peter begraben hätte."

Coral wußte, daß die Hindus ihre Kastenordnung nicht brechen würden.

„Mrs Carey muß in ihrem Zimmer bleiben. Ihr Essen wird nach oben gebracht. Es gibt Zeiten, in denen die arme Frau so tobt und schreit, daß nichts sie beruhigen kann."

„Wie grauenvoll."

„Das ist eine zusätzliche Prüfung für William, aber die Arbeit geht weiter."

Daß Mrs Carey Peter verlor, erinnerte Coral wieder an

Gem. Gem war gerade drei gewesen, als er von ihr genommen wurde. Sie kannte den Schmerz einer Mutter im Herzen.

„Sie wollte nicht nach Indien“, sagte Charles.

„Kein Wunder, daß sie krank ist. Sie hat so viel durchgemacht. Wie ist Mister Carey damit fertig geworden?“

„Er ist ein Ehrenmann, Coral. Sehr an seine Arbeit und an Indien hingegeben. Während seine Frau im Nebenzimmer krank ist, sitzt William fleißig über seinem Schreibtisch gebeugt und arbeitet an der Bengali-Übersetzung. Er läßt sich an der Gnade Christi genügen; was könnte es sonst sein? Er ist nur aus Fleisch und Blut wie wir, aber er läßt sich nicht beirren und von seinem Ziel abbringen.“

Charles hob sein Glas, um zu trinken. Seine Hand zitterte.

„Ist Serampore nicht eine dänische Siedlung?“ fragte Coral.

„Ja, und eine offene Tür des Herrn. Der Umzug den Hugliflu abwärts bringt uns mehr Schutz und Sicherheit. Gott sei Dank, konnte William einen Hektar Land von dem Geld kaufen, das er auf der Indigofarm in Mudnabutty verdiente. Die Situation hat sich stark verbessert, aber neue Probleme kommen von seiten der Ostindienkompanie.“

Coral erinnerte sich an das, was Tante Margaret ihr über die Abneigung der Kompanie gegenüber den Missionaren gesagt hatte.

Charles zögerte, als wollte er jetzt, da er anfing, für die Kompanie zu arbeiten, nicht gern über diese Schwierigkeiten sprechen. „Die britischen Behörden sind gegen Missionsarbeit jeder Art, sie haben Angst, die Brahmanen zu brüskieren, obwohl Lord Wellesley Predigten unter freiem Himmel in Kalkutta erlaubt hat.“

„Wie steht es um die Übersetzungsarbeit?“

„Sie kommt gut voran, seit Mr Ward aus London gekommen ist und wir eine Druckerpresse besitzen. Es ist Gottes Gnade, daß Mr Bie, der Gouverneur von Serampore, der Aufgabe wohl gesonnen ist, und sogar die Sonntagspredigten besucht und andere europäische Freunde mitbringt. Aber die britischen Behörden drohten, die Marshmans und Mr Ward nach London zurückzuschicken, als sie hier ankamen, um mit William zu arbeiten. Erst das Eingreifen von Gouverneur Bie rettete sie schließlich. Gott sein Dank für Dänemark!"

„Ich möchte behaupten, daß die Kompanie die Arbeit in dem Gebiet ganz behindern würde, wenn sie damit durchkämen", stimmte ihm Coral zu und war besorgt. „Aber das können sie doch nicht, nicht wahr, Charles?"

„Carey fürchtet, daß alles passieren kann, wenn der Generalgouverneur pensioniert wird. Sie haben bereits gedroht, die Druckerpresse zu verbieten."

„Aber das können sie doch nicht", beharrte sie.

„Sie können allerdings. Die Ostindienkompanie ist in Indien das Gesetz. Sie haben in Serampore keine Rechtsgewalt; es steht unter holländischer Kontrolle. Aber wenn sie sich im Krieg auf Frankreichs Seite schlagen, geben sie der Kompanie Grund, in Serampore einzumarschieren und die Kontrolle über die Missionsstation und ihre Druckerpresse zu verlangen."

„Wir wollen dafür beten, daß dies nicht geschieht."

Er sah unglücklich aus. „Meine Arbeit bei Franklin hindert mich daran, Mister Carey zu helfen. Aber Mister Ward tut eine ausgezeichnete Arbeit, und er hat eine wunderbare Beziehung zu Careys Söhnen, besonders zu Felix. Er ist wie ein zweiter Vater für ihn." Er zögerte. „Ich sollte dir sagen, daß ich nicht für Franklin arbeite, sondern für deinen Onkel, Sir Hugo Roxbury."

Sie war überrascht und sagte nichts. Kein Wunder, daß

Charles so angespannt wirkte. Er ging auf einem dünnen Seil, und indische Krokodile schwammen in dem Fluß unter ihm.

Es herrschte Schweigen. Plötzlich wurde die festliche Farbenpracht des Abends grau, der Geschmack ihrer Zitronenerfrischung schmeckte fad, ein Moskito, der an ihrem Ohr summte, wurde laut. Mitansehen zu müssen, wie Charles seine Arbeit gegen eine Position bei Sir Hugo aufgab – wenn auch aus gesundheitlichen Gründen –, war entmutigend. Nein, enttäuschend. Charles sah nicht mehr wie der eifrige junge Mann aus, dem sie nachgewunken hatte, als sein Schiff in London in See stach. Er war krank und geschlagen. Anscheinend hatte der geistliche Feind die erste Schlacht gewonnen.

Was würde der Widerstand der Kompanie gegen die Missionsarbeit für William Carey bedeuten? Und wie stand es mit Sir Hugos Opposition gegen ihre Pläne auf Kingscote? Wie konnte sie auch nur daran denken, daß sie dem gewachsen wäre?

„Du siehst ein bißchen müde aus, Charles. Vielleicht solltest du dich heute abend früh zu Bett legen."

„Ja, das hatte ich vor." Er lächelte. „Vielleicht können wir ein anderes Mal über die Arbeit sprechen. Wie lange bleibst du bei deinem Onkel?"

„Nicht lange. Vielleicht nur zwei oder drei Wochen. Es ist wichtig, daß ich so bald wie möglich nach Kingscote nach Hause komme. Meine Mutter ist auch krank. Und ich möchte gern mit meinem Vater sprechen."

„Wegen der Missionsschule?"

„Ja . . . und wegen anderer Dinge. Ich bin seit fast vier Jahren fort, und ich sehne mich danach, meine Familie wiederzusehen." Charles' Augen leuchteten. „Zwei bis drei Wochen geben dir genug Zeit, Mister Carey in Serampore zu besuchen. Ich kann dir alles zeigen, bevor ich gehe, und Mrs Marshman kann dir einige gute Ratschläge wegen der Schule geben. Sie leitet die Careyschule wirklich sehr gut."

Coral wog die Konsequenzen von Sir Hugos Mißfallen ab gegen ihren Wunsch, Mister Carey zu besuchen, und beschloß, daß sie das Risiko auf sich nehmen mußte. Sie hoffte, Bibelteile in Hindi zu bekommen, die sie für die Kinder verwenden konnte, besonders die Weihnachtsgeschichte.

„Das würde ich sehr gern, Charles. Ich versuche, es mir einzurichten. In ein oder zwei Tagen?"

„Laß es mich wissen. Ich schicke eine Ghari, die dich abholen kann. Du mußt mit einem kleinen Boot den Hugli aufwärts fahren, um zu uns zu kommen." Er erhob sich. „Ich bin heute abend nicht die beste Gesellschaft, fürchte ich."

„Morgen früh wirst du dich schon besser fühlen. Was genau ist deine neue Arbeit in Kalkutta?"

„Ich werde meinem Bruder Franklin als Sekretär des Generalgouverneurs helfen. Sir Hugo hat mich davon überzeugt, daß ich bei meinem gegenwärtigen Gesundheitszustand meine Gaben in Serampore nicht voll einsetzen kann."

„Ich würde sagen, eine Investition in Mister Careys Arbeit ist kaum eine Vergeudung."

„Ja . . .darin sind wir uns einig. Was die Kompanie betrifft: Sie ist dagegen, Proselyten aus den religiösen Sekten in Indien zu machen. Meine Arbeit wird rein geschäftlich sein."

„Jede Unruhe würde den Handelserfolg bedrohen", sagte Coral mit einem Anflug von Sarkasmus.

„Es tut mir leid, das zuzugeben, aber genau das ist das Motiv der Kompanie. Bei meinem Gesundheitszustand, der aufgrund des Klimas bisweilen sehr schlecht ist, beschloß ich, Sir Hugos Angebot anzunehmen. Wenigstens arbeite ich mit meinem Bruder zusammen. Mit der Zeit, wenn die Careyschule wächst, hoffe ich, dort Musik unterrichten zu können.“ Er machte eine Pause. „Ich dachte, ich hätte meine Pläne so gut durchdacht. Wie schnell der Wind sie wie tote Blätter zu Boden bläst.“

„Du klingst müde, Charles. Der Herr kennt das Ende schon von Anfang an. Unsere Pläne liegen immer in seiner Hand. Wenn du erst einmal wieder gesund bist, kannst du immer noch nach Serampore zurückgehen.“

„Dein Glaube macht mir Mut. Du hast so viel Ähnlichkeit mit Anne.“

„Du hast dein Bestes gegeben, und du bist ein Sieger. Aber ich? Ich habe erst angefangen. Wie kann ich schon aufgeben, bevor ich überhaupt angefangen habe?“ fragte Coral.

„Du wirst nicht aufgeben. Ich sehe die Entschlossenheit in deinen Augen. Was Gott auch für dich hat, Coral, er wird es zu Ende führen. Du glaubst an das, was du dir vorgenommen hast. Das ist schon die halbe Schlacht.“

Charles Peddington war krank, ein verwundeter Soldat auf dem Schlachtfeld des Herrn. Und Mister Carey? Er war zwar angeschlagen, aber er setzte seinen Weg fort.

„Die Händler aus London haben sich in gierige Herren verwandelt, denen nicht an den Seelen der Menschen liegt, sondern nur an ihrem Zugang zu Indiens Schatz!“ sagte sie.

„Sprichst du von Kingscote-Seide, wenn du von Indiens Schatz sprichst, meine Liebe?“ fragte die wohlklingende Stimme hinter ihr.

Sie sah Charles Peddington unter seinen sonnengebräunten Wangen erröten. Sein Blick war auf den Mann gerichtet, der gerade gesprochen hatte.

Coral ordnete ihre Röcke, erhob sich und drehte sich zu ihrem Onkel um.

Sir Hugo Roxbury mit seinem braunen Gesicht und seinen stechenden Augen lächelte trotzdem zu ihr herab. Einen Augenblick dachte sie, er würde noch mehr sagen, aber er wechselte das Thema. „Liebe Nichte, wie schön, dich bei uns in Kalkutta zu haben!"

„Hallo, Onkel."

Er deutete mit dem Kopf und seinen buschigen schwarzen Locken auf den verlegenen Charles Peddington. „Ich freue mich zu sehen, daß ihr zwei eure alte Freundschaft erneuert habt. Habe ich euch über Carey sprechen gehört?"

Coral ergriff das Wort, um Charles von seiner Befangenheit zu befreien. „Stimmt es, daß die Übersetzung der Bibel in Bengali in Kalkutta verboten ist?"

„Du brauchst dir darüber keine Sorgen zu machen, meine Liebe. Ich habe gehört, daß es Carey unter dem Schutzschild von Gouverneur Bie in Serampore gut geht. Ich habe nichts dagegen, die Bibel unter den Heiden zu verteilen, aber die Kompanie ist nicht hier, um den Brahmanen den westlichen Glauben aufzuzwingen."

„Westlichen Glauben" ... Coral wollte aufschreien.

„Die Kompanie ist hier, um Handel zu treiben. Dafür entschuldigen wir uns auch nicht. Es ist gut für England; es ist gut für die Händler und Schiffe."

Coral fühlte sich verletzt. „Aber ist es gut für die Menschen?"

Er lachte. „Die Herrscher Indiens wollen uns hier haben. Wenn dem nicht so wäre, würden sie uns schon unsere Koffer packen lassen. Sie sind uns zahlenmäßig mindestens zehn zu eins überlegen." Er legte einen starken Arm um ihre Schultern, als wäre er der beschützende, besorgte Onkel. Aber obwohl er lächelte, fand sie seine dunklen Augen beunruhigend.

„Ich hoffe, deine Sorge um die armen Inder verleitet Hampton nicht dazu, die Seidenproduktion aufs Spiel zu setzen. Du bist eine richtige kleine Politikerin, Coral. Man sollte meinen, du seist auf der Tanzfläche, tanzt Walzer und versetzt die Herzen junger Soldaten in Aufwallung. Stattdessen diskutierst du mit Charles die Politik der Kompanie!"

Sein verdeckter Versuch, ihr Anliegen lächerlich zu machen, war typisch. Sie versuchte, sich von seiner Spöttelei nicht in Verlegenheit bringen zu lassen.

„Es gibt so etwas wie die praktische Seite bei allem", fuhr er fort. „Ganz Europa lobt die Qualität der Seide, die Hampton jetzt produziert. Bald werden wir sogar Napoleon einkleiden!"

Sir Hugo gab ihrem Kinn einen Stoß, als wäre sie ein Kind, das sich in Angelegenheiten einmischt, die für ihren Verstand zu hoch sind. Coral war wütend, drehte aber den Kopf beiseite.

„Meine Liebe, merke dir, sich in die Glaubensangelegenheiten des indischen Volkes einzumischen, verursacht nur Spannungen und Revolten."

Charles Peddington nahm schnell seine Bücher unter den Arm und sah nervös aus. „Ich bedauere, daß ich so früh aufbrechen muß. Guten Abend, Miss Kendall, Sir Hugo." Aber bevor er sich aus der Affäre ziehen konnte, wurden sie von Margaret und Belinda unterbrochen.

„Da bist du ja, Coral", rief Margaret lächelnd. „Ich habe mich schon gefragt, wer dich entführt hat. War das nicht Kapitän Buckley, der vor einigen Minuten eintraf? Oh, hallo Charles. Ist Franklin in der Nähe? Ich glaube, er hat seine Nummer vergessen", vermutete sie und warf einen Blick auf Belindas Programm.

Belinda sah gelangweilt aus und wedelte mit ihrem Fächer aus einer Pfauenfeder und dachte offensichtlich weder an Franklin Peddington noch an Sir Arlen George, der auf der anderen Seite des Raumes mit mehreren Herren vom Militär in ein Gespräch vertieft war.

„Guten Abend, Lady Margaret, Miss Roxbury", grüßte

Charles höflich und errötete, als Belinda ihn ansah. „Wie schön, Sie beide wiederzusehen. Franklin ist auf der anderen Seite des Saales und unterhält sich mit Dr. Harvey. Wenn Sie mich entschuldigen, meine Damen, ich werde ihn an seinen Faux-pas erinnern."

Belinda kniff die Lippen zusammen und sah unglücklich aus, aber doch nicht so sehr, daß sie nicht einem der vorbeigehenden Offiziere ein Lächeln zugeworfen hätte. Sie beugte sich zu Coral vor und flüsterte hinter ihrem Fächer: „Wo ist Jace hingegangen?"

Jace? Redete Belinda ihn mit dem Vornamen an? Coral erinnerte sich, daß ihre Mutter ihr erzählt hatte, daß der Oberst und sein Sohn oft Gäste im Roxburyhaus in Kalkutta gewesen waren. „Ich weiß nicht", sagte Coral tonlos und drehte sich rechtzeitig um, um Sir Hugo auf den gutaussehenden Mann in Uniform zugehen zu sehen, der gerade aus dem Billardzimmer getreten war. Der Mann mit einem leichten Anflug von Silber an den Schläfen sah Margaret Roxbury nach, wie sie ihre Tochter in den Ballsaal eskortierte.

„Abend, Oberst", sagte Sir Hugo. „Sie genießen Ihren Erfolg, daß Sie Ihren Sohn wieder ins Militär zurückgebracht haben, hoffe ich?"

Der Oberst lächelte schwach und nahm ein Glas von einem Tablett, als ein indischer Diener vorbeiging. „Eine meiner schwierigeren Aufgaben, Hugo."

Das ist also der Oberst ... dachte Coral neugierig und betrachtete ihn aufmerksam aus der Ferne.

„Miss Kendall, ich glaube dieser nächste Walzer gehört mir."

Bei dieser wohlklingenden Stimme hinter sich drehte sich Coral überrascht um. Ihr Blick traf die tiefblauen Augen von Jace Buckley, der sie aufmerksam betrachtete.

25

Gedanken des Friedens und nicht des Leides,
daß ich euch gebe das Ende, des ihr wartet.

Jeremia 29,11b

„Guten Abend, Kapitän Buckley“, sagte sie höflich. Aber als sie an Michael dachte, fühlte sie, wie ihre Wangen zu glühen begannen, und sie wollte sich schon entschuldigen.

„Ihr Diener, Miss Kendall.“

Das bezweifelte sie, aber seine Worte waren der Inbegriff der Höflichkeit. Er verbeugte sich ordnungsgemäß. „Ich war sicher, daß wir uns schon einmal gesehen hätten, als ich Sie auf dem Basar traf . . .aber es sind immerhin über fünf Jahre.“

Für einen verwirrten Augenblick sprangen ihre Gedanken zum Nachmittag zurück. Der Mann vor ihr war nicht der kecke junge Abenteurer, den sie getroffen hatte; und doch . . .unter dem ordentlichen Äußeren war er es vielleicht. Sie erinnerte sich an den Bart, die langen Haare, das rauhe, ungezwungene Verhalten. Kein Wunder, daß sie ihn nicht erkannt hatte. Jetzt tauchte er wieder auf, wie sie ihn von Kingscote in Erinnerung hatte: diszipliniert, ein Gentleman, wie er im Buche steht. Es fehlte nur die silberschwarze Uniform, die undurchdringliche militärische Fassade als Schild vor – was? Einen pflichtvergessenen Schiffskapitän? Es paßte kaum zu ihm und erschien ihr unmöglich. Die Worte sprudelten ihr über die Lippen, bevor sie sich recht versah.

„Welche anderen Maskeraden haben Sie noch in Ihrer Seemannskiste versteckt, Kapitän?“

„Sie haben sicher genug Phantasie, um sich noch einiges einfallen zu lassen, Miss Kendall. Eine Uniform, die Fallen eines indischen Gurus, einen Piratenknüppel, eine Flasche Rum vielleicht?“

„Nein. Aber ich fand den Affen auf ihrer Schulter ziemlich schlau. Wenn Sie mich entschuldigen –“ Sie versuchte, an ihm vorbeizuhuschen. „Ich habe ihn bei Gokul gelassen, sehr zu seinem Mißfallen. Er machte einen Zirkus, als ich ging. Übrigens, Sie könnten ein Lächeln aufsetzen, das sie in der Schule für höhere Mädchen gelernt haben. Wir werden von vielen neugierigen Augen beobachtet.“

Coral blickte sich unauffällig um. „Ich bezweifle, daß es Ihnen etwas ausmacht, was andere denken.“

„Es macht mir etwas aus, was Sie denken. Ich bezweifle auch, daß Sie einfach weggehen und mich allein auf der Tanzfläche stehen lassen. Dafür sind Sie viel zu gut erzogen, auch ohne Lady Annes Schule für höhere Mädchen.“

Ja, er war immer noch der dreiste junge Mann, den sie vor Jahren kennengelernt hatte. „Vielleicht. Aber ich glaube, Sie irren sich“, erwiderte sie trocken.

„Womit?“

Coral betrachtete auffällig das Programm in seiner Hand. „Dieser Walzer. Meine Tante dachte, ich sei nach der Überfahrt zu müde, und hat mich überhaupt nicht aufgeführt.“

Er lächelte leicht, warf das Papier beiseite und blickte ihr geradewegs in die Augen. „Welch ein Glück. Dann brauche ich den Abend mit keinen anderen Offizieren teilen.“

Coral tat alles, um ihr Gesicht zu wahren. Was half eine Schule für höhere Mädchen? Alles *Savoir-faire* versagte in dem Augenblick, wenn man es benötigte. „Ich . . .ah . . .ich dachte, ich könnte mich nach einem langen Reisetag bald zurückziehen."

„Ich war an dem Tag nicht betrunken, als Michael starb."

Seine Offenheit traf sie unvorbereitet. Ihre Augen kamen widerwillig zu ihm zurück.

„Ich lasse Sie nicht davon gehen, bevor ich nicht erklärt habe, was passiert ist", erklärte er.

Der Walzer begann, und Jace hielt ihr die Hand hin. Seine Augen funkelten amüsiert und herausfordernd. „Sie geben mir keinen Korb, nicht wahr? Eine frühreife junge Lady, die weder Guru noch Krähen fürchtet? Dagegen bin ich vollkommen harmlos – und nüchtern. Sie halten doch etwas von Fairneß?"

Sie *wollte* mit ihm tanzen, vielleicht sogar ein bißchen mehr, als sie sich selbst einzugestehen wagte. „Nun . . .ich glaube . . ."

Die sanften Walzermelodien erfüllten den eleganten Ballsaal des Regierungsgebäudes.

Wenn ich ihm auf die Füße trete, komme ich mir vor, wie eine Närrin, dachte sie, als sie anfingen, sich über den Tanzboden zu bewegen.

„Irgendwie hatte ich eine bessere Meinung von Ihnen", sagte er, hielt eine Hand sanft an ihrem Rücken und umfaßte mit der anderen ihre eigene zierliche Hand.

Eine bessere Meinung von *ihr*? Coral hob die Augen und blickte ihn geradewegs an. Nein, in seinen tiefblauen Augen lag keine Belustigung, nur Herausforderung. „Es steht wohl eher mir zu, meine Meinung hinsichtlich Ihres Charakters zu revidieren", sagte sie.

„Sie schrieben mir einen beleidigenden Brief. Einen sehr *unhöflichen*, um genau zu sein. Dann weigerten Sie sich, mich zu sehen, damit ich meine Ehre hätte verteidigen können. Das ist wohl kaum ein Zeichen von Fairneß. Und das paßt nicht zu dem Bild, das ich von Kingscote her von Ihnen hatte."

„Aber, Sir, ich habe mich nicht geweigert, Sie zu sehen."

„Aber, *Madam*, Sie haben nicht auf meinen Brief geantwortet."

Brief? Coral hob den Kopf, dann blickte sie wieder weg. „Welchen Brief, Kapitän Buckley?"

„Den Brief, Miss Kendall, den ich Ihnen als Antwort auf Ihr Schreiben schickte. Ich ließ ihn von Seward ins Roxburyhaus bringen, und er versicherte mir, daß er das auch getan hatte."

„Sie haben meinen Brief beantwortet?"

„Natürlich."

„Aber – ich habe ihn nicht bekommen", sagte sie leise. „Ich habe darauf gewartet, ich hoffte –" sie sprach nicht weiter. Was war dann mit ihm geschehen? Und was war mit Dschan-Lis Brief geschehen?

„Ich bat Sie um ein Treffen, bevor die *Madras* wieder in See stechen würde, um Ihnen Michaels Unfall zu erklären. Ich weiß nicht, wie Sie auf die Idee gekommen sind, daß ich meine Pflichten vernachlässigt hätte, aber ich finde es eine Beleidung für alles, an das ich glaube."

Coral kam aus dem Takt, ihr Schock verriet sich durch ihre fehlende Konzentration. „Oh! Entschuldigen Sie. Bin ich Ihnen auf den Fuß getreten?"

„Vergessen Sie es. Dann haben Sie meinen Brief nicht bekommen?"

Coral atmete kurz ein, während sie durch den Ballsaal tanzten. Zwei Briefe fehlten. Einer von Dschan-Li, der andere von Jace. Aber sie zögerte, es ihm zu sagen, denn sie fürchtete, er würde ihren Onkel zur Rede stellen. *Ich kann Onkel Hugos Zorn nicht riskieren, noch nicht.*

„Ich war monatelang krank . . .meine Großmutter wird vergeßlich. Vielleicht hat sie vergessen, mir davon zu sagen."

Auf seinem Gesicht spiegelte sich offener Unglaube. „Wir wollen nicht Ihre Großmutter beschuldigen. Ich glaube, wir wissen beide, bei wem die Schuld liegt. Aber für den Augenblick will ich das übergehen. Ich will Ihnen von Michael berichten. Wir kamen vor England in einen Sturm. Einen der schlimmsten, den ich je erlebt habe. Ich hatte ihn in der Hand . . .aber eine Welle riß uns auseinander. Ich werde mir nie vergeben, was passiert ist, aber eines kann ich Ihnen versichern. Er ist nicht über Bord geschwemmt worden, weil ich betrunken in meiner Kajüte lag. Ich verstehe nicht, wie Sie auf diese Idee kommen!"

Coral sah ihn immer noch nicht an. Er hatte versucht, Michael zu retten! Aber natürlich hatte er das, da er bei ihm gewesen war, und offensichtlich hatte er nicht in seiner Kajüte gelegen. Ihre eigene Schuld kam ihr messerscharf in den Sinn. Warum hatte sie Onkel Hugo geglaubt? Die Wahrheit war, daß sie an seinen Worten gezweifelt hatte. Das war auch der Grund gewesen, aus dem sie den Brief geschrieben hatte. Aber als er nicht antwortete . . .

Sie blickte durch den Ballsaal zu ihrem Onkel. Er unterhielt sich immer noch mit Oberst Warbeck. *Welchen Nutzen hatte er davon, mich zu täuschen?*

Coral versuchte, sich daran zu erinnern, was nach der Episode in der Bibliothek mit ihrem Onkel passiert war. Die Einzelheiten fielen ihr nicht mehr genau ein. Sie hatte noch eine vage Erinnerung an die Kutschenfahrt in das Sommerhaus und an die darauffolgenden Wochen, in denen sie krank war und von der Familie getrennt. Sie stutzte – war es nicht danach gewesen, nachdem ihr Kopf wieder klar geworden war, daß sie entdeckte, daß der Brief von Dschan-Li verschwunden war? Hatte der ganze Aufenthalt im Sommerhaus einfach ihrem Onkel die Gelegenheit gegeben, den Brief zu vernichten und sie dazu zu bewegen, ihre Pläne, Direktor Rawlings aufzusuchen, aufzugeben?

Coral rang mit einem nagenden Zweifel. Sie wollte ihrem Onkel trotz ihrer Meinungsverschiedenheiten glauben. Und doch stellte Coral fest, daß sie zu dem Mann vor ihr von Sekunde zu Sekunde mehr Vertrauen hatte.

Sie sagte etwas atemlos: „Der Walzer ist so schön, Herr Kapitän. Und ich glaube nicht, daß Michael es gut fände, wenn wir uns mit der Trauer um seinen Tod den ganzen Abend verderben. Oh, bitte! Vergessen Sie, was ich in meinem Brief geschrieben habe? Ich sehe jetzt ein, daß ich mich geirrt habe. Können Sie mir vergeben?"

War seine ernste Miene nur gespielt?

„Nun ..."

„Oh, bitte!"

„Ich werde Ihre Anfrage ernsthaft überdenken, sagen wir, während der nächsten fünf Walzer?"

Coral lachte. „Alles, um meine Grobheit wieder gutzumachen." *Und um Sie von meinem Onkel fernzuhalten,* dachte sie und fuhr eilig fort: „Es ist unentschuldbar, daß ich vorschnell solche häßlichen Schlüsse zog."

Er lächelte ein bißchen, und seine Augen blinzelten gut gelaunt. „Sie müssen den ganzen Abend ausgesprochen nett zu mir sein, um Ihren Faux-pas wettzumachen. Sonst muß ich vielleicht mit Sir Hugo darüber sprechen, was aus dem Brief geworden ist, den ich Ihnen geschickt habe."

Corals Augen blickten schnell zu ihm auf. *Er darf den Zorn meines Onkels nicht heraufbeschwören!* „Onkel Hugo hat nichts damit zu tun, daß mich der Brief nicht erreichte."

„Nein?"

„Ich bin sicher, es war meine Großmutter, Lady Victoria.

Sie vergißt Dinge sehr leicht. Zweifellos hat sie den Brief verlegt ..."

Die schwarzen Pupillen in seinen Augen wurden hart. „Vielleicht. Aber sie hat Ihnen bestimmt nicht eingeredet, der Kapitän der *Madras* habe betrunken in seiner Kajüte gelegen. Und ich glaube nicht, daß Sie von selbst auf diese Idee gekommen sind, ohne daß sie Ihnen jemand einredete. Daraus muß ich schließen, daß Ihr Onkel Ihnen absichtlich Lügen über mich erzählte."

Seine Augen blickten sie unverwandt an. Coral sagte leise: „Bitte, vergessen Sie die ganze Sache."

„Ja, solange Sie es nicht mehr glauben."

„Das tue ich nicht", sagte sie schnell und bemerkte die Belustigung hinter seinen Augen. *Er sieht aus, als genieße er das,* dachte Coral ein bißchen verunsichert.

„Gut." Er lächelte. „Dann lassen wir die Vergangenheit hinter uns und genießen den Abend?"

„Ja, das finde ich auch, Herr Kapitän. Und der Walzer ist zu Ende."

„Ah, aber der nächste fängt gerade an."

Epilog

Coral erwachte, als sie vor ihrem Fenster laut die Vögel zwitschern, singen und pfeifen hörte. Noch halb verschlafen lag sie unter ihrer Satindecke und einem dünnen Moskitonetz, das ihr Bett schützend umgab. Noch etwas benommen von der fast schlaflosen Nacht überlegte sie, ob Tante Margaret wohl einen Vogelpark unter ihrem Fenster hatte einrichten lassen ...

Plötzlich tauchten die Bilder vom gestrigen Ball so hell wie das Tageslicht in ihren Gedanken auf. *Jace Buckley* ... Coral schlug die Augen weit auf.

Sie lächelte, denn sie hatte den Abend mit ihm genossen. In ihm steckte eine Energie, etwas Aufregendes, und weil er eine solche Ausstrahlung auf sie ausübte, rief sich Coral ins Gedächtnis, daß er mit Vorsicht zu genießen sei. Ethan würde den abenteuerlustigen Kapitän nicht mögen. Doch um Kapitän Buckley nicht Unrecht zu tun, mußte sie eingestehen, daß er der vollkommene, galante Gentleman gewesen war – oder wenigstens über seinen Schatten gesprungen und in diese Rolle geschlüpft war.

Coral bemerkte erst jetzt, daß sie sehr wenig über ihn oder seine Pläne erfahren hatte, während es ihm gelungen war, sehr viel über ihren Aufenthalt in London, ihre Krankheit und Ethan in Erfahrung zu bringen. Sie hatten auch nicht über ihre Pläne, eine Schule für die Unberührbaren zu eröffnen, und über Gem gesprochen. Irgendwie hatten der Frohsinn des Balles und die beschwingenden Walzermelodien keine ernsten Themen zugelassen. Das würde sie alles später nachholen.

Coral nahm den Spiegel mit dem Perlmuttgriff von ihrem Nachttisch und betrachtete kritisch ihr Gesicht. Trotz der späten Stunde, zu der sie sich zu Bett gelegt hatte, fühlte sie sich nur ein bißchen müde, und eine genauere Begutachtung ergab, daß die leichten Schatten unter ihren Augen nicht dunkler geworden waren.

Sie warf die Decke beiseite und schlüpfte in den knöchellangen Peignoir, der am Fußende ihres Bettes lag. Coral schob den Schleier um ihr Bett zurück und huschte barfüßig zum Fenster mit den hochgezogenen Bambusjalousien. Der frühe Morgen barg immer noch das kühle Flüstern der Nacht in sich. Am Ufer des Hugliflusses leuchteten die Bäume in einem schillernden Regenbogen, als buntgefiederte Sittiche sich einen Landeplatz zu ergattern suchten.

Corals Gedanken richteten sich auf die bevorstehende Safari, die sie nach Hause nach Kingscote bringen würde. Bei der Erinnerung an das, was Margaret ihr über Jorhat erzählt hatte, wurde ihr etwas unwohl zumute. „Ich hätte gestern nacht die Gelegenheit nutzen und Kapitän Buckley über die Schwierigkeiten auf dem Vorposten fragen sollen“, murmelte sie laut. Sie konnte natürlich auch Seward fragen und beabsichtigte, wenn möglich, noch heute mit ihm zu reden und die Fahrt nach Kingscote zu besprechen. Nichts durfte ihre Reisepläne hinauszögern, auch keine politischen Unruhen. Doch selbst die Fahrt nach Hause mußte noch einige Wochen warten – sie mußte noch etwas Wichtiges erledigen, solange sie in Kalkutta war.

Aufkeimende Hoffnungen ließen ihr Herz schneller schlagen. Der Aufenthalt in Kalkutta ermöglichte ihr das heimliche Treffen mit dem indischen Söldner, der Gem suchen würde!

Aber wie konnte sie ungesehen aus dem Haus schlüpfen? Sie mußte ihre Pläne sorgfältig durchdenken.

Von der Treppe drangen die morgendlichen Geräusche der Diener nach oben, die das Roxburyhaus für das gemeinsame Familienfrühstück im Speisesaal vorbereiteten. Eine heiß dampfende Teekanne und eine Schale mit frischem Obst brachten ein Diener und das kleine indische Kind, das sie am Tag zuvor schon gesehen hatte, in ihr Zimmer. Jay lächelte schüchtern, als er die Schale auf Corals Rattantisch abstellte, dann blieb er zögernd stehen. Sie folgte seinem Blick zu einem weißen Keramikhund mit einem Kieselhalsband auf ihrem Tisch. Der Diener warf ihm einen strengen Blick zu, woraufhin sich der Junge umdrehte und schnell hinauseilte.

Als Coral sich eine Scheibe Orangenmango auswählte, hörte sie Tante Margarets Schritte auf dem Korridor. Ihre Tante warf durch die offene Tür einen Blick in Corals Zimmer. Sie war bereits angekleidet, ihr volles Haar war ordentlich frisiert, und auf ihrem attraktiven Gesicht zeigte sich ein Lächeln. Aber Coral bemerkte eine gewisse Anspannung in ihren Augen, die verriet, daß andere Gedanken sie beunruhigten.

„Guten Morgen.“ Sie lächelte Coral an. „Du siehst gut aus. Ich hatte schon befürchtet, Kapitän Buckley hätte dich zu lange vom Schlaf abgehalten.“

Coral erwiderte ihr Lächeln und nippte an ihrer Teetasse. Anscheinend war es keiner der Frauen auf dem Ball entgangen, daß Jace sich nicht die Mühe gemacht hatte, mit einer anderen zu tanzen. Einerseits hatte sie das in Verlegenheit gebracht, aber gleichzeitig fühlte sie sich geschmeichelt, daß er überhaupt auf dem Ball geblieben war, denn sie wußte, daß er eigentlich andere Absichten gehabt hatte. Er konnte gut tanzen, und sein gutes Aussehen war unbestritten. Sie erinnerte sich an die neidischen Blicke ihrer Kusine Belinda.

„Du hast nicht mehr viel Zeit bis zum Frühstück. Wir haben in diesem Haus eine strenge Regel: Wir fangen als Familie gemeinsam zu essen an, und jeder ist fertig angekleidet. Du hast noch dreißig Minuten."

Sie schloß die Tür und ließ Coral allein. *Dreißig Minuten!* Wenn sie ihrem Kontaktmann eine Botschaft zukommen lassen wollte, hatte sie keine Zeit zu verlieren.

Coral wartete, bis die Schritte ihrer Tante auf dem Korridor verhallten, dann eilte sie an den Schreibtisch. Auf Bengali schrieb sie schnell auf ein Blatt Papier:

Samstag, 13. Oktober

Huzoor! Dschaved Kasam:
Ich bin bereit, einen guten Preis für wichtige Informationen zu bezahlen. Überflüssig zu sagen, daß unser Treffen streng vertraulich behandelt werden muß. Meine Ghari wartet am nächsten Samstag, den 20. Oktober, vor der armenischen Kirche im Chowringhee-Viertel.

Gezeichnet

Coral überlegte. Angenommen, er würde bei Sir Hugo nachfragen? Ihr Onkel würde sie dann für den Rest ihres Aufenthalts in Kalkutta nicht mehr aus den Augen lassen. Schnell unterschrieb sie mit *Ayub Khan.*

Coral huschte aus ihrem Zimmer auf den Korridor hinaus. Ihr Herz klopfte laut. Wenn Sir Hugo sie sähe ...

Der Korridor blieb leer. Die anderen waren damit beschäftigt, sich anzukleiden. Sie eilte zum Geländer und blickte suchend nach unten. Das indische Kind kam mit einem Krug Wasser die Treppe herauf. Sie wartete auf ihn und winkte ihm dann, ihr in ihr Zimmer zu folgen. Coral schloß geräuschlos die Tür, kniete nieder und legte ihre Hände auf seine schmalen Schultern. Sie lächelte, um der Neugier in seinen großen braunen Augen die Spannung zu nehmen, und flüsterte auf Bengali: „Hole mir einen großen Jungen. Einen, der eine geheime Nachricht überbringen kann. Ich zahle ihm eine Handvoll Rupien. Wenn du ihn mir schnell und unbemerkt bringst, hat Missy-sahiba ein Geschenk für dich."

Coral deutete auf den Keramikhund, den sie in London gekauft hatte. Jay grinste, begriff schnell und flüsterte: „Großer Bruder; er geht, er geht für eine Handvoll Rupien!"

„Dann schnell. Hole ihn. Richte deinem Bruder aus, was ich dir gesagt habe. Wenn er einverstanden ist, dann komm zurück in mein Zimmer."

Der Junge schlüpfte hinaus und verschwand so geräuschlos wie eine Katze.

Coral ging leise in ihrem Zimmer auf und ab. Dabei ließ sie die Tür einen Spalt weit offen und wartete, bis er zurückkäme. Innerhalb von zehn Minuten war er wieder da. Er warf einen vorsichtigen Blick über seine Schulter zurück. Sie zog ihn in ihr Zimmer. „Ja?"

„Großer Bruder ist im Hof hinter der Küche. Er geht jetzt sofort, Missy-sahiba."

„Guter Junge, Jay." Coral steckte ihm den versiegelten Umschlag in sein Hemd und reichte ihm anschließend den Hund. Er grinste, salaamte und huschte wieder hinaus auf den Korridor.

Erleichtert lehnte sich Coral an die Tür.

Jetzt stand der Weg offen, der ihr die wertvollen Informationen beschaffen würde, die sie benötigte, um herauszufinden, wo sich Gem befand. Sie würde das Geld auftreiben, um den Söldner zu bezahlen, und wenn ihr Sohn am Leben war, wie sie vermutete, würde sie Gem irgendwie aus der Hand seiner Entführer freikaufen.

Während sich Coral eilig für das Frühstück ankleidete, summte sie einen Walzer, den sie in den Armen von Jace Buckley getanzt hatte.

Ja, sie würde den kurzen Aufenthalt in Kalkutta genießen …

Sie griff mit einer Hand nach der Bibel auf dem Ankleidetisch und schlug sie auf der ersten Seite auf. In der Handschrift ihrer Mutter las sie:

Es ist nie so dunkel, daß Gott nicht helfen könnte.

Hoffnung und Zuversicht stiegen in ihrem Herzen auf, denn sie glaubte, daß der Herr ihre Gebete erhört hatte und zu seiner Zeit auf seine Weise wieder die Freude in ihr Herz zurückbringen würde. Coral lächelte, trat aus ihrem Zimmer und ging immer noch summend die Treppe hinab.

Glossar

AYAH: Amme.

BURKA: Einteiliges Kleidungsstück, normalerweise aus weißer Baumwolle, das Frauen von Kopf bis Fuß bedeckt und nur ein kleines Viereck aus grobem Netzstoff oder Schlitze für die Augen offen läßt.

BRAHMANE: Angehöriger der höchsten Hindu-Kaste.

BURRA-SAHIB: Bedeutender Mann.

DAK: Herberge für Reisende.

DEWAN: Oberster Minister eines indischen Herrschers.

GHAT: Stufen oder eine Plattform am Fluß; auch die Stelle, an der die Hindus ihre Toten verbrennen.

GHARI: Fahrzeug, das von Pferden gezogen wird; eine Kutsche.

GHASI: Fanatiker; normalerweise mit religiösem Hintergrund; aber auch ein politischer Fanatiker.

HINDUSTAN: Früherer Name für Nordindien.

HUKA: Wasserpfeife für Tabak; sie wird auch zum Rauchen anderer Drogen verwendet.

DSCHAI RAM: Indischer Gruß.

JOHNKOMPANIE: Anderer Name für die Ostindienkompanie, der normalerweise auf ihre heimlichen Aktivitäten (den Opiumhandel) anspielt.

KANSAMAH: Koch.

KOTWAL: Stammesoberhaupt.

MAHARADSCHA: Hinduistischer Fürst.

MAHUT: Elefantentreiber.

MANDSCHI: Bootarbeiter.

MAIDAN: Große Rasenfläche; Paradeplatz.

MUNSCHI: Schriftsteller, Sekretär oder Sprachenlehrer.

NAMASTE: Ehrerbietige Geste, bei der die Finger mit den Handflächen zueinander an die Stirn geführt werden.

NAUKER-LOG: Diener.

OSTINDISCHE KOMPANIE: 1600 gegründete Gesellschaft für den überseeischen Handelsbetrieb, nicht selten mit Monopolen und Privilegien für den Kolonialhandel ausgestattet. Diesen Handelsgesellschaften waren sogar Hoheitsrechte verliehen, die es ihnen gestatteten, außerhalb Europas Krieg zu führen und Frieden zu schließen, in Straf- und Zivilsachen Recht zu sprechen und Münzen zu prägen.

PUGGARI: Turban.

PUNKAH: Fächer aus schweren Matten oder Segeltuch; manchmal angefeuchtet; sie werden mit Hilfe eines Seiles bewegt, um etwas Wind zu erzeugen.

RADSCHA: König.

RANI: Königin.

RADSCHPUTS: Soldatenkaste der Hindus, eine Stufe unter den *Brahmanen.*

RICKSCHA: Gefährt mit zwei Rädern, das von einem Mann gezogen wird.

SEPOY: Infanteriesoldat.

SOWAR: Berittener Soldat.

TSCHUNNI: Leichte Kopfbedeckung; Schal.

UNBERÜHRBARER: Jemand, der unterhalb des hinduistischen Kastensystems steht und sein Leben lang als Unreiner gebrandmarkt ist.

VEDAS: Die alten heiligen Schriften der Hindus; ihre orthodoxen Schriften.